【臺灣現當代作家
研究資料彙編】68

齊邦媛

國立台灣文學館
出版

部長序

　　從歷史的角度檢視特定時代的文學表現，當代作家及作品往往是研究的重心；而完整的臺灣文學史之建構，更有賴全面與紮實的作家及作品研究。臺灣文學自荷蘭時代、明鄭、清領、日治、及至戰後，行過漫長的時光甬道，在諸多文學先輩和前行者的耕耘之下，其所累積的成果和能量實已相當可觀；而白話文學運動所造就的新文學萌芽，更讓現當代文學作品源源不絕地誕生，作家們的精彩表現有目共睹。相應於此，如何盤整研究資源、提升無論是專業學者或一般大眾資料查找的便利性，也就格外重要。

　　由國立臺灣文學館規畫、籌編的《臺灣現當代作家研究資料彙編》，即可說是對上述問題的最好回應。本計畫自 2010 年開始啟動，五年多來，已然為臺灣文學史及相關研究打下厚重扎實的基礎。臺文館不僅細心詳實地為作家編選創作生涯中的重要紀錄，在每一冊圖書中收錄豐富的作家照片、手稿影像，並編寫小傳、年表，再由學有專精的學者撰寫研究綜述、選刊重要評論文章，最後還附有評論資料目錄。經過長久的累積和努力，今年，已進入第六個年頭，即將完成總共 80 位作家的研究資料彙編。在本階段所出版的作家，包括詹冰、高陽、子敏、齊邦媛、趙滋蕃、蕭白、彭歌、杜潘芳格、錦連、蓉子、向明、張默、於梨華、葉笛、葉維廉、東方白共 16 位，俱為夙負盛名的重量級作者，相信必能有助於臺灣文學的推廣與研究的深化。

　　這套全方位的臺灣現當代文學工具書，完整呈現了臺灣作家的存在樣貌、歷史地位與影響及截至目前的相關研究成果，同時也清晰地勾勒出臺灣文學一路走來的變貌與軌跡，不但極具概覽性，亦能揭示當下的臺灣文學研究現況並指引未來研究路徑，可說是認識臺灣作家與臺灣文學發展的重要讀本依據，相信必能為臺灣文學研究奠定益加厚實的根基；懇請海內外關心及研究臺灣文學之各界方家不吝指正，以匯聚更多參與及持續前行的能量。

文化部部長　

館長序

　　時光荏苒，「臺灣現當代作家研究資料彙編」第五階段已接近尾聲，16 冊圖書的出版，意味著這個深耕多年的計畫，又往前邁進一步，締造了新的里程碑。

　　「臺灣現當代作家研究資料彙編計畫」乃是以「臺灣現當代作家評論資料目錄」（2004～2009 年）為基礎，由其中所收錄的 310 位作家、十餘萬筆研究評論資料延展而來。為了厚實臺灣文學史料的根基，國立臺灣文學館組織了精實的顧問群與編輯團隊，從作家的出生年代、創作數量、研究現況……等元素進行綜合考量，精選出 100 位作家，聘請最適合的專家學者替每位作家完成一本研究資料彙編。圖書內容包括作家生平重要影像、文學活動照片、手稿或文物影像、作家小傳、作品目錄和提要、文學年表；另有主編撰寫的作家研究綜述，再從龐雜的評論資料中挑選具有代表性的評論文章，並附上完整的作家評論資料目錄。這套叢書不僅對文學研究者而言是詳實齊全的文獻寶庫，同時也為一般讀者開啟平易可親的文學之窗，讓大家可以從不同角度、多面向地認識一位作家的創作、生平與歷史地位。

　　本計畫自 2010 年啟動，截至目前為止，以將近六年的時間，完成了 80 位臺灣重量級作家的研究資料彙編，在本階段將與讀者見面的有詹冰、高陽、子敏、齊邦媛、趙滋蕃、蕭白、彭歌、杜潘芳格、

錦連、蓉子、向明、張默、於梨華、葉笛、葉維廉、東方白共 16
人。這是一場充滿挑戰的馬拉松，過程漫長艱辛，卻也積聚並見證
了臺灣文學創作與研究的能量。為了將這部優質的出版品推介給廣
大的讀者，發揮其更大的影響力，臺文館於 2015 年 8 月接續推動
「臺灣文學開講——臺灣現當代作家研究資料彙編行銷推廣閱讀計
畫」，透過講座與踏查，結合文學閱讀、專家講述、土地探訪，以
顯影作家創作與生活的痕跡，歡迎所有的朋友與我們一同認識作
家、樂讀文學、親炙臺灣的土地，也請各界不吝給予我們批評、指
教。

國立臺灣文學館館長　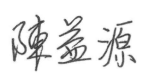

編序

◎封德屏

緣起

　　1995 年 10 月 25 日，在臺灣師範大學教育大樓的 201 室，一場以「面對臺灣文學」為題的座談會，在座諸位學者分別就臺灣文學的定義、發展、研究，以及文學史的寫法等，提出宏文高論，而時任國家圖書館編纂張錦郎的「臺灣文學需要什麼樣的工具書」，輕鬆幽默的言詞，鞭辟入裡的思維，更贏得在座者的共鳴。

　　張先生以一個圖書館工作人員自謙，認真專業地為臺灣這幾十年來究竟出版了多少有關臺灣文學的工具書，做地毯式的調查和多方面的訪問。同時條理分明地針對研究者、學生，列出了十項工具書的類型，哪些是現在亟需的，哪些是現在就可以做的，哪些是未來一步一步累積可以達成的，分別做了專業的建議及討論。

　　當時的文建會二處科長游淑靜，參與了整個座談會，會後她劍及履及的開始了文學工具書的委託工作，從 1996 年的《臺灣文學年鑑》起始，一年一本的編下去，一直到現在，保存延續了臺灣文學發展的基本樣貌。接著是《中華民國作家作品目錄》的新編，《臺灣文壇大事紀要》的續編，補助國家圖書館「當代文學史料影像全文系統」的建置，這些工具書、資料庫的接續完成，至少在當時對臺灣文學的研究，做到一些輔助的功能。

　　2003 年 10 月，籌備多年的「臺灣文學館」正式開幕運轉。同年五月《文訊》改隸「財團法人台灣文學發展基金會」，為了發揮更大的動能，開

始更積極、更有效率地將過去累積至今持續在做的文學史料整理出來，讓豐厚的文藝資源與更多人共享。

於是再次的請教張錦郎先生，張先生認為文學書目、作家作品目錄、文學年鑑、文學辭典皆已完成或正在進行，現在重點應該放在有關「臺灣現當代作家評論資料目錄」的編輯工作上。

很幸運的，這個計畫的發想得到當時臺灣文學館林瑞明館長的支持，於是緊鑼密鼓的展開一切準備工作：籌組編輯團隊、召開顧問會議、擬定工作手冊、撰寫計畫書等等。

張錦郎先生花了許多時間編訂工作手冊，每一位作家的評論資料目錄分為：

（一）生平資料：可分作者自述，旁人論述及訪談，文學獎的紀錄。

（二）作品評論資料：可分作品綜論，單行本作品評論，其他作品（包括單篇作品）評論，與其他作家比較等。

此外，對重要評論加以摘要解說，譬如專書、專輯、學術會議論文集或學位論文等，凡臺灣以外地區之報刊及出版社，於書名或報刊後加註，如中國大陸、香港、新加坡等。此外，資料蒐集範圍除臺灣外，也兼及中國大陸、香港、新加坡、日本、韓國及歐美等地資料，除利用國內蒐集管道外，同時委託當地學者或研究者，擔任資料蒐集工作。

清楚記得，時任顧問的學者專家們，都十分高興這個專案的啟動，但確定收錄哪些作家名單時，也有不同的思考及看法。經過充分的討論後，終於取得基本的共識：除以一般的「文學成就」為觀察及考量作家的標準外，並以研究的迫切性與資料獲得之難易度為綜合考量。譬如說，在第一階段時，作家的選擇除文學成就外，先考量迫切性及研究性，迫切性是指已故又是日治時期臺籍作家為優先，研究性是指作品已出土或已譯成中文為優先。若是作品不少而評論少，或作品評論皆少，可暫時不考慮。此外，還要稍微顧及文類的均衡等等。基本的共識達成後，顧問群共同挑選出 310 位作家，從鄭坤五、賴和、陳虛谷以降，一直到吳錦發、陳黎、蘇

偉貞，共分三個階段進行。

　　「臺灣現當代作家評論資料目錄」專案計畫，自 2004 年 4 月開始，至 2009 年 10 月結束，分三個階段歷時五年六個月，共發現、搜尋、記錄了十餘萬筆作家評論資料。共經歷了三位專職研究助理，近三十位兼任研究助理。這些研究助理從開始熟悉體例，到學習如何尋找資料，是一條漫長卻實用的學習過程。

接續

　　「臺灣現當代作家評論資料目錄」的專案完成，當代重要作家的研究，更可以在這個基礎上，開出亮麗的花朵。於是就有了「臺灣現當代作家研究資料彙編暨資料庫建置計畫」的誕生。為了便於查詢與應用，資料庫的完成勢在必行，而除了資料庫的建置外，這個計畫再從 310 位作家中精選 50 位，每人彙編一本研究資料，內容有作家圖片集，包括生平重要影像、文學活動照片、手稿及文物，小傳、作品目錄及提要、文學年表。另外每本書分別聘請一位最適當的學者或研究者負責編選，除了負責撰寫八千至一萬字的作家研究綜述外，再從龐雜的評論資料中挑選具有代表性的評論文章，平均 12～14 萬字，最後再附該作家的評論資料目錄，以期完整呈現該作家的生平、創作、研究概況，其歷史地位與影響。

　　第一部分除資料庫的建置外，50 位作家 50 本資料彙編（平均頁數 400 ～500 頁），分三個階段完成，自 2010 年 3 月開始至 2013 年 12 月，共費時 3 年 9 個月。因為內容充實，體例完整，各界反應俱佳，第二部分的 50 位作家，接著在 2014 年元月展開，第一階段出版了 14 本，此次第二階段計畫出版 16 本，預計在 2016 年 3 月完成。

　　首先，工作小組必須掌握每位編選者進度這件事，就是極大的挑戰。於是編輯小組在等待編選者閱讀選文的同時，開始蒐集整理作家生平照片、手稿，重編作家年表，重寫作家小傳，尋找作家出版品的正確版本、版次，重新撰寫提要。這是一個極其複雜的工程。還好這些年培養訓練出

幾位日漸成熟的專案助理，在《文訊》編輯部同仁的協助之下，讓整個專案延續了一貫的品質及進度。

成果

　　雖然過程是如此艱辛，如此一言難盡，可是終究看到豐美的成果。每位編選者雖然忙碌，但面對自己負責的作家資料彙編，卻是一貫地認真堅持。他們每人必須面對上千或數百筆作家評論資料，挑選重要或關鍵性的評論文章，全面閱讀，然後依照編選原則，挑選評論文章。助理們此時不僅提供老師們所需要的支援，統計字數，最重要的是得找到各篇選文作者，取得同意轉載的授權。在起初進度流程初估時，我們錯估了此項工作的難度，因為許多評論文章，發表至今已有數十年的光景，部分作者行蹤難查，還得輾轉透過出版社、學校、服務單位，尋得蛛絲馬跡，再鍥而不捨地追蹤。有了前面的血淚教訓，日後關於授權方面，我們更是如臨深淵、如履薄冰，希望不要重蹈覆轍，在面對授權作業時更是戰戰兢兢，不敢懈怠。

　　除了挑選評論文章煞費苦心外，每個作家生平重要照片，我們也是採高標準的方式去蒐集，過世作家家屬、友人、研究者或是當初出版著作的出版社，都是我們徵詢的對象。認真誠懇而禮貌的態度，讓我們獲得許多從未出土的資料及照片，也贏得了許多珍貴的友誼。許多作家都協助提供照片手稿等相關資料，已不在世的作家，其家屬及友人在編輯過程中，也給予我們許多協助及鼓勵，藉由這個機會，與他們一起回憶、欣賞他們親人或父祖、前輩，可敬可愛的文學人生。此外，還有許多作家及研究者，熱心地幫忙我們尋找難以聯繫的授權者，辨識因年代久遠而難以記錄年代、地點、事件的作家照片，釐清文學年表資料及作家作品的版本問題，我們從他們身上學習到更多史料研究可貴的精神及經驗。

　　但如何在規定的時間內，完成每個階段資料彙編的編輯出版工作，對工作小組來說，確實是一大考驗。每一冊的主編老師，都是目前國內現當

代臺灣文學教學及研究的重要人物，因此都十分忙碌。每一本的責任編輯，必須在這一年多的時間內，與他們所負責資料彙編的主角──傳主及主編老師，共生共榮。從作家作品的收集及整理開始，必須要掌握該作家所有出版的作品，以及盡量收集不同出版社的版本；整理作家年表，除了作家、研究者已撰述好的年表外，也必須再從訪談、自傳、評論目錄，從作品出版等線索，再作比對及增刪。再來就是緊盯每位把「研究綜述」放在所有進度最後一關的主編們，每隔一段時間提醒他們，或順便把新增的評論目錄寄給他們（每隔一段時間就有新的相關論文或學位論文出現），讓他們隨時與他們所主編的這本書，產生聯想，希望有助於「研究綜述」撰寫的進度。

在每個艱辛漫長的歲月中，因等待、因其他人力無法抗拒的因素，衍伸出來的問題，層出不窮，更有許多是始料未及的。譬如，每本書的選文，主編老師本來已經選好了，也經過授權了，為了抓緊時間，負責編輯的助理們甚至連順序、頁碼都排好了，就等主編老師的大作了，這時主編突然發現有新的文章、新的資料產生：再增加兩三篇選文吧！為了達到更好更完備的目標，工作小組當然全力以赴，聯絡，授權，打字，校對，重編順序等等工作，再度展開。

此次第二部分第二階段共需完成的 16 位作家研究資料彙編，年齡層較上兩個階段已年輕許多，因此到最後的疑難雜症，還有連主編或研究者都不太清楚的部分，譬如年表中的某一件事、某一個年代、某一篇文章、某一個得獎記錄，作家本人絕對是一個最好的諮詢對象，對解決某些問題來說，這是一個好的線索，但既然看了，關心了，參與了，就可能有不同的看法，選文、年表、照片，甚至是我們整本書的體例，於是又是一場翻天覆地的大更動，對整本書的品質來說，應該是好的，但對經過多次琢磨、修改已進入完稿階段的編輯團隊來說，這不啻是一大挑戰。

1990 年開始，各地縣市文化中心（文化局），對在地作家作品集的整理出版，以及臺灣文學館成立後對日治時期作家以迄當代重要作家全集的

編纂，對臺灣文學之作家研究，也有了很好的促進作用。如《楊逵全集》、《林亨泰全集》、《鍾肇政全集》、《張文環全集》、《呂赫若日記》、《張秀亞全集》、《葉石濤全集》、《龍瑛宗全集》、《葉笛全集》、《鍾理和全集》、《錦連全集》、《楊雲萍全集》、《鍾鐵民全集》等，如雨後春筍般持續展開。

　　經過近二十年的努力，臺灣文學的研究與出版，也到了可以驗收或檢討成果的階段。這個說法，當然不是要停下腳步，而是可以從「臺灣現當代作家評論資料目錄」所呈現的 310 位作家、10 萬筆資料中去檢視。檢視的標的，除了從作家作品的質量、時代意義及代表性去衡量外、也可以從作家的世代、性別、文類中，去挖掘有待開墾及努力之處。因此這套「臺灣現當代作家研究資料彙編」，大部分的編選者除了概述作家的研究面向外，均有些觀察與建議。希望就已然的研究成果中，去發現不足與缺憾，研究者可以在這些不足與缺憾之處下功夫，而盡量避免在相同議題上重複。當然這都需要經過一段時間去發現、去彌補、去重建，因此，有關臺灣文學的調查、研究與論述，就格外顯得重要了。

期待

　　感謝臺灣文學館持續推動這兩個專案的進行。「臺灣現當代作家評論資料目錄」的完成，呈現的是臺灣文學研究的總體成果；「臺灣現當代作家研究資料彙編」的出版，則是呈現成果中最精華最優質的一面，同時對未來臺灣文學的研究面向與路徑，作最好的建議。我們可以很清楚的體會，這是一條綿長優美的臺灣文學接力賽，我們十分榮幸能參與其中，更珍惜在傳承接力的過程，與我們相遇的每一個人，每一件讓我們真心感動的事。我們更期待這個接力賽，能有更多人加入。誠如張恆豪所說「從高音獨唱到多元交響」，這是每一個人所期待的。

編輯體例

一、本書編選之目的，為呈現齊邦媛生平、著作及研究成果，以作為臺灣文學相關研究、教學之參考資料。

二、全書共五輯，各輯內容及體例說明如下：

　　輯一：圖片集。選刊作家各個時期的生活或參與文學活動的照片、著作書影、手稿（包括創作、日記、書信）、文物。

　　輯二：生平及作品，包括三部分：

　　　　1.小傳：主要內容包括作家本名、重要筆名，生卒年月日，籍貫，及創作風格、文學成就等。

　　　　2.作品目錄及提要：依照作品文類（論述、詩、散文、小說、劇本、報導文學、傳記、日記、書信、兒童文學、合集）及出版順序，並撰寫提要。不收錄作家翻譯或編選之作品。

　　　　3.文學年表：考訂作家生平所進行的文學創作、文學活動相關之記要，依年月順序繫之。

　　輯三：研究綜述。綜論作家作品研究的概況，並展現研究成果與價值的論文。

　　輯四：重要文章選刊。選收國內外具代表性的相關研究論文及報導。

　　輯五：研究評論資料目錄。收錄至 2016 年 1 月底止，有關研究、論述臺灣現當代作家生平和作品評論文獻。語文以中文為主，兼及日文和英文資料。所收文獻資料，以臺灣出版為主，酌收中國大陸、香港、日本和歐美國家的出版品。內容包含三部分：

　　　　1.「作家生平、作品評論專書與學位論文」下分為專書與學位論文。

　　　　2.「作家生平資料篇目」下分為「自述」、「他述」、「訪談」、「年表」、「其他」。

　　　　3.「作品評論篇目」下分為「綜論」、「分論」、「作品評論目錄、索引」、「其他」。

目次

輯一◎圖片集

影像◎手稿◎文物

1930年，隨母親裴毓貞自遼寧鐵嶺移居南京，與家人及鄉親合影。左起：孟昭毅、葉占春、裴毓貞、齊邦媛、佚名、大哥齊振一。（齊邦媛提供）

約1936年，小學畢業的齊邦媛與大妹齊寧媛合影。（齊邦媛提供）

1945年1月，齊邦媛（後排左三）與南開中學校友為王世瑞（前排左二）參加「十萬青年十萬軍」留影紀念，攝於四川樂山。（齊邦媛提供）

1940年代中期，顛沛流離的時代所留下的一張難得全家福。前排左起：母親裴毓貞、父親齊世英、小妹齊星媛；後排左起：大妹齊寧媛、大哥齊振一、齊邦媛。（齊邦媛提供）

1948年，齊邦媛與羅裕昌訂婚，攝於臺北。
（齊邦媛提供）

1940年代中期，就讀武漢大學的齊邦媛於校園內留影，背景為武漢大學著名的宮殿式建築。（齊邦媛提供）

1950年代，齊邦媛隨夫調職、遷居臺中，與母親裴毓貞合影於自宅前。（齊邦媛提供）

1965年秋，齊邦媛應邀擔任諾貝爾經濟獎得主海耶克（Friedrich A. Heyek）於臺中
各校發表演說的現場翻譯。（齊邦媛提供）

1967年8月，齊邦媛（前排左四）第二次考取「傅爾布萊特文化交流計畫」
（Fulbright Exchange Teachers' Program），赴美國進修，母親裴毓貞（前排左
五）、親朋好友與靜宜大學的學生們於臺北松山機場送行。（齊邦媛提供）

1967年，齊邦媛於美國聖瑪麗學院 （Saint Mary-of-the-Woods College）擔任教職，在校園中留影。（齊邦媛提供）

1969年，齊邦媛、羅裕昌夫婦與三個兒子的全家福。（齊邦媛提供）

1971年4月10日，時任中興大學外國語文學系系主任的齊邦媛（前排左六）籌畫召開第一屆英美文學教育研討會，邀集顏元叔（前排左四）、楊景邁（前排左三）、朱立民（前排右四）、侯健（前排右三）、王文興（後排右六）、胡耀恆（後排右五）等人與會，進行教學方面的交流討論。（齊邦媛提供）

1973年6月，齊邦媛與《書評書目》發行人簡靜惠（左二）、主編隱地（左四）、簡初惠（簡宛）（左一）合影。（齊邦媛提供）

1977年1月2日，與文友在林海音家中聚會。前排左起：楊牧、林懷民、陳之
藩；中排左起：羅蘭、羅體模（Timothy A. Ross，姜貴《旋風》英文本譯
者）夫婦、齊邦媛、朱立民；後排左起：何凡、殷允芃、琦君、林海音、季
季、心岱、七等生。（齊邦媛提供）

1979年春，齊邦媛與《國語日報》創辦人、董事長何容合影。
（齊邦媛提供）

1978年5月，與中華民國筆會同仁赴瑞典斯德哥爾摩參加第43
屆國際筆會（International PEN）年會。左起：殷張蘭熙、陳
裕清、齊邦媛、余光中、彭歌。（齊邦媛提供）

1983年11月1日，與文友在林文月家中聚會。左起：林文月、楊牧、林海音
（後立者）、胡耀恆（後）、臺靜農、殷張蘭熙、齊邦媛。（齊邦媛提供）

1983年12月8日，齊邦媛與父親齊世英（中）、大
妹齊寧媛（左）合影於高雄大貝湖（今澄清湖）。
（齊邦媛提供）

約1985年，齊邦媛與錢穆合影於臺北外雙溪素書樓。
（齊邦媛提供）

1985年6月15日，中華民國外交部駐西柏林代表宴請前來參加「地平線世界文學
會議」的中華民國作家訪問團。前排左起：海克曼校長夫人、鍾鈴、齊邦媛、
陳若曦、車慧文；後排左起：郭恆鈺、李歐梵、鄭樹森、白先勇、柏林自由大
學校長海克曼（Dr. Dieter Heckelmann）、史克定、謝良翰。（齊邦媛提供）

1989年4月，應邀出席行政院文建會與《中央日報·副
刊》舉辦的潘人木作品討論會。左起：潘人木、袁涓秋
（王藍夫人）、琦君、齊邦媛、王藍。（齊邦媛提供）

1989年12月23日，齊邦媛與何凡（中）、余夢燕
（左）合影於《何凡全集》新書發表會。（齊邦
媛提供）

約1990年，應邀擔任《中央日報》與世華銀行文教基金會合辦的「中央
日報文學獎」短篇小說類評審委員，攝於評審會議。左起：林黛嫚、黃
翠華、林清玄、高信疆、葉石濤、余光中、朱西甯、石永貴、齊邦媛、
洛夫、商禽、古蒙仁、梅新。（齊邦媛提供）

1990年3月31日，出席第15屆國家文藝獎（舊制）頒獎典禮，與筆會友
人合影。左起：余光中、殷張蘭熙、齊邦媛、彭歌、范我存（余光中夫
人）、姚宜瑛。（齊邦媛提供）

1991年冬，與文友一同為范我存60歲生日慶生。左起：董陽孜（後）、林海音、王信、邵佩瑜（後）、齊邦媛、范我存、姚宜瑛、張橋橋（瘂弦夫人）。（齊邦媛提供）

1992年7月6日，齊邦媛與殷張蘭熙（右）英譯林海音（中）*Memories of Peking*（《城南舊事》），三人手持新書合影留念。（齊邦媛提供）

1993年9月17日，與臺灣專門出版文學書籍著稱的「五小」出版社於林海音家中聚會。前排左起：馮秋鴻（鄭清茂夫人）、何凡、「大地」姚宜瑛、齊邦媛、鄭清茂、「九歌」蔡文甫、「純文學」林海音；後立者左起：「洪範」葉步榮、「爾雅」隱地。（齊邦媛提供）

1994年9月10日，應邀出席於臺北誠品敦南店舉行的「創世紀四十週年慶暨贈獎酒會」，擔任引言人。左起：瘂弦、申學庸、齊邦媛、邵玉銘。（齊邦媛提供）

1994年10月20日，中華民國筆會接待國際筆會會長哈伍德（Ronald Harwood）來臺參訪，攝於臺北福華飯店。前排左起：席慕蓉、逯塵瑩、齊邦媛、哈伍德、余光中、平路、宋美璍、歐茵西；後排左起：隱地、陳長房、林耀福、田維新、瘂弦、胡耀恆、高天恩、丁曰鳳。（齊邦媛提供）

1995年11月4日，齊邦媛邀集14位臺灣
作家赴山東威海出席中國作家協會與
聯合報系文化基金會合辦的「人與大自
然——環境文學研討會」，於渤海渡輪
上與張賢亮合影。（齊邦媛提供）

1995年12月31日，與文友在臺北陽明山張曉風的別墅跨年。前
排左起：席慕蓉、林貴真、張曉風、齊邦媛、洪幸芳；後排
左起：王行恭、林治平、瘂弦、馬森、隱地。（齊邦媛提供）

1996年4月1日，應邀出席香港中文大學翻譯系舉辦的外文中譯研究與探討會
議。左起：思果、金耀基、齊邦媛、林文月、李藝。（齊邦媛提供）

1998年3月31日，齊邦媛應邀出席九歌出版社成立20週年慶祝會，於會中大力呼籲「『國家文學館』必須獨自設館，給臺灣文學一個『家』」，引起媒體與政府關注。（齊邦媛提供）

1999年7月7日，出席《中英對照讀臺灣小說》新書發表會，與中華民國筆會工作同仁、譯者等合影。前排左起：項人慧、杜南馨、齊邦媛、史嘉琳（Karen Steffen Chung）、吳敏嘉、朱炎；後排左起：王德威、彭鏡禧、梁欣榮、鮑端磊（Daniel J. Bauer）。（齊邦媛提供）

2000年4月17日，應《聯合報·副刊》主任陳義芝之邀，與甫獲得諾貝爾文學獎的高行健於臺北「法哥里昂」歐式小館聚餐，「法哥里昂」亦是齊邦媛常與朋友相約聚會、談文論藝的咖啡廳。前排左起：齊邦媛、高行健；後排左起：陳義芝、隱地。（齊邦媛提供）

2000年5月，齊邦媛攝於南京紫金山麓「抗日航空烈士紀念碑」，義兄張大飛亦名列其中。（齊邦媛提供）

2000年11月3日，齊邦媛與王德威合作的「臺灣現代華語文學（Modern Chinese Literature from Taiwan）英譯計畫」，由美國哥倫比亞大學出版社出版多本臺灣長篇小說，將臺灣文學推介至西方國家。（齊邦媛提供）

2001年5月24日，齊邦媛為紀念《寒夜》英譯本*Wintry Night*由自己主持的「臺灣現代華語文學英譯計畫」出版，與原作者李喬合影。（齊邦媛提供）

2001年9月20日，九一八事變70週年，齊邦媛（前排左三）與大哥齊振一（前排左二）、大妹齊寧媛（前排左一）、小妹齊星媛（前排右三）回到瀋陽，參加由齊氏兄妹捐贈東北中山中學的「齊世英紀念圖書館」揭幕典禮。（齊邦媛提供）

2004年10月15日，因長期宣力外文譯述，潛心析論臺灣文學，獲頒二等卿雲勳章。左起：葉石濤、鍾肇政、柏楊、總統陳水扁、琦君、齊邦媛。（齊邦媛提供）

2006年1月，與《巨流河》成書的三位最大推手合影，齊邦媛稱他們是「巨流河三天使」。左起：簡娘、齊邦媛、李惠綿；後立者為單德興。（齊邦媛提供）

2009年2月，與《中華民國筆會季刊》（*The Chinese PEN*）英譯者團隊合影於齊邦媛85歲生日壽宴。前排左起：丁貞婉、齊邦媛、Linda Scott、杜南馨、吳敏嘉；後排左起：鄭永康、歐陽瑋（Edward Vargo）、李達三（John Deeney）、梁欣榮、袁鶴翔、康士林（Nicholas Koss）、高天恩。（齊邦媛提供）

2009年11月1日，齊邦媛獲總統馬英九頒授第五屆總統文化獎「文藝獎」。（齊邦媛提供）

2010年2月21日，邀請《巨流河》成書的協助者與其家屬一同前往墾丁，參訪書中所提到的「啞口海」。左起：齊寧媛、梁志（後）、姚遠、劉國瑞（後）、李惠綿、簡媜（後）、姚怡慶（後）、齊邦媛、張淑香、柯慶明（後）、余麗娜、單德興（後）、鄭雲卿、葉亞薇（後立者）。（齊邦媛提供）

2010年8月4日，接受文友專訪，攝於桃園長庚養生村。左起：鐘麗慧、王信、齊邦媛、封德屏、應鳳凰。（文訊文藝資料中心）

2011年5月7日，齊邦媛出席天下文化於臺北93巷人文空間舉辦的《巨流河》朗讀會，與朗讀人之一向陽合影。（應鳳凰提供）

2011年11月15日，齊邦媛應邀出席臺灣大學創校83年校慶慶祝大會，獲校長李嗣涔頒授名譽文學博士學位，肯定其對臺灣國語文與英語教學的創新改革，以及將臺灣文學推廣至國際的成就貢獻。（單德興提供）

2014年2月14日，出席天下文化於臺北誠品信義店舉辦的「《洄瀾——相逢巨流河》新書相逢會」。左起：趙守博、郝柏村、齊邦媛、白先勇、陳文茜、黃勝雄、陳芳明。（天下文化提供）

2015年10月27日，與文友一同參訪於臺北淡水新落成的雲門劇場。左起：林懷民、席慕蓉、齊邦媛、殷允芃。（齊邦媛提供）

2015年11月12日，因長期投身高等教育、譯介臺灣文學，並以《巨流河》
為國家近代史留下紀錄，獲頒一等景星勳章。左起：陳勝福、董陽孜、林
良（子敏）、齊邦媛、總統馬英九、黃俊雄、朱宗慶、吳興國、劉若瑀。
（林瑋提供）

1934年11月29日，齊邦媛童年的作文〈我的故鄉〔痛心的記事〕〉發表於
《小朋友》雜誌第631期，敘述東北家鄉的各種美景，以及因為日本人的
侵略而有家歸不得的憤慨。（高大威提供）

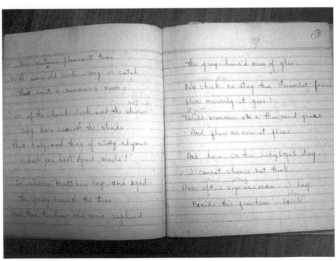

1944～1945年，甫自武漢大學哲學系轉入外文系二年級的齊邦媛，於朱光
潛的英詩課所抄錄的筆記。（齊邦媛提供）

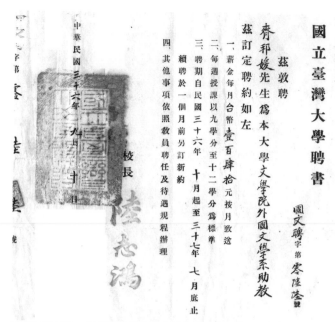

國立臺灣大學聘書

國文聘字　第零陸陸號

茲敦聘

齊邦媛先生為本大學文學院外國文學系助教

茲訂定聘約如左

一、薪金每月合幣壹百肆拾元按月致送

二、每週授課以九學分至十二學分為標準

三、聘期自民國三十六年十月起至三十七年七月底止
　續聘於一個月前另訂新約

四、其他事項依照教員聘任及待遇規程辦理

校長　陸志鴻

中華民國三十六年九月十日

1947年9月10日，齊邦媛來臺擔任臺灣大學文學院外國文學系助教職的聘書。（臺灣大學圖書館提供）

敬啟者　比較文學之研究，久為國際所重視，現在自由世界各國，多設有全國性的學會，各學會之間更有國際性的組織，以便利交換研究心得。比較文學的研究，近年來在我國已引起日益增長的注意，惜至今尚無全國性的聯絡。我們從事文學教育工作多年，咸認比較文學之發展，於國家、於世界心極有裨益，故特不揣愚昧並訂於六月九日（星期六）下午三時，假金華街大學文學院會議室舉行籌備會議，以商討學會會章程及有關事宜。久仰您對比較文學素有興趣，希望您屆時能出席參加。專此敬祝

文祺

發起人
朱立民
鄭騫
黃得時
葉慶炳
林文月
齊邦媛

余光中
侯健
顏元叔
李達三
胡耀恆
袁鶴翔
同啟

1972年，齊邦媛等12位中、外文系學者共同署名的「中華民國比較文學學會」發起書。（齊邦媛提供）

海音：

台北想到是四十天前事，隔洋想著卻似許久以前。到此設立即上課，為了每週六小時的課倒也相當忙碌。主要是要用公正的判斷作教材的取捨，必須自己先讀原著。三十年來的現代文學論評由大陸方面執筆的有些偏倚得厲害，我一直以純文學的眼睛看作品。自信是爭千秋的態度，不僅文章的取捨，甚至自己言語的取捨也都常費斟酌。您可以想見這味況。

在台北世作義一課內，我以您的〈金鯉魚的百襉裙〉和〈驢打滾兒〉作開篇，仔細推敲分析了六小時。本來是為了課程需要，但一面講一面自己覺得這兩篇該這麼講（如果文學成為講的對象的話），尤其是驢打滾兒

NMTL D00701100S1. 1/4

1982年3月14日，齊邦媛致林海音函，提及於美國舊金山加州州立大學（San Francisco State University of California）開設「中國現代文學」課程，以林海音〈金鯉魚的百襉裙〉與〈驢打滾兒〉兩篇小說作為教材。（國立臺灣文學館提供）

1984年8月，齊邦媛發表於《文訊》第13期〈江河匯集成海的六十年代小說〉手稿。（文訊文藝資料中心）

1992～1999年，齊邦媛接任《中華民國筆會季刊》總編輯，主持第81～109期編務。（文訊文藝資料中心）

1996年，齊邦媛應王德威之邀參與美國哥倫比亞大學出版社的「臺灣現代華語文學英譯計畫」，草擬編選作品的計畫書手跡。（臺灣大學圖書館提供）

1998年12月28日，齊邦媛致林淇瀁（向陽）函，提及共同推動國家文學館獨立設館的期望與決心。（國立臺灣文學館提供）

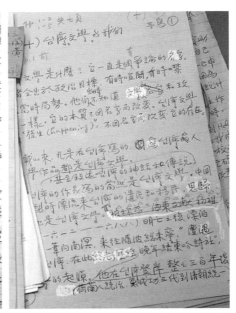

2005～2009年，齊邦媛《巨流河》手稿。（齊邦媛提供）

2008年8月30～31日，齊邦媛連載於《聯合報‧副刊》〈紅葉階前——憶錢穆先生〉手稿，記述齊邦媛任職國立編譯館期間，因書稿出現爭議，求教於錢穆，開啟長達18年緣分的往來經歷。（國立臺灣文學館提供）

2010年，樂茝軍（薇薇夫人）所繪之齊邦
媛與《巨流河》。（樂茝軍提供）

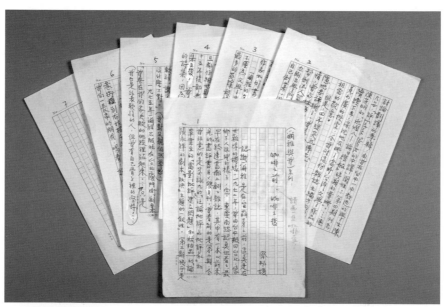

2015年7月，齊邦媛發表於《文訊》第357期「爾雅不惑‧文學無限」
專題〈咖啡之前‧咖啡之後〉手稿。（文訊文藝資料中心）

輯二◎生平及作品

小傳◎作品◎年表

小傳

齊邦媛（1924～）

齊邦媛，女，籍貫遼寧鐵嶺，1924 年 2 月 19 日生，1947 年 10 月來臺。

武漢大學外文系畢業，曾赴美國印第安那大學進修，中興大學名譽文學博士、佛光大學榮譽文學博士、臺灣大學名譽博士。曾任臺灣大學外文系助教、中興大學外文系主任、國立編譯館人文社會組兼教科書組主任、《中華民國筆會季刊》主編、中華民國筆會理事。曾任教於臺中一中、中興大學、靜宜大學、東海大學、臺灣大學，1988 年退休，現為臺灣大學外文系名譽教授。曾獲中國文藝協會榮譽文藝獎章散文創作獎、《聯合報》讀書人年度最佳書獎、五四文學交流獎、二等卿雲勳章、總統文化獎「文藝獎」、金石堂書店年度出版風雲人物、亞洲出版大獎最佳著作獎、金鼎獎圖書類非文學獎、華語文學傳媒大獎年度散文家獎、在場主義散文獎、文津圖書獎、行政院文化獎、亞洲研究學會終身成就獎、一等景星勳章。

齊邦媛創作文類以論述為主，兼及散文、翻譯。評論筆法深受法國評論家泰恩（Hippolyte Taine, 1828-1893）影響，以「時代、民族、環境」三個面向做為評介作品的主要依據，堅持不拘泥西方理論，焦點著重於挖掘作品的內容思想。評論範疇橫跨臺灣現當代文學，《千年之淚》以 1949 年前後反共懷鄉、女性文學、鄉土小說為主；《霧漸漸散的時候》聚焦於 1950 年代後的臺灣文學發展。王鼎鈞認為：「靠這兩本書幫助，關心臺灣文學的人有個方便的窗口，看見『中國文學的主流更為波瀾壯闊』」，也使每

一位勇猛精進的作家增加能源動力。」

　　齊邦媛一生致力於教學與評論，創作量雖不多，然下筆嚴謹，底蘊深厚，散文風格深沉內斂，哀而不傷。《一生中的一天》以謙抑的筆調記錄熱愛文學、熱愛臺灣的數十年歲月，郭強生形容：「只有真正將文學內化成生命動力與信仰的靈魂才具備這樣的文筆與情操，可以隨處綻發人生智慧，流露對時間、人世、生命深刻的珍愛與可敬的悼念。」81 歲時潛心書寫，歷時四年，完成 25 萬字回憶錄《巨流河》，引起國內外諸多回響，簡體版、日文版也相繼付梓。簡媜以「一出手，山河震動」形容這本書壯如史詩的格局，王德威亦評：「齊先生不僅是寫出了一本自傳，透過個人遭遇，她更觸及了現代中國種種不得已的轉折、知識分子的顛沛流離和他們的憂患意識、以及女性獻身學術的挫折和勇氣。⋯⋯《巨流河》最終是一位文學人對歷史的見證。」

　　1972 至 1977 年，齊邦媛任職國立編譯館期間，完成兩項影響深遠的成就：對內，修訂中學國文教科書，力爭臺灣作家作品收入中學課本，推廣現代文學；對外，組織《中國現代文學選集》英譯計畫，編選 1949 至 1974 年間臺灣出版的現代詩、散文、短篇小說，是第一套較為完整而充實的中國現代文學創作英譯本。1992 年，接任《中華民國筆會季刊》總編輯期間，持續譯介國內當代優秀作品、出席國際文學會議、主編《中英對照讀臺灣小說》等，搭起臺灣文學通往國際的橋樑。1998 年，應王德威之邀參與美國哥倫比亞大學出版社「臺灣現代華語文學」英譯計畫，將國內多部重要長篇小說編譯為多種外文版本，數十年來對「中書外譯」的工作不遺餘力，單德興稱之為「臺灣文學的國際推手」。

　　透過文學評論、選文英譯的方式肯定優秀的作家作品，為文壇提攜後進，並帶頭呼籲成立「國家臺灣文學館」，讓臺灣文學有自己的「家」。齊邦媛傾畢生之力為臺灣文學扎根，誠如林文月所言：「許多年來她熱情而堅毅地耕耘著文學的土地，遂有了豐滿的開花與結果。如此，那源自巨流河的水勢，到啞口海並沒有音滅聲消，看似平靜，實則洶湧未已。」

作品目錄及提要

【論述】

爾雅出版社1982

爾雅出版社2015

千年之淚

臺北：爾雅出版社
1990 年 7 月，32 開，213 頁
爾雅叢書 246

臺北：爾雅出版社
2015 年 7 月，25 開，263 頁
爾雅叢書 621

本書為小說評論集，評論作品聚焦於 1949 年以前中國人的苦難經歷，作者以時代、民族、環境三要素為基礎，挖掘作品中所蘊含的意義和希望。全書收錄〈時代的聲音〉、〈千年之淚〉、〈與時代若即若離的《未央歌》〉等十篇。正文前有齊邦媛〈自序〉，正文後有鐘麗慧「本書提及之書目一覽表」。

2015 年爾雅版：本書為爾雅出版社為慶祝 40 週年社慶推出的新版，重新編排並放大字體，正文與 1990 年爾雅版同。正文後刪去鐘麗慧「本書提及之書目一覽表」，新增〈關於作者〉、「齊邦媛紀事」。

霧漸漸散的時候

臺北：九歌出版社
1998 年 10 月，32 開，396 頁
九歌文庫 507

本書析論 20 世紀下半葉的臺灣小說與散文作品，觀看近五十年間臺灣文學在國際文壇與國內政經迷霧中行走、發展的姿態。全書分二卷，收錄〈從灰濛凝重到恣肆揮灑——五十年來的臺灣文學〉、〈《中國現代文學選集》序言——寫在爾雅版之前〉、〈江河匯集成海的六〇年代小說〉、〈《中華現代文學大系・小說卷》序〉等 30 篇。正文前有齊邦媛〈自序〉，正文後有「本書提及之書目一覽表」。

【散文】

一生中的一天
臺北：爾雅出版社
2004 年 5 月，25 開，247 頁
爾雅叢書 408

本書記述作者的人生經歷、懷人之情、對臺灣文學的認知與
體悟。全書分二輯，收錄〈初見臺大〉、〈蘭熙〉、〈期待史
詩〉等 17 篇。正文前有齊邦媛〈自序〉，正文後附錄蔡素芬
〈尋找內心的聲音〉、〈關於作者〉。

【傳記】

天下遠見 2009

三聯書店 2010

作品社 2011（上）

作品社 2011（下）

巨流河
臺北：天下遠見出版公司
2009 年 7 月，25 開，603 頁
風華館 LC051

北京：生活・讀書・新知三聯書店
2010 年 10 月，18 開，398 頁

東京：作品社
2011 年 6 月，32 開，312 頁、320 頁
池上貞子、神谷まり子譯

本書為作者的回憶錄，記述家族兩代自中
國東北漂流至臺灣落地生根的歷程，以及
臺灣文學走入西方世界發展紀要，為一過
渡新舊時代衝突的女性奮鬥史。全書共 11
章：1.歌聲中的故鄉；2.血淚流離——八
年抗戰；3.「中國不亡，有我！」——南
開中學；4.三江匯流處——大學生涯；5.
勝利——虛空，一切的虛空；6.風雨臺
灣；7.心靈的後裔；8.開拓與改革的七〇
年代；9.臺大文學院的迴廊；10.臺灣、文
學、我們；11.印證今生——從巨流河到啞
口海。正文前有齊邦媛〈序〉，正文後有
「齊邦媛紀事」、「《巨流河》參考書目」。

2010 年北京三聯書店版：2009 年天下遠見版之簡體字本。正文刪修觸及歷史觀點內容約三萬字，正文前齊邦媛〈序〉略有增刪，正文後新增德威〈如此悲傷，如此愉悅，如此獨特——齊邦媛先生與《巨流河》〉。

2011 年東京作品社版：2009 年天下遠見版之日譯本，共上、下二冊。上冊正文前原齊邦媛〈序〉大幅增刪，下冊正文後新增王德威〈解說「かく悲しみ、かく悦び、かく独特に生きる」——齊邦媛先生と『巨流河』〉、池上貞子，神谷まり子〈訳者あとがき〉。

【編著】

洄瀾——相逢巨流河
臺北：天下遠見出版公司
2014 年 1 月，25 開，391 頁
華文創作 LC082

本書為《巨流河》出版後對該書的評論、訪談、讀者來函與作者注文彙編。全書分「評論 Reviews」、「訪談 Interviews」、「來函 Letters」、「Anachronism」四部分，「評論 Reviews」收錄簡媜〈一初手，山河震動〉、李惠綿〈不廢江河萬古流〉、單德興〈臺灣文學的國際推手〉等 23 篇，「訪談 Interviews」收錄鄒欣寧〈痛苦是不能「經驗」的〉、何榮幸，郭石城〈齊世英齊邦媛・東北心臺灣情〉、董成瑜〈從容不迫〉等 15 篇，「來函 Letters」收錄 51 封讀者信函，「Anachronism」收錄〈1937 年南京・齊邦媛發自空城的信〉、〈樂茝軍女士（薇薇夫人）的畫〉、〈寫《巨流河》前兩封重要的信〉、〈席慕蓉的詩〉。正文前有齊邦媛〈序〉。

【翻譯】

The Chinese
University Press
1992

中文大學 2002

Memories of Peking: South Side Stories／林海音著（與殷張蘭熙合譯）
Hong Kong: The Chinese University Press
1992 年，25 開，154 頁

香港：中文大學出版社
2002 年，14×20.2 公分，303 頁

香港：中文大學出版社
2010 年，14×20.2 公分，303 頁

林海音《城南舊事》英譯本。全書共 5 章："Hui-an Hostel"、"Let Us Go and See

中文大學 2010

the Sea"、"Lan I-niang"、"Donkey Rolls"、"Papa's Flowers Have Fallen: And I Was No Longer a Child"。正文前有 The Translators' "Introduction"、"Winter Sun, Childhood Years, the Camel Caravan"。

2002 年中文大學版：中英文對照版。正文前刪去 The Translators' "Introduction"、"Winter Sun, Childhood Years, the Camel Caravan"，新增〈出版人的話〉("Publisher's Note")、彭小妍〈前言——林海音的城南舊事〉("Introduction——Lin Hai-yin's *Memories of Peking: South Side Stories*", Steven K. Luk 譯)

2010 年中文大學版：正文與 2002 年中文大學版同。

【齊邦媛主編書目一覽】

- *An Anthology of Contemporary Chinese Literature: Taiwan, 1949-1974 (Vol. 1 Poems and Essays)*, Taipei: National Institute for Compilation and Translation, Seattle: University of Washington Press，1975 年，25 開，556 頁。(與李達三、何欣、吳奚真、余光中合編)

- *An Anthology of Contemporary Chinese Literature: Taiwan, 1949-1974 (Vol. 2 Short Stories)*, Taipei: National Institute for Compilation and Translation, Seattle: University of Washington Press，1975 年，25 開，470 頁。(與李達三、何欣、吳奚真、余光中合編)

- 《中國現代文學選集‧小說卷》，臺北：書評書目出版社，1976 年 2 月，25 開，447 頁。(與李達三、何欣、吳奚真、余光中合編)

- 《中國現代文學選集‧詩、散文卷》，臺北：書評書目出版社，1976 年 4 月，25 開，676 頁。(與李達三、何欣、吳奚真、余光中合編)

- 《中國現代文學選集第一冊‧詩》，臺北：爾雅出版社，1983 年 4 月，32 開，382 頁。(與李達三、何欣、吳奚真、余光中合編)

- 《中國現代文學選集第三冊‧小說》，臺北：爾雅出版社，1983 年 7 月，32 開，514 頁。(與李達三、何欣、吳奚真、余光中合編)

- 《中國現代文學選集第二冊‧散文》，臺北：爾雅出版社，1984 年 1 月，32 開，

397 頁。（與李達三、何欣、吳奚真、余光中合編）

•《吳魯芹散文選》，臺北：洪範書店，1986 年 4 月，32 開，286 頁。

•《西洋詩歌研究》，臺北：中央文物供應社，1986 年 6 月，25 開，258 頁。

• *Der ewige Fluss: Chinesische Erzählungen aus Taiwan*, München: Minerva-Publikation，1986 年，25 開，298 頁。（與殷張蘭熙、郭恆鈺合編）

•《中華現代文學大系：臺灣 1970～1989・小說卷》（共五冊），臺北：九歌出版社，1989 年 5 月，25 開，2697 頁。

• *Anthologie de la Litterature Chinoise Contemporaine: Taiwan, 1949-1974 (Livre I：Essais)*, Taipei: Institut National de Traduction，1989 年，25 開，254 頁。（與李達三、何欣、吳奚真、余光中合編；André Nougé 翻譯）

• *Anthologie de la Litterature Chinoise Contemporaine: Taiwan, 1949-1974 (Livre II：Nouvells)*, Taipei: Institut National de Traduction，1989 年，25 開，290 頁。（與李達三、何欣、吳奚真、余光中合編；André Nougé 翻譯）

•《中英對照讀臺灣小說》，臺北：天下遠見出版公司，1999 年 6 月，25 開，338 頁。

• *Chinese Literature in the Second Half of a Modern Century: A Critical Survey*, Bloomington: Indiana University Press，2000 年 9 月，15.2×23.5，322 頁。（與王德威合編）

•《中國現代文學選集第三冊・小說》，臺北：爾雅出版社，2001 年 2 月，25 開，541 頁。（與李達三、何欣、吳奚真、余光中合編）

•《中國現代文學選集第一冊・詩》，臺北：爾雅出版社，2002 年 4 月，25 開，396 頁。（與李達三、何欣、吳奚真、余光中合編）

• *The Last of the Whampoa Breed: Stories of the Chinese Diaspora*, The New York: Columbia University Press，2003 年，25 開，270 頁。（與王德威合編）

• *An Anthology of Contemporary Chinese Literature: Taiwan (Vol. 3 Essays)*，臺北：洪葉文化公司，2004 年 1 月，25 開，391 頁。

•《最後的黃埔：老兵與離散的故事》，臺北：麥田出版社，2004 年 3 月，25 開，

275 頁。（與王德威合編）

·《吳魯芹散文選》，臺北：洪範書店，2006 年 8 月，25 開，288 頁。

文學年表

1924 年　　2 月　　19 日，生於遼寧鐵嶺。父齊世英，母裴毓貞。排行長女，
　　　　　　　　　　有一兄二妹。

1930 年　　本年　　隨母親移居南京，與兵諫失敗而流亡的父親相聚。
　　　　　　　　　　就讀小學一年級。

1932 年　　本年　　隨母親移居天津法租界，就讀老西開小學。

1933 年　　本年　　返南京，就讀鼓樓小學。

1934 年　　夏　　　因肺病前往北平「西山療養院」休養，在病友張姐姐引領下
　　　　　　　　　　接觸《茶花女》等翻譯文學經典，建立閱讀喜好。

　　　　　　11 月　29 日，〈我的故鄉〔痛心的紀事〕〉發表於《小朋友》第 631
　　　　　　　　　　期。

1935 年　　本年　　肺病痊癒，返南京就讀山西路小學。

1936 年　　本年　　畢業於山西路小學。

1937 年　　10 月　中日戰爭爆發，日軍進入南京前 20 日，舉家隨東北中山中
　　　　　　　　　　學師生撤離，移往漢口。

1938 年　　春　　　移往湖南湘鄉永豐，就讀長沙周南女中，為期一學期。

　　　　　　秋　　　日軍攻陷廣州，舉家移往桂林，就讀桂林女中月餘，移往貴
　　　　　　　　　　州懷遠。

　　　　　　11 月　隨父親移往重慶，就讀南開中學初中部。

　　　　　　本年　　父親創辦《時與潮》雜誌，高中時期得以大量閱讀該社編輯
　　　　　　　　　　部成員提供之英文稿，厚植英文能力。

1940 年　　本年　　畢業於南開中學初中部，直升高中部。

		師從孟志蓀，修習國文、詩詞等課程，開啟中國文學視野。
1943 年	本年	畢業於南開中學高中部。
		考入武漢大學哲學系。
1944 年	本年	經外文系主任朱光潛提點，轉入同校外國文學系，師從朱光潛、吳宓，接觸雪萊、濟慈等浪漫主義詩人作品，展開英美文學的啟蒙。
1946 年	本年	中日戰爭完結，大三學期結束後，復員北平。
1947 年	6 月	畢業於武漢大學外國文學系。
	9 月	經父執馬廷英介紹，受聘為臺灣大學文學院外國文學系助教。
1948 年	10 月	10 日，與武漢大學電機系學長羅裕昌於上海新天安堂基督教會結婚，婚後十日返臺。
1950 年	6 月	隨夫調職，辭去臺灣大學外文系助教職務，舉家遷往臺中，定居 17 年。
	本年	長子羅思齊出生。
1952 年	本年	次子羅思賢出生。
1953 年	本年	於臺中一中教授高中英文。
1954 年	本年	三子羅思平出生。
1956 年	夏	考取美國國務院戰後「傅爾布萊特文化交流計畫」（Fulbright Exchange Teachers' Program），於 9 月赴美進修英語教學一學期。此計畫為二戰後美國選派文化人士和各國教育文化代表，互相工作訪問，藉由文化交流促進國際和平。
1957 年	春	「傅爾布萊特文化交流計畫」課程結束，返回臺灣，續任臺中一中教師。
1958 年	秋	辭去臺中一中教師職務，轉任臺灣省立農學院（今中興大學），教授大一英文，同時積極推動成立外文系。
1959 年	本年	兼任臺中霧峰故宮博物院英文祕書。

1961 年　本年　受靜宜女子英語專科學校（今靜宜大學）負責人 Sister
　　　　　　　Frances 之邀，兼任該校外文系副教授，講授美國文學。
　　　　　　　兼任教職於東海大學外國語文學系，講授翻譯課程。

1965 年　秋　應邀擔任諾貝爾經濟獎得主海耶克（Friedrich A. Heyek）訪
　　　　　　　問臺灣、於臺中各校發表演說的現場翻譯，獲得高度肯定，
　　　　　　　日後擔任許多重要人士訪問臺中的現場翻譯。

　　　　　本年　辭去故宮博物院英文祕書職務。

1967 年　7 月　丈夫羅裕昌調職，舉家遷回臺北。

　　　　　夏　通過教育部審定，升等為正教授。

　　　　　9 月　第二次考取「傅爾布萊特文化交流計畫」，赴美國聖瑪麗學
　　　　　　　院（Saint Mary-of-the-Woods College）任教，教授中國現當
　　　　　　　代文學，見該校圖書館之中國現代文學館藏並無任何臺灣資
　　　　　　　料，萌發返臺後英譯臺灣文學的心願。

1968 年　1 月　辭去聖瑪麗學院教職，於美國印地安納大學（Indiana
　　　　　　　University）進修比較文學、西方文學。後因父親來函敦促
　　　　　　　齊邦媛歸國，尚未取得學位即返回臺灣。

1969 年　本年　續任中興大學教職，出任新成立的外文系之首屆系主任。

1970 年　7 月　24～25 日，〈東方的禮讚〉連載於《中央日報·副刊》10、
　　　　　　　9 版。

　　　　　本年　擔任臺灣大學外國語文學系兼任教授，負責該校中文系與歷
　　　　　　　史系研究所共同開設的「高級英文」課程，至 1988 年退休
　　　　　　　為止。

1971 年　4 月　10 日，於中興大學籌畫召開第一屆英美文學教育研討會，
　　　　　　　進行教學方面的交流討論，與會者有顏元叔、楊景邁、朱立
　　　　　　　民、侯健、王文興、胡耀恆等。

　　　　　5 月　"The Prometheus Myth, Ancient and Modern"（〈希臘及現代之
　　　　　　　普羅米修斯悲劇詩〉）發表於中興大學《文史學報》第 1 期。

1972 年　8 月　27～28 日,〈由特洛城到玉泉山——談史詩的題材〉連載於《中國時報・人間副刊》12、9 版。

　　　　　夏　辭去中興大學教職。

　　　　　本年　擔任國立編譯館人文社會組主任，推動《中國現代文學選集》英譯計畫，與余光中、吳奚真、何欣、李達三組成編譯小組。

　　　　　　　因國立編譯館書稿出現爭議，求教於錢穆，開啟多年緣分，後發表〈紅葉階前——憶錢穆先生〉一文敘述此段經歷。

　　　　　　　結識《中華民國筆會季刊》(*The Chinese PEN*) 總編輯殷張蘭熙，交換英譯文學心得。

　　　　　　　為促進國際學術交流、厚植我國學術實力，與朱立民、余光中、鄭騫、侯健、黃得時、葉慶炳、李達三、顏元叔、林文月、胡耀恆、袁鶴翔共同署名推動成立「中華民國比較文學學會」。

1973 年　8 月　〈司馬中原筆下震撼山野的哀痛〉發表於《中外文學》第 2 卷第 3 期。

　　　　　本年　兼任國立編譯館教科書組主任，推動國民中學國文教科書的改革計畫、西方文化經典與現代化叢書編纂計畫。

1974 年　6 月　〈寫詩的佩刀人——溫瑞安詩中的史詩性〉發表於《中外文學》第 3 卷第 1 期。

1975 年　8 月　〈希臘神話與史詩中的悲劇英雄〉發表於《中外文學》第 4 卷第 3 期。

　　　　　　　〈傾聽心靈的聲音——序林梵《失落的海》〉發表於《幼獅文藝》第 260 期。

　　　　　秋　再赴印第安納大學進修比較文學。

　　　　　本年　與李達三、何欣、吳奚真、余光中合編 *An Anthology of Contemporary Chinese Literature: Taiwan 1949-1974* 共二冊，

由臺北國立編譯館與美國華盛頓大學出版社出版。

1976 年　2 月　〈《中國現代文學選集》前言〉發表於《書評書目》第 34 期。

*An Anthology of Contemporary Chinese Literature: Taiwan 1949-1974 (Vol. 2 Short Stories)*中文本《中國現代文學選集‧小說卷》）由臺北書評書目出版社出版。

4 月　*An Anthology of Contemporary Chinese Literature: Taiwan, 1949-1974 (Vol. 1 Poems and Essays)*中文本《中國現代文學選集‧詩、散文卷》由臺北書評書目出版社出版。

本年　赴英國倫敦大學（University of London）訪問兩個月。

1977 年　夏　辭去國立編譯館職務，專任於臺灣大學外國語文學系，講授英國文學史、翻譯等課程。

1978 年　5 月　應邀赴瑞典斯德哥爾摩參加第 43 屆國際筆會（International PEN）年會，發表論文"Nostalgia as a Literary Disguise of Positive Thinking"。

〈散文裡的兩個世界——由王鼎鈞的《碎琉璃》、蕭白的《響在心中的水聲》談起〉發表於《幼獅文藝》第 293 期。

9 月　"Nostalgia as a Literary Disguise of Positive Thinking"（〈鄉愁是積極思想的文學掩飾〉）發表於 *The Chinese PEN* 第 25 期。

本年　參加中華民國筆會，擔任《中華民國筆會季刊》編輯。

主編馬克‧吐溫（Mark Twain）作品中譯《乞丐王子》（翁廷樞譯）、《古國幻遊記》（蕭廉任譯），由臺北黎明文化公司出版。

1979 年　4 月　2 日，〈以一條大江的身姿流去〉發表於《中國時報‧人間副刊》12 版。

10 月　應《中國時報‧人間副刊》主編高信疆之邀，與返回臺灣的

夏志清及國內文學教授進行座談，探討中西古典文學作品中的女性形象，與會者有高信疆、夏志清、張曉風、裴普賢、張敬、曾永義、王保珍。座談發言〈向千萬卷文學作品質疑：女子豈難養哉？——從中西古典文學作品中看婦女地位的種種〉由張大春、陳雨航、陳奕琦記錄，刊載於《中國時報‧人間副刊》，1980 年 3 月 8～10 日，8 版。

1980 年	5 月	4 日，與吳魯芹、楊牧、何欣、司馬中原聯合執筆「當代散文五家談」專題，發表於《中國時報》8 版。
	9 月	16 日，應《聯合報》第五屆小說獎之邀，以中、長篇小說評審委員身分撰文闡述小說藝術理念及評審標準，〈文學的長跑者〉發表於《聯合報‧副刊》8 版。
	本年	主編馬克‧吐溫作品中譯《密西西比河上的歲月》（丁貞婉譯），由臺北國立編譯館出版。
1981 年	4 月	〈自然處見才情〉發表於《純文學季刊》第 1 期。
1982 年	10 月	20 日，〈〈小畢的故事〉評審意見〉發表於《聯合報‧副刊》8 版。
		27 日，〈〈髮網情網〉評審意見〉發表於《聯合報‧副刊》8 版。
	本年	應聘擔任美國舊金山加州州立大學（San Francisco State University）訪問教授，講授「中國現代文學」課程一學期。
		應邀出席紐約聖約翰大學（St. John's University）「中國現代文學研討會」，初識文化大革命後首次現身國際會議的中國作家王蒙等。
1983 年	4 月	11 日，〈「中國現代文學選集」前言〉發表於《中央日報‧晨鐘》10 版。
		《中國現代文學選集》由臺北爾雅出版社重新編排，分為

詩、小說、散文三冊，分別於 1983 年 4 月、1983 年 7 月、1984 年 1 月出版。

7 月　13 日，〈超越悲歡的童年——再讀林海音的《城南舊事》〉發表於《中華日報》10 版。

8 月　15 日，母親裴毓貞逝世。

　　　25 日，〈七月流火祭魯芹〉發表於《聯合報・副刊》8 版。

1984 年　6 月　9 日，應邀出席文訊雜誌社於臺北文苑舉辦的「散文類型的再探討」座談會，由張法鶴擔任主席，與會者有吳宏一、顏崑陽、楊牧、沈謙、公孫嬿、張曉風、陳銘磻、馮放民、林錫嘉、黃武忠。座談發言發表於同年 10 月《文訊》第 14 期。

8 月　13 日，〈行萬里路的中國人〉發表於《中央日報・副刊》11 版。

　　　〈江河匯集成海的六十年代小說〉發表於《文訊》第 13 期。

9 月　13 日，〈文章千古事——弦斷吟未止的吳魯芹散文〉發表於《中國時報・人間副刊》8 版。

　　　24 日，〈行至人生的中途——《我在》中的曉風〉發表於《中國時報・人間副刊》第 8 版。

10 月　2 日，〈聯合報第九屆小說獎中篇小說總評印象〉發表於《聯合報・副刊》8 版。

1985 年　1 月　31 日、2 月 7 日，〈中國現代文學中深刻的時代性〉發表於《中央日報・文藝評論》10 版。

3 月　〈閨怨之外——以實力論臺灣女作家〉發表於《聯合文學》第 5 期。

4 月　應聘擔任德國柏林自由大學春季班客座教授，講授臺灣文學課程。

6 月　與白先勇、陳若曦、鍾玲、李歐梵、鄭樹森應邀出席柏林市政府舉辦的「地平線世界文學會議」，由於德國對臺灣文壇頗為陌生，決意將臺灣現代文學譯介至德國。

8 月　19～25 日，應邀出席於英國牛津大學（University of Oxford）召開的中國現代文化會議 "Second Sino-European Conference on China"，發表論文 "European Inspiration and the Mellowing of Modern Chinese Poetry"。

9 月　返回臺灣後於臺北麗水街口遭遇車禍，調養一年。手術後十天即與殷張蘭熙開始進行臺灣文學德譯的選文工作，將中、英文資料寄至德國，由郭恆鈺主持翻譯與聯絡事宜。

12 月　9 日，〈劫後──人行道上的戰慄〉（李鹽冰整理）發表於《中國時報・人間副刊》8 版。

"The Mellowing of Modern Chinese Poetry in Taiwan"（〈臺灣中國現代詩的成熟〉）發表於 The Chinese PEN 第 54 期。

1986 年　3 月　27 日，〈輕裘緩帶風格的文章〉發表於《中華日報》11 版。

4 月　〈《吳魯芹散文選》前言〉發表於《洪範雜誌》第 26 期。

主編《吳魯芹散文選》，由臺北洪範書店出版。

6 月　22～26 日，赴德國漢堡參加第 49 屆國際筆會年會，發表論文 "An Unexpected Blossoming: Contemporary History as Reflected in Chinese Literature in Taiwan"。

主編《西洋詩歌研究》，由臺北中央文物供應社出版。

8 月　19 日，〈小說有沒有大使命？〉發表於《聯合報・副刊》8 版。

9 月　20 日，〈愉悅歡唱的《蝴蝶樹》──喻麗清的海外心境〉發表於《爾雅人》。

"An Unexpected Blossoming: Contemporary History as Reflected in Chinese Literature in Taiwan"（〈令人意外的花

果〉〉發表於 *The Chinese PEN* 第 57 期。

10 月　4 日，〈為又一個謬誤的時代立碑〉發表於《中國時報‧人間副刊》8 版。

23 日，〈短篇小說取材與表現的態度〉發表於《中央日報‧副刊》10 版。

11 月　1～4 日，〈留學「生」文學——由非常心到平常心〉連載於《中國時報‧人間副刊》8 版。

本年　與殷張蘭熙、郭恆鈺合編 *Der ewige Fluss: Chinesische Erzählungen aus Taiwan*（《源流：臺灣短篇小說選》），由德國 Minerva-Publikation 出版。

1987 年　7 月　4～5 日，應邀出席文訊雜誌社於臺北中央圖書館（今國家圖書館）舉辦的抗戰文學研討會，與會者有余光中、錢穆、葛浩文、趙淑敏等。

5 日，〈與時代若即若離的《未央歌》〉發表於《聯合報‧副刊》8 版。

7 日，〈抗戰演義的遠景——聯副「試寫抗戰」專輯導言〉，發表於《聯合報‧副刊》7 版。

8 月　8 日，8 日，父親齊世英逝世。

10 月　27 日，〈助好書衝出重圍——寫在「質的排行榜」專輯之前〉發表於《聯合報》21 版。

1988 年　2 月　23 日，〈新書快評——袁瓊瓊極短篇〉發表於《聯合報‧讀書專刊》21 版。

5 月　22 日，應邀出席文訊雜誌社與聯合文學雜誌社於臺北文苑舉辦的當前大陸文學研討會，與會者有蔣震、無名氏、李瑞騰、馬森等。

7 月　3 日，〈由平路的《五路封緘》看臺灣的知識性文學〉發表於《時報新聞周刊》第 109 期。

7 日，〈烽火邊緣的青春〉發表於《聯合報‧副刊》21 版。

8 月　17 日，自臺灣大學外國語文學系教授職退休。

1989 年　4 月　應邀出席行政院文建會與《中央日報‧副刊》舉辦的潘人木作品討論會。

5 月　31～6 月 1 日，〈見樹又見林——二十年來臺灣小說的表現技巧舉例〉連載於《中國時報‧人間副刊》23 版。

主編《中華現代文學大系——臺灣 1970～1989》小說卷（卷 7～12），由臺北九歌出版社出版。

7 月　26～27 日，〈千年之淚——反共懷鄉文學是傷痕文學的序曲〉連載於《聯合報‧副刊》27 版。

8 月　〈人性尊嚴與天地不仁——李喬《寒夜三部曲》〉發表於《臺灣春秋》第 1 卷第 11 期。

18 日，〈故事是寫不完的〉發表於《中央日報‧副刊》16 版。

10 月　〈初訪張大春的《大說謊家》〉發表於《出版情報》第 18 期。

本年　獲聘為臺灣大學名譽教授。

An Anthology of Contemporary Chinese Literature: Taiwan 1949-1974 法文本 *Anthologie de la Litterature Chinoise Contemporaine: Taiwan 1949-1974* 共二冊（Livre I：Essais、Livre II：Nouvells，André Nougé 譯），由臺北國立編譯館出版。

主編馬克‧吐溫作品中譯《浪跡西陲》（林耀福譯），由臺北國立編譯館印行。

1990 年　3 月　5 日，〈擡轎走出《狂風沙》〉發表於《聯合報‧副刊》29 版。

7 月　1 日，〈濟慈評傳（兩本）〉發表於《聯合報‧副刊》29 版。

　　　　　　7～8 日，〈寫給土地的家書——讀李喬「寒夜三部曲」〉連載於《聯合報・副刊》29 版。

　　　　　　《千年之淚》由臺北爾雅出版社出版。

　　　本年　應邀出席美國科羅拉多大學「臺灣現代文學國際研討會」，發表論文〈眷村文學〉。

1991 年　2 月　8 日，〈一本不肯寵壞讀者胃口的小說——《春雨》〉發表於《中國時報・開卷》23 版。

　　　　4 月　22 日，〈寂寞的報酬〉發表於《聯合報・副刊》25 版。

　　　　8 月　〈侯健中譯柏拉圖《理想國》的意義〉發表於《中外文學》第 20 卷第 3 期。

　　　　9 月　23 日，〈誤讀包裝的故事〉發表於《聯合報・副刊》25 版。

　　　10 月　25～27 日，〈眷村文學——鄉愁的繼承與捨棄〉連載於《聯合報・副刊》25 版。

1992 年　1 月　6 日，〈〈消失的球〉與眷村心結〉發表於《中央日報・長流》16 版。

　　　　4 月　〈漂泊與回家的文學——觀察人生作家履彊〉收錄於施淑、高天生合編《履彊集》，由臺北前衛出版社出版。

　　　　8 月　28 日，〈《昨天的雲》評介〉發表於《中國時報・開卷》32 版。

　　　　9 月　25 日，〈《熱的絕滅》評介〉發表於《中國時報・開卷》32 版。

　　　12 月　30 日，〈一生中的一天〉發表於《聯合報・副刊》24 版。

　　　本年　接任《中華民國筆會季刊》總編輯。

　　　　　　與殷張蘭熙英譯林海音 *Memories of Peking*（《城南舊事》），由香港中文大學出版社出版。

1993 年　1 月　〈《少年大頭春的生活週記》〉發表於《光華》第 18 卷第 1 期。

2 月　3 日，〈平凡的題材·質樸的寫法〉發表於《中央日報·長河》17 版。

4 月　8 日，〈《單身蕙惠》評介〉發表於《聯合報·讀書人》35 版。

5 月　26～30 日，應邀出席香港鑪峰學會與香港中文大學新亞書院合辦的「兩岸暨港澳文學交流研討會」，發表論文〈二度漂流的文學〉，後刊載於《聯合報·副刊》，1993 年 6 月 26～27 日，37 版。

首次返回大陸，並訪故鄉遼寧鐵嶺小西山。

7 月　14 日，〈一壺香茗，半庭濃蔭〉發表於《中國時報·人間》27 版。

9 月　24 日，〈良性移民的橋樑〉發表於《聯合報·副刊》35 版。

應邀赴馬來西亞吉隆坡出席華人女作家年會，並訪檳榔嶼、新加坡。

12 月　16 日，與王德威、鄭樹森共同籌畫，聯合報系文化基金會於臺北圓山飯店召開「四十年來中國文學會議」，並發表論文〈四十年來的臺灣文學——從灰濛凝重到恣肆揮灑〉，提要文章發表於《聯合報·副刊》43 版。

27 日，應邀出席洪建全基金會於臺北敏隆講堂舉辦的「洪敏隆先生人文紀念講座」，擔任引言人，演講「文學與情操」。

本年　獲中國文藝協會榮譽文藝獎章散文創作獎。

1994 年　1 月　8 日，應邀出席《中國時報·人間副刊》於臺北誠品敦南店舉辦的「從四〇年代到九〇年代——兩岸三邊華文小說研討會」第一場，「四、五〇年代（上）」，與會者有葉石濤、林海音、楊照、彭小妍、汪曾祺等。

3 月　〈等待答案的會議〉發表於《文訊》第 101 期「現代文學會議的觀察」專題。

6 月　30 日，〈第三世界的豐沛〉發表於《聯合報‧讀書人專刊》42 版。

9 月　10 日，應邀出席於臺北誠品敦南店舉行的「創世紀四十週年慶暨贈獎酒會」，擔任引言人。

10 月　8 日，獲香港翻譯學會授予榮譽會士銜。

11 月　赴捷克布拉格參加第 61 屆國際筆會年會。

12 月　8 日，〈心靈童年永存〉發表於《中國時報‧開卷》48 版。

1995 年　1 月　5 日，〈《城南舊事》評介〉發表於《中國時報‧開卷》43 版。

20 日，〈命運的反挫〉發表於《中央日報‧長河》19 版。

5 月　6 日，應邀出席幼獅文藝雜誌社於劍潭青年活動中心舉辦的「臺灣五十年來的文學發展」座談會，擔任引言人，演講「小說的顛覆性或自我顛覆」。

6 月　22 日，〈剪報時代的消逝——悼吳心柳〉發表於《聯合報‧副刊》37 版。

〈小說的顛覆性或自我顛覆〉發表於《幼獅文藝》第 498 期。

7 月　6 日，〈《歲月沉沙》評介〉發表於《聯合報‧讀書人》42 版。

10 月　22～23 日，〈我的聲音只有寒風聽見〉連載於《聯合報‧副刊》37 版。

11 月　2～5 日，邀集劉克襄、胡台麗、王文進、李豐楙、陳信元、瓦歷斯‧諾幹等 14 位作家出席中國作家協會與聯合報系文化基金會於山東威海參合辦的「人與大自然——環境文學研討會」，促進兩岸文學交流。

1996 年　4 月　1～3 日，應邀出席香港中文大學翻譯系於該校舉辦的外文中譯研究與探討會議，發表論文〈由翻譯的動機談起〉，主

持人金聖華，與會者有余光中、林文月、鍾玲、彭鏡禧等。

5月　30 日，〈冰湖雪山與南國鄉夢〉發表於《中國時報・人間副刊》35 版。

〈臺灣文學作品的外譯〉發表於《精湛》第 28 期。

9月　〈回到陽光的肩上——序陳幸蕙《愛自己的方法》〉發表於《爾雅人》第 96 期。

本年　應王德威之邀參與美國哥倫比亞大學出版社的「臺灣現代華語文學（Modern Chinese Literature from Taiwan）英譯計畫」，與王德威、馬悅然組成編輯委員會，從 1998 年開始陸續出版王禎和《玫瑰玫瑰我愛你》、鄭清文《三腳馬》、朱天文《荒人手記》等數十本長篇小說英譯本。

1997 年　1月　13、20 日，〈無鄉無愁的今日眷村文學——我看《消失的□□》〉發表於《中華日報・書香文化》15 版。

6月　"A Survey of Fifty Years of Taiwanese Literature（1945～1995）"（〈五十年來臺灣文學〉）（鄭永康譯）發表於 *The Chinese PEN* 第 100 期。

7月　5 日，應邀出席「中華民國翻譯學學會」成立大會，演講〈翻譯語言的魅力與啟發〉，演講紀錄後刊載於《翻譯學研究集刊》第 3 期（洪菁蓮、余伯泉、蘇正隆記錄整理）。

8月　8 日，〈故鄉——父親齊世英逝世十年祭〉發表於《聯合報・副刊》41 版。

8月　赴蘇格蘭愛丁堡參加第 64 屆國際筆會年會。

12月　18 日，應邀出席《中央日報・副刊》於臺北中央日報社七樓會議室舉辦的「中副的過去、現在與未來」座談會，與會者有林黛嫚、李瑞騰、古蒙仁、韓濤、尉天驄、謝鵬雄、張默、丘秀芷、黃永武、張啟疆、郝譽翔。座談發言〈以才華和熱情創造時代〉（周昭翡記錄整理）發表於 1998 年 1 月 6

日《中央日報‧副刊》22 版。

24 日，應邀出席行政院文建會委託《聯合報‧副刊》於臺北國家圖書館舉辦的「臺灣現代小說史研討會」，發表專題演講〈霧漸漸散的時候〉，文章刊載於《聯合報‧副刊》41 版。

| 1998 年 | 3 月 | 31 日，應邀出席九歌出版社成立 20 週年慶祝會，於會中大力呼籲「『國家文學館』必須獨自設館，給臺灣文學一個『家』」，引起媒體與政府關注。 |

5 月　14 日，〈新莊‧舊鎮‧大水河——關於鄭清文小說選《三腳馬》英譯本〉發表於《中國時報‧人間》37 版。

〈中書外譯的回顧與檢討〉（賴佳琦記錄整理）發表於《文訊》第 151 期。

7 月　20～21 日，〈故宮古物與人性空間——寫在莊嚴先生百歲誕辰之前〉連載於《中國時報‧人間副刊》37 版。

9 月　24～25 日，〈李喬《寒夜三部曲》中難忘的人物〉連載於《聯合報》37 版。

赴芬蘭赫爾辛基參加第 65 屆國際筆會年會。

10 月　10 日，〈逃離的、漂流的、落地生根的——《霧漸漸散的時候》看臺灣文學五十年〉發表於《九歌》第 211 期。

《霧漸漸散的時候》由臺北九歌出版社出版。

12 月　《霧漸漸散的時候》獲聯合報 1998 年讀書人年度最佳書獎。

| 1999 年 | 4 月 | 5 日，獲文工會第二屆五四文學交流獎。 |

6 月　29 日，〈中英對照讀臺灣小說〉發表於《聯合報‧副刊》37 版。

主編《中英對照讀臺灣小說》，由臺北天下遠見出版公司出版。

	7月	7日，出席《中英對照讀臺灣小說》新書發表會。
	12月	5～6日，〈《旋風》中的繡花鞋〉連載於《中國時報・人間副刊》29、37版。
	本年	辭去《中華民國筆會季刊》總編輯職務。
2000年	9月	「四十年來中國文學會議」論文集英譯本 Chinese Literature in the Second Half of a Modern Century: A Critical Survey（與王德威合編），由美國印第安納大學出版社出版。
	本年	應邀擔任香港中文大學主辦的「第一屆新紀元全球華文青年文學獎」短篇小說組評審。
2001年	2月	5日，應邀出席臺北國際書展主辦、自由副刊合辦的「文學的創作與翻譯」座談，與會者有李喬、林水福、鄭清文、游淑靜，座談發言由潘弘輝記錄整理，後刊載於《自由時報・副刊》，2001年2月7日，39版。
		《中國現代文學選集第三冊・小說》由臺北爾雅出版社重新編排再版。
	4月	4日，〈怎樣的人生可以寫詩的回憶？〉發表於《聯合報・副刊》37版。
		與王德威、奚密、馬悅然合編 Frontier Taiwan: An Anthology of Modern Chinese Poetry（《臺灣現代詩選》），由美國哥倫比亞大學出版社出版。
	5月	10日，〈鱒魚還鄉了麼？從《寒夜》到《大地之母》〉發表於《聯合報・副刊》37版。
	9月	20日，九一八事變70週年，與大哥齊振一、大妹齊寧媛、小妹齊星媛回到瀋陽，參加由齊氏兄妹捐贈東北中山中學的「齊世英紀念圖書館」揭幕典禮。
	12月	3日，〈失散──送海音〉、〈難以超越的文壇代表〉發表於《聯合報・副刊》37版。

22 日，出席於臺北臺泥大樓舉辦的「頌永恆・念海音——林海音女士追思會」。

應邀出席中國瀋陽東北中山中學「齊世英紀念圖書館」開幕典禮。

2002 年　4 月　《中國現代文學選集第一冊・詩》由臺北爾雅出版社重新編排再版。

9 月　29～30 日，〈雨林與馬華文學圖像〉連載於《聯合報・副刊》39 版。

10 月　〈我讀《雨雪霏霏》〉發表於《書與人》第 7 期。

接受中央研究院單德興、趙綺娜口述歷史訪談計畫，至 2003 年 12 月止，共進行 17 次訪談，所整理之紀錄稿為《巨流河》一書重要基礎。

12 月　1 日，應邀出席國立文化資產保存研究中心籌備處於國家圖書館舉辦的「閱讀林海音」座談會，擔任引言人。

16～17 日，〈初見臺大〉連載於《自由時報・副刊》35、39 版。

23～24 日，〈蘭熙〉連載於《聯合報・副刊》39 版。

接受單德興、趙綺娜進行口述歷史訪談。

"Nancy——A Giver in Silence"（〈蘭熙——行者默默〉）（Nicholas Koss 康士林譯）發表於 The Chinese PEN 第 122 期。

本年　譯作 Memories of Peking 中英文對照本，由香港中文大學出版社出版。

2003 年　2 月　〈何凡：擎筆如火炬的長跑者〉發表於《文訊》第 208 期。

10 月　17 日，集眾人之力催生的國家臺灣文學館籌備處（2007 年定名為國立臺灣文學館）於日治時期臺南州廳舊址正式落成，並開館營運，第一任主任林瑞明與副主任陳昌明皆是齊

邦媛於臺灣大學「高級英文」課程的學生。

12 月　2 日，〈照亮了暮色的何凡〉發表於《聯合報・副刊》E7 版。

本年　應邀擔任香港中文大學主辦的第二屆「新紀元全球華文青年文學獎」短篇小說組評審。

與王德威合編 *The Last of the Whampoa Breed: Stories of the Chinese Diaspora*，由美國哥倫比亞大學出版社出版。

2004 年　1 月　由國立編譯館策畫，再次編選 *An Anthology of Contemporary Chinese Literature: Taiwan (Vol. 3 Essays)*（《中國現代文學選集第三冊・散文》），新增愛亞、蘇偉貞、劉克襄、張啟疆等人的作品，由臺北洪葉文化公司發行。

2 月　25 日，〈老芋仔，我為你寫下〉發表於《聯合報・副刊》E7 版。

3 月　*The Last of the Whampoa Breed: Stories of the Chinese Diaspora* 中文本《最後的黃埔：老兵與離散的故事》由臺北麥田出版公司出版。

4 月　21 日，〈追憶橋〉發表於《聯合報・副刊》E7 版。

5 月　《一生中的一天》由臺北爾雅出版社出版。

10 月　15 日，因長期宣力外文譯述，潛心析論臺灣文學，獲總統陳水扁頒授二等卿雲勳章。

11 月　16 日，〈航越小人國〉發表於《聯合報・副刊》E7 版。

本年　經柯慶明聯繫，將大批藏書贈予臺灣大學新成立之臺灣文學研究所，臺文所進而成立「齊邦媛圖書室」保存該批書籍，並陸續有柯慶明、林文月、張漢良等臺大老師主動捐贈藏書。

2005 年　6 月　與王德威、陶忘機（John Balcom）合編 *Indigenous Writers of Taiwan: An Anthology of Stories, Essays, and Poems*（《原住

民文學》),由美國哥倫比亞大學出版社出版。

9月　28 日,應邀出席臺灣大學臺灣文學研究所「齊邦媛圖書室」開幕典禮,發表專題演講「我對臺灣文學與臺灣文學研究的看法」,演講內容錄製為 DVD、文字收錄於《國立臺灣大學新百家講堂文學講座❶:臺灣文學在臺大》(柯慶明主編),分別於 2006 年 9 月與 2012 年 5 月由臺北臺灣大學出版中心出版。

11月　20 日,〈蓮漪表妹,你往何處去?——再寄潘人木女士〉發表於《聯合報・副刊》E7 版。

　　　29 日,〈愛如一炬之火——送給《用手走路的人》〉發表於《聯合報・副刊》E7 版。

本年　移居桃園,潛心書寫《巨流河》。

2006 年　5月　23 日,〈《荒原》、《狂風沙》再起〉發表於《聯合報・副刊》E7 版。

　　　　8月　1 日,〈文學與報恩主義〉發表於《聯合報・副刊》E7 版。
《吳魯芹散文選》由臺北洪範書店再版。

2008 年　8月　30～31 日,〈紅葉階前憶錢穆先生〉連載於《聯合報・副刊》E3 版。

2009 年　7月　7 日,為紀念七七抗戰與 1949 年國民政府撤退來臺 60 週年,《巨流河》一書特別選擇此日,由臺北遠見天下文化出版公司出版。

　　　　　　16 日,〈臺灣。文學。我們。〉發表於《中國時報・人間副刊》E4 版。

　　　　　　17 日,出席由天下文化於臺北 93 巷人文空間舉辦的「《巨流河》新書茶會」,吸引眾多文壇人士前來參與,發言者有高希均、白先勇、黃春明、趙守博、陳芳明、單德興、簡媜、蔣勳、柯慶明、隱地、黃碧端、林忠勝等。

〈臺灣、文學、我們〉發表於《印刻文學生活誌》第 71 期。

10 月　31 日，獲頒中興大學名譽文學博士學位。

11 月　1 日，獲總統馬英九頒授第五屆總統文化獎「文藝獎」。

12 月　29 日，獲金石堂書店 2009 年度出版風雲人物。

2010 年　7 月　9 日，《巨流河》獲亞洲出版協會第四屆亞洲出版大獎最佳著作獎。

9 月　24 日，《巨流河》獲文化部第 34 屆金鼎獎圖書類非文學獎。

10 月　12 日，獲頒佛光大學榮譽文學博士學位。

《巨流河》中文簡體版由北京生活・讀書・新知・三聯書店出版。

本年　譯作 *Memories of Peking* 中英文對照本，由香港中文大學出版社再度出版。

2011 年　1 月　6 日，《巨流河》獲新浪中國好書榜 2010 年度十大好書榜首。

5 月　7 日，出席中華民國筆會與天下文化於臺北 93 巷人文空間共同舉辦的《巨流河》朗讀會，由國立臺灣文學館館長李瑞騰主持，邀請亮軒、宇文正、向陽、廖玉蕙、梁欣榮、高天恩等人，分別以國語、臺語、粵語、河南話朗讀，並由聲樂家游玉婷演唱〈長城謠〉及〈松花江上〉。

獲南方都市報第九屆華語文學傳媒大獎 2010 年度散文家獎。

6 月　《巨流河》日譯本由東京作品社出版。（池上貞子、神谷まり子合譯）

7 月　16 日，〈一篇難寫的序——日文版《巨流河》出版〉發表於《聯合報・副刊》D3 版。

18 日，出席國立臺灣文學館於行政院文建會舉辦的「《巨流河》日文版新書發表會」，與會者有李瑞騰、項秋萍、李喬、柯慶明、單德興、梅家玲、池上貞子、杉山一樹等。

9 月　19 日，獲眉山市散文學會第二屆在場主義散文獎。

11 月　15 日，獲頒臺灣大學名譽博士學位。

12 月　24 日，應邀出席國科會與歷史博物館於臺灣大學圖書館國際會議廳主辦的「『百年河山』對談講座」，由張小虹主持，與林文月以兩人著作《巨流河》、《青山青史──連雅堂傳》為主軸，談論歷史、翻譯、文學研究等議題。

2012 年　9 月　20 日，丈夫羅裕昌逝世。

10 月　6 日，應邀赴臺北林語堂故居出席《中華民國筆會季刊》創刊 40 週年慶祝大會，發表專題演講。

2013 年　4 月　23 日，《巨流河》獲中國國家圖書館第七屆文津圖書獎。

2014 年　1 月　24 日，〈洄瀾──相逢巨流河〉發表於《聯合報・副刊》D3 版。

編著《洄瀾──相逢巨流河》由臺北遠見天下文化出版公司出版。

2 月　12 日，獲頒第 34 屆行政院文化獎。

14 日，出席天下文化於臺北誠品信義店舉辦的「《洄瀾──相逢巨流河》新書相逢會」，與會者有郝柏村、龍應台、黃勝雄、高希均、白先勇、陳芳明、陳文茜、李喬、單德興等。

將生平手稿、書信、照片、獲頒獎項捐贈臺灣大學。為祝賀齊邦媛 90 歲壽慶，臺灣大學圖書館於 2 月 26 日至 4 月 30 日舉辦「浪濤與波瀾──齊邦媛教授手稿資料展」。並於開展當天出席臺灣大學圖書館與臺灣大學文學院合辦之「齊邦媛教授與她的文學事業」座談會，由洪淑苓主持，與會者有

　　　　　　　　　　白先勇、隱地、陳芳明、陳萬益、梁欣榮、柯慶明等。

　　　　　5 月　3 日,〈齊邦媛力促串起遺珠・潘人木散佚作品重現文壇〉
　　　　　　　　發表於《中國時報・開卷》21 版。

　　　　　　　　策畫《潘人木作品精選集》(應鳳凰編選)由臺北遠見天下
　　　　　　　　文化出版公司出版。

2015 年　6 月　22 日,獲亞洲研究學會(Association for Asian Studies)第
　　　　　　　　一屆終身成就獎。

　　　　　7 月　〈咖啡之前・咖啡之後〉發表於《文訊》第 357 期「爾雅不
　　　　　　　　惑・文學無限」專題。

　　　　　　　　爾雅出版社為慶祝 40 週年社慶,將《千年之淚》一書重新
　　　　　　　　編排再版。

　　　　　　秋　《巨流河》第一、二章由陶忘機譯為英文,發表於香港
　　　　　　　　Renditions(《譯叢》)第 84 期。

　　　　11 月　12 日,因長期投身高等教育、譯介臺灣文學,並以《巨流
　　　　　　　　河》為國家近代史留下紀錄,獲總統馬英九頒授一等景星勳
　　　　　　　　章。

參考資料:

・齊邦媛,《巨流河》,臺北:遠見天下文化出版公司,2009 年 7 月。

・網站:「國立臺灣文學館:臺灣文學網」。最後瀏覽日期:2016 年 1 月 31 日。

　http://tln.nmtl.gov.tw/ch/index.aspx

・網站:「臺灣大學圖書館:浪濤與波瀾──齊邦媛教授手稿資料展」。最後瀏覽日期:

　2016 年 1 月 31 日

　http://www.lib.ntu.edu.tw/events/2014_chi_pang-yuan/index.html

輯三◎
研究綜述

永遠的齊老師
從巨流河到啞口海再到巨流河

◎單德興

前言：印證今生，柳暗花明

　　齊邦媛在《巨流河》最後一章〈印證今生──從巨流河到啞口海〉最後一節「靈魂的停泊」，描寫「2001 年初秋，九一八事變 70 週年」，自己與兄妹分別「由太平洋兩岸回到瀋陽，參加東北中學『齊世英紀念圖書館』揭幕典禮，紀念他那一代漂泊的靈魂」（頁 585）。在參加以父親之名建立的圖書館揭幕典禮之後，時年 77 歲的她獨自搭火車到大連，為的就是「要由故鄉的海岸，看流往臺灣的大海」（頁 586）。她如此寫道：

> ……連續兩天，我一個人去海邊公園的石階上坐著，望著渤海流入黃海，再流進東海，融入浩瀚的太平洋，兩千多公里航行到臺灣。繞過全島到南端的鵝鑾鼻，燈塔下面數里即是啞口海，海灣湛藍，靜美，據說風浪到此音滅聲消。
>
> 　　一切歸於永恆的平靜。
>
> 　　　　　　　　　　　　　　　　　　　　　　　　──《巨流河》，頁 586～588

　　全書就在如此靜謐安詳的氛圍中結束，有如莎士比亞最後的劇本《暴風雨》（*The Tempest*）結尾時，年邁的魔法師放下一切恩怨情仇，折斷魔杖，從此不問世事，而莎翁也就此告別倫敦的劇場，歸隱故里，成就一生的傳奇。

　　然而作者萬萬料想不到的是,《巨流河》這部「印證今生」的回憶錄出版之後,不是「一切歸於永恆的平靜」,反倒像長江巨流般在華文世界掀起濤天大浪,不僅銷售量節節上升,成為海峽兩岸的暢銷書,並且翻譯成日文出版,作者接連獲得臺灣與中國大陸出版界的重要獎項,三所大學(中興大學、佛光大學、臺灣大學)的榮譽博士學位以及中華民國政府的總統文化獎與行政院文化獎,2015 年並獲得亞洲研究學會(Association for Asian Studies)第一屆終身成就獎以及國家元首頒贈的一級景星勳章,為她的一生帶來意想不到的高潮。[1]這些接二連三的獎項與榮譽在外人看來如煙火般耀眼奪目,但對知悉齊邦媛的文學與文化志業及貢獻的人而言,卻是實至名歸,驗證了她多年辛勤耕耘,無私奉獻,終究是功不唐捐,獲得應有的肯定。

　　齊邦媛喜愛劉鶚的《老殘遊記》,該書〈自敘〉之末寫道:「吾人生今之時,有身世之感情,有家國之感情,有社會之感情,有種教之感情。其感情愈深者,其哭泣愈痛」,故有是書之作。又云:「棋局已殘,吾人將老,欲不哭泣也得乎?吾知海內千芳,人間萬豔,必有與吾同哭同悲者焉!」[2]2002 年 10 月齊邦媛在接受筆者與趙綺娜之邀進行口述歷史錄音時便表示,個人之事並不足道,重要的是,她的一生反映了經歷過那個大時代芸芸眾生的遭遇,換言之,其中不獨有「身世之感情」,也有「家國之感情」、「社會之感情」與「種教之感情」,此一從個人、庶民的角度所留下的紀錄,有別於正史的大敘事,卻更有血有肉、充滿喜怒哀樂,更具體呈現了一個時代的「感覺結構」("structure of feeling")。[3]

　　其實齊邦媛一直期待有人寫出那個時代的紀錄,然而數十年下來,這

---

[1]參閱本書之「小傳」與「文學年表」。

[2]參閱劉鶚,《老殘遊記》(臺北:三民書局,2007 年),頁 2。齊邦媛在接受田志凌訪談時也提到 1949 年渡海來臺那些人,以及「迴盪在這些生命幽暗的山谷中,是《老殘遊記》序中所說有力的哭泣」(《洄瀾——相逢巨流河》,頁 229)。

[3]參閱威廉斯,「感覺結構」,《馬克斯主義與文學》(Raymond Williams, "Structures of Feeling", *Marxism and Literature* [Oxford: Oxford UP, 1977]),頁 128~135。

份殷切期盼依然落空，在歲月催逼、時不我予的情況下，耄耋之年的她只得自己提筆上陣，一字一句寫下個人在大時代中的遭遇，為自己和同時代的人作見證。因此，她拒絕把《巨流河》視為自傳，而堅持把它當成回憶錄，因為走過大時代的她深知在亂世中個人的渺小，卻認為透過自己一生的紀錄，可多少為那些遭到消音滅跡的庶民發聲顯影，為那個時代的集體經驗與記憶留下白紙黑字的紀錄。也因為懷抱著這個悲切的心願與強烈的使命感，才不顧年邁體衰，以八十高齡獨居於桃園林口長庚養生村裡她口中的「最後的書房」，面對著數十萬字的訪談錄音謄稿以及多種資料，在李惠綿與簡媜的協助下，字字句句艱苦奮鬥，終於趕在 2009 年 7 月 7 日，亦即 1949 年之 60 週年的七七抗戰紀念日，出版了這本嘔心瀝血的生命之書，隨即在華人世界造成轟動，也為她的人生帶來了另一柳暗花明的境界。

人生舞臺的多重角色

莎士比亞在《如願》（*As You Like It*）中說，人生如舞臺，男男女女都是演員，在不同階段扮演不同角色。以此觀之，置身大時代的齊邦媛一生曲折，扮演了多種角色，各自累積經驗，匯入她的生命巨流：女兒，學生，助教，家庭主婦，老師，體制內改革者，異文化交流者，公共知識分子。

女兒

綜觀齊邦媛的一生，便會發現父親齊世英對她的影響重大。在她童年時期，從事抗日地下工作的父親如神龍般不見首尾，家人為了安全顧慮經常易姓化名，以致她上學前常常必須向母親確認自己當時的姓氏，而父親長久缺席對母親帶來的不安全感也成為齊邦媛童年心理的陰影。等到抗戰時期家庭生活較為安定之後，中學時期的齊邦媛目睹父親在戰火下以教育照顧同鄉子弟，延續文化的命脈，經營《時與潮》雜誌為國人引進新知，發揮啟蒙的作用。母親對她的幼年庭訓，在戰亂中持家、讓先生無後顧之

憂所展現的溫柔堅韌的力量，不知不覺中也內化為她性格的一部分。來臺
之後，齊世英在政治上的有所為有所不為，為臺灣民主政治貢獻心力，干
犯威權體制與國家元首而不改其志，在在顯示了個人的胸襟、理想與風
骨。[4]雖然父親戲稱女兒齊邦媛是「處變大驚」，但從她的行事可知，其實
是盱衡形勢而踏實完成既定的目標，所根據的便是父親樹立的典範。因
此，她在第一本書《千年之淚》（1990 年）的扉頁題記：「獻給父親齊世英
先生和他生死不渝的理想」。《巨流河》更是從遼寧鐵嶺齊家的祖輩寫起，
有關家族史的第一章〈歌聲中的故鄉〉多方查證資料，八易其稿，態度之
嚴謹，下筆之審慎由此可見，其中著墨最多的就是齊世英，既可視為小
傳，也補充了齊世英口述歷史的欠缺，繼志述事，令人動容，因而《巨流
河》可視為女兒對父親的追思，對母親的感念，以及對家族的禮讚。

學生

　　除了家庭因素讓齊邦媛比當時一般人更早啟蒙、開展出更寬闊的視野
之外，就讀南開中學時，在抗戰的歲月中激發出「中國不亡，有我」的愛
國志氣，並師從孟志蓀，修習中國古典文學，培養出對中國文學的興趣。
畢業後考入武漢大學哲學系，一年後因興趣之故接受外文系主任朱光潛建
議轉入外文系，師從朱光潛、吳宓等名家，並接觸到英國浪漫主義詩人的
作品。即使師生飽受戰火威脅，卻依然弦歌不斷，傳承文化的種子。這些
學生時代的中國文學與西洋文學的啟蒙，為她日後的比較文學研究打下基
礎。其中尤以朱光潛兼顧理性與感性的生命情調對她的影響更是深遠，不
僅在於文學知識的傳授，更在於生活中的潛移默化與生命境界的提升，既
是經師，也是人師。齊邦媛多年來一直對朱光潛維持著深厚的孺慕之情，
珍藏當時上課的筆記，並對他和吳宓在文革時期遭到的迫害忿忿不平，在
《巨流河》中對於此一民族與文化浩劫嚴詞指控：「這些我在大學受業的老
師幾乎都未能身免，所受之苦，是中國文人百年來受政治播弄之苦的極

---

[4]有關齊世英的生平與志業，參閱沈雲龍、林泉、林忠勝主訪，《齊世英先生訪問紀錄》（臺北：中
　央研究院近代史研究所，1990 年）。

致，即使傾三江之水，也洗不去心中的憤慨憾恨啊！」（頁 576）齊邦媛的文學與教育志業便是此一薪火傳承。李茂增指出：「即使是在民族國家生死存亡的抗戰時期，朱光潛也一再強調：從長遠看，比起戰場上的浴血奮戰，以文藝培養理想的青年進而涵養民族的生命力，更為必要。」[5]此一有關朱光潛的評斷在齊邦媛身上找到了最有力的證據。

助教

大學畢業後，齊邦媛在上海遇到父執輩的馬廷英，馬氏當時正為戰後的臺灣大學延攬人才，在他介紹下，於 1947 年 10 月自上海直飛臺灣，赴光復不久的臺灣大學擔任外文系第一位助教，襄助系務，整理日本人撤退之後的外文系圖書，並處理涉及全校的事務，如繕打大一英文材料等，至1950 年 6 月。這段時期雖然不長，卻是她一生的轉捩點。她常言，當初到臺灣並非逃難，而是自願孤身南來工作。她並在這裡認識了來臺灣從事戰後建設的武漢大學電機系學長羅裕昌，兩人於 1948 年 10 月返回上海舉行婚禮，婚後十日再赴臺灣，從此落地生根，確立與臺灣的深厚緣分，改變了畢生命運，時時以「我們臺灣」為念，數十年如一日地以實際行動投入，當初來臺擔任助教的機緣發揮了關鍵作用。

家庭主婦

齊邦媛於結婚後展開人生另一個階段。1950 年 6 月夫婿因工作調任鐵路局臺中電務段長，她遂辭去一般人羨慕的安定的大學工作，隨夫前往臺中，並在三個男孩相繼出生後過著相夫教子的生活，除了照顧家人，還曾協助夫婿翻譯有關中央控制行車制（Central Traffic Control）的專書，在幕後為臺灣鐵路電氣化出力。身為臺鐵員工家屬，在颱風天目睹夫婿率領員工搶救鐵道，生死未卜，直至見到身影方才放下心中巨石，家人相擁之情景令人動容。此外，她因為認真上進以及隨之而來的機緣，得以出國進修，努力把握此一難得機會日夜苦讀，但終因家庭因素不得不返回臺灣，

---

[5]李茂增，〈序〉，《無言之美：朱光潛評傳》（上海：學林出版社，2015 年 4 月），頁 3。

放棄攻讀學位的夢想，成為一生的憾事。居住臺中 17 年後，她又因夫婿調回臺北任職，而離開自己一手創立的中興大學外文系，返回臺北，任教於臺大外文系，直到退休。多年之後，因自身卓越表現，先後獲得三所大學頒贈名譽博士學位，尤其臺灣大學頒贈的名譽博士學位對她更是意義深遠，稍解當年之憾。

老師

定居臺中期間，齊邦媛在友人介紹下前往臺中一中教高中英文，為她與教育界重續前緣，並因而考取「傅爾布萊特文化交流計畫」（Fulbright Exchange Teachers' Program），赴美研習英語教學，進行文化交流，擴大眼界。由於教學認真，為中部諸所公私立大專院校──臺灣省立農學院（今中興大學）、靜宜文理學院（今靜宜大學）、東海大學──延攬前往任教，回到臺灣高等教育體系，繼續作育英才，並擔任中興大學新創立的外文系主任，努力為該系打下良好基礎，並放眼全國，於 1970 年舉辦第一屆「英美文學教育研討會」，為臺灣的英美文學教育共商大計，落實課程改革，並在臺大外文系朱立民、顏元叔的倡導下，風行草偃，臺灣的外文學門學風、英美文學教育、乃至大一英文教材等為之丕變，影響深遠。

1970 年她重回臺大外文系擔任兼任教授，並於文學院的中文、歷史等非外文系的研究所講授高級英文課程，其中部分時間任職於國立編譯館，1977 年改為專任教授，直到 1988 年退休，前後十八年，得臺灣人文學界英才而教。她上課認真，態度誠懇，要求嚴格，教材深具啟發性，上課期間學生既敬且畏，課程結束之後往往發展出終生敬愛的師生關係，延續經師與人師的角色。自任教臺中一中到臺灣大學，學生於各行各業出人頭地，在學界則有多位中央研究院院士出自門下，對於外文、中文與歷史學界影響深遠，而全國臺灣文學系所的創系主任／所長，如成功大學（陳萬益，2000 年）、臺北教育大學（廖卓成，2002 年）、清華大學（胡萬川，2002 年）、臺灣大學（何寄澎，2004 年）、政治大學（陳芳明，2005 年）

等，皆為其門生，[6]國立臺灣文學館籌備處首任主任林瑞明、副主任陳昌明也曾受教於她。由於她對臺灣文學的關注與提倡數十年如一日，沒有門戶之見，贏得相關作家與學者一致推崇，眾人多年來都尊稱她為「齊老師」。

體制內改革者

　　1972 年齊邦媛應昔日中興大學教務長、時任國立編譯館館長的王天民之邀，以「書生報國」的決心，擔任人文社會組主任，後兼任教科書組主任，以莘莘學子的教育以及國人的文化素養為重，推動各項業務，其中最為人津津樂道的便是中學國文教科書的改革，在戒嚴時期的艱困情況下，邀集多位專家學者成立編輯委員會，以文學的教育性與啟發性為主，將當代臺灣作家及作品選列教材，以貼近學生的日常經驗，提升學習興趣與文學感性，去除往昔教科書中充斥的黨國意識形態，還給教育一個乾淨的空間。期間雖然蒙受保守勢力的重大壓力，都能沉著因應，一一化解。在歷史學門書稿發生重大爭議時，親自拜訪史學家錢穆，敦請加以仲裁，以回歸學術為訴求，化解危機。這些在在證明了她卓然不群的見地與推動政策的能力，終能使國民教育逐步擺脫黨國意識形態的框架，嘉惠學子，達到「書生報國」的初衷。[7]

異文化交流者

　　齊邦媛年輕時便在父親的耳濡目染下，得以透過翻譯接觸到異國的文學與文化，開拓視野。大學時代隨朱光潛、吳宓等名師進一步探索英美文學與西方文化的底蘊。1967 年第二次考取「傅爾布萊特文化交流計畫」，前往美國聖瑪麗學院（St.Mary-of-the-Woods College）講授中國現當代文學，痛感該校圖書館欠缺有關臺灣的任何資料，遂立志讓世人知道臺灣的存在與意義，並藉由翻譯文學將臺灣推上國際版圖。因此，任職國立編譯

---

[6]有關臺灣文學系所之名稱、成立時間、創系主任／所長等資料，參閱許素蘭整理之「全國臺灣文學系所創設年表」，〈打開臺灣文學系所發展史——「釘根與散葉：臺灣文學系所特展」導讀〉，《臺灣文學館通訊》第 40 期（2013 年 9 月），頁 47～48。
[7]有關齊邦媛在國立編譯輯館時期的寫照，參閱伊尹，〈她的工作、計畫及教育生涯——齊邦媛女士訪問記〉，《幼獅月刊》第 252 號（1973 年 12 月），頁 14～16。

館時，積極進行異文化的交流。單就文學而言，一方面邀請國內的優秀學者與譯者，翻譯西洋經典文學與論述，另一更深遠的影響則是推動《中國現代文學選集》（*An Anthology of Contemporary Chinese Literature*）英譯計畫，邀集余光中、吳奚真、何欣、李達三（John Deeney）組成編譯小組，選擇具有代表性的詩歌、短篇小說與散文，字斟句酌地翻譯成英文，力求忠實通順，由聲譽卓著的美國華盛頓大學出版社出版，一舉將臺灣文學推向國際。並於日後應邀前往美國舊金山加州大學、德國柏林自由大學講學，將臺灣文學研究的種子散播國外。1992 年至 1999 年接任《中華民國筆會季刊》（*Chinese PEN Quarterly*）總編輯，定期英譯並出版臺灣的文學與藝術，普受國際作家稱讚。有鑑於先前的臺灣文學選集與《中華民國筆會季刊》受到篇幅之限，無法譯介長篇小說，於 1996 年起與王德威共同參與「臺灣現代華語文學（Modern Chinese Literature from Taiwan）英譯計畫」，編輯委員會成員包括她與王德威、馬悅然，以英譯臺灣的長篇小說為主，至今已出版數十本之多，使得臺灣文學得到更完整的呈現。齊邦媛憑著多年的熱切關懷與辛勤耕耘，為臺灣文學在國際上打開一片天地，為國內外作家與學者所共欽，因而有「當代臺灣文學的知音」之美譽。

公共知識分子

由於學問、見解、胸襟、眼界與氣魄，再加上無視於個人名利，因此只要義之所在、社會之所需，便不吝進言，大聲疾呼。如多次力言翻譯之重要，務求提升譯者的地位與待遇。呼籲社會具有更開闊的胸襟與遠大的視野，廣為培養具有人文修養與人生品味的成員。其中最為人稱道的就是催生國立臺灣文學館，呼籲以寬宏的眼光與對歷史負責的態度，為臺灣文學建立一個可長可久的機構，為子孫後代厚植臺灣文學與文化的基業。經她登高一呼，文學界與文化界群起響應，勢不可擋，被政客延宕多時的國家文學館終能成立。

以上略述的種種角色與經歷，造就了齊邦媛恢宏的胸襟、遼闊的視野、堅定的決心、切實的執行力，這些都與她的文學志業及成就息息相

關，但也反映出一位當代女性學者與雙語知識分子的艱辛歷程，在兼顧為
人女、為人妻、為人母、為人師的多重角色下，必須比一般人加倍努力，
方能見著成績，得到應有的肯定。

齊邦媛的文學論述

　　前文述及，齊邦媛於南開中學時接受中國文學的啟蒙，抗戰期間於武
漢大學外文系受業於朱光潛、吳宓等名師，在臺期間因申請到傅爾布萊特
獎助金，赴美期間攻讀比較文學，對於史詩（Epic）著力尤深。赴美經驗
一方面讓她更深入西洋文學的傳統，另一方面也深切感受到外國人對於臺
灣的陌生甚至無知。因此，當她返臺任教時，不論是擔任教職或中興大學
外文系首任系主任，都兢兢業業，嚴格自我要求，致力於提升學生的素質
與眼界。另一方面，當她應邀任職於國立編譯館時，便悉心規畫，努力執
行，力求促進文學與文化交流。齊邦媛多次提到，外文系出身的她是在國
立編譯館任職時，為了負責臺灣文學英譯計畫，才於 1972 年接觸臺灣文
學，並且廣為蒐羅文學書籍，通盤閱讀，爾後負責《中華民國筆會季刊》
持續留意臺灣出版的文學作品，數十年如一日。除了當年赴德國教學時將
帶去的三百多本臺灣文學相關作品悉數捐贈，因而造就了歐洲研究臺灣文
學的重鎮之外，2005 年更將畢生蒐集的書籍捐贈給臺大臺文所，由該所專
設齊邦媛圖書室加以收藏，嘉惠臺灣文學研究的後起之秀。

　　熱愛文學的她，雖然出身於外文系，且多年執教於外文系，但憑著開
闊的胸襟與比較文學的視野，以及向國際社會引介臺灣文學的使命感，以
致她主要的文學論述集中於臺灣文學。她以敏銳的感性以及英美文學與比
較文學的訓練，藉由多年廣泛的閱讀，培養出開闊的眼界與深邃的見地，
並將閱讀與思索所得發而為文。儘管如此，她卻不太熱中於為自己出書。
好友林海音曾寫道：「邦媛本是研究比較文學的，寫過許多文學評論文章，
我曾數次勸她把這些散在各書刊報紙的文章集中，並邀約為她出版，她都
不肯；她不慌不忙的說：『我認為每本書都應該有一個貫穿全書的主題。所

以我尚有幾篇待寫，使已有的不同主題的文章，各屬自己天地，出書才有意義。』」[8]因此，她一直到 1990 年才出版自己的第一本文學論著《千年之淚》，1998 年才出版第二本文學論著《霧漸漸散的時候》。前書收錄了十篇有關小說的論述，主要集中於她所熟悉的「1949 年以前中國人的苦難」（〈自序〉，《千年之淚》）。後書的內容更宏偉，收錄了 30 篇有關臺灣小說與散文作品的論述，時序則接續前書，集中於 20 世紀後半葉。

　　《千年之淚・自序》提到法國籍文學史家泰恩（Hippolyte Taine, 1828-1893）倡議的三要素──時代、民族、環境。這也是齊邦媛的文學論述主要採用的方法，一方面著眼於宏觀的歷史脈絡與文學史觀點，卻不失之於大而無當的粗疏，另一方面落實於作者及其文本，卻不落入新批評（New Criticism）或形構主義（Formalism）容易陷溺的瑣碎，而將自己講授英國文學史與文學批評的心得與視野，結合博覽臺灣文學創作之後的所感所思，以平實的文字表達出來。她的學風殷實，態度誠懇，不炫耀文采，不嘩眾取寵，雖「曾苦修過眾聲喧嘩的文學理論」，卻能突破「各種理論的樊籬」，不張揚賣弄，因此論述與見解平易近人而具說服力，令人於不知不覺中接納，而輕忽了其中的洞見，以致針對其文學論述所撰寫的書評或論述甚少。然而，細讀她的文學評論便會發現，內容包括了女性文學、留學生文學、反共文學、鄉土文學、眷村文學、探親文學、馬華文學、原住民文學等臺灣文學中的許多重要議題，其中不少開風氣之先。由於論點公正持平，胸襟開闊，沒有門戶之見，廣得各界的信任與肯定。

齊邦媛研究綜述

　　本研究資料彙編總計收錄 33 篇文本，涵蓋不同時期的資料。與本系列其他作家相較，齊邦媛卷至少有三項特色：（一）收錄傳主本人的文字，尤其是序言，相對較多；（二）大部分的論述都集中於「一出手，山河震動」

---

[8]林海音，《剪影話文壇》（臺北：純文學出版社，1984 年 8 月），頁 233。

（簡娉語）的鉅著《巨流河》；（三）收錄有關傳主的訪談較多。第一個特色是因為傳主本人就是經過英美文學與比較文學科班訓練的學者，多年從事文學教學與研究，本身就有堅實穩健的論述能力，由她現身說法、夫子自道，提供寶貴的見解與第一手資料，更有說服力，但或許也因為如此，以致有關齊氏文學論述的資料相對較少。第二個特色是因為齊氏本人一向無私奉獻，成人之美，習慣於擔任幕後的推手，促成許多文學與文化事業，而不願自己成為幕前的明星，再加上為人認真誠篤，文風穩健平實，不故作驚人之語，因此不易得到大眾的矚目，在學界有時也不免覺得寂寞，卻依然不改其志，而《巨流河》是蟄伏多年所寫出的生命之書，以致一出版就轟動海內外，不僅讀者紛紛來函，相關的論述與文章更蝟集於這本鉅著。第三個特色是因為以往齊氏雖也接受訪問，但多為針對特定議題或事件的新聞採訪，受限於媒體的性質與篇幅，往往只能點到為止，未能充分發揮。《巨流河》出版後既叫好又叫座，引起一般讀者、新聞媒體與專業學者的熱烈回應，訪談之邀紛來沓至，已近九十高齡的她在時間與體力允許範圍內，主要以書面方式回答，即使面對面的訪談，也親自閱讀謄稿，以確保內容忠實精確，較具代表性的收錄於《洄瀾——相逢巨流河》第二部「訪談」，總計有「臺灣篇」五篇，「大陸及海外篇」十篇，與第一部的「評論」和第三部的「來函」相庭抗禮，鼎足而三，蔚為特色。而訪談此一文類，不論以一問一答或經編輯寫作的方式，都是以訪問者為中介，以受訪者的應答為主體與依歸，具有獨特的現場感與權威性。

　　齊邦媛早先的著作為文學論述《千年之淚》與《霧漸漸散的時候》，後來才有散文集《一生中的一天》，然後才是回憶錄《巨流河》，其餘便是她主編的一些書籍與文選，相關論述以文章與訪談為主，尚未有專書，學位論文則有兩篇。[9]此卷的 33 篇文本大致分為幾類。第一類為傳主的九篇自

---

[9]這兩篇博士論文都出現於 2015 年。謝孟琚的〈女性生命的離散——齊邦媛、聶華苓、陳若曦的自傳書寫研究〉為臺中教育大學語文教育學系博士論文，從離散、後殖民、性別與生命書寫等角度研究齊邦媛、聶華苓、陳若曦三位當代華文女作家的自傳書寫。楊君寧的〈民國顯影・臺灣軌跡：跨海知識人的歷史記憶與文化實踐——以齊邦媛為中心〉為中國社會科學院研究生院博士論

述文字，其中七篇為序言或前言，其餘兩篇為別具意義的文章。將這些序言或前言依序讀下，就能透過傳主本人的文字，鳥瞰一生的文學發展與成就。第一篇為齊邦媛為爾雅版的《中國現代文學選集》（詩、散文、小說三冊）所撰寫的前言，此版距離 1975 年的英文版已有八年，中文版先前已由書評書目出版社印行四版，此番重新印行，故加以說明。閱讀之下就可了解英譯文選的背景與目標（「為進軍世界文壇而編」），由此而來的選材原則與內容，作品的編排方式與不同階段（有如 1949 年至 1970 年代臺灣文學簡史與選集），代表作家與特色，翻譯的困難與吃力不討好，作業方式與目標（力求忠實於原文，並為流暢可讀的英文）。文中提到「在此選集之前已有吳魯芹的小說選集，余光中和殷張蘭熙的新詩選集，最近又有殷張蘭熙主編英譯的小說選集《寒梅》，詩集《夏照》問世」，然而這些翻譯都是臺灣的美國新聞處（United States Information Service）在冷戰時代文化外交政策下的產品，[10]齊邦媛主編的臺灣文學選集則是國人首度大規模、有系統、有品質地英譯臺灣文學，難怪寫此〈前言〉時，「我們的歐美版發行人美國華盛頓大學出版社已轉來評論介紹文章 16 篇，對此選集皆有肯定的讚譽」，讓主其事者深感功不唐捐。傳主也因為主持此計畫而與臺灣文學結下了不解之緣。至於她的期盼──「我希望，隨著時間的進展，不斷有佳作，精譯為外國文字，為臺灣文壇揚眉吐氣」──不僅成為後來中書外譯的基本信念，也是評量的準繩。

　　齊邦媛為自己出版的第一本書《千年之淚》於 1990 年問世，當時 66歲，已是一般退休之年，卻是她整理自己著作與出版之始。此書集中於小說評論，見證了由「一個間歇性的輕鬆讀者」轉化為「當代臺灣文學的知音」的歷程，楬櫫了自己的文學信念（「文學對我，從來不是消遣，也不僅是課堂上的教材，它是我一生尋求事實的意義，進而尋求超越的唯一途

文，集中探討身為跨海赴臺的知識分子，齊邦媛如何以個人的經驗見證民國史，並在臺灣致力於教育與文化的志業及其意義。

[10]參閱王梅香，〈隱蔽權力：美援文藝體制下的臺港文學（1950～1962）〉（清華大學社會學研究所博士論文，2015 年 1 月）附錄三「Taipei Heritage Press 出版品」，頁 315～316。

徑」），由英譯計畫回歸臺灣文學的軌跡，所提出的泰恩的文學三要素──時代、民族、環境──也為其文學批評定調。而這本書的獻詞（「獻給父親齊世英先生和他生死不渝的理想」）以及〈自序〉之末的文字（「遲遲出書也有一些好處，既不必悔少作，又沒有太多重複自己的機會。人活著留些未竟的心願也好」），也預示了多年後撰寫的《巨流河》。

　　八年後出版的第二本書《霧漸漸散的時候》，內容由小說擴及散文，坦言「生長在 20 世紀這樣一個大時代裡，我常有一種近乎愚忠的文學使命感」。撰寫於德國旅次的〈自序〉，從遠距離的宏觀角度，對於臺灣文學有著深情的寄託與期許，「我衷心感謝命運將我灑落在臺灣島上，安居樂業 50 年。在一生大霧漸散的時候，我看到的臺灣文學是在民族史上少有的從容氣氛中產生的。逃離的，漂流的，落地生根的，種種滄桑，在這些有才華的作者筆下創造出的是有相當精神深度，收放恰到好處的臺灣文學。」書中收錄的〈由翻譯的動機談起〉一文，從實際從事文學翻譯者的立場出發，反思為何翻譯，甚至將主編《中華民國筆會季刊》的自己比喻成「長江淺灘上的縴夫」，來形容這份吃（苦）力不討好的工作。此篇原為 1996年 4 月由香港中文大學翻譯系舉辦的外文中譯研究與探討的學術會議論文，[11]齊邦媛選在來自兩岸三地的代表性學者、譯者與出版者面前剖析自己從事翻譯的動機，明言來自「書生報國」的使命感，「用英文翻譯臺灣的文學創作，讓它站在國際書架上，驗證臺灣有自信的生存！這即是我的書生報國之道吧。這樣強烈的動機可以讓人甘心奉獻時間、情感、學術上的榮辱得失（至今翻譯仍不被承認為學術成就）」，並在百年前梁啟超的〈論譯書〉與〈譯印政治小說序〉等論述以及翻譯實踐中找到印證，以期「戰勝……愚昧無知，在閉關自守中的迷茫」，兼顧啟蒙與報國的雙重使命。[12]

---

[11]參閱金聖華編，《翻譯學術會議：外文中譯研究與探討》（*Conference on Translation: Studies in Translating into Chinese*）（香港：香港中文大學翻譯系，1998 年 12 月）。

[12]如她應邀於 1997 年 7 月 5 日中華民國翻譯學會成立大會發表特約演講時坦言，「我是很意外地進入翻譯界，我原來教的是英國文學，結果為了愛國的緣故，做了翻譯」。齊邦媛，〈翻譯語言的魅力與啟發〉，《翻譯學研究集刊》第 3 期（1998 年 12 月），頁 3（記錄整理：洪菁蓮、余伯泉、

　　〈老芋仔，我為你寫下〉與〈鱒魚還鄉了麼？——從《寒夜》到《大地之母》〉，以具體事例說明自己如何大力投入臺灣文學英譯。兩者為臺灣文學選集與《中華民國筆會季刊》之後的另一項艱鉅的文學翻譯工程——與王德威合作的哥倫比亞大學出版社的「臺灣現代華語文學」系列。〈老芋仔，我為你寫下〉為《最後的黃埔：老兵與離散的故事》（*The Last of the Whampoa Breed: Stories of the Chinese Diaspora*, 2003）的序言，但該書英文版還在中文版之前問世，將國共內戰的獨特歷史情境之文學作品，呈現給英文世界，而此書出版時，「圍繞著老兵與離散這個主題，由外圍的眷村文學到老兵處境核心，我已長跑十年以上」，中英文版分別將她文學馬拉松的成果呈現給中英文世界的讀者，真是十年辛苦不尋常。〈鱒魚還鄉了麼？〉則訴說自己如何積極介入李喬的「《寒夜三部曲》菁華版英譯本」《大地之母》（*Wintry Night*, 2002）的始末，作者的雅量與信任以及編者的用心與耐性共同成就了這樁壯舉，「每次收到英譯新書，都會有美夢成真的激動心情，但這是最曲折的夢境」，一句話道破了其中的艱苦與甘美。底下的說法不僅再度回應了泰恩的文學觀，也展現了文學的超越性，絕不受限於一時一地的政治與意識形態：「這樣的一本書，時代、土地和人物真實多於虛構，不但是李喬文學成就的代表作，也是在任何時代，用任何語言、意識形態讀，都是『政治正確』的純文學傑作。」這兩本書，一本呈現老兵與離散者的處境與內心世界，一本「訴說臺灣日治 50 年命運」，都在齊邦媛的努力以及得道多助之下，終能進入英文世界，展示臺灣文學的繁複多樣。

　　以上各文可說都是為人作嫁、成人之美的成果，直到《巨流河》才是齊邦媛親自上場，儘管如此卻依然不願自認是主角，而只是大歷史中的一介庶民。此書是齊氏「一己生命的整理」、不寫出來會「死不瞑目」的書，敘述父母與自己「兩代人從『巨流河』落到『啞口海』的故事」。序言訴說

蘇正隆）。

了此書的緣起，因為以往的善緣而得到的協助，如何以八十多歲的高齡在長庚養生村裡「人生最後的書房」，拖著沉重的身軀，以堅強的意志，「一筆一劃」寫下此書，「將自己的一生畫成一個完整的圓環」，並且「為來自『巨流河』的兩代人做個見證」，由早年在大陸受戰亂所苦的漂泊離散，到後來移居臺灣的落地生根、開枝散葉、辛勤耕耘，五代於斯，其成果之震撼效應已如前述。

　　出生於東北遼寧的齊邦媛自 1931 年日本發動九一八事變起便體會流亡之苦，年幼時的感受明顯呈現於高大威從舊雜誌中挖掘出的數十年前的短文。早年飽受戰爭之苦、渴望和平的齊邦媛，百思不解的就是人間為何會有如此殘酷之事：「我終生不能了解，人與人之間，國與國之間，怎麼會有那麼持久的，不停歇的傷害？」因此對於日譯本的出現一直抱著強烈的好奇與熱切的期盼：「日本讀者會怎麼看這本書呢？」〈一篇難寫的序——日文版《巨流河》出版〉正是這種心情下的產物。此序雖然難寫，卻又不得不寫，既向曾為自己帶來刻苦銘心的痛楚的異族，表達了自己一生的疑惑與對和平的盼望，也肯定了文學的大用，因為「回應時代暴虐和歷史無常的最好方法，就是以文學書寫超越政治成敗的人與事」，為受苦受難、銷聲匿跡的芸芸眾生留下見證。而這個見證既是個人的、也是時代的，甚至引發了跨時代、跨地域的回響。《洄瀾——相逢巨流河》便是這個巨大回響的抽樣紀錄，「眾人合寫的文集」。全書分為三部，第一部的「評論」總計有「臺灣篇」20 篇，「大陸及海外篇」3 篇，第二部的「訪談」總計有「臺灣篇」5 篇，「大陸及海外篇」10 篇，第三部的「來函」總計有 51 封來自海內外不同年齡層的讀者來信，附錄的 Anachronism 則有性質與年代不同的書信、詩與畫，以此書作為與讀者「永久的相逢紀念」。篤信基督教的她，回首一生，在《聖經・約伯記》裡「似乎為自己多年質疑找到一個文學答案：在他盡失一切之後，因為他在絕境仍信主的旨意必有意義」，在飽嚐人生艱苦之後，又活了「這長長的 140 年是給他了解痛苦與救贖，為超越人間生死寫下記憶麼？」若以此來叩問齊邦媛的一生，又何嘗不是了解人生

的痛苦與救贖的過程？而以八十高齡開始撰寫的《巨流河》，便是以如椽的
文學巨筆，「為超越人間生死寫下記憶」，這不僅是個人的記憶，也是時代
的記憶，以及具有跨時代意義的記憶，形成了記憶的巨流，而經由文學之
筆化為甘美與光明的文字與智慧。

　　第二類為有關齊邦媛的四篇他述文字，分別代表了四個不同的面向。
陳芳明為齊邦媛在臺大文學院高級英文班上的學生（其歷史研究所學長黃
俊傑戲稱自己為「黃埔一期」，柯慶明則說陳芳明為「黃埔六期」），在〈多
少年前的鐘聲〉中描繪 1970 年代初期他隨著老師閱讀歐威爾的《一九八
四》（George Orwell, *Nineteen Eighty-four*）與赫胥黎的《美麗新世界》
（Aldous Huxley, *Brave New World*），「對我個人那是第一次神的啟示」，從
而「才漸漸知道什麼是鑑賞，什麼是批評，什麼是詮釋」。在他心目中，
「齊老師誠然開啟我閱讀英文的興致。她是第一位使我對英文不致產生恐
懼的老師」。除了是課堂上經典文學的「經師」之外，她上課的認真熱誠，
對於學生的多年關懷，也使她成為名符其實的「人師」，召喚曾踏入政治、
名列黑名單的陳芳明重返臺灣、重回文學的懷抱。而且齊邦媛恢宏的視野
及文學批評「突破族群藩籬與性別疆界」，「她的身體力行，使我見識到什
麼是風範與風格。對於我日後的文學史書寫，齊老師的書已經帶來無窮的
暗示」，引領陳芳明逐步成就自己的臺灣文學研究。擴言之，因緣際會讓齊
邦媛得臺灣文史英才而教，這些才俊之士後來各自在學術領域發揮重大影
響，其中尤以臺灣文學系所的創辦者和代表性學者，不論來自中文系、歷
史系或外文系，許多出自齊門，可稱為「臺灣文學研究之母」。而她對於學
生與社會的教誨勸勉與殷殷期盼，在在樹立了她身為經師與人師的典範。[13]

---

[13]2005 年 9 月 28 日齊邦媛在臺大臺文所齊邦媛圖書室成立的演講會上主講〈我對臺灣文學與臺灣
　文學研究的看法〉，主持人柯慶明在開場白中提到幾個臺灣文學系所的創辦者都是她的門生，並
　說，「我們這幾個臺灣文學研究所的負責人談起來，都說其實齊老師是我們共同的泉源，她是我們
　臺灣文學研究的 God Mother〔Godmother，教母〕。」齊邦媛，〈我對臺灣文學與臺灣文學研究的
　看法〉，《國立臺灣大學新百家講堂文學講座❶：臺灣文學在臺大》（臺北：臺灣大學出版中心，
　2012 年 5 月），頁 14。

　　如果說陳芳明是從歷史所門生的角度描繪齊邦媛對於他的關鍵影響，筆者的〈臺灣文學的國際推手──齊邦媛〉則從外文學門、非門生的多年觀察，來評價她對於臺灣文學外譯的貢獻，「主要包括了海外教學、文學選集、編譯季刊和長篇小說」。全文由雙語知識分子的角度切入，說明其「文化大使」的角色以及「書生報國」的理念，在臺灣於國際上風雨飄搖之際投入文學翻譯，時時以「我們臺灣」為念，腳踏實地地推介 1949 年以來這塊土地上生產的文學作品，「多年如一日地耕耘、奉獻、提攜與推介。這分胸襟超越了狹隘的黨派與地域之見，也就是這種無私無我、無怨無悔的奉獻，為傳主贏得了國內外讀者、作家與學者的普遍肯定與敬重」。

　　熱心的她所扮演的推手角色不止一端，中學國文教科書的修訂便是另一個影響深遠的例子。其實她只要見到需要，便大聲疾呼，鼎力支持，如此而催生了中華民國比較文學學會、中興大學外文系、輔仁大學翻譯研究所、新聞局金鼎獎之翻譯類獎……詩人、臺灣文學學者向陽的〈園丁的叮嚀──齊邦媛與國家文學館〉一文，更印證了她有膽、有識、有行動力，在關鍵時刻不僅高聲呼籲，並且積極行動，聯合志同道合之人催生國家文學館，博得媒體廣泛報導以及國會的重視，終能化為具體的建制，為臺灣建立一個承先啟後、可大可久的國家文學館。

　　本書節錄古遠清的〈臺灣當代女評論家論〉中有關齊邦媛的部分，代表了 1990 年代初期大陸學者對於臺灣當時女評論家的綜合論述，以及齊邦媛在此脈絡中的位置。雖然當時齊邦媛的專書只有《千年之淚》，但她的基本路數與關懷已清晰可見，而且由於多年耕耘臺灣文學研究，已具有不可忽略的地位。古文中列舉當時幾位女性評論家並歸類如下：「以鄭明娳為代表的學術型文學評論，以歐陽子為代表的現代派文學評論，以鍾玲為代表的『新女性主義』文學評論，以龍應台為代表的新型大眾化文學評論」，以及以齊邦媛為代表的「傳統型文學評論」，並對其承襲的泰恩的文學史觀及對於一些作家與作品的分析有所評論。值得一提的是，這五位女評論家中除了鄭明娳出身於中文系之外，其他四位都出身於外文系，多年關注臺灣

文學，歐陽子與鍾玲也以創作聞名。至於文中提到，「在海峽兩岸敵意比過去明顯有所降低的今天，齊邦媛重彈『反共文學』的老調，未免給人落伍之感」，此說恐怕見仁見智。以筆者看來，齊邦媛在當時之所以重新評論反共文學，正是要擺脫僵化的反共意識形態的框架，而從超越政治的文學標準來加以評價，證諸後來王德威以及諸多臺灣文學史學者對於反共文學的重新評價，可見齊邦媛對於反共文學的重估，一如她之重視眷村文學等，顯示了她的遠見。

　　本書的特色之一是收錄了不少訪談。由於齊邦媛本於知識分子的角色，對於有益於文學與文化之事經常仗義執言，往往受到一般媒體報導，但多針對特定事件，並且難以深入。而最密集且有分量的報導多出現於晚年，尤其是《巨流河》出版、連連得獎之後蜂擁而至的訪談邀請。訪談此一文類有其特殊的現場感與親切感，為受訪者藉由他人的叩問，表達自己的見解與感受，若經受訪者本人過目，當更具有權威感，提供了重要的第一手資料。[14]此卷收錄的四篇訪談都以一問一答的方式呈現，試圖從不同角度切入，顯示受訪者的不同面向。筆者與王智明合訪的〈曲終人不散，江上數峰青：齊邦媛訪談錄〉係由臺灣的外文學門建制史的角度出發，詢問齊邦媛與臺灣的外文學界的深厚淵源（始於 1947 年自上海來臺擔任臺大外文系助教），外文學界的發展，以及多年來其協助促成的事情，如推動成立中興大學外文系、中華民國比較文學學會等。筆者的〈翻譯面面觀：齊邦媛訪談錄〉則是請她由幼時與翻譯結下的不解之緣，談論自己與翻譯的多重關係與角色——讀者、口譯者、編輯者、教學者、筆譯者、推動者，以及《巨流河》翻譯之後的被譯者——並評論臺灣的翻譯現況與生態。[15]

---

[14] 參閱筆者，〈再現的藝術、政治與倫理〉，《對話與交流：當代中外作家、批評家訪談錄》（臺北：麥田出版公司，2001 年 5 月），頁 13～37。

[15] 該訪談進行時，《巨流河》日譯本出版在即，英譯也在進行中。日譯本由池上貞子與深谷真理子合譯，2011 年 6 月由日本的作品社出版，為國立臺灣文學館接手文建會的「中書外譯」計畫之後的首部作品。陶忘機（John Balcom）英譯的 *The Great Flowing River* 前兩章〈歌聲中的故鄉〉（"My Homeland in Songs"）與〈血淚流離——八年抗戰〉（"A Journey of Blood and Tears——The Eight Years of the War of Resistance"）2015 年刊登於香港中文大學出版的《譯叢》（*Renditions*）84

接下來兩篇是《巨流河》出版後，大陸的文化工作者與美國的學者所進行的書面或當面訪談，分別反應了海外的不同觀點與關切。〈「巨流河和啞口海，存在於我生命的兩端」〉是齊邦媛接受《三聯生活週刊》李菁的訪談，因為「我的《巨流河》在三聯書店出版，三聯即是它在大陸的家吧。」訪談中提到「我們一生鋪天蓋地的鄉思」，回憶「充滿正氣」的父親，滿懷「為國獻身的誠心」和「愛國的真摯」的抗日空軍烈士張大飛。其中並提到自己「真正動筆寫《巨流河》時，辰光真是晚了」，因而把自己比喻為「似那朝聖的人，一天走一程，一步一步攀上最後一程階梯，只求天黑前完成全程，不敢再去詳述看到朝雲和夕陽的燦爛光景時，並未忘懷的感動」。訪談之末語重心長地表示，「盼望從動亂仇恨中出來的兩三代，能培養一個寬容、悲憫的胸懷。」明鳳英的〈潭深無波《巨流河》〉為前後五次造訪的成果，允稱該書出版後最長篇、最詳細的訪談，除了談到該書出版之後的回響和自己的人生原則之外，分節談論了「臺灣經驗」、「臺灣文學」、「深度文化」、「後人和學生」、「文學教育」、「翻譯」、「筆會」、「張愛玲的翻譯」、「對上海的一份情」。在主訪者的殷殷詢問下，受訪者娓娓道來，透過平實誠懇的對話分享多年的經驗、觀感與智慧。

其餘的 16 篇選文則是依照齊邦媛著作的年代順序所呈現較具代表性的評論，由於對象為其文學作品與文學論述，可粗分為評論與後設批評，有關文學論述的評論明顯較少，而主要集中於《巨流河》，成為本卷的特色。有關《千年之淚》的評論計有兩篇，王德威在〈千年之淚不輕彈——由齊邦媛教授的《千年之淚》談起〉中指出，這本「醞釀了二十多年」的書，特色在於討論 1949 年以來的臺灣文學時，綜合了中國「視詩如史的信念」和西方阿諾德（Matthew Arnold, 1822-1888）與泰恩的人文傳統，「除了呼

期（2015 年）：9～54 及 55～78 頁。主編胡志德（Theodore Huters）在編輯前言表示，2016 年 5 月出版的 85 期，將繼續刊登陶忘機英譯的《巨流河》選文（頁 6）。齊邦媛曾多次向筆者提到日譯本與英譯本對她的不同意義。雖然不懂日文，但深受九一八事變和對日抗戰影響的她，很想知道日本學者與讀者對此書的看法。另一方面，多年講授英國文學並從事臺灣文學英譯的她，既能判斷英譯，也熟悉英美文化，希望藉由英譯讓廣大的英文世界知道她個人見證的那一段歷史。

應夏〔志清〕的『感時憂國』傳統外，更多了份獨立蒼茫的感慨」。雖然置於當時臺灣主流的文學批評場域中，其「立論毫無花俏之處，既乏解構的機巧，亦缺後現代的玩忽」，但在平實中見其功力。王文另一洞見便是強調齊書看似保守的部分，如對於反共文學的討論，其實另有可觀之處，因為「『保守』也可成為一激進姿態」。而王文「重估 1950 年代文學」的主張也顯見於當今臺灣文學研究的場域。王文歸結時指出，「《千年之淚》的淚，是悲憫的，也是寂寞的。」李有成的〈五○年代臺灣文學的鄉愁──讀齊邦媛的《千年之淚》〉則將全書分為「導論式的論文」與「作家的個人作品研究」兩類，分述其脈絡與性質，並指出所選擇討論的小說與論者「本人的文學信念密切相關」，也反映了泰恩的文學史觀。文中除了提及此書的一些洞見之外（如懷鄉文學的預言性、「閨怨之外」的臺灣女作家），也指出其論述「持平明白」，特色在於「處處可見作者感同身受的真情與誠意」。其實不論是王所言的「感性風格」或李所言的「誠摯」，都為齊的論述特色，雖為臺灣學界自新批評以降所迴避、甚至譏誚，卻是文學評論之所以能跨出學院藩籬、打動一般讀者之處，也多少反映出其師朱光潛言教與身教的遺韻。

　　有關《霧漸漸散的時候》的評論計有兩篇，王德威的〈洞見清明〉指出該書兩卷提到「至少 107 位作家，363 部作品，書外齊教授實際過目的數量，想來當數倍於此。」王德威表示這種多年堅守崗位、腳踏實地的作風，「正是她愛臺灣的方法」。他特別指出齊之邊緣性：「以外文系的訓練兼治中文文學，以外省人的背景衛護本土文學，再以中華／臺北學者的身分向世界推廣臺灣文學，齊教授的事業，套句今天的行話，真像是不斷在『邊緣游走』，其中的艱辛應不足為外人道也。」儘管如此，在文學之道多年探索之後，「如今大霧漸散，回首來時之路，但覺雲淡風輕，乍現清明」。文中並特別強調其「論文議事……情辭端正，氣派雍容」，這些俱是急功近利的社會與高蹈狹隘的學界所欠缺。王鼎鈞在〈霧未散盡〉中從作家的角度來評論此書，更能領會齊邦媛心胸之開闊，一切以文學為依歸，

以「只要寫得好」為標準，前後兩本論述「稱人之長，絕長補短，寓貶於褒，循循善誘」，雖然齊自謙為「愚忠」，但在從事文藝創作者看來，卻更是「陪著作家成長」的「大愛」。先前也曾評論過《千年之淚》的他指出，該書理性與感性兼顧，「論點是理智的，表達則是往往不禁抒情。這個特點，《霧漸漸散的時候》更為明顯。」此外，以散文聞名的王鼎鈞也能以行家的眼光看出齊邦媛論述的特色，而有如下的推崇：「就文體而論，齊教授這兩本書都是優美的散文，論斷之外，時有出色的敘述和描寫，恐非我們寫散文的人所能企及」，並且建議她「可以換個頻道，（我不說跑道，她與人無爭。）再以一兩本散文集名世。」

　　齊邦媛的散文集《一生中的一天》回應了這個期待，該書分為兩輯，輯一為九篇回憶性的散文，輯二為八篇文學評論，內容精采，惟回響不多，殊為可惜。趙衛民的〈壯麗天象——《一生中的一天》〉引用〈自序〉中的精句，「對於我最有吸引力的是時間與文字」，將其詮解為「時間與文學」，並指出「在其中結合的是抒情的感性。」郭強生則明確指出，「這本難得的散文精品……對我們這個時代與這座島上的功利、偽善與迷亂，無疑提供了另一種超越的價值指標，一種堅定的、穩健中充滿優雅、恬淡中散發自信的人文精神與氣度貫穿其中。」他更進一步強調，此書「雖談的多是文學人與文學事，但只有真正將文學內化成生命動力與信仰的靈魂才具備這樣的文筆與情操，可以隨處綻發人生智慧，流露對時間、人世、生命深刻的珍愛與可敬的悼念。」[16]以今天來看，此書中的回憶文章以真摯的感情，平實的文字，坦誠面對人生以及人生之旅的所見所聞所思所感，為《巨流河》鋪路。

　　以下的 11 篇文章摘自其「名世」、甚至「驚世」之作《巨流河》出版後的頗多回響。《巨流河》示範了即使進入老年仍大有可為，可將畢生的經驗、溫情與智慧藉由文字廣為傳播，發揮啟迪與鼓舞的作用。序言照片中

---

[16]郭強生，〈高貴的哀傷——《一生中的一天》樹立人文典範〉，《文學公民》（臺北：三民書局，2005 年 5 月），頁 162。

的圖說,將筆者、簡媜與李惠綿形容為「乘著歌聲的翅膀,自天降臨到我
的書桌上」的「三位天使」。儘管如此,真正拔筆相助、「成為超級志願
軍」[17]的則是李、簡二人,筆者只是不時表示關切。簡媜的〈一出手,山河
震動〉與李惠綿的〈不廢江河萬古流〉[18]從參與者與觀察者的雙重視角提供
了有關此書寫作過程的第一手資料。簡媜以靈動的文筆描述與齊邦媛的師
徒緣分,把書寫此巨著驚險過程的傳主描繪為「攀懸岸的人」,以「雙翼書
寫」來形容以父女兩代為主軸的《巨流河》,並指出「女性寫史」的特色在
於「在沉重的歷史轍痕之外,更多賺人熱淚的深情篇章,如此純粹,何等
聖潔,捧之不禁以淚句讀、低迴不已」。在協助此書的過程中,簡媜和李惠綿
「做為第一手讀者,我們完整地見識齊老師的超人意志與鋼鐵精神,兼以
學者之嚴謹態度」,經過了多次修改,「四年伏案,25 萬字長征,老選手終
於爬上懸崖,完成『生命之書』」。邀集簡媜共襄盛舉的李惠綿在〈不廢江
河萬古流〉中除了細述她以孺慕之情、俠義之心投入這項壯舉之外,並引
用吳宓在武漢大學時為齊邦媛題贈的文句,「佛曰:愛如一炬之火,萬火引
之,其火如故」,來聚焦齊邦媛的文學志業與撰寫此巨著的意義:「齊老師
終身熱愛根生的家國原鄉、鍾愛耕耘的臺灣土地、深愛傳播的臺灣文學,
晚年以波瀾壯闊的氣魄胸懷完成《巨流河》,用一甲子以上的歲月,實踐一
炬之火的大愛。」當初吳宓為所指導的 21 歲學生齊邦媛撰寫此句時,恐難
想像他在課堂上傳下的火炬會引燃千萬火炬。

　　齊世英為《巨流河》中突出的傳奇人物,為傳主樹立了為人處世的標
竿。林博文的〈齊家父女的臺灣經驗〉將《齊世英先生訪問紀錄》與《巨
流河》相互參照,描述父女兩代如何分別貢獻於臺灣民主運動與臺灣文學
推廣,指出「齊家父女在不同領域對臺灣作了不朽貢獻,比臺灣人還愛臺
灣。東北和臺灣都曾是日本帝國主義的殖民地,齊家父女常懷念東北的白

---

[17]齊邦媛,《巨流河》(臺北:遠見天下文化出版公司,2009 年 7 月),頁 14。
[18]此文原名〈不廢江河萬古流──側寫齊邦媛《巨流河》之誕生〉,刊載於《國語日報》2009 年 8
　月 16 日,5 版;後收錄於齊邦媛編著,《洄瀾──相逢巨流河》(臺北:遠見天下文化出版公
　司,2014 年 1 月)。

山黑水，但更熱愛寶島的蕉風椰雨」，兩代來到臺灣之後，「從此為這塊土地打拚，燃燒自己，使臺灣變得更進步、更光明。」黃怡的〈林太乙、齊邦媛和她們的父親〉則比較齊氏父女與林語堂、林太乙父女，表示《巨流河》讓人懷想起林太乙的《林語堂傳》與《林家次女》。林語堂與齊世英雖屬同一時代（林語堂早生四年），但兩人的身世、志向與遭遇卻迥然不同。黃文指出，「齊世英之於齊邦媛……已經不止於人生的導師，像是林語堂之於林太乙，甚至不止於是個『溫和潔淨的真君子』，一如齊邦媛母親裴毓貞所形容，而是中國近代史上犧牲小我的知識分子典型」。林太乙和齊邦媛在父親的薰陶下，各自成就了非凡的事業，「兩位女士對中文世界的文化貢獻，就已經是任何父親可能有的最大驕傲了」。

　　齊邦媛、林海音、殷張蘭熙和林文月四人情同莫逆，齊與林文月且為臺大文學院多年同事。林文月在〈巨流河到啞口海的水勢〉中回顧了兩人三十多年的情誼，對於文學的共同興趣，從側面描述了齊邦媛對於臺灣文學無私的投入與真誠的喜愛。她指出《巨流河》中既有「時間之巨流」，也有「地理的巨流」，書中描述的「大陸、臺灣兩個生活經驗，其實也是許多大陸來臺的『外省人』共同的記憶，但由於特殊的家世背景與個人素質，這本《巨流河》遂不只是個人的『記憶文學』，而時時處處與時代的脈搏緊密扣合著，於追述過往之際，多一層資料、探析、深思和反省期許」，渡海60 年之後，「作者已然成為不可自外於『本省人』的外省人了」。而《巨流河》一書雖以啞口海為終，但林文月指出，「許多年來她熱情而堅毅地耕耘著文學的土地，遂有了豐滿的開花與結果。如此，那源自巨流河的水勢，到啞口海沒有音滅聲消，看似平靜、實則洶湧未已」。證諸齊氏門生在各行各業的表現，以及《巨流河》在海內外引發的強烈回響，可知其言不虛。

　　王德威與齊邦媛有兩代交情（其父王鏡仁大力協助齊世英的《時與潮》編務），長期合作向國際推動臺灣文學，對其家世、文學志業、成就貢獻所知甚詳，〈如此悲傷，如此愉悅，如此獨特──齊邦媛先生與《巨流河》〉論及傳主生平與此書諸多重要面向，為論述《巨流河》最具分量之

作，也收錄於此書簡體字版與日譯本，成為簡體字版與日譯本讀者了解此書的最佳指南。王文指出，身為「臺灣文學和教育界最受敬重的一位前輩」，齊邦媛的《巨流河》之所以能掀起如此巨浪，除了精采的自述之外，更觸及底下四個重要面向：

> 透過個人遭遇，她更觸及了現代中國種種不得已的轉折：東北與臺灣——齊先生的兩個故鄉——劇烈的嬗變；知識分子的顛沛流離和他們無時或已的憂患意識；還有女性獻身學術的挫折和勇氣。更重要的，作為一位文學播種者，齊先生不斷叩問：在如此充滿缺憾的歷史裡，為什麼文學才是必要的堅持？

王文討論東北與臺灣對齊邦媛的意義，她生命中的「四個『潔淨』典型」（齊世英、張大飛、朱光潛、錢穆），女性知識分子的自覺與性別身分的限制（尤以家庭因素未能取得美國學位為其畢生難以渡過的巨流河）。文中說明了文學魅力與文學批評的作用：「文學的魅力不在於大江大海般的情緒宣洩而已，更在於所蘊積的豐富思辨想像能量，永遠伺機噴薄而出，令不同時空的讀者也盪氣迴腸；而文學批評者恰恰是最專志敏銳的讀者，觸動作品字裡行間的玄機，開拓出無限閱讀詮釋的可能。」更進一步提到文史之間的關係，以及文學開出的柳暗花明的境界：「當歷史的發展來到眼前無路的時刻，是文學陡然開拓了另一種境界，從而興發出生命又一層次的感喟。」在層層論述之後，王文總結「《巨流河》最終是一位文學人對歷史的見證」，呈現出的是「一個『潔淨』的聲音，一個跨越歷史、從千年之淚裡淬煉出來的清明而有情的聲音。」

王鼎鈞的〈1949 三稜鏡〉則對比 2009 年臺灣出版的三本有關 1949 年的作品：齊邦媛的《巨流河》，龍應台的《大江大海 1949》，王本人的《文學江湖》。全文先分論三部作品，在討論《巨流河》時形容其如「含蓄內斂的抒情詩」，傳主除了是「臺灣現代文學的知音」之外，「更是文學的保

母、律師和教師」。他主張，「這三本書最好合讀，如看三稜鏡，相互折射出滿地彩霞。」對於三書的特色，王鼎鈞則有如下的分析與比較。在結構上，「《巨流河》材料集中，時序清晰，因果明顯，不蔓不枝，是線形結構。《大江大海》頭緒紛紜，參差並進，費了一些編織的工夫，是網狀結構。《文學江湖》沿著一條主線發展，但步步向四周擴充，放出去又收回來，收回來再放出去，形成袋形結構。」在言說方式上，「《巨流河》欲說還休，《文學江湖》欲休還說，《大江大海》語不驚人死不休！《巨流河》是無意中讓人聽見了，《文學江湖》故意讓人聽見，《大江大海》就是面對群眾演說了。」在手法上，「《巨流河》詠歎時代，《文學江湖》分析時代，《大江大海》演繹時代。」他並在結論時如此描述三本書：「《巨流河》如此精緻，如此雅正，如此高貴。《大江大海》如此奔放，如此豐富，如此變化」，《文學江湖》則「如此周密，如此老辣，如此『江湖』！」本身為資深作家的王鼎鈞入乎其內，出乎其外，既現身說法，也析論他人，兼具主觀與客觀的評論，在相同的主題之下，於再現他人時也再現了自己。

　　大陸學者對於此書的回應也有值得參考之處。李建立的〈《巨流河》：大時代的表情、呼吸與體溫〉除了討論齊世英、張大飛、朱光潛之外，別出心裁地著墨於齊母裴毓貞，指出身為那個時代的傳統女性，「裴毓貞何嘗不是處在大時代的『啞口海』」，並且慶幸「好在有齊邦媛的如椽妙筆，裴毓貞的故事讀來字字溫情。」文中特別指明，「齊邦媛還說她一生對文學的觀念和熱愛，正是來自於她母親那些似乎不重要也不為外人察覺的故事，並『漸漸由文學的閱讀擴及全人類悲憫的起點』」。因此，父母的言教與身教形塑了齊邦媛的性格與行事方式。李文並且描述了此書在大陸走紅的情形，主因之一在於所呈現的歷史敘事與細節有異於長久以來中共官方的歷史。因此文中主張多元的歷史觀，認為「要講出一個時代，就必須允許出現不同的故事，以及同一個故事的不同講法」，而「只聽一個故事是可怕的；……只讓人們聽一個故事的時代也同樣是可怕的」。簡體字版《巨流河》的出現，正顯示了庶民的小歷史與官方的宏偉敘事之間的差異以及可

能提供的另類觀點。而庶民生命故事的可貴，正在於呈現了「具體可感的大時代的表情、呼吸和體溫」，這也正是《巨流河》的特色與價值。

張學昕與梁海合著的〈時間之上：「非虛構」的歷史與人生──齊邦媛的《巨流河》與「非虛構」寫作〉原先宣讀於 2012 年 11 月 10 日至 11 日於日本神戶大學舉行的「戰爭與女性」國際研討會，其中各有一個場次、兩篇論文討論齊世英與齊邦媛。[19]此文從非虛構寫作的角度出發，指出《巨流河》中的首要敘事策略為「真實感和現場感」，即使對於讀者，尤其是史觀不同的大陸讀者，造成了「陌生感」，卻是「客觀地保留了曾經存在的人和事物的真實細部，這樣，更深邃的事物和底蘊，都被留在文字的背後，為我們在今天去閱讀和判斷那個年代，提供了種種契機和可能」。2015 年諾貝爾文學獎罕見地頒發給以紀實寫作聞名的白俄羅斯女作家亞歷塞維奇（Svetlana Alexievich），肯定了紀實寫作的文學價值以及在現實生活中的作用。

至於中國異議分子余杰的〈她為什麼對「土共」有免疫力？──齊邦媛《巨流河》〉，借用《巨流河》來解釋在那個「知識界、輿論界和學生普遍左傾親共的時代」，大學時期的齊邦媛為何不會被牽著鼻子走。她之所以對土共有免疫力，相當程度來自於理性的認知，對人性的珍重以及文學賦予的超越與穩定的力量。余杰指出，「她對『土共』的厭惡，是理性、情感和審美交織而成的結論。重視親情和友情的她，怎麼會為了主義而六親不認呢？長期浸淫在濟慈和雪萊詩歌中的她，怎麼會喜歡粗俗煽情的共產黨文藝呢？」由此可見文學的覺世、超越與救贖的力量。

高大威在〈痛心的記事──從齊邦媛教授童年時的一篇作文說起〉一

---

[19]齊邦媛對於該國際研討會頗感興趣，很想知道日本學者與讀者對於《巨流河》的反應，惟年邁體衰，不便前往，委託筆者出席，參與討論，並帶回相關資料。有關該研討會的報導，參閱臺灣大學文學院臺灣研究中心電子報，http://ts.ntu.edu.tw/e_paper/e_paper_c.php?SID=35，惟該網頁有關論文內容之描述太過集中於齊邦媛而忽略了齊世英，與事實有所出入。黃英哲於 2016 年 1 月 24 日致筆者的電郵中告知，該會議論文集《漂泊の敘事》由濱田麻矢、薛化元、梅家玲、唐顯芸合編，2015 年 12 月由東京勉誠出版印行，收錄杉村安幾子〈金澤第四高等學校における齊世英〉一文。

文中分享他在上海圖書館找到的齊邦媛於 1934 年 11 月 27 日發表的〈我的故鄉〉。文中年方十歲的齊邦媛寫道，「自從九一八事變後，我便開始流浪了。那山明水秀的故鄉，也就成了幻影啦！」文末並「希望我們大家一致團結起來，打倒日本帝國主義」。該文口氣雖然童稚，卻顯示即使年幼的她也知道是因為日本帝國主義發動的九一八事變，迫使她不得不背井離鄉，那種感覺已成了畢生揮之不去的夢魘，一如巴勒斯坦裔美國學者及公共知識分子薩依德（Edward W. Said）終其一生以流亡者（exile）自居的況味。與十歲的童年之作相關，《巨流河》為齊邦媛於七十多年後重新捕捉的類似感受，其文藝寫作由始至終有如一個循環（cycle），圓心則是離散的心態與處境。

結語

齊邦媛獨特的家庭環境讓她從父親學到知識分子的胸襟、眼界、愛國與風骨，從母親學到無私的奉獻、溫柔的力量以及文學的動人。她雖然身逢抗戰，卻從戰亂中弦歌不斷的生活裡體認到教育的重要，從經師與人師的言教與身教中培養出兼顧感性與理性的文學信念。在大陸易手之前兩年便有機會到臺大外文系擔任助教，開啟了齊邦媛與臺灣長逾一甲子的緣分。婚後的相夫教子讓人見識到身為女性知識分子要兼顧家庭與事業的艱辛，由家庭主婦而到中學教書、進而到大學教書，在這有如「敗部復活」的情節中又蘊涵了多少的堅持、努力與艱辛。國外攻讀的可貴以及未能如願取得學位，更讓人感受到她的挫折。[20]儘管如此，國外進修的經驗卻讓她更上層樓，擴展眼界，不論是在創設中興大學外文系、舉辦我國外文學系主任聯誼會、參與鼓吹建立中華民國比較文學學會等，都與其國外視野的開拓有關。另一方面則是因為國際人士對臺灣的漠視與無知，促使她在國

---

[20]《巨流河》中對此以「繁華落盡，天梯消失」來形容。當時她僅差六個學分便可取得碩士學位，卻因家庭因素不得不返臺，功虧一簣，視為畢生最大挫折。因此，1947 年聘她為外文系助教的臺灣大學於 2011 年頒贈名譽博士，對她的意義非比尋常。

立編譯館任職期間努力於中外的文學與文化交流，英譯臺灣文學既是業務需要，卻也使得她對文學的熱情與對這塊土地的熱愛得以落實於臺灣文學，進而開展出畢生志業，並在她的無私奉獻與大力協助下，許多臺灣作家與作品得以逐漸為英文世界所認識。經年累月從事吃力不討好的文學翻譯，印證了其「書生報國」的熱忱以及對於文學的熱愛。我們很難想像沒有齊邦媛這種甘心隱身幕後的推手，臺灣文學在國際上會如何的寂寞、不為人知。

　　此外，身為老師的她多年以誠懇的態度面對學生，勤找教材，認真授課，嚴格要求，雖令學生又敬又畏，但敬業精神為人景仰，不論是課堂上知識的增長，眼界的開拓，或出國時的實用，都讓人感受到她從朱光潛、吳宓等人所傳承的人文傳統與文學教育，她本人固然為師長的「心靈的後裔」，而受她影響在各行各業的學生又何嘗不是她的「心靈的後裔」，至於在外文學門、尤其是在臺灣文學的研究與建制化方面的重大影響，更讓人看到她成為「萬火引之」的火炬。

　　就文學評論而言，她服膺於泰恩的文學史觀，著重於時代、民族、環境此文學三要素，用於評論臺灣作家。在近代琳瑯滿目、接踵而來的文學理論與文化風潮中，此手法看似傳統保守，然而筆者認為理論或觀點雖有新舊之別，但均為文化史或建制史的一部分，不管就長遠的宏觀，或就單一作家、文本的研究，新舊不是問題，只有好壞或適不適用之別。臺灣自1960 年代引介新批評以來，文學與文化理論此起彼落，目不暇給，是否為「一世之雄」未必可知，卻往往令人有「而今安在」的明日黃花之感慨。反觀泰恩之說已成為文學史論述的一家之言，而在齊的操演下繼續發揮作用。由此可見，理論固然可提供一定的角度或洞見，但文學評論還是要以細讀的功夫、文學的感性、文字的訓練、言之有物的見解為根本，以兼具感性與理性的方式，才可能真正發掘文學之所以為文學的特色與力道，以及文學可以超越時空對於異時異地的生命有所觸動與啟發的原因。因此，郭強生底下的說法恰恰指出了齊邦媛的文學評論的特色與價值：「在時下多

以客觀文本分析，或理論實踐為基調寫作評論文章的今日，齊教授不改對作品與作者本人的情感流露，這種將作品閱讀與理論融為一爐，另成文章而不落入評論窠臼的認知與情懷，應該也可以提醒新進文學研究者在對自己的文字琢磨與文意鍛鍊上多下功夫！」[21]

　　《巨流河》的出版終於讓齊邦媛能以主角的方式出現，儘管如此，她還是選擇不以自我為中心的自傳的取向，而是以回憶錄的方式，為在歷史中銷聲匿跡的數以百萬計的芸芸眾生代言，以一位女子的視角與「詩的真理」寫下「忘不了的人和事」，見證且記錄了一個大時代。李建軍指出，「《巨流河》的價值，不僅在於它是一部別樣形式的『抗戰史』，真切記錄了中國人民在戰亂時代的艱難和堅強，也不只在於它通過大量的細節，還原了那些被歷史的塵埃遮蔽的真相，更重要的，還在於它展示出了一種業已模糊的人格圖景和道德風範，寫出了一群古道熱腸的中國人的精神境界，──他們仁慈、克己、真誠，急公好義，無論在日常生活中，還是在關乎國家命運的大事情上，都便顯出一種溫良的態度和中正的精神」。[22]這段評論固然中肯，但主要說明的是傳主生命的前四分之一，往後的四分之三則是傳主自 1947 年（23 歲）來臺之後，如何將生命於臺灣落地生根，向海內外開枝散葉，成為庇護眾多作家和學生的大樹，也將臺灣文學伸展到天涯海角。

　　因此，《巨流河》一書所呈現的既是回顧，也是前瞻。一如哈金於《在他鄉寫作》（*The Writer as Migrant*）中所說的，對於家園／故鄉的見解有兩種，一種是過去取向，要回到以往的家園，一種是未來取向，落地生根之處就是家園。對哈金而言，「家鄉（homeland）這一問題涉及抵達（arrival）多於回歸（return）。……其內涵不再可以與家（home）分開，家是移民可以遠離故土而建立的。因此，合理的說法是：建築家園的地方

---

[21]郭強生，〈高貴的哀傷──《一生中的一天》樹立人文典範〉，《文學公民》，頁 164。
[22]李建軍，〈如此感傷，如此溫良，如此聖潔──論《巨流河》〉，《文壇縱橫》2012 年第 1 期（2012 年 1 月），頁 34。

才是你的家鄉」。[23]這種雙重取向具現於齊邦媛身上,一方面她對於中國東北的原鄉之思與家族之情確是人之常情,此刻遼寧人民出版社積極籌劃中的四冊齊邦媛文集——散文集、評論集、《巨流河》與《中英對照讀臺灣小說》——頗有「衣錦還鄉」的況味,讓來自巨流河的女兒得以文字回到巨流河的原鄉。另一方面,齊邦媛過去 60 年來在生活、教育、工作、文學志業上,在在證明了她的家園就是當下的臺灣,五代於斯,也是她父母選擇葬身之地。而她以「我們臺灣」為念,多年兢兢業業於教育與文學上的貢獻,一步一腳印地將優良的臺灣文學推展到國際上去,更與口號式的「愛臺灣」相距不可以道里計。以「你到底愛不愛臺灣?愛得有多深?怎麼愛法?有『資格』愛嗎?」[24],或以會不會講臺語來質問她,只不過是反映了質問者自身的狹隘、排外,無法看到她出入於古今中外的文學之間的胸襟,以及腳踏實地為臺灣文學開疆闢土的努力。正由於文學與文化不拒百川,有容乃大,才有綿綿不斷的源頭活水,使其持續壯大,永續發展。齊邦媛也因為遠大的視野,開闊的胸襟,文學的教育,無私的奉獻,成為學生與作家心目中「永遠的齊老師」。

綜觀齊邦媛精采的一生,巨流河對她既具有地理上的意義,是祖先的故居,也是心理上和精神上的原鄉,孕育了她的父母與深受他們影響的齊邦媛。然而時代的巨流——日本帝國主義的侵略和國共內戰——使得她漂泊離散到了臺灣,來到了自己的啞口海。然而就是在此啞口海的多年耕耘,使得臺灣文學成為當今臺灣文化中的巨流,並流向國際文學的大海。而她也藉由召喚出原鄉的巨流河,既肯定了家族的歷史,更確認了在臺灣的落地生根、成長茁壯、開枝散葉,成就了一己的文學與生命志業,將自己塑造成臺灣文學研究中一條巨大的母河,也盼望在其「心靈的後裔」與受其文學志業及教科書改革之惠的人心中,引發出各自的巨流河。

---

[23]哈金著;明迪譯,《在他鄉寫作》(臺北:聯經出版公司,2010 年 1 月),頁 132。
[24]王德威,〈洞見清明〉,《聯合報》,1998 年 11 月 16 日,48 版。

輯四◎
重要評論文章選刊

前言
寫在爾雅版之前

◎齊邦媛

臺灣自光復以來，由於中華民族的聰慧勤奮，各方面的成就，在全世界睽睽注視之下得到了應有的肯定。第二次世界大戰後的世界是個創深痛鉅的世界。種種興衰浮沉的激盪都深深影響了臺灣一千多萬人的思想和生活方式。我們的割捨、懷念、挫折、奮鬥和成就是文學創作取之不盡的題材，使它能不斷地拓展領域，加深內涵。後世治中國文學史的人當會作公平的判斷。20 世紀後半葉中國文學不僅在此延續，而且由於處於開放社會的臺灣作家們在思想深度和技巧上的努力已使中國文學的主流更加波瀾壯闊了。

30 年來臺灣的文學作品，在題材和形式上雖然有許多創新之處，仍是植根於中國悠久的文學傳統中。自詩經、楚辭時代迄今 3000 年，我們繼承的不僅是蘊涵最富，影響最深的文學遺產，還有世世代代求新、求變，增強主流的精神。由民國初年白話文運動開始的新文學，在半個世紀世亂播遷之際不但從未中輟，且在渡海來臺之後日益穩定成熟。

促進文學創作在臺灣蓬勃發展的原因甚多，其中最重要的是教育的普及和提高。隨之而來的是強烈的文化使命感。由於政治與經濟方面種種衝擊，作家們的視野更廣，筆觸更深，文學理想與現實人生有了更理性的平衡。另一個重要的推動力是報紙副刊與文學性雜誌的競爭。他們對文學作品的需要不僅量大，質的水準也日益增高。30 年來累積的成果自是可觀。除了政府行之有年的各種獎勵外，近八年來《聯合報》與《中國時報》文學獎和吳三連文藝獎相繼設立，應徵踴躍，評審公開，均已建立權威性，甚至對寫作方向都有相當長遠的影響。

　　民國 60 年以後，在外交的逆境中，臺灣靠自己奮鬥創出了經濟的奇蹟，得以在世界上揚眉吐氣。可是在國際文壇上我們卻幾乎是喑啞無聲！有些人竟然嘲呼臺灣是文化沙漠，而我們竟無以自辯！國外重要圖書館裡都有數量可觀的中國古典文學作品、外文譯本和研究、評論亦不少，書架上到處照耀著我們祖先的光輝。但是現代文學作品由五四時期開始到民國 30 年代即戛然而止。英譯方面更是貧乏，即使那個時代的幾本代表作和零零星星幾本抗戰時期的詩集，也多是由「北京人民出版社」在 1960 年左右出版的。那一批英譯本都有政治主觀極強的序，將作品時代背景、寫作動機加以扭曲，以達到中共政治宣傳的目的。實際上，三十餘年來的中國大陸文壇除了抗議文學和備受攻擊的朦朧詩外，可說是寒蟬世界。而臺灣的文學創作題材和內容形式的多樣性卻有自然的成長，無論是寫實或純藝術性的作品，反映的是政治不掛帥的真實人生。民國 62 年初春，我邀得了余光中、李達三、何欣和吳奚真先生合作，開始做中國現代文學的英譯工作。初步計畫是先出一輯，選譯民國 38 年至 63 年間臺灣出版的新詩、散文和短篇小說約七十萬字。並且希望繼續編譯出第二輯、第三輯……這項工作值得做下去，也應該繼續做下去。我們必須有持續不斷的聲音，才會被人認真的諦聽。

　　這套選集既是為進軍世界文壇而編，選稿的原則就與國內選集略有不同。作品的主題和文字語彙受西方的影響越少越好，以呈現我們自己的思想面貌。過度消極和頹喪的也不適用，因為它們不是臺灣多年奮鬥的主調。限於篇幅，題材與風格相近的作品盡量不重複。同樣由於篇幅和人力的限制，這一輯中我們未能選譯長篇小說，明知長篇小說能更完整更深刻地探討既定主題，我們先譯一集短篇小說，希望這廿五篇主題各異、涵蓋面廣的短篇小說能更詳盡地呈現這個萬花筒似的時代。新詩一集，介紹了 22 位各具特色的詩人，作品 193 首，但也只能算是一種開始。臺灣的新詩界和小說創作一樣，都是舊人寶刀未老，新人輩出，恰似詩人張默寫民國 71 年詩壇的回顧與瞻望一文，借用朱熹〈觀書有感〉中一句「為有源頭活

水來」為題，表達的就是大家的期許與展望。

　　本輯作品的先後次序依作者年齡長幼排列。這種排列方式，除了極少的一些例外，也自然地劃分了自民國 38 年到 63 年間創作發展的各個階段：

　　第一個階段是光復初期十年，報紙、雜誌乃至出書的作者大多數都是渡海來臺的大陸青年。他們遭逢了家園巨變，到臺後喘息未定，作品中充滿了割捨的哀痛與鄉愁。如林海音的〈金鯉魚的百襉裙〉和〈燭〉，孟瑤的〈歸途〉和〈孤雁〉（〈燭〉與〈孤雁〉係爾雅版新增，英譯本擬於印行第三版時增譯）、潘人木的〈哀樂小天地〉，彭歌的〈蠟臺兒〉等短篇小說，藉小人物的故事寫新舊制度間的衝突；對故鄉與往事的懷念，與毅然接受現實的心情。林語堂、梁實秋、梁容若、潘琦君、蔡濯堂（思果）、吳魯芹，鍾梅音和陳之藩等位的散文，寫動盪時代中生活的情趣與心靈的感受。這個時期的文學，無論是小說還是散文，幾乎全是回顧式的作品，內容相當質樸。人們剛從戰火中出來，生存是最重要的，那個時代深入骨髓的憂患意識和漸得飽暖的一代的複雜心態當然有顯著的不同。他們不僅是光復後臺灣文學的奠基者，在語言文字方面，也奠立了不易超越的標準。在新詩方面有覃子豪、紀弦、周夢蝶等人大力的開拓，開始即蓬勃有力。從胡適開始到抗戰末期的新詩傳統，不僅在此延續，而且進入了繁花似錦的境界。

　　稍晚數年，臺灣創作界興起了一批筆健如劍的軍中作家。他們少年隨軍來臺，對他們所曾保衛過的家國山河有一份更為執著的懷念與熱情。因此他們所寫的大陸鄉土故事，所吟詠的人生另有一種豪邁震撼的動人力量。朱西甯寫長篇小說自《旱魃》至《八二三注》，將近三十年間重要作品不斷出版。本輯中選譯了〈破曉時分〉和〈狼〉兩篇短篇小說，〈破曉時分〉給一個古老的故事新的血肉。他為人世間的苦難和不平，以超越時空的手法，在字裡行間賦予書中受苦者這般的尊嚴！朱西甯作品中最大的特色是氣氛的培育，細緻的心理描寫，文字技巧的熟練加上冷靜的觀察，運筆似外科醫師運刀。這些特色在此都可以找到例證。

　　司馬中原亦是成名甚早的作家。30 年來產量甚豐。他的長篇小說《荒原》出版於民國 42 年，至今仍是懷鄉文學最傑出的作品之一。他用將近一半的篇幅寫長江北岸一片苦難的大地，在天災和戰爭中成為荒原。和西方文學中許多抽象的荒原不同的是，它是一片血淚灑遍的極具體的荒原，只有在這樣的土地上，人類的屈辱和反抗才會引起震撼山河的悲痛。這本書和他隨後寫的多本鄉野傳奇短篇小說中塑造了許多頗具神祕色彩的鄉野英雄。他們屬於一片隔絕了的土地，一個已逝的淳樸時代，如今隔海讀來更增一層感觸。本集中的〈紅絲鳳〉和〈山〉頗具代表性。由這兩篇可以看到他富麗的語言之中所蘊涵的濃郁的感情。與朱西甯和司馬中原同時崛起文壇的段彩華筆鋒銳利，文字簡潔有力的短篇小說廣受讀者歡迎，他獨特的風格在〈花彫宴〉中有令人難忘的成就。

　　現代詩的發展，是最穩健，有持久性的。詩壇內外這 30 年間論戰不斷，但由文學史的觀點看來反而成了積極的檢討，催促的力量。如同本輯詩集的主編者余光中，他本人在中國現代詩史上已有其不能搖撼的地位，在英譯本詩集的序中即表明了今日詩人對延續中國詩傳統的責任和信心。文中他將來臺後重要詩社如現代派、藍星社、創世紀、笠、龍族、大地、主流等的特色加以介紹。首輯選擇了各派重要詩人共 22 位，詩 193 首。由於篇幅限制，我們在此輯中未能詳盡如願，但可以自慰的是，每一位已經選譯的詩人都有公認的成就。他們的作品就是見證。近十年來舊人詩作吟詠不衰，而新血充沛。我希望能有勇氣再編譯第二本詩選。

　　在這些開疆作家奠基之際，另一批年輕作家開始以新貌出現。他們在臺灣受中學與大學教育，很多且曾到歐美進修文學。不僅熟知創作形式與內容的理論，吸收新觀念的能力也高，能靈活地將西方文學的技巧融入自己的作品。創作之餘，他們也寫評論，譯介西方重要作品，辦雜誌、演講、討論，積極地推動新領域的探討。他們所關懷的是此時此地的現實人生，是文學創作技巧的發展。白先勇短篇小說集《臺北人》自民國 60 年出版，至今仍是最受重視的作品，本輯選譯其中〈冬夜〉和〈花橋榮記〉兩

篇中的主角都已來臺多年，應是臺北人了，但是對往日風光近乎癡迷的記憶卻使他們無法與臺北的現實妥協。對這種心態和行為，作者縱有悲憫，卻是批評性的；有相當的同情，而一顆年輕的心靈，卻忍不住對遺老心態要嘲弄一番。這種複雜的情緒，只有極高的才華能把握，使它不流為刻薄的嘲諷。王文興與歐陽子也是極重技巧，一字一句精心經營的作家。他們的小說的背景是社會轉型期間的臺灣，內容則多專注於青年人，乃至少年人內心世界的探討。作者好似站在屋角的旁觀者，毫無感情的介入。觀察的敏銳近乎冷漠無情，但寫出的作品無疑地是藝術品。此處選譯的〈命運的迹線〉、〈黑衣〉、〈花瓶〉和〈魔女〉是很好的例子。

民國 60 年前後，詩壇也進入豐收季。已成名的詩人周夢蝶、方思、夏菁、蓉子、洛夫、羅門、余光中、管管、商禽、鄭愁予、瘂弦、方旗、白萩、葉維廉、敻虹和楊牧（早期筆名葉珊）都已出版了他們重要的詩集，為現代詩奠定了穩固的根基。

黃春明的〈兒子的大玩偶〉，施叔青〈約伯的末裔〉，和林懷民的〈辭鄉〉等篇小說出版於民國 60 年代初期，為小說創作開啟了另一種風格與境界。他們敏銳地觀察了本省鄉里生活在傳統與工業化衝突之際所產生的急劇變化，塑造出的人物常似剛從輪軸飛轉的機器房裡出來立刻投入傳統的祭典裡，或者回到古城的窄巷裡與迂緩的歲月擦身而過。這一些戰後出生的青年作家，一面冷靜客觀地批評祖傳的生活型態，一面在字裡行間流露出對鄉土根源的眷戀。他們作品另一個重要的特色是使用了一些臺灣方言使得寫景談話更加生動，增加了真實感。

譯事甚苦，英文稱它為「費力不討好的工作」（a thankless job）。凡過來人必有同感。在此選集之前已有吳魯芹的小說選集，余光中和殷張蘭熙的新詩選集，最近又有殷張蘭熙主編英譯的小說選集《寒梅》，詩集《夏照》問世。我希望，隨著時間的進展，不斷有佳作，精譯為外國文字，為臺灣文壇揚眉吐氣。

在英譯文字方面，我們採取逐字逐句的翻譯，以求能忠於原作。為了

西方讀者的了解，我們也未忽略英文的流暢可讀性。我們雖已盡力修橋築路，兩種文化與文字之間仍有許多鴻溝沼澤難於跨越。本輯所有的譯者都是業餘的，多是在教學授課之餘逐句推敲而成。每篇定稿之前都由精研比較文學的李達三教授（Prof. John J. Deeney）和他的那個琢磨小組（Polishing team）再加推敲琢磨。編譯付印之前約有二十位來臺研究中國文化的英美籍友人曾作我們初步定稿的讀者，他們確曾誠懇而坦率地提出一些寶貴的意見，代表了西方讀者可能有的反應，是我們最後定稿註釋的最好根據。

　　英譯本出版後，我們的歐美版發行人美國華盛頓大學出版社已轉來評論介紹文章 16 篇，對此選集皆有肯定的讚譽。其中最令我們欣慰的是 *China Notes*, Summer, 1976 刊登一篇 A. R. Crouch 先生的書評。他有一段說：「……譯文是流暢的好英文。所選作者均於臺灣的中華民國寫作，此點或有人認為是個局限一地的缺點（limitation），但是這些作者並沒有受到政府壓力而寫作宣傳文章，這是他們的長處。除了兩三首詩以 1911 年的國民革命和越戰為題材外，選集中很少有表達政治意識之作。與當前中國大陸文學中的單調宣傳形成顯著對比，令人感到舒暢（a welcome relief）。」

　　這本選集第一輯一、二兩冊的英譯本問世至今已八年了。即將印行第三版。它已在海外進入了大學的教室和書架。民國 64 年初版出書時我們的喜悅，至今記憶猶新。書中原著雖是作家的心血；英譯本卻也是我們一字一句耕耘的果實。中文本原已由書評書目社印出四版，現由爾雅出版社繼續印行，更令人信服「書緣」二字。此書由第一次出中文版到它今後的無數版都是柯青華先生（隱地）的鼓勵策畫。我們五人編者不僅對他感謝，且更欣喜今後此選集書得其所。

——中華民國 72 年 2 月　臺北

——選自齊邦媛主編《中國現代文學選集（詩）》
臺北：爾雅出版社，1983 年 4 月

《千年之淚》自序

◎齊邦媛

　　我由一個間歇性的輕鬆讀者，進步到被朋友嘉許為當代臺灣文學的知音，其間積聚了重重因緣。最大的因緣是 1973 年開始編選且英譯了兩冊《中國現代文學選集》，自此以後，我開始以研究的態度，相當詳盡地研讀臺灣當代的新詩、散文、小說和評論，也陸續地寫了一些歸納的意見，想鼓舞臺灣四十多年的創作發出更響亮的聲音。收集在本書中的全是小說的評論。它們共同之處是所寫多是 1949 年以前中國人的苦難。只有〈閨怨之外〉和〈留學「生」文學〉兩篇是寫 1949 年到目前的文壇情況。

　　這些篇小說中特殊的時代性，中華民族特殊的困境，幾乎就全是我個人生長的背景。我出生在繼臺灣之後，被日本人占領多年的東北。自幼年起全家即隨著一生追求拯鄉救國理想的父親飄泊過半個中國，直到定居臺灣，以此作埋骨之家鄉。我親嘗過戰爭的殘酷與恐怖，眼見過生生不息的希望、奮鬥、和更多的幻滅。中國的憂患已融入了我的生命。文學對我，從來不是消遣，也不僅是課堂上的教材，它是我一生尋求事實的意義，進而尋求超越的唯一途徑。數十年間我幸得有認識西方文學的喜悅，也曾苦修過眾聲喧嘩的文學理論。卻因英譯而回歸到中國文學，不僅飽嘗遊子還鄉的歡愉，也在心靈上開拓了遼闊的領域。這些書中的人物、時代和境遇可說是這半世紀中華民族史詩的重要素材。而我自己似正在近距離看著這些有血有肉的書中人物歌哭中華民族的共同苦難，並試著找出這特殊的時代性和種族苦難的意義和希望。

　　泰恩（Hippolyte Taine, 1828～1893）由法國人的觀點寫《英國文學

史》，他說要藉一個豐富和完整的文學生長史分析時代性與種族性與文學的關係。在他之前，在他之後，西方文學理論發展出許多不同的流派，忙煞學院中人。但泰恩所持的文學三要素——時代、民族、環境——在重要的文學作品中仍具有支配性的地位。凡能傳世的作品都或隱或顯地具有這三要素，進而以藝術的創新方式衝破一時一地的局限。本書中所評介的小說能超脫所謂的「抗戰八股」、「反共八股」而不被時間淘汰，因為它們各以獨特的藝術風格，描繪出那個時代的面貌，有雄渾，有優美，有細膩……各擅勝場。能吸引住讀者注意力，讓人肯將數百頁讀完的，是它們的文字的魅力。這種魅力來自作者力透紙背的感情。作者不僅有故事要講，還有他生命中一些重要的訊息要傳遞，有珍藏的情愫要傾訴……這種誠摯如此強烈，所以寫出的文字就充滿了抒情性。這些小說，大多數都可以稱之為抒情詩體小說。我認為這種小說的藝術形式和內涵都是極為珍貴的。陳紀瀅的《荻村傳》，《旋風》中的方鎮，《秧歌》中的上海近郊村莊，《未央歌》中的昆明，《蓮漪表妹》的北平和延安，《荒原》中的淮河平原，《城南舊事》中古城溫馨的一隅，《寒夜三部曲》中的蕃仔林……因文字的神奇力量，不受劇烈世變的沖激，向後世見證了一個他們所不認識的中國。

　　我不能說全然客觀冷靜地評論了這幾篇小說，因為他們曾深深地感動了我。英國詩人奧登說他無法客觀地評估哈代的成就，因為他曾經強烈地愛上了他的詩。讀文學作品的感動總引發我許多聯想：今昔之感，理想與現實差距之感，悲憤昇華為悲憫的智慧，和對人類前途的憂慮等等。這些蜂擁而至的聯想成了我評論的骨血，也助我衝出了各種理論的樊籬。這種純屬讀者反應的書評，古往今來，共鳴不少。《杜詩鏡銓》引王嗣奭評〈無家別〉說：「目擊成詩，遂下千年之淚」，也是我常有的感懷。杜甫此詩吟成至今，早逾千年，而中華民族仍在自掘的泥淖中啼飢號寒。此淚何日能止？

　　對於出書，我始終抱著虔敬的心情。一直希望能周全些，多評介幾本同樣重要的書，但個人的力量究屬有限，只有日後繼續努力。感謝隱地多

年來溫文爾雅的鼓勵和無言的催促。在我蹉跎多年之後，文學評論書籍在今日書市只能靠強韌的生命力才能生存。對隱地出版文學書的理想和勇氣，我在感謝之外，有更多的敬意。

　　書後所附書目是鐘麗慧小姐費時費力所成，有了這份書目，這本論集對讀者會更多一些參考的價值。謝謝麗慧。感謝楊宗潤先生耐心的整理和修訂，使這些原來散載於報章雜誌的文章，在此以文字體例統一的面貌問世。

　　遲遲出書也有一些好處，既不必悔少作，又沒有太多重複自己的機會。人活著留些未竟的心願也好。

——選自齊邦媛《千年之淚》

臺北：爾雅出版社，1990 年 7 月

《霧漸漸散的時候》自序

◎齊邦媛

收在這本書裡的是繼《千年之淚》後，我閱讀臺灣文學的感想。前人因讀杜甫的〈無家別〉而落千年之淚，如今 20 世紀即將過盡，1949 年以前流離失所的淚已漸止，代之以今世人的憂悶焦躁。這 50 年來，一切的速度變快，人生價值的建立與摧毀更快。在汙濁洪水沖激之下，如果沒有值得堅持的理想撐著，早遭滅頂。看著臺灣文學的發展，好似在國際文壇、國內政經層層的迷霧中行走、尋覓定位。在整理這些文稿的時候，我好似看到一些陽光照亮的土地。個人視野之內，霧雖不能全散，終有漸漸消散的時候。

第一卷是整理、歸納的文章，自爾雅版的《中國現代文學選集》（1949～1974）〈序〉，文訊版的〈江河匯集成海的六〇年代小說〉到九歌版的《中華現代文學大系》（1970～1989）〈小說卷序〉雖不免有重複之處。卻努力地呈現了 40 年臺灣文學，以小說為主的面貌。〈由翻譯的動機談起〉至〈浮雲與山岩〉雖是會議的論文，卻也是我推動中書外譯志趣的告白，它也啟發了我對梁啟超作為他那個時代的聲音的崇敬，深一層認識他「筆鋒常帶感情」的赤誠。眷村文學和二度漂流現象是我個人感懷至深的主題。

第二卷則是散文和小說創作的評介，臺灣眾作家中我只有緣寫了十多位的書評，當然欠缺太多。生命如此短促，個人時日有限，雖有寫史的願望，卻無寫史的能力。有人責我未論 1990 年代作家，其實並非注意不夠，只是時間的距離太近，難於下筆。今日四十歲左右的作家，除了早逝的林

燿德外，剛進入思想的成熟期，應該是 21 世紀作家了，時代變得如此令人眼花撩亂，我決意讓所有篇章保持寫作時原貌，不徒然作政治乃至文化「正確路線」的追逐。生長在 20 世紀這樣一個大時代裡，我常有一種近乎愚忠的文學使命感；學術上的習慣又使我不敢在下筆時恣肆揮灑，唯盼這不是一本灰濛凝重的書。

感謝柯慶明教授自從他文藝青年時代開始對我寫作的鼓勵。二十多年來我們以師友之誼作了許多建設性的文學對話。張淑香教授不僅在研究所上我「高級英文」的課，且在執教之後，兩人風雨無阻旁聽我的「英國文學史」一整年。今年他們的兒子思睿也進入外文系讀書，文學對話更加延長。這本書的篇章、佈局乃至文字的推敲取捨都有他不懈的協助，感謝不盡。

九歌出版社對我的定期催促與寬容，令我十分感激，今年二月，此書一校稿在我桌上已貼滿待閱紅條半年之久，蔡文甫先生電話來說，「齊教授，快過年了。」我這樣增增補補地拖延下去，恐怕又要過年了。陳素芳小姐不僅是出版社的主編，也成了朋友，她的耐心與催稿成功的技術，令我在成書之日感謝中充滿了溫暖。

我衷心感謝命運將我灑落在臺灣島上，安居樂業 50 年。在一生大霧漸散的時候，我看到的臺灣文學是在民族史上少有的從容氣氛中產生的。逃離的，漂流的，落地生根的，種種滄桑，在這些有才華的作者筆下創造出的是有相當精神深度，收放恰到好處的臺灣文學。

1998 年 8 月于德國旅次

——選自齊邦媛《霧漸漸散的時候》
臺北：九歌出版社，1998 年 10 月

由翻譯的動機談起

◎齊邦媛

　　從事翻譯工作的人，思緒長年盤旋在別人的字句之間，不免有時感到自我遺失的沮喪，但大多數的時間會在兩種語言的認知、移轉和重組的過程中得到唯有翻譯者才能領悟的樂趣與滿足。而且成功的翻譯應是一種高難度的藝術，不能像創作者一樣任思潮暢流，字斟句酌之際並無必然的約束，甚至可以避重就輕。既是如此，為何許多才情洋溢的作家也會深入譯作領域？主要應是另一種創造方式的挑戰[1]。在兩種語言之間淺灘涉水，深處搭橋的過程自有它的魅力。但是在文字魅力之外，經常有更強大的動機，對有些人來說，是一種必備的熱情。

　　從 1972 年我開始將臺灣的文學創作譯成英文且出了最早的選集起，就不斷在各種場合被問道：你為甚麼投入中書外譯的工作？這種翻譯工作樂趣如何？（他們用「這種翻譯」的意思大約是因為很少人願意做，國內也幾乎毫無市場。）這許多年來，我也常常自己詢問，我為何進入這苦樂參半的世界？尤其近四年來我竟如長江淺灘上的縴夫似地揹上了一個英文雜誌 *The Chinese PEN*（Taiwan）的縴繩；在生涯規畫中，這動機的自我說服性就更迫切了。重讀自己 1974 年為英譯《中國現代文學選集》所寫的前言說：「民國 60（1971）年以後，在外交的逆境中，臺灣靠自己奮鬥創出了經濟的奇蹟，得以在世界上揚眉吐氣。可是在國際文壇上我們卻幾乎是喑啞無聲！有些人竟然嘲呼臺灣是文化沙漠，我們竟無以自辯！」實際上，

---

[1]黃宣範，《中英翻譯：理論與實踐》修訂版（臺北：文鶴出版公司，1995 年）。此書之第一編〈朝向一個翻譯底理論──翻譯的語言基礎〉開篇即言：「翻譯是一種透過甲語言改寫乙語言的創造能力。」

即使是 20 年前,「臺灣的文學創作由於題材和內容形式的多樣性卻有自然的成長,無論是寫實或純藝術性的作品,反應的是政治不掛帥的真實人生。」仍記得那之前幾年望著印第安納大學圖書館書架上幾乎沒有臺灣的作品,那種失望、羞慚、不服氣的心情,好似在灰濛濛的荒地上一團熾熱的火。回國後我除了回校好好的教我的英國文學課程之外,第一件要做的事就是用英文翻譯臺灣的文學創作,讓它站在國際書架上,驗證臺灣有自信的生存!這即是我的書生報國之道吧。這樣強烈的動機可以讓人甘心奉獻時間、情感、學術上的榮辱得失(至今翻譯仍不被承認為學術成就)。

　　直到我讀了梁啟超〈論譯書〉一文,才似恍然大悟,書生因報國乃至救國而翻譯絕不是我的「私衷」。早在一百年前梁啟超已經那麼坦率地高喊譯書救國論了。由他所處的封閉的清朝社會到今日幾乎全然開放的臺灣社會,國際文化交流方面,我們入超的情況似乎愈來愈高,不僅科技方面嚴重入超,人文思想,乃至於文學亦至少有一半左右的新書是外文書中譯。近兩年臺灣兩大報所選的年度好書榜上,翻譯書已占三分之一,且多為社會科學新知。有人憂愁,文學創作空間被壓縮,但這些頗受歡迎的譯作確實增強了我國文化的內涵,使我們在這個資訊支配的世界感到經濟成就以上的「舒適」。例如最近暢銷的以西洋哲學史為題材的小說《蘇菲的世界》,由沈清松的序〈一個趣味盎然的愛智歷程〉[2]前導;介紹經濟學等社會科學方面方興未艾的「複雜科學」的新著中譯《複雜:走在秩序與渾沌邊緣》,巫和懋的序〈追求真理的熱情〉[3],都令我聯想到梁啟超鼓吹翻譯以吸取新知的急切與熱情。

「知己知彼、百戰百勝」:梁啟超的百年呼喚

　　梁啟超的《飲冰室文集》第一部《變法通義》中〈論譯書〉一文發表

[2]Jostein Gaarder, *Sophie's World: A Novel about the History of Philosophy*(Oslo: H. Aschehoug & Co., 1991)。中文譯本由蕭寶森譯,《蘇菲的世界》(臺北:智庫公司,1995 年)。沈清松序。
[3]M. Mitchell Waldrop, *Complexity: The Emerging Science at the Edge of Order and Chaos*。中文譯本由齊若蘭譯,《複雜:走在秩序與渾沌邊緣》(臺北:天下文化出版公司,1994 年)。巫和懋序。

於 1896 年（清光緒 22 年），在甲午戰敗割讓臺灣後兩年，24 歲的書生，憂憤國事，談事論政豈只「筆鋒常帶感情」，簡直是熱情澎湃，在〈論譯書〉中這種急切的熱情尤感躍然紙上。詳讀再三，難以相信整整百年歲月已過，他對有志報國的翻譯者的呼喚仍是有意義的。1896 年甲午戰敗的清廷將臺灣割讓日本，他以當年日本受西方影響而文化政治維新運動中，日譯西書有重要貢獻，但中國當年（至今依然）在翻譯新知方面則質量均瞠乎其後，國人對世界大勢近乎無知，令人憂心忡忡。

〈論譯書〉開篇即說：「兵家曰，知己知彼、百戰百勝。」——「勝」是戰勝中國人當時的愚昧無知，在閉關自守中的迷茫。

「一旦情見勢迫，幡然而悟，奮然而興，不難也。昔日本是也。尊攘論起，閉關自大。既受俄德美劫盟之辱，乃忍恥變法，盡取西人之所學而學之，遂有今日也。繼焉之敗，不可言也。中國既累遇挫，魂悸膽裂。官之接西官，如鼠遇虎。商之媚西商，如蟻附羶。其上之階顯秩，下之號名士者，則無不以通達洋務自表異。究其日日所抵掌而鼓舌者，苟以入西國通人之耳，諒無一語不足以發噱。謀國者始焉不用其言而敗，繼焉用其言而亦敗。是故不知焉者其禍小，知而不知，不知而自謂知焉者其禍大。」[4]

梁氏痛陳當時國內對西方之認識浮泛，不切實際。百年之前已深切了解，知己知彼之重要，知彼並非「只得其貌」而已：「恐天下之大，其真知者，殆亦無幾人也。凡論一事，治一學，則必有其中之層累曲折，非入其中，不能悉也。非讀其專門之書，不能明也。譬之尋常談經濟者，苟不治經術，不誦史，不讀律，不講天下郡國利病，則其言必無當也。西人致強之道，條理萬端，迭相牽引，互為本原，歷時千百年以講求之，聚眾千百輩以討論之，著書千百種以發揮之。苟不讀其書，而欲據其外見之粗跡，以臆度其短長，雖大賢不能也。」[5]

「知己知彼、百戰百勝」這個救國觀念，梁啟超在〈西學書目表序

[4]梁啟超，《飲冰室文集》（臺北：臺灣中華書局臺北印行，1960 年），第一集，頁 64～65。
[5]同前註，頁 65。

例〉中又再重提:「知己知彼,百戰百勝。彼方日日營伺吾側,纖細曲折,虛實畢見,而我猶愕然自大,偃然高臥,非直不能知敵,亦且昧於自知,坐見侵陵,固其宜也。故國家欲自強,以多譯西書為本,學者欲自立,以多讀西書為功。」[6]此序之結論是:「捨西學而言中學者,其中學必為無用;捨中學而言西學者,其西學必為無本。無用無本,皆不足以治天下。」[7]

在〈讀日本書目志書後〉,梁氏對當時中國人不知西學有相當生動的描寫:「今吾中國之於大地萬國也,譬猶泛萬石之木航,與群鐵艦爭勝於滄海也,而舵工榜人皆盲人瞽者,黑夜無火,昧昧然而操舵於煙霧中。」[8]能不敗乎。

梁啟超不僅鼓吹譯書之重要,且於寫〈論譯書〉後兩年(1898年)自己動手翻譯日人柴四郎的政治小說《佳人奇遇》。劉樹森自編之《清末民初中譯外國文學研究報告》「政治小說」項下列出八本,《佳人奇遇》是這一時期最早的譯本。梁氏的序文和譯文中的評註都有重要的研究價值。序文〈政治小說序〉對小說這個在中國文學傳統居於弱勢的文類極力平反。在此序之結語幾將外國小說之魅力抬高至可以救國匡時的層次:「在昔歐洲各國變革之始,其魁儒碩學,仁人志士,往往以其身之所經歷,及胸中所懷,政治之議論,一寄之於小說。於是彼中輟學之子,黌塾之暇,手之口之,下而兵丁而市儈而農氓而工匠而車夫馬卒而婦女童孺,靡不手之口之,往往每一書出而全國之議論為之一變。彼美英德法奧義日本各國政界之日進,則政治小說為功最高焉,英名士某君曰,小說為國民之魂,豈不然哉,豈不然哉。今特採外國名儒所撰述而有關切於今日中國時局者,次第譯之,附於報末,愛國之士或庶覽焉。」[9]

劉樹森之研究報告列出七本為《俄國之紅狐》(1915年),原著者美國

[6]梁啟超,《飲冰室文集》,第一集,頁122～123。
[7]同前註,頁129。
[8]梁啟超,《飲冰室文集》第二集,頁53。
[9]梁啟超,《飲冰室文集》第三集,頁34～35。

作家堪能；《殘蟬曳聲錄》（1912 年），原著者英人測次希洛；《外交祕事》（1915 年），原著者日人千葉紫草；《回頭看》（1905 年），原著者美國作家威士，是這一時期的第一個白話中譯本；《模範町村》（1908 年），原著者日人橫井時敬，標題上方註有「地方自治小說」字樣；《煉才爐》（1906 年），原著者亞力杜梅；《葡萄劫》（1915 年），原著者不詳，故事背景為「土耳其之亡希臘」。因宗教種族之不同，強權宰制之下的復國奮鬥，在那個改朝換代、政治急劇變化的時代，不知這些書對世道人心影響如何？頗令今日已享民主果實的讀者好奇。

人才的培養

梁氏浩嘆學貫中西非易事，「人生不過數十寒暑」，而人生每一階段皆有各種責任，「及其既壯，雖或有志於是，而妻子仕宦，事事相逼……」但令人慚愧的是西方的漢譯研究已相當有規模；欲「知彼」，中國必須猛起直追，有計畫的大量將「有用之書」中譯。

梁氏詳舉翻譯之道，首重人才的培育：「欲捄斯弊，厥有二義，其一使天下學子自幼咸習西文，其二取西人有用之書，悉譯成華字，斯二者不可缺一，而由前之說，其收效必在十年以後。今之年逾弱冠已通中學者多不能專力西文故必取少年而陶鎔之非十年以後不能有成。由後之說，則一書既出，盡天下有志之士，皆受其益，數年之間，流風沾被，可以大成。今之中國汲汲顧影，深惟治標之義，不得不先取中學成材之士而教之，養其大器。以為捄焚拯溺之用。且學校貢舉之議既倡，舉國喁喁嚮風，而一切要籍，不備萬一，則將何所挾持以教士取士耶，故譯書實本原之本原也。」[10]

〈論譯書〉中對人才之培養著墨頗多，結論更疾呼「欲求譯才，必自設繙譯學堂始」，終其一生，中國似乎並未見有專授譯事之學堂設立，民國

---

[10]梁啟超，《飲冰室文集》，第一集，頁 66。

初年至抗日戰爭勝利似亦未聞有設立翻譯學院或系所的大學。1987 年輔仁大學在臺灣設立翻譯研究所，或是首創者。近聞臺灣國立師範大學正積極籌設翻譯學研究所，今夏招生。一般大學的外國語文學系都只必修二學分翻譯課程而已，難見實際成果。認真從事翻譯者，仍須靠長年筆耕，才能種出真正成熟的收穫，這樣的人才仍不甚多。香港各重要大學都有翻譯系所，且資訊暢通，人才之培養想已有相當成果（但不知口譯與筆譯人才培養之比例如何），對國際間知識之交流貢獻必大。

另一值得討論的重點是翻譯選材方式與重複翻譯的問題。〈論譯書〉中以詳述百年前即已存在的現象——因主事者知識不足而譯了許多二三流作品，或為淺近的目的競譯的，如認為可以迅速強兵禦敵的西方兵學，而不知「西人之所強者兵，而所以強者不在兵」。以有限之能力做此種浪費，是「起點錯誤」。所以首要必須作翻譯選書計畫，且譯書既為救國強國，舉國努力以赴之際，不宜重複浪費，官方宜加協調，「舌人身價，日益增重，譯成一籍，費已不貲。而譯局四設，各不相謀，往往有同此一書，彼此並譯。昔製造局所繙化學鑑原，並時繙者凡有四本，黃金虛耗，良可歎嗟。今宜定一通例，各局擬議之書，先其互告，各相避就，無取駢拇。然此非有司之力，殆未易整齊也。」[11]

梁氏相信「有司之力」才可以照顧計畫且避免重複浪費。胡適在〈建設的文學革命論〉中論及翻譯文學作品的計畫須由「國內真懂得西洋文學的作者」開會擬定第一流文學名著的書單。梁實秋 1940 年代任職國立編譯館時，曾擬定一個 150 種英文名著的初步書單由專任或特約人員經手中譯，由於戰爭播遷，至今書單無存，據云譯出的書在臺灣陸續出版的不到 30 本，且已無法追蹤。由「有司之力」原應穩妥有力，但事實上有些理想常在公文堆中湮沒或消失。我在 1970 年代服務國立編譯館五年期間曾主持幾項翻譯計劃，其中有一個馬克吐溫長篇小說中譯計畫共八本，皆聘請任

---

[11]梁啟超，《飲冰室文集》，第一集，頁 75。

教於外文系之教授執筆，其中四本順利出版，我離職後徵稿之三本據云已由該館自印出版，但未發行，堆置於陰暗庫房一隅，每逢思及，浩歎繼之以憤怒，但亦無可奈何，我稱那三本為「馬克吐溫孤兒」。據知，許多類似情況發生在有司機關主管職務變動之時。任何計畫之擬定，執行與追蹤都需要責任之外的熱情吧。1960 年後，臺灣的民間出版者如志文、桂冠、聯經、時報、三民、遠景、遠流、天下等編輯了一些極有價值的中譯名著，有些是由專家學者組成叢書委員會籌畫推動，對社會的貢獻甚大，對臺灣的教育亦有深遠的影響。

　　只談單純的求知救國的翻譯動機，胡適提倡之熱切不下於梁啟超。但是他鼓吹的重點是文學翻譯，在梁氏寫〈論譯書〉後 22 年，1918 年他寫〈建設的文學革命論〉時，認為現代文學作家欲得高明的文學方法，「只有一條法子，就是趕緊多多的翻譯西洋的文學名著作我們的模範。」因為傳統的文學普遍沒有體裁、結構、布局等觀念，例如戲劇方面：「2500 年前的希臘戲曲，一切結構的功夫，描寫的功夫，高出元曲何止十倍，近代的蕭士比亞（Shakespeare）和莫逆爾（Molière）更不用說了。」接著他說，近代歐洲的散文劇本，千變萬化，遠勝古代，體裁也更發達了，最重要的，如「問題戲」、「象徵戲」、「心理戲」、「諷刺戲」⋯⋯「更以小說而論，那材料之精確，體裁之完備，命意之高超，描寫之工切，心理剖析之細密，社會問題討論之透切⋯⋯真是美不勝收，至於近百年新創的『短篇小說』，真如芥子裡面藏著大千世界；真如百煉的精金，曲折委婉，無所不可；真可說是開千古未有之創局，掘百世不竭的寶藏。」[12]胡適與羅家倫合譯易卜生的《娜拉》（1918 年）對中國女性自覺運動有不可磨滅的啟蒙意義。

　　魯迅與周作人於 1909 年在日本編譯《域外小說集》，介紹北歐和東歐等小國弱小民族的文學，其目的是在引起受到列強欺凌的中國人共鳴。

---

[12]《胡適文存》第一集一卷（臺北：遠流出版公司，1986 年），頁 71～72。

　　詩人徐志摩在他短促的生命中其實也翻譯了不少西洋作品，最為世人熟知的是 1927 年出版的《曼殊斐爾小說集》的八篇短篇小說。他那篇熱情洋溢的〈曼殊斐爾〉一文，記錄他在 1922 年夏天倫敦與曼氏會面「那二十分不死的時間」，他雖有數語介紹她的作品是「純粹的文學，真的藝術。……但唯其是純粹的文學，她的著作的光彩是深蘊於內而不是顯露於外的，其趣味也須讀者用心咀嚼，方能充分的理會。」[13]但全文幾乎都是在狂喜狀態中所寫，如他用英文自述為"Senses overwhelmed by excessive light."他描寫曼殊斐爾的「仙姿靈態」、面貌、衣著，尤其是聲音，簡直到了癡迷的地步，全文可以說是不分行的頌詩。這種強烈的美感的記憶大約是促他翻譯的真正動機吧。

　　但在同一年徐志摩出版了法國凡爾太（Voltaire）的《贛第德》（*Candide*, 1759），他在前言中說：「凡爾太是 18 世紀最聰明的，最博學的，最放誕的，最古怪的，最臃腫的，最擅諷刺的，最會寫文章的，最有勢力的一個怪物，……不知道凡爾太就比是讀二十四史不看《史記》，不知道《贛第德》就比是讀《史記》忘了看〈項羽本紀〉。」他接著說：「這是一部西洋來的《鏡花緣》，這鏡裡照出的卻不只是西洋人的醜態，我們也一樣分得著體面，我敢說：尤其在今天，叭兒狗冒充獅子王的日子，滿口仁義道德的日子，我想我們有借鏡的必要，時代的尊容在這裡描著，竟許足下自己的尊容比旁人看起來相差也不在遠。」[14]

　　70 年後的讀者對徐志摩那個時代中譯的若干人名、地名及文化術語大約難免會有愕然之感。除了最著名的「煙士披里純」之外，徐志摩自序他譯愛爾蘭作家 James Stephens, *A Charwoman's Daughter*《瑪麗瑪麗》文中說：「現代是感情作用生鐵門篤兒主義打倒一切時代，為要逢迎貧民主義勞民主義起見，誰敢不吶喊一聲『到民間去』」，由「感情作用」引導，想來，「生鐵門篤兒主義」必是"Sentimentalism"無疑，但是這個中譯和無數類

---

[13]《徐志摩全集》第五輯（臺北：傳記文學出版社，1980 年），頁 184。
[14]同前註，頁 217～218。

似的名詞，在今日看來，簡直到了匪夷所思的音譯境界了。當然，徐志摩此序主旨是他譯此書之動機：

「司蒂芬士給我們的是另一種的趣味。他寫窮人的生活不錯，但他開我們的眼的地方不是窮，而是生活的表現，在這裡窮富的界限是分不到的。……甚麼事務甚麼境地的光與色折射上了詩人的靈性的晶球，司蒂芬士有他那神妙的筆法輕輕的移映到文字的幕面上來逼我們讀者的歡喜與驚奇。」[15]他對文壇一面倒式的逢迎貧民主義感到不滿，《瑪麗瑪麗》令他興起中譯之念是由於它的藝術價值，和他為了提醒國人假仁義道德的醜態而中譯《贛第德》不同，但是他在此序中提到翻譯之難，「經過一度移轉，靈的容易變呆，活的容易變死，幽妙的容易變粗糙……」（這種顧慮今日依然存在。）像他那樣浪漫情懷的詩人，在不算長的寫作生涯中譯介了哈代、白朗寧夫人、波特萊、太戈爾、柴霍甫·杜威論革命等等當時西方的重要作家；1925 年寫〈一個譯詩問題〉討論葛德（Göthe）的四行詩幾種中譯困境，1929 年寫〈說「曲譯」〉檢討自己的中譯得失。兩文作為理論文章，以今日文學批評標準來看，失之散漫、簡略。徐志摩明知翻譯是相當費力而不討好的工作，但是他不僅為編《晨報·副刊》需稿而寫，更大的動機應是呼應他那個時代承襲的憂國憂民的心情，激發了他詩餘的熱情。

近十年來，臺灣的最大兩份報紙——《聯合報》和《中國時報》——每年年終都舉辦年度十大好書選舉。公布之後，登上金榜的書雖未必全會造成洛陽紙貴的盛況，卻必然是身價倍增，對閱讀社會有相當大的影響。最初幾年上榜者幾乎全是本土創作：小說、散文、新詩，乃至評論，甚少翻譯作品，可說是本土創作的一種可信的里程碑。但自 1993 年起外文書的中譯上榜率每年增高，尤以《中國時報》開卷版的「十大好書」榜最為顯著；《聯合報》雖較堅持本土創作，且分文學類與非文學類各十本，但外文中譯之書亦逐年增加，以 1994、1995 兩年為例：

---

[15]《徐志摩全集》第五輯，頁 427。

　　1994 年《聯合報・讀書人週報》得「最佳書獎」文學類十本中有三本翻譯者：《異鄉客》，賈西亞・馬奎斯原著；《馮內果作品集》；《蜘蛛女之吻》，阿根廷作家馬奴葉・普易原著。

　　1995 年文學類十本中仍有三本：《蘇菲的世界》，挪威作家喬斯坦・賈德原著；《神話》，訪喬瑟夫坎伯的對話錄；《明室・攝影札記》，羅蘭巴特原著。

　　非文學類十本中也有三本：《傅柯的生死愛慾》，詹姆斯米勒原著；《清貧思想》，日人中野孝次原著；《演化之舞——細菌主演的地球生命史》，馬吉利斯・薩根原著。

　　《中國時報》開卷版的「年度十大好書」則不分文學與非文學類，由該刊邀請複選與決選委員共十餘人將初選出百餘本各類書彙整經通盤考慮後選出十本，名額實在有限，而上榜的翻譯作品漸呈壓倒本土創作趨勢：

　　1994 年十本中有一半為外文中譯者：《世界末日與冷酷異境》，日人村上春樹原著；《垃圾之歌》，Rathje & Murphy 原著；《細胞轉型》，Rosenberg（羅森伯）　& Barry（巴瑞）原著；《最後的貓熊》，Schaller（夏勒）原著；《憂鬱巨人——IBM》，保羅・卡洛原著。

　　到了 1995 年十本中占四本：《玉米田裡的先知》，E. F. Keller 原著；《孤獨》，Anthony Storr 原著；《複雜：走在秩序與渾沌邊緣》，M. Mitchell Waldrop 原著；《蘇菲的世界》。

　　年度書選，既是慎重公開舉辦，對時代的趣味和關懷應有相當可信的反映。以上引述入選的外書中譯即使歸入文學類者，也大多是思潮評析或科學新知等知識性書籍。這些書在歐美文化界已有相當影響，譯成中文後，大大縮短了一般讀者與世界知識界的距離。（臺灣今日所謂高級知識分子或學術界多經由原文研讀，對新知有相當認識，但並不普及。）在討論《中國時報》開卷版 1995 年十大好書的專刊《戀戀出版，終是壯志難捨》中，王浩威在〈書籍生產力是一天天累積出來的〉一文中說：「臺灣出版界的出版策畫能力，如果不是這一切結構性的低潮，其實是越來越成熟

的。」這種成熟的策畫奠基於主動的掌握國外出版訊息和經年累月的經營，在知識分子的評估和市場的掌握之下，翻譯了像《複雜：走向秩序與渾沌邊緣》、《蘇菲的世界》、《演化之舞》、《垃圾之歌》、《孤獨》等這樣新觀念的介紹，成為知識界對出版的「年度興趣光譜」中最明亮的樣本，襯出純文學出版的黯淡光景。林邊在《聯合報》1996 年 1 月 1 日出版的「讀書人週報」上以「被壓縮的文學空間」為題，檢討文學作品的萎縮狀況，他認為今天大部分的文字暢銷書（創作和翻譯），「其實不是文學，而是『公民與道德』的課外參考書。」——這些哲學、政治、經濟、企管、科學等暢銷書在書店的書架上壓縮了文學作品的空間，但是卻給今日的臺灣讀者大大擴展了視野、掘深了智慧的層次，可以「舒服」地生活在這個多元思考的後現代世界上。很慚愧地說，這種擴展、深掘的能力幾乎全靠西書中譯的輸入觀念培育出來，譯書市場指向實際上反映了一種更巨大的動機——是「公民與道德」教育的延長，樂觀地說，梁啟超那個時代譯書救國的呼喚並未消失，20 世紀的我們是用最快捷、最有實效的方式在回應。

翻譯工作，無論是外文中譯或中文外譯，最高的動機應是藝術的喜悅，而不是政治、經濟或社會的使命感。正如金隄先生在〈冷、熱風及其他——《尤利西斯》譯後記〉文中結語所說：翻譯 James Joyce's *Ulysses* 這樣清麗浩瀚文字在內的奇書「對於一個以翻譯技術為畢生事業的人來說，這更是考驗、提高的難得機會。」[16]翻譯過程中的追尋、失落、覓得和推敲，只有長年接受藝術挑戰的人才知道它們的魅力。但是不論我們願不願承認，在接受藝術的挑戰之外，常常有一些更強烈的呼喚在遠處若隱若現。

林語堂在 *The Chinese PEN Quarterly* 1972 年創刊號中的發刊詞中說：「多年來我們一直想出版這樣一本刊物，向國際上介紹我們在臺灣的文學創作，因為西方世界對臺灣的過去和現在所知太少，他們幾乎完全不知道

---

[16]《尤利西斯》下卷（臺北：九歌出版社，1996 年），頁 1422。

臺灣不斷產生新的文學作家，他們的作品可能為我們開啟了解和交流之門。在今日世界，東方與西方必須相逢。希望這份季刊是一座引向相逢的橋。」24 年來這座橋上行人不斷，建立了一些持久的友誼。由這個意願看來，我們這長年中譯英的堅持，用不同的形式，回應了梁啟超的百年呼喚。

　　但是，這中譯英的工作，不可諱言的，是 much much lonelier。從家鄉這岸走往外國那一岸，常不免有「西出陽關無故人」的寂寞。有時我們真羨慕當年才氣縱橫只憑意譯即可風靡全國的林琴南，逐譯俄國文學的耿濟之，用《冰島漁夫》開啟了許多浪漫心靈的黎烈文，譯《約翰‧克利斯朵夫》的傅雷，一人譯一國的印度文學譯者糜文開，保住原文神韻譯《源氏物語》的林文月，以文字信心寫〈為甚麼要譯《大衛‧考勃菲爾》〉的思果，……（可羨慕的外書中譯者的名單當然不止於此。）他們的知音在中文世界。在每一個廣大的讀者世代，都有前來奔跑聚攏的聽眾，都有受教者感謝的掌聲響起。

　　——1996 年 4 月香港中文大學主辦「外文中譯研究與探討」會議論文

　　金聖華編《外文中譯研究與探討》（翻譯學術會議論文集）

　　香港中文大學翻譯系出版

　　——選自齊邦媛《霧漸漸散的時候》

　　臺北：九歌出版社，1998 年 10 月

老芋仔，我為你寫下

◎齊邦媛

　　圍繞著老兵與離散這個主題，由外圍的眷村文學到老兵處境核心，我已長跑十年以上。由眷村第二代的小說開始，探索鄉愁的繼承與捨棄到二度漂流；1997 年張啟疆《消失的□□》以冷冽的觀察和詭奇的文字寫了一些時空交錯的老兵傳奇，引我深入關懷沒有家庭、沒有進入社會公平競爭的技能，也沒有後代為他們立傳祭拜的孤獨老兵。他們流落在偏遠角落的榮民之家，在都市大廈底層、在人跡罕至的深山野林，無聲地凋零。好似沒有多久以前，他們還能保持自稱為黃埔精神的姿勢，腰桿挺直，雙眼凝視著遙遠的前方。鄉愁歲月沉重拖磨，他們的腰已經彎了。

　　1924 年，新成立 13 年的中華民國仍在軍閥割據的混亂中，孫中山和蔣中正即將誓師北伐，在廣州創立了黃埔軍校，精選全國青年菁英，訓練他們成為有學識，有正義與榮譽感，效忠國家的現代軍人，保國衛民。從第 1 期到 16 期的畢業生，不負創校理想，成為八年抗日戰爭的主力，他們奮戰守土的戰績為全民傳頌，黃埔軍歌也成為鼓勵全民的歌聲「怒潮澎湃，國旗飛舞，這是革命的黃埔」。

　　勝利終於來臨的時候，苦戰八年的軍人想的是青春作伴好還鄉，娶妻生子，過太平的日子。卻發現還得去對抗一個更大的敵人──在抗日後方日益壯大的共產黨。共軍統帥彭德懷在勝利廣播中說：「管他勝利不勝利，我們只管打仗！」由東北到華北，由黃河到長江，高唱著「中國人不打中國人！」的口號。抗日名將傅作義、張治中、程潛、陳明仁、杜聿明：投共，大勢已去。曾經那般光榮地趕走了日本人的戰士，竟然面對這樣的反

高潮。十年征戰後發現已回不了家,「一寸山河一寸血」的土地已由腳下抽走。隨著撤退部隊上了運兵船來到臺灣的倖存者從此和家人,和自己前半生的一切關聯,被 160 哩的臺灣海峽切斷,音訊全絕 40 年!

曾經在碼頭上歡迎他們的臺灣居民,看慣了呢服馬靴的日本皇軍,對這些裝備陳舊,兩眼茫然的軍隊,難掩失望之情。那些曾是我童年英雄百戰雄師,在鄭清文一篇文章裡被稱為「棉被兵」,大約相當寫實。

住進了眷村的是有家眷的幸運者。北自石門,南至恆春,數百座以軍種或文宣代號為名的眷村,簡陋密集,自成天地,成為臺灣社會獨特的現象。眷村長大的孩子,在父母思鄉的情緒中長大,聽熟了村口老兵講的故事,比村外的孩子多了滄桑意識,自 1970 年代初期,有才華的第二代開始寫眷村文學作品,如孫瑋芒、朱天文、朱天心、蕭颯、苦苓、蘇偉貞、袁瓊瓊、張大春等,至今他們多已成文壇主力。寫的起點雖是上一代的悲歡離合,其實多是成長的故事。眷村艱苦的生活中,他們有親情、友情、讀書,理想的追尋,飲食文化的趣味⋯⋯。甚至到了後來,也有了可去祭拜的祖父母和父母的墳墓。如今戶口不再標明祖籍,不需半世紀,他們的後代就是「正港」的臺灣人了。

專寫無眷無村的老兵故事,至今不多。最早的是白先勇的《臺北人》中的〈國葬〉。一位出家的老兵在葬禮中晉見長官,說完「我實在無顏再見江東父老」放聲大慟的百戰猛將大約是來臺初期最悲痛的離散者,只能以一襲玄色袈裟,在寒風裡隱去。〈跫躅之谷〉中在開山築路時受傷的軍官,選擇留在深山,榮辱兩忘,在藝術中尋得了生命的意義。〈最後的黃埔〉中的黃埔老兵是遺留在大陸的軍人,行醫濟世,救人救己,把軍歌中「金戈鐵馬,百戰沙場」的榮譽感化成了至高的人生智慧。

〈老楊和他的女人〉的作者履彊,原名蘇進強,是戰後本省子弟最資深的職業軍人之一,也是一位優秀的小說家。以他對軍中生活的了解和本土的觀點寫老楊這個老兵,在去大陸探親之後,選擇重回臺灣終老的責任感與深情。英譯在《中華民國筆會季刊》出版後,耶魯大學的 *China*

Review 曾來函要求轉載。

　　〈異鄉人〉中居留在美國的兒子將「卑微黝黑」的老兵父親的骨灰一半灑在臺灣，一半灑在大陸，深感「處處無家處處家」。浮生若寄，說不盡兩代異鄉悵惘。文中寫老兵對文化與教育的尊重，令人敬重的態度，在軍中其實並不少見。

　　每次重讀王幼華〈慈母灘碑記〉仍會激動不已。由大陸撤退來臺之際，國防部文書作業疏漏了南沙群島上一百多名駐軍。在寸草不生的枯石灘上，每天升旗，等候送補給的船來，終至餓死的 131 位守軍，日以繼夜地凝視海天之際、苦盼、失望，終至委身黃沙是怎樣景況？去年初東方白回臺，臨行問我，老兵的書編得怎樣了？我講到〈慈母灘碑記〉的故事時竟至哽咽。他回到加拿大來信說，看了那篇文章，感動不已。似乎聽到一百多個慈母的聲音，在淒厲的海風中呼喚不同的名字，印象揮之不去。他說作者只寫了這麼簡短的一篇，多麼可惜。這件事充滿了可以想像的素材，應該大大的寫上一本「《浪、淘、沙》精神」。王幼華雖是外省子弟，但是他的《土地與靈魂》和其他長篇小說都是根據臺灣本土史實而作。

　　桑品載大約是來臺時年齡最小的老兵吧？他 12 歲不到即被挾帶上了運兵船，只因為母親當年必須為他尋一條生路，即以「男兒志在四方」鼓勵他離開即將淪陷的家鄉，到基隆時被丟棄在碼頭上，從此開始了漂流四方的一生。他天生的文學天資，使他能以寫作安身立命。他的〈嚮往一場戰爭〉寫高唱「反攻大陸」時代，為了去對岸貼文宣海報，活活去送死的三十多位蛙人的真實故事，最令人感到那種「戰爭」的虛妄。《岸與岸》2001年出版的時候，老兵與離散的故事英文本已經定稿，我們及時將此二篇英譯，豐富了老兵經驗的敘述。

　　曉風遲至 1996 年才寫〈一千二百三十點〉，得以給老兵的面貌一個較完整的描繪。它和蕭颯的〈香港親戚〉，李黎的〈春望〉同是探親文學代表作。臺灣開放回大陸探親已近十年，最初抱頭痛哭的眼淚已經乾了，老兵也已真的老了。探親文學實際上已是老兵故事的終點。還鄉、還鄉，河山

或許依舊，人事全非。曉風文中這幾位住在榮民之家的韓戰反共義士，捱著皮肉的痛苦去「打掉」他們年輕時的反共抗俄血誓，實際上父母已逝，羹冷灶熄，已無家可歸。「原來那場韓戰打到現在還在善後，原來 44 年之後才是尾聲。」從今以後，一切痕跡都不存在。被家國鄉愁折磨半生的唐大勝、王正福、勞久忠……等人，空有這般家國期許的名字，從臺北的榮民醫院出來，轉兩次公車，回到榮民之家，等待壽終。

探親的興奮與幻滅漸漸沉寂之後，討論老兵的散文多於小說。陳萬益在 1996 年的「第二屆臺灣本土文化國際學術研討會」的論文，〈隨風飄零的蒲公英──臺灣散文的老兵思維〉歸納整理了八篇自 1982 到 1996 年的文章，反映社會對老兵個人存在或群體意象的悲憫之情。首先讚佩李敖〈為老兵李師科喊話〉曾以「俠義之氣，戰鬥之筆……確實喚醒社會大眾哀衿勿喜的憐憫心。」繼之以苦苓的《禁與愛》和《外省故鄉》；胡台麗的〈淘汰邊緣〉，皆與社會脈動息息相關。

而年輕的本土作家，卻從生命的交感中思維老兵對自己生命成長的意義。陳克華童年看到吊死在大榕樹梢老兵晃動的身軀，成為夢魘，長大後行醫接觸中，更深刻感受到老兵號啕的大悲哀。陳列的〈老兵紀念〉，童年所見尚未老的兵在民間修橋築路，激發他對於代表勇氣、榮譽、正義、犧牲之類的抽象概念的好漢英雄世界的幻想。長大服兵役時，面對的卻是日漸老邁的軍中老友，時代滄桑，令他在紀念老兵因以自念之餘，不禁脫口而出：「啊！苦難的大地生靈……。」

在金門長大的黃克全說：「我本來是個無知無邪的歡樂少年，如今卻因觀睹你們的戲劇而啟引了一道知竅，使我對自己及其他人生的幸福再也不能安坦接受。」也因此他的〈老芋仔，我為你寫下〉這樣「生命交纏的標題」，最貼切的點明我們為老兵在被完全遺忘之前，找個安放之所的心願。請允許我用它作為此書序名。

送到哥倫比亞大學出版社的英譯稿，在多重審閱意見和編輯考量之間，六年間三易篇目和書名，終以編者認為有貫穿老兵生命失落感的《最

後的黃埔》定名，於 2003 年 12 月在紐約出版。書的封面是一個腰板挺直的兵，全副武裝的兵，在裝了鐵絲網的海岸，凝視大海。設計者在美國生長，她構圖的心情或許是來自書中〈最後的黃埔〉的最後一幕：作者戴文采和她重逢的舅舅，在重慶南溫泉唱起黃埔校歌來，「這樣不合時宜的曲子，我們有時候當兒歌唱唱，或者郊遊野宴時候提神醒腦，嘲弄一番。」

　　此時此地，在他垂暮之年竟能重唱此歌。「舅舅說他這一生最想念的，還是——在黃埔的日子。」

*篇名源自黃克全散文〈老芋仔，我為你寫下〉，《聯合報・副刊》，1995 年 4 月 29 日。

2004 年 2 月

——選自齊邦媛、王德威合編《最後的黃埔：老兵與離散的故事》
臺北：麥田出版，2004 年 3 月

鱒魚還鄉了麼？

從《寒夜》到《大地之母》

◎齊邦媛

　　期待許久的，李喬的《寒夜三部曲》菁華版英譯本，從大西洋岸的紐約到太平洋此岸的臺灣，聯邦快遞越洋僅需三日。由身手矯健的信差送到我手上時，是一個最沒有期待的，落雨的禮拜天黃昏。我力持鎮靜拆開那厚厚的封套，將書取出，坐在書桌窗前，目光凝聚在銀雪荒林的封面上，端詳許久，才能冷靜下來把全書由扉頁到封面後的評語看清楚。捧著這麼多年辛苦結成的果子，禁不住百感交集。自從和王德威與哥倫比亞大學出版社合作臺灣文學英譯計畫以來，這是第六本。每次收到英譯新書，都會有美夢成真的激動心情，但這是最曲折的夢境。

　　第一次注意到李喬這位作家是讀到爾雅出版的《六十二年短篇小說選》中的〈孟婆湯〉。他以極強烈的文字寫一縷幽魂在陰陽兩界無可申訴的冤屈，尤其是描寫輪迴面目，那巨輪炫目色彩中，亡魂被推入佛教根據因業的趨向而定的「六道」和「六趣」之前，對人生「三受八苦」的回顧。這篇小說所採取的觀點和整體悲憫無奈之感，令我至今難忘，因此也讀了市面上所能找到的李喬小說集，希望對他的才華有較完整的認識。除了爾雅年度小說選中另兩篇，〈兇手〉和〈小說〉外，在他兩百篇短篇小說中，〈飄然曠野〉、〈鹹菜婆〉、〈那棵鹿仔樹〉、〈一種笑〉、〈人球〉、〈恍惚的世界〉、〈修羅祭〉、〈大蟳〉、〈馬拉邦戰記〉、〈告密者〉、〈慈悲劍〉、〈孽龍〉、〈死胎與我〉等篇的文字技巧，題材的寬廣，作者觀照的不同凡俗的角度各方面所顯示的才華，在李喬初入中年的時候，已築成了一個成熟、豐富的文學世界了。彭瑞金在〈李喬短篇小說全集序〉（苗栗縣立文化中心，

1999 年出版）中強調闡述李喬對人生痛苦與救贖的悲憫心情，結語說他，「寫起小說來，可大可小，可變可不變，可怪可不怪，千變萬化，可以把小說寫得不像小說，也可以把『論文』當小說寫，卻又能萬變不離小說，堪稱小說第一玩家。」

但是在「遊戲」於短篇小說十年之後，李喬才發現，「在自己源源取材後面有一座巨大厚實的黝黑背景，那裡有我生命的根源，人生始點；」追根溯源，他 41 歲那年，開始以嚴肅虔敬的孺慕之情寫《寒夜》和《孤燈》，1980 年寫完《荒村》作為三部曲的第二部，1980 年全書出版。在初版的自序中他已說：「這本書名為《寒夜三部曲》，實際上稱作『母親的故事』也無不可，不過這裡所指的母親，不只是生我肉身的『女人』而已。……大地、母親、生命（子嗣）三者正形成了存在界連環無間的象徵。」如今整整 20 年過去了，他將這菁華本改為《大地之母》，事實上並未改初衷。

《寒夜三部曲》問世時，曾是文壇大事，因為這許多年來長篇小說本就稀少，更何況是早經讀者肯定的李喬沉潛多年的力作！在各種文字技巧和人間萬象間經營短篇時，他自述自己那時的生命情調好像「丘陵地的一片雜木林，春日茂密豐盛，秋末黃葉紛飛」，而寫《寒夜三部曲》時則掙脫了一切羈絆，以波濤滔滔的大河心情宣洩而下。書中三代人的故事與那片土地和那個時代緊密結合，連綿發展，必須以長篇的形式才得以顯示出它的意義和氣勢。

從這本書我似乎第一次清晰地看到了真正臺灣的面貌。百年前先民墾植生根的艱苦，史料翔實，我尚未見有人用這樣時而凜烈、時而溫柔的抒情文體寫過，其中尤以人物的刻畫最為動人。當然，主要的人物燈妹和劉阿漢的一生最為完整。當你看到那個頭髮發黃，身材瘦小的孤女燈妹挑著盆鍋炊事用具瑟縮在盲仔潭上僅容側身通過的岩口時；當你看到劉阿漢在日本人燒殺後的銅鑼火墟哭喊搜尋他拒絕相認 20 年的母親時；當你看到人秀急病而死前為燈妹向他父母求情時；當你看到彭阿強手上捏著一條繩子

死在吊頸樹下；當你看到明基和那些被強征從軍，日本戰敗後被拋棄在呂宋荒山，任其自生自滅。最後剩下的二十幾個難友，無飲無食地在山中奔跑尋找不可知的海岸，夢想回臺灣的船。在氣息僅存的絕望中，夜晚在山石上全都面朝北方寂然靜坐著，默默地痴想著北方的臺灣故鄉，（六百五十餘人中只有四人倖存！）讀至此，需怎樣的鐵血心腸才能不落淚？

而李喬以溫馨感恩的心寫煢然一身的長山人邱梅，接納他融入蕃仔林的世界與他們患難相共，教他們讀書，講人生道理，用草藥為村民治病，晚年與燈妹談佛教的救贖……在《孤燈》中以相當多篇幅寫陪臺灣散兵在荒山中尋生路的日本隊長增田少尉，在種種生死之際所表現的人性尊嚴，超越了種族和戰爭的仇恨，散發人性的光輝。邱梅和增田這兩個人給《寒夜三部曲》增加了厚重，拓寬了視野。給予劉阿漢在《荒村》中不屈不撓的抗日行動乃至身殉相當合理的精神意義；也使讀者看到戰爭的無意義和人性的反省。李喬以不分行的詩體寫的全書序幕：「神祕的魚」，在「深山絕谷裡的鱒魚，晚上就開始作還鄉的夢。」流露在臺灣的河南勇邱梅和餓死在呂宋荒山的增田少尉，和蕃仔林的明基一樣，在他們生命的深山絕谷之中，何嘗不也夜夜作著還鄉之夢？李喬原以悲壯心情寫客家父祖篳路藍縷開墾生養之地的歷史。自 1895 年清廷將臺灣割讓日本之後，被殖民的噩夢隨著日本人發動大東亞戰爭而更形悲愴，但是他卻能心平氣和地將邱梅這外省人，增田這日本軍人融入這部大敘述，不僅使全書格局擴大，且顯示了文學作家何等開闊的胸襟與悲憫之心！這樣的一本書，時代、土地和人物真實多於虛構，不但是李喬文學成就的代表作，也是在任何時代，用任何語言、意識形態讀，都是「政治正確」的純文學傑作。

我自從 1972 年開始英譯臺灣文學作品以來，購書、閱讀、篩選、譯介成了我教書正業外的「職志」。在 1970 至 1985 年間，中國大陸在文革中幾乎沒有純文學作品在國際上露面，臺灣的文學作品曾是那些年漢學界的顯學。《寒夜三部曲》問世令我頗感振奮，終於有一部可以清亮發聲，大幅度訴說臺灣日治 50 年命運的長篇小說出來了，過去所有英文本全為短篇。但

是我個人無法推動這樣巨大部頭的英譯。1985 年春天我應邀到柏林自由大學作客座教授,被指定教一門四學分的「臺灣文學」課,每週一、四上課各兩小時,我寄去所有能用作參考的作品三百多本,臨走全捐給該校。選課的二十多名學生中只有兩人能讀中文,所以只能採用已出版的英譯作品,有賴和、吳濁流、楊逵各一篇,還有中華民國筆會(臺北)自 1973 年起英譯的鍾肇政、鄭清文、王拓、廖清秀、王禎和、黃春明、林懷民⋯⋯的小說,李魁賢、楊牧⋯⋯的詩,也有一些反共懷鄉的代表作。在那一學期中,我曾嘗試把《寒夜》簡譯一些重要梗概影印給學生,他們居然也很感動,紛紛發問,在那六小時裡,在柏林圍牆陰影下,我從那些德國青年的問題中重新審視文學所能啟發的人性關懷:在人生各自不同的苦難回憶中,《寒夜》所講述的故事有它獨特的意義。那時我即決定要盡一切可能將它先譯成英文,也許因此會引出別的語文譯本。

　　長話短說,我的這個心願在 1991 年幾乎實現,若不是推動中書外譯的郭為藩先生離開了文建會,升任教育部長,我所提出且已通過的第一批文學作品英譯名單,不至於被湮沒在公文堆中。1992 年王德威教授由哈佛被聘往哥倫比亞大學任教,不久被聘為哥大出版社諮詢委員。1994 年蔣經國國際文教交流基金會委託王教授作臺灣文學英譯計畫,邀我合作,初期擬譯十本,《寒夜》即在其中。由於譯者、讀者和市場的考量,我建議將三部曲濃縮為一冊,字數在三十萬字左右。李喬主張,第二部《荒村》暫時不用,以後另作處理。那整個夏天,我揮汗在《寒夜》與《孤燈》兩書上貼了上百張紙簽建議刪減之處,將一本原是情境連綿、敘述流暢的書硬作刪減實是痛苦工作。李喬親自作定奪,且將銜接處理用紅筆寫上,由當時臺大中文系的學生賴昭君小姐用電腦打字貼印連起,兩書以此形式合成影印一大本,正逢牛津大學劉陶陶教授為臺大合作計畫來到臺灣,讀了濃縮的菁華本後,同意帶回英國翻譯。她真是位勇敢堅毅的女子,必須在兩種語言中與她所難以體會的百年前臺灣風土人情,李喬所堅持寫作語言必須隨敘事觀點而保持的那種「調子」、那種「節奏」那種「不同」搏鬥。客家

話、福佬語和「漢音日語」……即使是臺灣讀者也必須半猜測，多意會。三年後她將完稿放在我手中時，我感到它本身的重量之外尚有這三年中她與李喬通的無數信函、國際長途電話的重量。她真該寫一本翻譯此書的《我的奮鬥》。

　　劉譯交稿後，哥大出版社曾有許多不同的意見。王教授和我推薦陶忘機（John Balcom）作例行的修潤。陶先生是位詩人，他曾為筆會季刊譯詩十年，且曾另譯臺灣新詩十餘家，他也以年輕力壯的精力將這本牛津英語的譯本灌注了美式英語的生動靈活。李喬原作中抒情詩的情懷得到更大的舒展，陶忘機所寫的譯序詳細介紹了此書的歷史、地理、族群背景，對西方的讀者會有極大的幫助。

　　我永遠忘不了 1996 年夏天陪劉陶陶教授去看她天天在雙語中面對的苗栗蕃仔林，正逢大颱風過境之後，大地一片瘡痍，那天黃昏我們由李喬和張秋台先生邀到山中一座觀音寺吃素齋，站在環寺的欄杆前，只見強烈的夕陽餘暉裡，四周大大小小山巒上的群樹，蒼莽無際，四面八方奔來，將我圍住——那就是李喬將自然與內心世界融合為一種抒情意象的故鄉。

　　欣見中文菁華本終於能出版，也欣喜看到英文本同時在歐美問世，使播散於世界各地的臺灣後代興尋根之念時，能在《大地之母》這本書和哥大出版社的臺灣文學系列中，看到先祖墾植定居和悲歡離合種種真切的面貌。人類和高山鱒一樣，一旦播散進入大海，在潮汐、急流的沖激之下，有許多是回不了祖先創生的溪流了。懷鄉之夢因對故鄉溪水的思念而更形珍貴，並得以世代相傳。

原載民國 90 年 5 月 10 日「聯合副刊」

——選自齊邦媛《一生中的一天》
臺北：爾雅出版社，2004 年 5 月

《巨流河》序

◎齊邦媛

書前

「巨流河」是清代稱呼遼河的名字，她是中國七大江河之一，遼寧百姓的母親河。「啞口海」位於臺灣南端，是鵝鑾鼻燈塔下的一泓灣流，據說洶湧海浪衝擊到此，聲消音滅。

這本書寫的是一個並未遠去的時代，關於兩代人從「巨流河」落到「啞口海」的故事。

20 世紀，是埋藏巨大悲傷的世紀。

第二次世界大戰之後，歐洲猶太人寫他們悲傷的故事，至今已數百本。日本人因為自己的侵略行為惹來了兩枚原子彈，也寫個不休。中國人自 20 世紀開始即苦難交纏，八年抗日戰爭中，數百萬人殉國，數千萬人流離失所。1949 年中共取得政權，正面抗日的國民黨軍民，僥倖生存在大陸的必須否定過去一切。殉國者的鮮血，流亡者的熱淚，漸漸將全被湮沒與遺忘了。

我在那場戰爭中長大成人，心靈上刻滿彈痕。60 年來，何曾為自己生身的故鄉和為她奮戰的人寫過一篇血淚紀錄？

1947 年我大學畢業，在上海收到一張用毛筆寫在宣紙上的「臺灣大學臨時聘書」，來外文系任助教。當時原以為是一個可以繼續讀書的工作，因在海外而添了些許魅力。兩年後，風雲變色。1949 年 11 月底，我父親由重慶乘最後一班飛機來到臺灣的情景令我驚駭莫名；一直相信「有中國就

有我」的他，挫敗、憔悴，坐在我們那用甘蔗板隔間的鐵路宿舍，一言不發，不久即因肺炎送往醫院。在家人、師生眼中，他一直是穩若泰山的大岩石，如今巨岩崩塌，墜落，漂流，我 51 歲的父親從「巨流河」被沖到「啞口海」。

　　60 年來，我沉迷於讀書，教書，寫評論文章為他人作品鼓掌打氣，卻幾乎無一字一句寫我心中念念不忘的當年事——它們是比個人生命更龐大的存在，我不能也不願將它們切割成零星片段，掛在必朽的枯枝上。我必須傾全心之虔敬才配作此大敘述——抗戰中，奔往重慶那些人刻骨銘心的國仇家恨；那些在極端悲憤中守護尊嚴的人；來臺初期，單純潔淨為建設臺灣而獻身的人。許多年過去了，他們的身影與聲音伴隨我的青年、中年也一起步入老年，而我仍在蹉跎，逃避……，直到幾乎已經太遲的時候，我驚覺，不能不說出故事就離開。

　　父母已逝，哥哥與小妹早已移居海外，在臺灣只剩下我與寧妹二人，這些年中，總有相依為命之感。只有她深切了解，此書未寫我將死不瞑目。今年開春，為了慶賀我書寫將成，她開車帶我上大屯山主峰，左望淡水海灣，右眺臺北四周群山。人生至此，何等開闊！

　　而我的丈夫裕昌，如果不是被病情困住，他對我們共同走過的那些艱難那些苦楚，該有多少感慨！願我們的三個兒子，能分享我完成此書時的快樂。

書緣

　　此書完成，首先要感謝單德興先生的信心與堅持。多年前，他計畫做一系列英美文學與比較文學在臺灣發展的訪談，邀我參加。我認為自己並不知全貌，可談較少。他再度找我時，我說半生想談的多是來臺灣以前的事。過去十多年，我每遇見單先生都催促他早日完成《格理弗遊記》的學術中譯，此書也只有他的學術和嚴謹態度可以翔實譯出完整原著。單先生雖然不是我的學生，想不到卻由他來督促我做一己生命的整理了。

　　2002 年 10 月開始，原擬訪問我談女性處境的趙綺娜教授亦參加訪談，共訪談 17 次，由我童年談起，本書第一、二章保留了最早談話的部分內容與架構。但是訪談進行約三個月後，德興的母親因重病住進新竹馬偕醫院加護病房，一週後我的丈夫病倒，送臺大醫院加護病房。自此後，每次訪談結束，德興即匆匆開車回新竹，我也奔往醫院。由於思緒渙散，我已無法做訪談所需之資料準備，也無暇思考大綱與內容。所談多是臨時記憶，主題不斷隨記憶而轉移，口語也嫌散漫，常不知所云。不久，德興帶來張書瑋小姐根據錄音帶所忠實整理的口述記錄稿，簡直慘不忍睹。

　　接下來一年，我挾著這數百頁紀錄稿奔走在醫院、家庭甚至到美國「萬里就養」半年的生活裡。我試著將它改成通順可讀的文字，但每試必精疲力竭，甚至失去信心，內心開始逃避，不敢去觸動它，但它卻分分秒秒懸在我的心中。

　　直到 2005 年，我找到了這間山巒間的書房，終於定下心來，勇敢地從改寫到重寫。在這漫長的五年間，德興從訪談者成為真心關切的朋友，不時安慰我，鼓勵我，並且動用一切人力支援我。他是點燃火炬的人，也是陪跑者。世間有這樣無法回報的友情，只能用德興虔信的佛教說法，是緣分。但緣分二字之外，我仍有太多的感謝。

　　當我下定決心重寫，拿出紙和筆時，一生思考的方式也回來了。提綱挈領地寫出一、二章，此時我已年滿八十。第二次因病被送進醫院，出院後對自己繼續寫下去的信心更少。這時，接到李惠綿的電話，說她的新書《用手走路的人》要出版了。

　　惠綿是我「錯過了卻跑不了」的學生。她念研究所時原應上我的「高級英文」課，因需做重大的脊椎側彎矯正手術而錯過了。第二年她回校上課，換我遭遇車禍一年未能回到教室。但她常常隨原來那班同學，駛著輪椅到醫院看我，甚至爬上三層樓梯到家裡看我。我不能行走將近一年，深知她的苦，有一天我說不知將來還能不能穿我一生唯一的那雙紅色高跟鞋，她回去後，將她那篇有名的〈鞋〉寄來給我。對於她，我有一份患難

相知的深情；她奮鬥不懈，終能獲得學位、留校任教，我甚感欣慰。

　　2006 年 1 月，惠綿和趙國瑞老師邀我參加一場春宴，在座的有柯慶明、張淑香、黃照美、魏可風和簡媜。我帶了新成初稿第一、二章給慶明和惠綿各一份，慶明自二十多歲起即是我最樂觀、最具建設性的傾聽者（後來，他竟然也是我丈夫回憶鐵路生涯的最佳聽眾，我們戲稱他是文學院鐵路電化專家）。他們對我不用電腦純手工寫出的三十多頁文稿感到驚喜，惠綿說，她要幫我整理口述紀錄的全部大綱，要幫助我繼續寫下去……。

　　在這場春酒之後十天左右，簡媜的一封信好像從天上掉下來，到了我的書房。她說看了我的初稿，聽惠綿提到我正在孤軍奮戰，「需兵力支援，若您不棄，我很願效棉薄之力，讓這書早日完成。」這樣誠意的信由簡媜這樣的人寫來，只能說是天兵天將降臨。收到她的信，我在屋裡走過來踱過去，不知如何能壓得住迸發的歡呼。

　　自從那年我將臺大文學獎頒給哲學系一年級的簡媜，這些年來，我相當注意地看著她一本一本書地展現創作才華，以歡愉的想像力寫出令人驚異的散文，她已是年輕一輩最優秀的作家之一。她那瘦削的身材和由哲學轉入文學的經歷，總令我想到自己 20 歲的心情。

　　我一直希望有中文系的人看我的初稿，惠綿與簡媜伸出強壯的援手，成為我的超級志願軍。從此，她們聯手用了許多心思，以各種語氣催促我寫下去；硬的不行，軟的沒用，逼重了怕我高齡難捱，輕了怕我逃避拖延……。表面上打哈哈，語氣裡全是焦急。漸漸地，她們由援軍升為督軍。這一年暑假，簡媜突然全家作美國之行，她仍然不卸下督軍的威權，從科羅拉多州海拔 3000 公尺的大山大水裡寫信回臺北給我報平安，敘新景，居然加上一句「您大學畢業了沒？」──她走的時候，我仍徘徊在第五章抗戰勝利與學潮的困苦中。

　　我怎麼才能說得盡對結成書緣的朋友的感謝！黃碧儀小姐四年來將我的手稿輸入電腦，容忍我不停地增補、刪減，看她列印稿上的紀錄，第一章竟有「第八次修改」的小字。碧儀事實上是我的第一位讀者，在我最困

頓的時候，曾寄給我教會小冊《呼求主名》，助我前行至今。

　　我很幸運在桃園的長庚養生村，建立了今生最後的書房。月升有時，日落有時，在此身心得以舒展安放。四年之間，我在高軒明窗前與我的紙筆化為一體，俯仰自適。感謝王永慶先生為紀念他的父母而建此村，允許建築師規畫寬敞的空間，派遣了認真關懷的服務人員，他們敬業愉快的態度，和山上日漸茂密的樹木一樣，充滿了活力。

　　離開臺北的時候，診治我 20 年的江啟輝醫師推薦蔡焭煌醫師給我，不僅使我能活著完成心願，也肯傾聽我談自己獨特的生死觀，給我真正的安全感。

　　我將此書交給天下文化出版公司，也是一種書緣。1999 年，林蔭庭和許耀雲到筆會看我，希望我動手寫自己的書，交由她們出版。蔭庭是我外文系的學生，是少數聽我說過平生大願的人。高希均先生、王力行女士多次來訪，對這本書盛情期待，許耀雲總編輯、項秋萍主編和他們充滿活力的工作人員無不全力以赴。負責封面設計的張治倫先生，看了我構想中的色彩和景象——在砲火中重慶市民的戰慄，立刻說：我知道，這是血的顏色，也是莊嚴的顏色。

　　眾多書緣匯聚　，就這樣，在這間人生最後的書房，即使身體的疲勞如霜雪重壓下的枯枝，即使自覺已近油盡燈枯，我由第一章迤邐而下，一筆一畫寫到最後一章〈印證今生〉，將自己的一生畫成一個完整的圓環，如我教書時常講的 the cycle。是的，the cycle，書寫前我跟著父母的靈魂作了返鄉之旅，從大連海岸望向我扎根的島嶼，回到臺灣，寫下這一生的故事。天地悠悠，不久我也將化成灰燼，留下這本書，為來自「巨流河」的兩代人做個見證。

——齊邦媛寫于 2009 年 6 月

——選自齊邦媛《巨流河》

臺北：天下遠見出版公司，2009 年 7 月

一篇難寫的序
日文版《巨流河》出版

◎齊邦媛

前言：

《巨流河》在臺灣出版整整兩週年的今天，我手裡捧著國際快遞寄來的日文譯本上下兩冊，山村燈下，看著自己童年的照片，竟不知已淚流滿面。

日本讀者會怎麼看這本書呢？中日戰爭那八年，有數百萬日本兵死在深不可測的中國大陸。而中國人，前十年被追殺奔跑，後 60 年大離散，數千萬人數代湮沒。死者默默，生者豈可無言？

我日思夜想多年，也寫了多年，這本書在臺灣，在大陸都有很多回響，但是這日文譯本的序卻最是難寫，太多該說的話，都寫不明白，剪不斷，理還亂，一世紀的傷逝憾恨怎麼說得明白？

日文譯者池上貞子、神谷真理子，有如此超越出塵的文學姓名，也象徵了文學清朗的胸懷。

一本書開始活著，是讀者說話的時候。

（齊邦媛寫於 2011 年 7 月 7 日）

巨流河是清代稱呼遼河的名字，她是中國七大江河之一，遼寧百姓的母親河。啞口海位於臺灣南端，是鵝鑾鼻燈塔下的一泓灣流，據說洶湧海浪衝擊到此，聲消音滅。

這本書寫的是一個並未遠去的時代，關於兩代人從巨流河落到啞口海的故事。

　　60 年來我在臺灣，我讀書，教書，寫評論文章為他人作品鼓掌喝采，卻無一字一句寫我心中念念不忘的當年事——郭松齡在東北家鄉為厚植國力反抗軍閥的兵諫行動；抗日戰爭初起，二十九軍浴血守華北，犧牲之壯烈；南京大屠殺，國都化為鬼域的悲痛；保衛大武漢時，民心覺醒，誓做決不投降的中國人之慷慨激昂；奪回臺兒莊的激勵；萬眾一心，一步步攀登跋涉湘桂路、川黔路奔往重慶，絕處求生的盼望；漫長歲月中，天上地下，在四川、滇緬路上誓死守土的英勇戰士的容顏，堅毅如在眼前；那一張張呼喊同胞、凝聚人心的戰報、文告、號外，在我心中依然墨跡淋漓未乾。那是一個我引以為榮，真正存在過的，最有骨氣的中國！

　　半世紀以來，我曾在世界各地的戰爭紀念館低迴流連，尋求他們以身殉國的意義；珍珠港海水下依然保留著當年的沉船，愛丁堡巨岩上鐵鑄的陣亡者名單，正門口只寫著：「Lest ye Forget」（勿忘！）——是怎樣的民族才能忘記這樣的歷史呢？

　　為了長期抗戰，在大火焚燒之中奔往重慶那些人刻骨銘心的國仇家恨，那些在極端悲憤中為守護尊嚴而殉身的人：來臺初期，單純潔淨地為建設臺灣而獻身、扎根，不計個人榮辱的人。許多年過去了，他們的身影與聲音伴隨我由青壯、中年，而一起步入老年，而我仍在蹉跎，逃避，直到幾乎已經太遲的時候。我驚覺，不能不說出故事就離開。

　　似那尋覓築巢的燕子，我終於在桃園找到這間最後的書房，月升日落，身心得以舒展安放，得以一筆一畫寫出我這本心願之書。

　　如今《巨流河》日文譯本即將問世，這篇序卻是難寫。我的國族，家庭命運深深陷在中日關係的歷史中，整整百年，千絲萬縷的愛、恨、情、仇，當從何處說起？

　　理智地來說，我終生不能了解，人與人之間，國與國之間，怎麼會有那麼持久的，不停歇的傷害？日本對中國的侵略，不僅造成當年那數千萬人的死亡，也造成了至今仍有數百萬人，漂泊異鄉，至今數代不能回歸故鄉。

　　而在情感上說，中日兩國是近鄰，文化上自古都在師友之間。在我父親那一代很多的知識分子曾「東渡扶桑」去留學，在日本都有良師益友。2002 年我專程去金澤市追尋我父親讀了三年金澤四高的足跡，終於找到紀念館。他們很興奮地在校友名錄找到 1920 級的齊世英名字，名字下面是一片空白。1920 年以後他去了哪裡？他由金澤四高畢業保送京都大學哲學系，轉學去了德國，回中國參加反軍閥革命，結識了當時的日本駐瀋陽總領事吉田茂。中日戰爭後再度相見，曾多次聚談，吉田茂是他終生欽佩的政治家。我在金澤住了五天，每天在古巷舊街間行走，拜訪古蹟及著名的兼六園，記得父親在世時常常說起在金澤讀書美好的歲月。想著這近百年的中日恩怨真是感慨萬千。

　　在那八年漫長的對日戰爭中，我對日本人最清晰的印象是 1945 年 2 月，中國農曆年剛過，在那美麗的三江匯流的四川樂山古城，極寒冷的早晨，我與三位同學去文廟上朱光潛老師的英詩課，由文廟廣場進了廟門，迎面看到欞星門旁石柱上貼了一大張毛筆寫的布告，墨汁淋漓似尚未乾：

2 月 25 日早晨，美國巨型飛機 1800 架轟炸東京，市區成為火海。日本首相小磯惶恐，入宮謝罪。

　　站在這布告前的數百個中國大學生，已經在戰爭中熬了八年之久，大多數的人全靠政府公費生存，衣衫襤褸，面黃肌瘦，在大塊石板鋪的文廟正庭，無聲無言地站著，讀到這樣的復仇消息，內心湧出複雜的欣喜。

　　我也無言無語，沉痛而歡欣地站在石柱之前，想像那遮天蔽日的死亡降臨之際，有些女人把在中國戰場戰死的情人或丈夫的骨灰綁在和服的背袋裡，火海裡，這些骨灰將被二度焚燒……

　　1947 年，初來臺灣大學任助教時，在單身宿舍，第一次睡在榻榻米上，長夜漫漫，在窗外樹間聽收音機播放〈荒城之月〉，在音樂中忘記它是日本歌，令我想起在崇山峻嶺的川黔路上逃難時，荒郊寒夜的風聲犬吠；

想想那數百萬死在侵略中國戰場上的日本兵，雖是我們痛恨的敵人，家中也有人在寒夜等他們回家吧。

近七十年後 2011 年，我在臺北看到日裔美籍攝影家中川治（Osamu James Nakagawa）的展覽：以 Banta「崖」為名。戰後出生的藝術家，用最新科技攝製一系列沖繩島的斷崖絕壁，想用色彩沉重懾人的岩石和洞穴寫真，重現二次世界大戰時數十萬人跳崖的悲痛。崖間的和平公園是我一直想去參訪之地。我寫《巨流河》時心中亦是充滿了那樣虔敬而悲痛的心情。

感謝池上貞子、神谷真理子教授將此書譯成日文出版，感謝黃英哲教授的促成與種種協助。願此書日文版之問世，可增加我兩國民間的認識，尤其是知識分子對災難的態度，增加人類的悲憫心，促進世界的和平與和諧。

感謝哈佛大學講座教授王德威以〈如此悲傷，如此愉悅，如此獨特〉這樣切中我心的評論，為此書作真正的導讀。他是研究中國現代文學的專家，兼蓄歷史眼界與文學胸襟，對我所寫的時代和家鄉有深刻的了解，也因此能見人所未見，點明這是一本「慟恨之書」。書中人物有許多也是他生命中的人物，自幼耳聞目睹，他知道他們打過的每一場仗，跑過的每一條艱難路，知道他們所秉持的理想和護住的聖潔的人性光輝。絕不能粗陋地以成敗論英雄。感謝他鼓勵我，回應時代暴虐和歷史無常的最好方法，就是以文學書寫超越政治成敗的人與事。

書寫前，我曾跟著父母的靈魂作了一趟返鄉之旅，獨自坐在大連海岸，望向我扎根的島嶼。回到臺灣，在這間人生最後的書房，寫下這一生的故事。即使身體的疲勞如霜雪重壓下的枯枝，即使自知已近油盡燈枯，我由故鄉的記憶迤邐而下，一筆一畫寫到最後一章，印證今生，將自己的一生畫成一個完整的圓環。天地悠悠，不久我也將化為灰燼，留下這本書，為來自巨流河的兩代人作個見證。

——選自《聯合報》，2011 年 7 月 16 日，D3 版

《洄瀾——相逢巨流河》序

◎齊邦媛

這是一本大家合寫的書，如千川注入江河，洄瀾激盪。

我曾躊躇多年，這些文章拿在手中既溫暖又沉重，不知是否應與大家分享。歲月催迫，終於決定將它做為一本紀念冊問世。

《巨流河》是我從內心深處寫給世界的一封懇切的長信，至此心願已了，留下祝願一切歸於永恆的平靜。

但是旬日之內這平靜即被沖破。許許多多一樣真摯，一樣懇切的回信，如山洪爆發般沖進來，這些以厚重情意和更深的智慧寫來的信，以信函評論訪問的方式，直扣我心，讀了又讀，每篇都不忍釋手。有些評論文章是朋友寫的，有些是臺灣知名人士，由讀此書談到我們共同走過的日子，許多報刊作了詳盡的訪問，問與答都是有充分了解的坦率、親切的交流。

書出第二年，2010 年 10 月，我收到北京三聯出版公司劉蓉林編輯寄來的兩本大陸簡體字版《巨流河》，收到的那一刻，我第一個想去分享這喜悅的人是長庚養生文化村用專員電腦為我聯絡的廖婉竹小姐，在眾人看日落，看美麗的金烏西沉的大門口，我對正要開車回家的她，喊著，「妳看看妳在空氣中傳過來傳過去的（那些郵件）已經印成了這本書啦！」

在我構思和寫作的那些年，從不曾夢想過會有大陸的讀者，我的前半生，在大陸的經驗一直是他們的禁忌。萬萬想不到，在臺灣出版後一年，

《巨流河》竟能在大陸出版！出版後的反應迅速強烈，更是在我意料之外。我不用電腦，最初收到的貼了郵票的信函，書中人物和記者的電話，然後是越洋的訪問，當選十大好書的紅色通知，得獎的通知……有一段時期，我常常似由夢遊中醒來，問自己，這是真的嗎？這怎麼可能？

有一天接到一個電話說是北京打來的，——北京？那必須跨越臺灣海峽、長江、黃河才能回去的北京？我竟然脫口問那端的記者，「你從北京打電話來的啊？這麼遠啊！我記得小時候，風沙颳起來，我的姑姑們都用漂亮色彩的紗巾蒙在臉上……」——因為心理上長久的隔離感，我竟會如此語無倫次起來，人家只不過想對《巨流河》作者做個採訪，問幾個問題。

我終生隔絕的故鄉啊，我怎麼能用幾個簡短的句子，在電話中向你說我的思念？我怎麼能告訴你，我忘不了童年跟父親坐火車過黃河鐵橋的情景；忘不了長江到岷江兩岸的叢樹；我怎麼告訴你，我父親坐在我母親墓前，癡望著太平洋東北方，眼中的悲傷！

在這本眾人合寫的文集裡，大陸訪談十篇裡有五篇是我手寫的回答，也許有一些重複的問題和回答，但是我今以書還鄉，悲喜之際總有些相似的情懷。

感謝王德威教授、黃英哲教授推動《巨流河》日文譯本，邀得池上貞子和神谷真理子，一年譯出毫無刪減的日譯本上下兩冊，以抗日戰爭為主軸的這本書，得以全貌在日本出版，令我們很感動。

讀者來信數量甚大，每封都真情感人，但我已無體力一一作答，而此冊篇幅有限，只能選刊一小部分，編選全由多年主編我書的項秋萍女士辛勤帶領黃微真、池思親小姐工作，只要能聯絡得上的，她們都徵得原作者同意刪去了許多重複的資料，過獎的讚美，但這些信與我有更多個人的關聯，有許多是找回的舊誼，重敘生死契闊，也在此書內作個永久的相逢紀念吧。

在編者原歸為附錄欄內的一封我寫於 1937 年的信，和樂茝軍的一幅畫我 20 歲時的畫，在我書中或對我個人回憶都有重要意義，絕不是「附

錄」。直到一個不寐之夜，Anachronism 一字來到心中。沒有別的字可以代替我心中這複雜的情緒了，所以我闢立此欄名為 Anachronism。按字典說，它是時間的錯置，把後世的事物與前代的事物相混淆，是不合時宜的。（是希臘詩人 Anacreon 浪漫〔酒色〕之風的。年月錯誤的，希臘拉丁詩中短音節和長音節的突兀交換……）多年來，我看到這個字立刻會想到，像我這樣的人生，在時代與時代、居所與居所殘酷的斷裂之際，所有的失落與尋覓。

我以席慕蓉的詩總結此書，她在詩中點出我鍾情的時候是天高月明的，鍾情焚燒之後留下的是玫瑰的灰燼。詩境雖是她的，心境卻是我的，是散文所達不到的精鍊。

再讀此集中的來信、訪問和評論，我深感人間深情洄瀾沖激之美，我充滿感情與你們在書裡書外有緣相逢！

在如此回首一生之時，重讀《聖經》〈約伯記〉，似乎為自己多年質疑找到一個文學答案：在他盡失一切之後，因為他在絕境仍信主的旨意必有意義，──所以「此後約伯又活了 140 年，得見他的兒孫，直到四代。這樣，約伯老邁，日子滿足而死。」──這長長的 140 年是給他了解痛苦與救贖，為超越人間生死寫下記憶麼？

──2013 年 12 月 31 日

──選自齊邦媛編著《洄瀾──相逢巨流河》
臺北：遠見天下文化出版公司，2014 年 1 月

多少年前的鐘聲

◎陳芳明[*]

　　多少年前我還坐在齊邦媛老師的課堂聆聽受教時，從來沒有想過多少年後我會跟隨她走上臺灣文學研究的道路。那個年代，臺灣文學是一個未曾受到首肯的名詞，在學術上還是屬於一個危險的禁區。我記不得與齊老師有過任何關於臺灣文學的討論，兩人之間大概也不曾有機會涉及這個議題。那時她是臺大外文系的教授，我才只是甫入歷史研究所的學生。她開授的高級英文，是文學院研究生的必修課程。我第一次向她問學，正是始於這門課。

　　這麼多年之後，當我開始思考追求知識的歷程，總是情不自禁會探問自己的文學師承。一個中國歷史的學徒終於轉向成為文學研究者，想必經歷一些思想啟蒙與學術轉折。記憶容許我能夠確切肯定的，當可追溯到1960年代後期的余光中教授與1970年代初期的齊老師。學問的恍惚求索中，最後會偏離史學而選擇了文學研究的方向，我不能不承認是受到兩位長者的點撥指引，彎曲的生命旅路，常常會被安排與許多人與事錯身而過。有些注定是淡漠的，並淪為遺忘；有些則產生強烈衝擊，終至刻骨銘心。我無法忘懷的，是多少年前齊老師帶給我的文學知識；那樣的師承已不是任何情感所能概括，而是蘊藏著精神的昇華與救贖。每當想起1970年秋天，不期然有一排鐘聲傳送明亮的陽光，隱隱襲進垂晚的胸臆。

　　多少年前的鐘聲，已不純然是鐘聲，而是青春與詩的隱喻，也是歷史與夢的象徵。坐在椰影窗口的那位青年，前額微仰，橫眉注視，面對一個

*發表文章時為政治大學中國文學系教授暨臺灣文學研究所所長，現為政治大學講座教授。

定義未明的騷動年代。到達齊老師的門牆時，我的年齡正好銜接生命分合
的一個起點，也碰巧遭逢政治跌宕的一個路口。我在史學與文學之間的徬
徨，恐怕是齊老師在那個時候未能理解的，我停留在最為惶惑的時刻，臺
灣社會的命運也正要開始穿越驚濤拍岸的十年。

　　站在史學研究的立場，我不免是為政治分擔了一些憂心。然而，我從
未忘情大學時代與詩纏綿的喜悅與苦痛。在齊老師的英文教室，我初次嚐
到閱讀樂趣的滋味。凡是修過那門課的學生都會記得，在上下兩個學期被
要求完成兩冊英文小說的閱讀：一是喬治・歐威爾的《一九八四》，一是赫
胥黎的《美麗新世界》。我並不清楚別人的閱讀經驗，至少，對我個人那是
第一次神的啟示。

　　對於文學的耽溺，全然是出自我天生的性情。在 18 歲寫出的第一首
詩，似乎就已預告畢生的文學追求即將展開。然而，在文學訓練上，並沒
有任何一位導師給我啟發、暗示或鞭策。直到遇見齊老師，我才漸漸知道
什麼是鑑賞，什麼是批評，什麼是詮釋。在她的學生中，我絕對不屬於優
越的行列。那幾年我所寫的詩與詩評，也未嘗讓她有閱讀的機會。我的詩
行生澀，個性羞澀，輕易失去了耳提面命的時光。但是，我知道她對我的
關心。幾次在文學院長廊相遇，她都主動問起我的閱讀與研究。在內心
裡，我刻意避開與她對話。歷史系與外文系之間的距離，於我是無可越渡
的鴻溝。縱然如此，齊老師誠然開啟我閱讀英文的興致。她是第一位使我
對英文不致產生恐懼的老師。

　　從秋天到春天，我若有似無讀過了兩冊小說。在她的教室，我喜歡選
擇坐在窗口。她專注的解說，使我理解了小說並不必然是小說。她的語言
流暢，聲音潤滑，幽默時居多。研究所課程能夠使我發生愉快的並不多，
但她的英文講授絕對是喜悅的。有多少微言大義暗藏在歐威爾與赫胥黎的
文字深處，坊間學者都以反共文學視之。但是，對於當時受到自由主義啟
蒙的我，毋寧是人性探索的經典作品。我對言論自由的嚮往，對思想解放
的期待，都是在研究所時期植下根芽。那樣的信仰，無可懷疑，都在齊老

師的文學解釋中獲得依靠。

　　臺大的鐘聲在 1973 年把我送出校園時，齊老師正與余光中、何欣、吳奚真合作編輯《中國現代文學選集》的英譯。那是臺灣文學第一次如此大規模被介紹到西方。她常常在教室裡提起，正在大量閱讀臺灣的詩、散文、小說。她的言談，似乎透露了一股信心。如今回頭再看，她的信心是有充分理由的。因為，她的《中國現代文學選集》等於是總結 1950 年代與 1960 年代臺灣文學的藝術成就。書中所收作品的那些作家，已都卓然成為臺灣文學史的經典。那時我還是一位情緒浮躁的文學青年，對於現代詩前輩輕啟不敬之心，而且也留下無數乖張不馴的文字。在 1973 年我忙於投入新詩論戰之際，齊老師已默默翻譯傑出的作品，向國際展現臺灣風華。追隨她學習一年，我終究沒有體會到她的用心良苦。

　　我的世代是屬於焦慮的歷史階段。見證到臺灣在國際社會孤立的危機，自然有著不可壓抑的憤懣。我把那樣的怒氣，都透過詩評轉嫁給創造晦澀作品的現代主義詩人。當時我還無法了解情緒與文學批評並不可以等同起來，同時也沒有心情去釐清大環境的政治劣勢並不可能依賴文學來解決。我把政治與文學混為一談，甚至粗糙地苛責詩人必須承擔國家的命運。那種幼稚的，近乎病態的文學觀，阻隔了我與齊老師之間的可能對話，甚至也限制了往後我對臺灣文學的確切認識。

　　於今看來，當年齊老師完成的《中國現代文學選集》編輯，是臺灣的幸運。如果沒有這項計畫的實踐，臺灣文學受到的肯定恐怕還要更為遲晚。雖然書名是以「中國」為題，內容選擇全然是以臺灣為主體。這套選集正式出版時，我已在海外漂泊遷徙。坐在異域的圖書館，窗外雪地千里，書中帶給我的卻是南國的溫暖陽光。我第一次看到不同世代、性別、族群的臺灣作家，都以蟹行文字呈現在外國讀者之前。齊老師序文表達出來的自豪，使我再次聯想到她在講授英文時的那種特殊情調：穩重，熱情，信心。那種氣質，再次顯現於飄洋書籍的紙上。

　　然而，我所抱持的偏頗文學觀，最後卻引導我選擇與齊老師背道而馳

的道路。激情吶喊的 1970 年代，負載著我迎向天涯海角，縱然心存臺灣，思考中竟不留有文學的影子。由於決心要與威權體制對敵，自年少以來就已眷戀的詩藝與詩論終於被我無情地棄擲。一段荒廢而荒涼的歲月，在生命中罕見地展開。同樣在那個時期，齊老師已著手重新解釋臺灣文學的作品。這對我當然構成極大的諷刺。自我放逐於陌生的土地上，豔幟高張地宣稱要回歸臺灣，卻全然無知於臺灣文學與臺灣歷史的真實。在越洋的報紙上，偶爾發現她的文字，才深深體會到真正的土地之愛是無需言宣的。相較之下，我的身段就顯得矯情而虛偽。

　　1990 年冬天，我以思想犯的身分回到臺灣，參加一次文學座談。齊老師也蒞臨會場，使我猝不及防的心情泛起一陣悸動。我深信齊老師對我在海外的意識形態與政治信仰瞭若指掌，自然也很清楚我的文學信心已產生動搖。十餘年後的重逢，不免使我有死生契闊的強烈感覺。在她眼中所期待的那位詩情浪漫的青年早已消逝，早已被充滿批判的憤怒形象所取代。也許我在會中對一位大河小說家有了過多的溢辭，齊老師含蓄地回應：「文學的評價需要時間的沉澱。文學自有它獨立的價值，並不會隨著政治起伏。」對於她的學生，顯然還抱著高度的期許。她握著我的手，久久不放，只是在我耳邊低語：能夠回來時，就應該回來。她的叮嚀似乎有雙重意義，不僅提醒我必須回到臺灣，也必須回到文學。

　　臨走時，她持贈我一冊新書《千年之淚》。就在那個時刻，那冊書放到我手上時，她的理解與諒解我已完全明白。「芳明學棣惠存」的字跡，莊重地寫在書的內頁。我一時無法整理內心的語言，只能以著凝注的眼神送她離去。師生之間的無語對話，比起任何召喚都來得強悍有力。我不知道自己何時還會被核准回到臺灣，但是捧讀她的書籍時，我已知道自己不會再離開臺灣。

　　《千年之淚》的扉頁，印刷著這樣的文字：「獻給父親齊世英先生和他生死不渝的理想」。我對戰後政治史的記憶稍有涉獵，知道齊世英先生參與過 1950 年代末期雷震先生的組黨運動。他們是臺灣自由主義傳統的奠基

者，捍衛者，犧牲者。他們啟開了歷史巨幕，為日後的臺灣民主運動暗示了不滅的想像。我可體會齊老師寫下「生死不渝的理想」時的心情，以及這簡短字句背後的微言大義。相較於我這樣的自由主義者，齊老師是位具體行動者，她已經在實踐父親未完的志業。我終於明白她為什麼對我沒有做出任何苛責，也更加明白她為什麼鼓勵我必須回到臺灣文學。她在書中表達的臺灣文學史觀，對 1990 年代的學界應該是正面的指引。司馬中原與李喬的長篇小說能夠相提並論時，林海音與葉石濤的作品能夠放在同一個時間天秤比較時，齊老師的文學批評已經在突破族群藩籬與性別疆界。她的身體力行，使我見識到什麼是風範與風格。對於我日後的文學史書寫，齊老師的書已經帶來無窮的暗示。

當我還擔任民進黨的發言人時，在好幾次的座談會有過相遇，她從未對我發出負面的言語。但是，她也不曾放棄對我委婉勸告，文學才是最佳抉擇。在埋名隱姓的海外浮沉時期，在噪音喧譁的政治運動時期，我的內心總是保持高度的孤獨。自我構築起來的那道高牆，已不是任何情感能夠輕易侵入。我能夠開放的，唯齊老師而已。遵聆她的面命，我決絕地離開政治，徹徹底底，毫不眷戀。那是 1995 年秋天，我與我四處漂泊的書籍同時疲憊地到達靜宜大學。我開授的第一門課程正是臺灣文學史。

30 年的旅程，悲苦多於喜悅，哭泣遠勝歡笑，攜著我走過太多交錯的路口。在那樣冗長的追逐中，政治曾是我僅有的信仰，彷彿是夜裡我專注凝視的星。星的方位，決定旅路的方向。但是，現在我比較確信的是，回到臺灣並非只有一條道路，我改弦易轍去面對臺灣文學研究的道路，並不意味那一顆星的座標是錯誤的。我只能這樣告訴自己，政治並沒有使我回到真實的臺灣。讓我觸摸到躍動的脈搏，感受到活潑的生命，是曾經受到遺忘的文學。這條道路走得極其艱辛，卻因為有了齊老師的暗示與召喚，才使我決心走完全程。

多少年前的鐘聲，是詩，是陽光，是未名的隱喻。最初在英文教室開啟閱讀的喜悅時，是不是一種預言已經神祕降臨？從歷史換軌走到文學，

冥冥中應該有一股力量在牽引。齊邦媛老師的手勢、叮嚀、低語、呼喚，可能就是那股力量的來源。但是，那已經超越我的智慧所能釐清。我能確定的是，生命中與她相遇是一種幸運，心中浮起的祝福，30 年前的鐘聲也能聽見。

——《印刻文學生活誌》2006 年 7 月號

——選自陳芳明《昨夜雪深幾許》
臺北：印刻文學生活雜誌出版公司，2008 年 9 月

齊邦媛——臺灣文學的國際推手

◎單德興[*]

　　齊邦媛教授《巨流河》一書的出版是臺灣文壇一件大事。從原先的口述，到後來全面改寫，筆者有幸全程與聞，對她以八十高齡投入此事所展現的認真與毅力，感到無比的敬佩。

　　《巨流河》全書二十餘萬字，自家世、幼年、求學一直到教學、研究、行政……娓娓道來，在一則則精采故事中，見證了一個大時代中的奇女子的遭遇，內容豐富，值得讀者從不同角度一讀再讀。在筆者看來，本書重點之一就是傳主數十年來如何孜孜不倦地向國際推介臺灣文學，主要包括了海外教學、文學選集、編譯季刊和長篇小說。

　　齊教授之所以多年來大力為臺灣文學向國際發聲，緣起於 1967 年赴美留學期間，應邀在印第安納州樹林中的聖瑪麗學院（Saint Mary-of-the-Woods College）開設中國文學課程，遍讀該校圖書館藏，卻沒有任何關於臺灣的資料，自此埋下了向國外推介臺灣文學的種子。在資訊欠缺、流通緩慢的年代，留學者一方面向國外取經，學習異文化的長處（研習英美文學者尤其如此），另一方面也相當程度扮演了「文化大使」的角色，向好奇的外國人介紹臺灣的種種，尤其是風土人情以及最能表現文化特色的文藝。但是齊教授在面對這些好奇、甚至不知臺灣在何處的外國人士時，卻苦無臺灣文學譯本可供參考、推薦，深切體認到這種缺憾。

　　直到 1972 年，齊教授應邀擔任國立編譯館人文社會組主任，積極施展「書生報國」的抱負，其中最為人稱道而且影響深遠的兩件事就是：對

[*]發表文章時為中央研究院歐美研究所研究員兼副所長，現為中央研究院歐美研究所特聘研究員。

內，大幅修訂中學國文教科書，增加許多當代臺灣文學作品；對外，進行「中書外譯計畫」，向國際推介臺灣文學。前者嘉惠國內學子，後者嘉惠國外人士，都是影響深遠的文學、教育與文化工作。

穿過鐵幕打開世界之窗

翻譯計畫由她擔任主編，團隊成員包括余光中、吳奚真、何欣、李達三（John J. Deeney），五人自 1973 年 2 月開始每週見面，先決定文類，集中於詩、散文、短篇小說（長篇小說因受篇幅之限不得不割愛），再選擇文本與作者。由於主編的文化使命感與恢宏的視野，加上編輯委員都是名重一方兼具國際視野的作家、學者、批評家，所以不僅選文仔細，具有代表性，翻譯的過程更是字斟句酌，務必將臺灣文學的特色忠實地以英文傳達給國際讀者。

編輯團隊所選擇、翻譯的作家及作品都是一時之選，而且經過「漫長的審稿討論，無數的評讀，直到定稿，將近兩年時間。每一篇每一字斟酌推敲而後決定。」1975 年，上下兩冊、一千多頁的 *An Anthology of Contemporary Chinese Literature* （《中國現代文學選集》）由美國西雅圖華盛頓大學出版社發行。前言指出，文選的主要目的是提供二次大戰後臺灣最佳作家的代表性作品，讓國際讀者有機會透過翻譯接觸到原先只有華文世界才能獨享的文學佳作。這部扎實的文選見證了臺灣文學的繁複多樣。由於此事意義重大，《巨流河》第八章〈開拓與改革的七〇年代〉第一節「進軍世界文壇——英譯《中國現代文學選集》」專述此事的始末。而傳主在事隔三十多年後回顧此文選時有如下的說法：「對歐洲及美國的漢學家而言，這是第一套比較完整充實地介紹中國現代文學創作的英譯本。自從 1949 年播遷來臺，臺灣文學作家得以在大陸政治文化的鐵幕之外，延續中國文學傳統，創造出值得研究的作品，好似開了一扇窗子。」從文學史的角度來看，這段評語頗為允當。

此外，因為臺灣文學對傳主意義重大，所以書中特闢專章〈臺灣、文

學、我們〉，令人更清楚認知傳主多年來對於臺灣文學的熱心投入，以及在幕後所扮演的重要角色。

　　《中國現代文學選集》出版後，臺灣文學逐漸受到國際矚目，也被國外一些學校選為教材。齊教授除了多次參加相關會議之外，也應邀赴國外講授臺灣文學。1982 年，她應美國舊金山加州州立大學（San Francisco State University of California）曾憲斌先生之邀，前往擔任訪問教授，為期一學期，講授臺灣的「中國現代文學」。該校當時已採用這本選集作為教材，選課的學生約有二十人，其中一半是華裔，因此「文化上隔閡很小，對文學作品的情境及心理不必太多剖析，師生可以更接近中國文學的心靈。那半年的文化交流，讓我真正認識他們稱之為『屋崙文學』（舊金山華裔作家文學），認識根源文化所做的努力。」更重要的，當然就是把臺灣文學推介給這些美國學生，為他們打開一扇窗，有幸在編譯計畫主持人親自帶領下，窺探以往不為外人所知的臺灣文學。

臺灣文學初觸柏林

　　另一個特殊經驗則是 1985 年赴柏林自由大學(Freie Universität Berlin)講授臺灣文學。傳主於中國東北出生時，「父親在柏林留學，在 2 月凍土的故鄉，柏林是我年輕母親魂牽夢縈的天外夢境」。萬萬沒想到 60 年後自己竟然應邀來此擔任客座教授，講授正式授予學分的「臺灣文學」課程，難怪乍聽到這個消息時的她「幾乎不敢相信我的耳朵」。

　　齊教授前往德國訪問教學時，全球尚處於冷戰時期，世人難以想像幾年後惡名昭彰的柏林圍牆竟會一夕崩塌。分裂的東西德對於臺灣／中國的處境有著異乎其他世人的領會。因此，傳主在第一場針對全系一百多人的「訂交演說」中提到自己的家世，也特別指出：

　　臺灣的處境舉世皆知，我們所代表的文化意義，在西柏林的自由大學應該是最能了解的。我今日來此希望藉臺灣文學作品做心靈交流，深一層

同情東、西兩個分裂國家人民的生活態度和喜怒哀樂⋯⋯。我教的臺灣大
學學生和諸位一樣是追求自由思考的學術青年，我希望能真正認識德國，
你們也真正認識我們臺灣。

這番剴切、真摯的言詞立即贏得了師生們的普遍肯定，為她在柏林大
學的教學打下了良好的基礎。齊教授每週發一張授課大綱，教材以小說為
主，內容除了她主編的《中國現代文學選集》之外，還有其他英譯的文學
文本，以英文授課，並搭配一位臺籍講師，必要時譯為德文。此外，傳主
將寄去的三百多本臺灣文學作品，悉數捐給該校中國文化系所，書裡蓋有
「齊邦媛教授捐贈，1985」的戳記。這很可能是當時全歐洲有關臺灣文學
最豐富的典藏，而德國學子對臺灣文學的興趣與正式學習也從此開始，在
文化交流上自有其開創的意義，從事相關研究的德國學子往往超過歐洲其
他國家，足證齊教授開疆闢土之功。同時，這個獨特的柏林經驗也為傳主
拓展出更大的視野，「得以從美國以外的大框架歐洲，思索臺灣文學已有的
格局和未來的發展」。

在東西方之間搭一座橋

齊教授另一個對臺灣文學推廣的貢獻則在多年擔任中華民國筆會的顧
問與總編輯。她在書中提到，國際筆會（The International PEN）1921 年成
立於倫敦，其中的「PEN」是「poet」（詩人）、「essayist」（散文家）、
「novelist」（小說家）的縮寫。1924 年中華民國筆會成立於上海，會長是
蔡元培，發起人有林語堂、胡適、徐志摩等。當年印度文豪泰戈爾便是應
筆會之邀來華訪問，由徐志摩擔任翻譯，成為中印文化交流史上一大盛
事。

1953 年中華民國筆會在臺灣復會，1959 年回歸國際總會，1970 年林
語堂當選會長，在臺北召開第三屆亞洲作家大會，積極提升臺灣的國際可
見度，並倡議在臺灣出版一本英文刊物，「在東方與西方之間搭一座橋」。

1972 年秋，《中華民國筆會季刊》（*The Chinese PEN*）正式創刊，首任總編輯是以英文為母語的殷張蘭熙，齊教授則擔任顧問。當時兩人各自主編筆會季刊與《中國現代文學選集》，住處又在鄰巷，經常就編譯的作品、翻譯的人選、譯文的斟酌等交換意見。《巨流河》中寫道：「那二十多年間，蘭熙和我這顧問之間的熱線電話從來沒有停過。電話解決不了的時候我們便須見面，譬如書稿的編排，與新的譯者見面，分享好文章的發現、文字推敲的喜悅等。」

1992 年殷張蘭熙基於健康因素不得不卸下總編輯之職，齊教授「以承受好友陣前託孤的心情」接任，繼續為臺灣文學的國際化奉獻心力，前後達九年之久。筆會季刊定期出刊，「是國際筆會最穩定最持久的刊物」，在一百多個會員國間享有盛譽，但多年來卻只自政府部門取得涓滴之助，其他皆由私人捐助，尤以殷之浩先生支持最力。

齊教授根據自己多年閱讀臺灣文學的經驗，依照不同主題編輯季刊，如「鄉愁文學」、「現代女性處境」、「書」、「你是誰？──不同人生」、「臺灣科幻小說」、「自然之美與情」、「童年」、「親情」、「鄉土變遷的記憶」等，展現臺灣文學的多重面貌。

揹著軛頭往前走

為了英譯臺灣文學，她「快樂地建立了一支穩健的英譯者團隊」，包括了在臺灣任教的外籍教授，如輔仁大學的康士林（Nicholas Koss）、鮑端磊（Daniel J. Bauer）、歐陽瑋（Edward Vargo），以及海外的高手，如葛浩文（Howard Goldblatt）、閔福德（John Minford）、奚密（Michelle Yeh）、陶忘機（John Balcom）。齊教授以敬謹認真的態度負責編務，在「我們臺灣文學很重要」的共識下，引領著一群人把臺灣文學推到國際文壇的聚光燈下。效率高超的她，多次戲稱自己是「奴隸頭子」（"slave driver"），催逼手下這群人幹活。筆者也曾被抓公差，一字一句對照中文原文來校訂英譯，務求譯文的忠實、暢達、優美，親身體會她的工作態度、要求與效率。

　　回顧這份發行近四十年的刊物，她提到其中「已經英譯短篇小說四百多篇，散文三百多篇，詩近八百首，藝術家及作品介紹一百三十多位，幾乎很少遺漏這 36 年臺灣有代表性的作者。」對於這份全心投入的志業，她自稱從事的是「超級寂寞」的工作，扮演的是「唐吉訶德」的角色，有如「揹著軛頭往前走」，箇中的甘苦不足為外人道，在千禧年前終得急流勇退，交棒給年輕一輩，繼續往前衝刺。

　　齊教授分別從臺灣與國際的視野來看待這塊以眾人心血辛勤灌溉的園地。在她眼中，這份季刊「對臺灣的文學可說是一座忠誠堅固的橋。未來研究臺灣文學史的人，當會與我們在這橋上相逢。」放眼國際，她也在謙虛中帶著肯定：「我不知會不會有一天，有人寫國際文化交流史，寫到『我們臺灣』曾這樣堅定地隨著季節的更換，以精緻素樸的面貌，從未中斷地出現，而讚嘆我們這份持之以恆的精神以及超越地理局限的文化自信。」筆者相信未來的文學史家與文化史家應會有公允的評價。

開闊繁複的編譯計畫

　　然而文選與季刊畢竟篇幅有限，對於長篇小說只得忍痛割愛，傳主「當然知道〔翻譯臺灣文學〕所有的努力中缺少長篇小說的英譯，就缺少了厚重的說服力。」因此當 1996 年王德威先生邀請她參加哥倫比亞大學出版社的「臺灣現代華語文學」（Modern Chinese Literature from Taiwan）英譯計畫時，齊教授視它為「我今生最後一次意外的驚喜，一個完成心願的良機」。

　　這個臺灣文學英譯計畫由蔣經國國際學術交流基金會贊助，編輯委員除了兩人之外還有馬悅然教授。三人運用多年的閱讀經驗與研究心得，選擇臺灣具有代表性的長篇小說，邀請翻譯高手譯介給英文世界，十多年來已陸續翻譯了多部作品，其中齊教授與王德威合編的作品計有：

　　王禎和，《玫瑰玫瑰我愛你》（Wang Chen-ho, *Rose, Rose, I Love You*〔1998 年 4 月〕）；鄭清文，《三腳馬》（Cheng Ch'ing-wen, *Three-Legged*

Horse〔1998 年 11 月〕）；朱天文，《荒人手記》（Chu T'ien-wen, *Notes of a Desolate Man*〔1999 年 5 月〕）；蕭麗紅，《千江有水千江月》（Hsiao Li-hung, *A Thousand Moons on a Thousand Rivers*〔2000 年 2 月〕）；張大春，《野孩子》（Chang Ta-chun, *Wild Kids: Two Novels About Growing Up*〔2000 年 8 月〕）；李喬，《寒夜》（Li Qiao, *Wintry Night*〔2001 年 3 月〕）；奚密、馬悅然編，《臺灣現代詩選》（*Frontier Taiwan: An Anthology of Modern Chinese Poetry*〔2001 年 4 月〕）；黃春明，《蘋果的滋味》（Huang Chun-ming, *The Taste of Apples*〔2001 年 4 月〕）；張系國，《城三部曲：五玉碟，龍城飛將，一羽毛》（Chang Hsi-kuo, *The City Trilogy: Five Jade Disks, Defenders of the Dragon City, Tale of a Feather*〔2003 年 4 月〕）；李永平，《吉陵春秋》（Li Yung-p'ing, *Retribution: The Jiling Chronicles*〔2003 年 9 月〕）；齊邦媛、王德威編，《最後的黃埔》（*The Last of the Whampoa Breed*〔2003 年 12 月〕）；施叔青，《香港三部曲》（Shih Shu-ching, *City of the Queen: A Novel of Colonial Hong Kong*〔2005 年 6 月〕）；陶忘機編，《原住民文學》（*Indigenous Writers of Taiwan*〔2005 年 7 月〕）；吳濁流，《亞細亞孤兒》（Zhuoliu Wu, *Orphan of Asia*〔2006 年 1 月〕）；平路，《行道天涯》（Ping Lu, *Love and Revolution*〔2006 年 9 月〕）；張貴興，《我思念的長眠中的南國公主》（Zhang Guixing, *My South Seas Sleeping Beauty*〔2007 年 3 月〕）；朱天心，《古都》（Chu T'ien-hsin, *The Old Capital*〔2007 年 4 月〕）；郭松棻，《奔跑的母親》（Guo Songfen, *Running Mother and Other Stories*〔2008 年 10 月〕）。

　　其他計畫出版的還有駱以軍的《月球姓氏》，蔡素芬的《鹽田兒女》和吳繼文的《天河撩亂》等。這份清單上的都是臺灣數十年來具有代表性的長篇小說，可以看出編者開闊的視野以及所呈現的繁複多樣。

成就一生精采長篇

　　對於這套書能由享譽全球的哥倫比亞大學出版社出版，流通海內外，

產生長遠的效應，傳主頗覺欣慰，因為「哥倫比亞大學存在一天，出版社即能永續經營，我們的這套書亦能長存。後世子孫海外讀此，對根源之地或可有真實的認識，德威與我這些年的努力也該有些永恆的價值。」這些說法再度肯定了文學是「經國之大業，不朽之盛事」的堅定信念，遠遠超出了一時一地之限以及任何黨派之見。傳主有感而發地說：「我們對臺灣文學的共同態度是奉獻，是感情，是在『你愛不愛臺灣』成為政治口號之前。」旨哉斯言！其中的深意值得陷溺於政治泥沼、淺碟文化，只知高喊口號、不知身體力行的人三思。

傳主的尊翁齊世英先生在政治方面反抗蔣介石的威權統治，積極聯絡有志之士，致力於臺灣民主的播種與扎根（詳見中央研究院近代史研究所出版的《齊世英先生訪問紀錄》）。而齊邦媛教授則在臺灣散播文學的種子，為中學教科書減少政治八股文章，納入當代臺灣作家作品，於課堂上春風化雨，多年講授英美文學，開拓學生的胸襟與視野。此外，她更扮演起臺灣文學國際化的重要推手，在不同的機緣下，善用不同的角色與資源，多年如一日地耕耘、奉獻、提攜與推介。這分胸襟超越了狹隘的黨派與地域之見，也就是這種無私無我、無怨無悔的奉獻，為傳主贏得了國內外讀者、作家與學者的普遍肯定與敬重。

多年為他人作嫁的齊邦媛教授，一生便是精采的長篇故事，而《巨流河》則是她首次以自己為主角所完成的大書。筆者有幸協助促成此書出版，先睹為快，深覺此書具有獨特的歷史價值與文學意義，值得有心人深思，特就傳主與臺灣文學的因緣略述如上。在一切講求速效的今天，傳主這種認真踏實，默默奉獻，文學譯介，教育扎根，文化傳揚的作風，實為值得效法的典範。

——選自《自由時報》，2009 年 7 月 7～8 日，D13 版

園丁的叮嚀

齊邦媛與國家文學館

◎向陽[*]

旅美多年的小說家聶華苓先生五月返臺，參加「百年文學新趨勢——向愛荷華國際寫作計畫致敬」系列活動。《文訊》為舉辦相關展覽，要我提供當年參加國際寫作計畫的照片和資料。我翻箱倒櫃，終於找到一些。光陰不僅似水，也如日與月之相堆，青春會逝去，但記憶永留存，依靠的，就是當年可能不以為意，隨手擺置的斷簡殘篇，銘記歲月，甚或標記了某種因緣——《文訊》編輯一通電話，攪動了我的書房，也掀開了書房中塵封已久的書信，泛黃、風漬，部分已見破損，我的文壇因緣，被勾釣而出，漂流在時光之海的瓶中信，越過世紀，來到我的眼前。

在這批為數不少的殘篇中，首先映入我眼中的，是齊邦媛教授於 1998年 12 月 28 日給我的一封傳真信。這封信寫在拍紙簿上，撕下紙頁後再傳真出來。齊教授娟秀而又流露出大氣的筆跡，一字一字由左往右推進，彷彿秧苗，逐一播種在整齊的藍格線中，蔚成一畝字田。發現這封久尋不獲的信，使我倍感驚喜。揣想齊教授當年寫信的心情，每一段落，都是叮嚀，提點後輩晚生，要為臺灣文學下田耕作。

信的內容，已見於齊教授的回憶錄《巨流河》第十章〈鼓吹設立國家文學館〉之中。齊教授啟筆就說：「國家文學館之設立，是我以個人微薄的力量，向政府文化政策所作的最後一個挑戰」，接著回憶她催生國家文學館的歷程。其中她在九歌出版社 20 週年茶會上的慷慨陳詞，最使在場賓客動

---

[*]本名林淇瀁。詩人，發表文章時為臺北教育大學臺灣文化研究所副教授兼所長，現為臺北教育大學臺灣文化研究所教授。

容，媒體也因之以醒目標題發布新聞。我當時在場，對齊教授如此作獅子吼，更是肅然敬慕。同年 12 月 29 日，立法院為此召開公聽會，齊教授的傳真信就是在公聽會前夕傳給我。可以想見當晚她是多麼急切，國家文學館是她的夢，是她對臺灣文學的瞻矚。因為她要我「以詩人的 Vision」呼應她勾勒出的國家文學館意象：

> 這個館應該有一個進去就吸引人的明亮的中心，如大教堂的正廳穹蒼圓頂，或現代的展示核心，用種種聲光色電的技術，日新月異地說明文學是什麼？圍繞著它的是臺灣文學的成績與現況，世界文學的成績與現況，在後面是收藏、展示……
> 它不是一個死的收藏所，而是一個活的對話！進此門來能有一些啟發、激盪或更多的思索，至少不空心出去。

我收到傳真時，年末冬夜，暖暖山居濕寒，心裡卻溫熱異常。齊教授早從 1970 年代起，就為臺灣新文學作品編入教科書、為現代文學創作外譯等大事費心費力；此外，她也長期擔任中華民國筆會季刊義工顧問、總編輯，以「我們臺灣」的心將臺灣文學推向世界文壇，到此際還要為催生臺灣文學的「家」奮鬥，以垂顧之心期許後生晚輩——我羞愧有之，更覺熱血沸騰。

事實上，在齊教授傳這封信之前，12 月 7 日，我已於《自由時報》副刊發表〈打造臺灣文學新故鄉：呼應齊邦媛教授設置「國家文學館」之議〉一文，呼籲臺灣文學工作者採取作為，全面而廣泛地向有權者施壓，直到國家文學館設立完成為止。文末我如此勾繪心目中的國家文學館：

> 在這個文學館中，從明鄭統治時期以降的臺灣新舊文學、漢文日文華文以及臺文文學、原住民口傳文學都被具體地展示出來，所有曾經在臺灣這塊土地創作的文學家的成果都受到完善的維護與蒐藏，所有臺灣文學

和文化的研究者都可以在這裡順利取得他們研究的資料。而更重要的
是，將來所有不同族群出身的作家和臺灣人民都可以在這座文學館中找
到屬於臺灣的心靈的故鄉，作為一種認同，以及作為傳承與再生臺灣新
文學的活水源頭。

　　這篇文字，齊教授當然看到了，所以會在立院公聽會前夕給我傳真，
叮嚀交代，冀望畢其功於一役之心，躍然行間。我讀此信，猶似暗夜發現
火炬，更有追隨其後，搖旗吶喊亦可的心情。次日中午，我們見了面，參
加公聽會。會後齊教授把原件交付予我，這份見證她為國家文學館奔走的
手稿，就此珍藏我處至今。今年 5 月 7 日，在天下遠見公司舉的《巨流
河》朗讀會上，我受邀以臺語朗讀〈鼓吹設立國家文學館〉這一節，齊教
授就坐在我面前。此信此書此情，歷十三春秋再一次交會，可說是相當奇
妙的因緣。

　　2003 年 10 月國家臺灣文學館開館至今，成績有目共睹。齊教授當年
一聲「獅子吼」，為臺灣文學的展示、保存和研究作出的貢獻，果然功不唐
捐。希望這份手稿能為國家臺灣文學館所收，作為該館創建的歷史文獻而
永久留存。

──選自《文訊》第 308 期，2011 年 6 月

臺灣當代女評論家論（節錄）

◎古遠清[*]

壹、傳統型評論家齊邦媛

　　如果說，臺灣女性文學評論有什麼流派之分的話，那不外乎下列幾種：以鄭明娳為代表的學術型文學評論，以歐陽子為代表的現代派文學評論，以鍾玲為代表的「新女性主義」文學評論，以龍應台為代表的新型大眾化文學評論，而齊邦媛，則屬傳統型文學評論。當然，這種分類並不是絕對的，她們之間時有交錯之處。

　　在臺灣女評論家中，齊邦媛屬老一輩。比她更老的還有 1930 年代就已成名的蘇雪林。蘇雪林主要從事《楚辭》研究工作。來臺後不久（即 1950 年代末），曾和覃子豪發生過一場現代詩問題論戰。蘇雪林由於對新詩創作不甚了解，再加上觀念守舊，所以給人的印象是跟不上時代的前進步伐。齊邦媛為老字號文學評論家，不像專嗜線裝書的蘇雪林那樣遠離當前文學創作實際。她雖然文章不算高產，但與當代作家作品尤其是小說作品並不保持距離。就文學觀念而言，她不可能像年輕一代那樣前衛。在某種程度上，她和蘇雪林一樣有戀舊、守舊的傾向。她以唯一的當代文學評論集《千年之淚——當代臺灣小說論集》（爾雅出版社，1990 年 7 月版），其中主幹論文〈千年之淚〉的副題為〈反共懷鄉文學是傷痕文學的序曲〉。「反共文學」在 1950 年代曾熱鬧過一陣，後因意識形態的偏見和表現的公式化、八股化而被讀者所唾棄。現在齊邦媛大量評述幾乎被人遺忘的 1950 年

中國新文學學會副會長、中南財經政法大學教授兼世界華文文學研究所所長。

代的作家作品，尤其是長篇敘事小說，從它記述中國 1970 年的苦難這個角度去肯定它的存在。在海峽兩岸敵意比過去明顯有所降低的今天，齊邦媛重彈「反共文學」的老調，未免給人落伍之感。

　　古往今來的女性作家和詩人，她們的創作起步乃至成名之作，差不多都是從抒寫她們自身經歷和坎坷的遭遇開始的。外國的不說，單拿中國的李清照、蔡文姬來說，她們均是靠抒寫個人的身世遭遇和情感體驗而寫出傳世之作的。五四時期的冰心、盧隱、馮沅君，她們的處女作或成名之作，都離不開自身的經歷，打上了自傳的烙印。齊邦媛雖不是搞創作的，但她的評論和她的悲憫的感情色彩、孤寂的獨特生活道路有密切的關係。與其說她是在肯定「反共懷鄉文學」，不如說是肯定齊邦媛自己帶有苦難色彩的一生。她曾懷著深情說過：「我從六歲起就是一個沒有故鄉的人，從來沒有在一個地方待過十年以上。」[1]是戰爭的烽火，使她背井離鄉。她常從「懷鄉文學」那裡找到強烈的情感寄托。故她對這種文學的肯定，所代表的是渡海來臺的一代人。由此也可見，她的小說評論帶有強烈的自我感情色彩。她對懷鄉小說的評論，真誠、坦率，從不是在進行有意的欺蒙或偽裝，而是為了達到某種情感撫慰而扮演的一個文明角色。至於把大陸新時期出現的傷痕文學與 1950 年代臺灣的懷鄉文學聯繫起來，確是她的獨特發現：「這強烈的似曾相識的感覺，使我們必須回頭去肯定當年懷鄉文學的預言性。那些歌哭追懷故鄉廢墟的塵封之作，竟是全然契合成為傷痕文學的序曲」。這裡從「傷痕」和「苦難」角度加以聯繫，有一定依據。但應該看到，這是兩個不同時代，且代表兩種不同社會制度及其意識形態聯繫的文學，因而這種聯繫未免有些牽強。何況，齊邦媛的評價標準有「政治掛帥」的傾向，如她對姜貴的《旋風》、陳紀瀅的《荻村傳》大加讚揚，這主要是從意識形態出發；而沒有注意 1950 年代的許多反共作品，大多為政治的傳聲筒，文字和敘述方式均很毛糙。

---

[1]陳素芳，〈《中華現代文學大系・小說卷》掌門人：齊邦媛〉，《九歌》第 110 期（1990 年 4 月）。

　　有人認為，男人的氣質是頑強、剛毅，女人的情感是溫柔、細膩。男性作家寫的作品，有陽剛之美，女性作家寫的作品，有陰柔之美，是一種典型的「閨怨文學」。齊邦媛對這一觀點是反感的。在她的代表作〈閨怨之外──以實力論臺灣女作家的小說〉一文中，她指出臺灣 30 年來女作家的作品不是「閨怨文學」，而是「閨怨以外的文學」，因為「我們活在一個容不下閨怨的時代」，即一個社會轉型、劇烈競爭的世界，因而她們的作品無論是思想內容還是藝術技巧，與五四時期的女作家均有所不同，帶有一種創新意識。此文先後被選進《中華現代文學大系·評論卷》（臺灣版）和《臺、港、澳及海外華文文學大系·現代文學研究篇》（北京中國友誼出版公司出版），可見其影響之大。

　　《千年之淚》的另一部分是作家作品評論，被評及的小說有鹿橋的《未央歌》、潘人木的《蓮漪表妹》、司馬中原的《荒原》和《狂風沙》、林海音的《城南舊事》以及李喬的《寒夜三部曲》。在齊邦媛看來，這些小說多半是「民族集體的回憶記錄」[2]，是中國史詩界的演出。她選擇這些格調悲愴與華麗曲折的象徵體系作品加以評論，和她的文學觀念有密切的關係。她認為，最佳的作品是在字裡行間能流露出凜然之氣，能表現出作為一個中國人的氣勢。故她論述司馬中原的《荒原》，係從史詩的角度著眼。〈從人性尊嚴與天地不仁〉所評李喬的《寒夜三部曲》，其著眼點也在作品的民族性與時代精神。有人認為，臺灣作品有技巧而缺乏「大時代」特色。她不同意這種觀點。因為「社會情勢變好之後，正常社會的其他題材自然取代苦難的回憶與申訴。加以空間的大小推論時代，是沒有說服力的。」[3]

　　在討論臺灣小說時，一方面表現了她對本土的關懷，另方面她又不脫離中原心態，這使得齊邦媛常常和大陸小說聯繫起來，從《荻村傳》到《秧歌》，從《寒夜三部曲》到《殺夫》，從阿城的《棋王》到張賢亮的

---

[2]齊邦媛，《千年之淚》（臺北：爾雅出版社，1990 年 7 月），頁 30。
[3]同前註，頁 48。

《綠化樹》，飢餓像「一張遮天蓋地的符咒」[4]。她用「飢餓」二字去表述現代中國小說中眾多人物遭遇的共同體驗，可說是抓住了這些小說所隱含的抗議意識。不滿足於藝術技巧的分析而把力氣用在思想內容的挖掘上，正是齊邦媛小說評論的一個重要特色。

　　齊邦媛的評論觀念，深受泰恩的影響。泰恩認為，時代、民族、環境是構成文學的三要素。齊邦媛評臺灣作家的小說，自始至終均貫穿了這一點。如在論《蓮漪表妹》時，「看出這是一本關於人與時代的書；論司馬中原前 20 年的創作時，認為他所寫的是一首激情淘湧的民族苦難而不屈服的史詩；論《寒夜三部曲》時，發現土地和居民的關係才是李喬的關懷所在。」[5]正是出於這種文學信念，她對《未央歌》不敢正視嚴峻的現實，以構築桃花源式的藝術世界來引導人們脫離現實表示異常不滿。她對《未央歌》的批評，是出於她堅定不移的世界觀和人生觀、文學觀，這就難怪這些文字寫得是那樣筆酣墨暢。另一篇論《狂風沙》，也不是就作品論作品，而是通過對「轎子文化」的評論將矛頭指向當前臺灣的政治現實和文化現象。她用別人看來是「傳統」「過時」的社會學評論方法，提出這樣一個具有普遍性的疑問：在當今臺灣的政治賽會中，轎子裡「是否端坐著有德、有識的現代英雄呢？」[6]這種問號打得是有力的。本來，人家的作品本身就帶有社會政治性。如果不用這種社會學的評論方法而單純用「審美的評論」方法去評論，那就無法開掘出作品的深刻社會意義。

　　齊邦媛對臺灣當代文壇的另一貢獻是積極將臺灣當代文學作品向國外介紹。當她在美國講學時，發現美國圖書館的所謂「中國文學」，幾乎是中國古典文學的同義語。現代部分只到 1930 年代，臺灣文學根本無立足之地。因而她返臺後，在臺大外文系任課和國立編譯館工作時，積極籌畫如何將臺灣文學介紹給世界讀者。1973 年，她邀請了余光中、李達三、何

---

[4]齊邦媛，《千年之淚》，頁 42。

[5]李有成，〈五十年代臺灣文學的鄉愁──評齊邦媛的《千年之淚》〉，《爾雅人》第 60～61 期合刊（1990 年 11 月 15 日）。

[6]齊邦媛，《千年之淚》，頁 97。

欣、吳奚真等人，開始做臺灣現代文學的英譯工作，選編 1949 年至 1974
年間臺灣的現代詩、散文和短篇小說約 70 萬字。由於讀者對象不同，因而
選稿原則與臺灣出的選集稍有差異。作品的主題和表現方法均有強烈的中
國特色，西化作品一概不選，以表現中國文學的風貌。過分消極尤其是頹
廢色彩甚濃的作品也不取，這是為了防止它的負面作用。至於長篇小說不
選，那是由於篇幅所限制。在英譯文字方面，齊邦媛採取嚴謹態度，逐字
逐句翻譯，以求不違背原意。為了便利西方讀者的閱讀，還注意了譯文的
流暢可讀。譯者們雖然盡了最大努力——耗時三年、校了九次，可仍遭來
部分海外中國（主要是臺灣）作家的非議，認為譯者的英文水平不高。齊
邦媛不聽這些閑言，她對此的回答是「中國人的作品，中國人譯，中國紙
印，由中國人出版。」[7]

　　強烈的文化意識使齊邦媛成為一個有使命感的嚴肅文學者。她對工
作，兢兢業業，從不馬虎從事；她作文，一向講究客觀公正，從不站在哪
一山頭、派系發言。她在「國立編譯館」工作時力舉黃春明的短篇小說、
楊喚的詩入選國中課本，完全不是受人之託，而是為了普及現代文學，不
讓文學火種在下一代斷絕。她為《聯副三十年文學大系‧世界文學卷》寫
序，為《中國現代文學選集》寫序，她均認真閱讀原著，一絲不苟地推
敲，絕不當應景文章對待。她幾十年如一日不計名利地工作、寫作，為臺
灣文學尤其是當代臺灣小說的發展和普及作出了自己應有的貢獻。

——選自鄭明娳主編《當代臺灣女性文學論》

臺北：時報文化出版企業公司，1993 年 5 月

---

[7]陳素芳，〈《中華現代文學大系‧小說卷》掌門人：齊邦媛〉，《九歌》第 110 期。

曲終人不散，江上數峰青
齊邦媛訪談錄（節錄）

◎單德興
王智明*

時間：2009 年 5 月 23 日

地點：桃園龜山長庚養生文化村

初見臺大

單德興〔以下簡稱「單」〕：能不能請你談談初到臺大的情景？

齊邦媛〔以下簡稱「齊」〕：我是臺大外文系第一個從中國大陸來的助教，因為臺大校史說了之後，我就更敢自己這麼說了。1947 年我到臺大，那時大批日本人剛走，在外文系留下了兩屋子的書，堆得半屋子高。我猜想，日本人因為戰敗後遣送得很快，他們把捨不得丟的、認為是好的書都送到外文系，就傾倒在辦公室裡，堆滿房間，沒有任何秩序，而且上面多半蓋有「昭和 X 年」的戳章。這些不是學校的書，而是日籍教授的私人藏書，臨走時急切之間留下的，都是很好、很開眼的書。我差不多花了一整年的時間收拾。

……

單：我看到一份資料上說，你之所以會來臺灣擔任臺大外文系的助教，是因為臺大理學院馬廷英教授的緣故，他就是馬國光——作家亮軒——的父親。

---

*中央研究院歐美研究所副研究員。

齊：他那時候到上海去找理學院的教授來臺任教。他是 1937 年從日本回中國的，是我父親〔齊世英〕吸收回來的抗日分子，真正的抗日夥伴，在中國的住址就是我家，所以彼此很夠交情。他在日本待了 17 年，是非常有名的珊瑚礁研究專家，在那邊是個小小的國寶，日本政府不讓他走，所以他是逃走的。他回大陸的情形有些像錢學森〔中國導彈之父〕，不過錢學森是中國國務院出面與美國政府交涉，而馬叔叔則是自己想辦法逃走的。其實他始終很愛日本，他的人生就是日本的人生，他生活的方式就是日本的方式，我母親說他就像腰帶上拴個毛巾的那種日本人，可他就是要做中國人。

……

單：當時臺大外文系系主任就是饒餘威嗎？

齊：恐怕在他之前還有，我不知道，但我在的時候是饒餘威，他也在美國新聞處（United States International Service，簡稱 USIS，美新處）工作。

單：美新處的人來臺大這邊當系主任？

齊：大概因為他有學位吧。

單：後來系主任是王國華？

齊：對，王國華先生之後才是英千里先生，我都趕上了。

單：在他們三個人任內，系裡開課的情況如何？

齊：也開不出什麼課來，就這幾口人在那兒耍。還有錢歌川〔時任臺大文學院院長〕，以及日本時代留下的兩位臺灣教授：蘇維熊和蘇薌雨。後來我們的 24、25 教室旁有個樓梯，下面就是外文系辦公室，旁邊一間是中外文學社。系裡有人說晚上在那邊工作聽到樓梯響，就是他們倆的鬼，所以我晚上從來不敢去。我記得很清楚，王國華是教語言學的，錢歌川大概教散文跟小說。當時太蕭條了，老師連學生頂多三十個人。我看他們沒有開什麼課，尤其是日本人開的課，我連聽都不要聽，想都不要想。中文系的我只認得幾個助教，像是葉慶炳、裴溥

言、廖蔚卿，還有臺靜農老師，他比我早一點來臺灣，其他我就只知道幾個名字，像是吳守禮。

……

單：原先好像其他的系都有助教，就是外文系沒有助教。

齊：錢歌川老師那時有份簽呈上說，中文系有三個助教之多，而外文系一人皆無，現在極需要至少從助教開始聘人。編臺大校史的歷史系李東華教授把簽呈的影本寄給我。馬叔叔找我來的時候，並沒有說做不做，只是說那裡在找助教，我這種人當然適合當助教，但我父母心想：你一個人上臺灣簡直是匪夷所思。

……

單：有沒有打過哪類的講義？

齊：全校的大一英文教材都由我一個人打字——我也不知道全校有多少人——那時候把它很當回事。另外有印象的是英千里先生，我跟他同事大約一學期，他有時中午帶我去校門口篷子搭的小館吃陽春麵加一個滷蛋。我也見過傅斯年校長，傅校長的手很有力，在 reception〔歡迎會〕上跟每個人握手，我的手都給他握痛了。〔笑〕

單：傅校長可是臺大精神的代表人物。

齊：我覺得和傅校長曾經共同在臺大是很了不起的光榮。當年最好的人都去當北大、清華校長，所以他來當臺大校長也不是什麼不尋常的事。我那時候來往的師長、家庭的朋友都是這樣的人，所以也沒覺得傅校長特別怎麼可怕。經過很多年再來看，當年大陸來的人都滿不錯的。

單：全校的大一英文都是些什麼內容？

齊：當然免不了有"Rip Van Winkle"（〈李伯大夢〉）。那是我父親在中學時就讀了的文章——他念的是英國的教會學校——我在中學時讀，我的學生又讀，現在恐怕還有人在讀，這真厲害。有一天我在大一英文班上教學生〈李伯大夢〉，回家吃飯的時候也不知怎麼地說了一句，我父親就背下一句，我說：「你怎麼知道？！」他說：「我念過。」你想那

是多少年了？我父親是 1899 年生，他讀的時候應該是 1915 年左右的事了。

單：讀的是歐文（Washington Irving, 1783～1859）的原文，還是簡化的版本？

齊：都是原文。

單：還有些什麼內容？

齊：我在〈初見臺大〉那篇文章裡提到，還有霍桑（Nathaniel Hawthorne, 1804～1864）的"The Great Stone Face"〔〈人面巨石〉〕，都是純文學，都是很好的東西。

單：你是說全校的大一學生都讀這些文學作品？

齊：對，因為是我打字的。

……

中興外文系與比較文學學會的推手

單：你後來離開臺大，就到臺中去了？

齊：離開臺大後，我到臺中，有三年半在家裡，什麼都沒做，只是生小孩，洗奶瓶和尿布，照顧家庭，後來到臺中一中教了五年書，其間因為考取了美國國務院戰後文化交流計畫，也就是 Fulbright Exchange Teachers' Program〔傅爾布萊特交換教師計畫〕，於 1956 年到過美國半年。

單：後來有機會於 1967 年再度到美國進修時的情況如何？

齊：我在美國印第安那大學念書時，讀了幾個不同的課程，第一年讀戲劇，悲劇加喜劇一共 28 本必讀材料。每天早上起來，早飯吃幾口麵包後就讀起來，差不多一天要讀一本，不然來不及完成一個學期的課業。

王：書單是學校老師給的？

齊：是規定的，因為老師是美國人，沒想到你沒念過，就像在中國的大

學，《紅樓夢》、《三國演義》還需要人家指派嗎？不需要，你根本就會嘛。那種苦簡直是無法言說，所以王德威說：「不知道你們念書是那樣個念法。」因為我已經不是在念書，而是在搶時間，我只有一年的時間，一年後不能不回來。我後來延長了半年，不敢說念學位，只是把學分念完，我連暑假班也上，一直念。當時我什麼雜課都不上，就是希望能在短期內把我要用的都抓到，而且那書單真是寶貴。我不相信我的學生會像我這樣念書，因為現在他們有很多時間、很多錢。我那真是叫做苦讀，是 28 本乖乖念完，讀到眼眶都會覺得痠痛。有一本喜劇 *The Birds*〔《鳥》，希臘劇作家亞里斯多芬尼斯（Aristophanes，約西元前 450～385 年）之作〕，其實那本書很容易，書裡諷刺人到了鳥國以後就是一隻鳥，在原名如 Socrates（蘇格拉底）之後都有一個鳥的名字，裡面充滿了名字跟角色的背景，很多的嘲諷。而很多名字是我們不知道的，所以要把每隻鳥原來是什麼都要查出來。這一點都不是在念書，而是在苦拚。

單：很可能只有經過這樣的苦拚才能開拓出後來的視野。這對於你後來創設國立中興大學外文系有什麼影響？當年國立大學的外文系並不多，你如何設定系的目標？

齊：我多少參考了自己當年苦拚的精華，譬如我告訴教莎士比亞的美國籍老師，悲劇一定要教三、四本，喜劇要教三、四本，歷史劇要教三、四本，而且書單要給我看，在這方面我是很專制的。

單：那是一學年的課嗎？

齊：是的。因為我去美國之前，有一個比顏元叔還早的臺大畢業生陳穎教授，他在美國算是有地位的漢學家，我和我先生請他吃飯。我先生覺得文人都愛喝酒，就準備了點酒，他樂起來就喝醉了。喝醉前他講，他在臺讀書有十大恨，其中最恨的就是教莎士比亞的老師，一學期教兩本，一學年教四本。他說自己只曉得哈姆雷特是什麼。到了美國，悲劇、喜劇、歷史劇中間的分際全都不知道。他講到第三恨就喝醉

了，後面七恨就不知道是誰了。〔笑〕

我一生教書，很誠懇地說，我絕不要做學生的十大恨，所以我告訴在中興大學教莎士比亞的老師，學生是死不了的，三種各教三本，如果可能最好教四本，就是這麼教的，不像中國老師那樣一個字一個字地念。我最反對中國人教外文系用翻譯法，譬如「鄉村的路是這麼的遙遠」，英文本身就很清楚，根本不需要你念嘛，可是很多人都這麼教，一句英文、一句中文，既浪費時間又翻譯不好。所以我反對用翻譯法教外國文學，如果用筆譯法讓學生念書則可以，因為那是斟酌過的。那樣不同的文化怎能用現代中文來講？我到現在還是很反對那種教法。

單：你覺得你所設立的中興大學外文系跟其他外文系比起來有什麼特色？

齊：學生們一般知道的很多，雖然他們未必在學術上有成就，因為後來也只有少數做學問，但至少沒有十大恨。我在臺大有個學生，在我班上上了浪漫時期文學，後來去哈佛念博士學位，選浪漫時期的課，把系裡的書單寄給我，感謝我沒讓他跟不上。那時候我其實感覺滿安慰的。我們從前的外文系老師都不講這麼多，但朱光潛老師是很少有的，他什麼都講，他真的是很規矩的老師，一點兒也不要大牌。不可以把學生當作你表演的觀眾。我教書非常規矩，他們記不記得、做不做得到，我不管，但我教的時候他們確實沒什麼好逃的。我有時候開玩笑說：「你們不都活著、沒死了？」我常常說：「你們去公墓看看，有哪一個是念書念死的？」那時候教英國文學史，我最大的希望是能教到 1960 年代、甚至 1970 年代。我自己當學生時只念到朱萊敦（John Dryden, 1631～1700），1700 年以後的英國文學我就不知道了。

……

還有，我覺得文學是有 feelings〔感覺〕的東西，所以我並不羞於把感覺加上去，但我不是 sentimental〔情緒性，多愁善感〕，不會在教室裡說「這個好美啊」、「這個好感動啊」，這是我最看不起的，可是我會教

學生知道感覺是很重要的。我教書很重視文學感覺，這也是朱光潛老師的作法。我在書裡寫道，朱老師上著上著課，眼淚一串串流，把眼鏡摘下來，然後把書闔上，拿了書就離開了教室，因為他已經不能再念下去了，全班人目瞪口呆，因為我們心目中的他很兇，但怎麼會這樣？就是因為他太動感情了。我以為我也可以這樣，可是我沒有像他那麼厲害，我不會掉眼淚，也不會叫人看出來我在流淚邊緣，但我教好的作品真的是非常投入。

……

單：你參與創立的機構，除了中興外文系外，還有比較文學學會。

齊：這是你的客氣說法，中興外文系不是我個人創立的，但我確實是持久的推手。比較文學也是大家約了一道做的。我個人其實一直有個很小的目標：把我教的學生中培養出一些真正的文學人才。因為我在中興頭十年一直跟共同科在一起，真的很受不了，共同科那些人沒有辦法談任何共同學問，因此我就一直希望有外文系，至少有本行的人可以對話。當時中興大學有文學院，底下有歷史系、中文系、圖書館系，但就是沒有外文系。所以我一直鼓吹，那時候我很年輕，在校內任何地方開會，我都會站起來說外文系的重要。

單：你是用什麼理由說服校方設立外文系的？

齊：我說我們是中部唯一的國立大學，其他都是私立大專院校，像是東海大學和靜宜英專，而且東海外文系的水準不錯。既然我們國立大學招的學生水準不錯，就應該有外文系，促成人文研究的完整，而且可以帶動讀書風氣。他們都知道我不是愛出風頭的人，不會去自我宣傳，但是提到成立外文系，我就會站起來發言。

單：你歷經三任校長才促成此事？

齊：我在中興大學 13 年，推動外文系是我教大一、大二英文的時候，中興大學的前身是省立農學院，改制為國立大學之後我就開始在推了。國立大學最早有外文系的只有臺大、師大、政大，我教書的時候中正、

中山的外文系都還不存在。

單：當時的中興外文系用了哪些教材？

齊：當時我們用了一些新東西，因為我到中興大學的時候剛從美國回來，讀了些硬書，見過一些世面，所以編的東西就滿複雜的，不是只有"Rip Van Winkle"什麼的。以前有幾篇最基本的教材，其中三篇最重要的文章就是"Rip Van Winkle"、"Seeing People Off"、"My Fellow Traveler"。"Rip Van Winkle"是我父親那一代就傳下來的，大概傳了五、六十年，中間經過抗戰，到臺灣還教這個。我編教材時好像"Rip Van Winkle"還保留過一陣子，"My Fellow Traveler"跟"Seeing People Off"就不再用了，因為實在是太久了。我看到兒子念書時居然也念這幾課，真可稱為惰性教材。

單：臺大顏元叔老師也編了《二十世紀英文讀本》，你們誰前誰後？

齊：我們因為在臺中比較不知道，我猜想差不多是同時，可是沒有彼此商量。他們比我們屬害，因為他們有一個二十來人的組織在做，我們只有兩、三個人，所以我做的那本已經不錯了，但比不上他們，他們那本涵蓋範圍較廣。你是哪一年在政大的？

單：我是民國 61 年進去的。

齊：1972 年，就是我在中興的時候。

單：我記得那時候政大的大一英文讀本也是薄薄的，藍色封皮，沒什麼內容，而且是選著教，不會全本都讀。

齊：恐怕也有"My Fellow Traveler"。

單：我沒什麼印象了，但余光中老師擔任系主任時修訂讀本，擴充了許多，內容很豐富多元，在我大二時出版。你主持中興大學外文系系務時主辦過第一屆英美教學研討會，在回憶錄中還特別提到這件事。能不能談談那個研討會對臺灣的英美文學教育的作用？

齊：主辦那個會議主要原因是我當時負責推動新成立的中興外文系，在臺中感覺很孤單。同在臺中的私立東海大學和靜宜英專各有教會支持而

自成系統。因此我就很希望能跟全臺灣同行的人聚一聚，一起談談教學的事，互相有點幫助。在臺北的學校佔了很多便宜，像是申請教職的人大都申請臺大，其實臺大用不完的可以給我們幾個。我召開這個會議滿成功的，全臺灣的外文系都來了，那時不到十所，而且真正討論了一些問題。那時候大家都滿誠懇的。在那個會裡，除了大一英文已經更新教材之外，我們中興跟臺大都同意要教一年的中國文學史。我說，我很多學生出國去讀比較文學，應該對中國文學有一個整體的學術認識才行，所以我提議將中國文學史改為必修。

單：是四年級必修嗎？

齊：中興是三年級，臺大好像是二年級，更早。那個會議最重要的是，建議將中國文學史列入必修，而英國文學史應該讀作品，不要光讀簡介，需兩年必修。

……

王：你教英文文學，有沒有特別喜歡、特別願意教學生的，或是常常教的文本？

齊：我自己比較有把握教的是浪漫時期到 20 世紀，可是有幾年也得教前面的時代，其中我最有興趣教的是 *Beowulf*（《貝奧武夫》），花了一些精神。我非常喜歡《貝奧武夫》整個格調，而且很難想像那個時代的一些東西。我記得在念書的時候，一位老師說，你能想像在那種時代的維京人（Vikings）嗎？在洞穴裡有一把常燃之火，就一把火在那兒，因為那是很粗野的時代，所以這把火是很大的象徵。當然我對鄧約翰（John Donne，1572～1631）也很有興趣，可是那時候我教英國文學前半部的機會比較少，大概只有四、五次吧，浪漫時期則教了十幾年，也不是因為我喜歡而已，而是那時候恰好就這麼分配。其實，文學史不是文學批評，不是文學欣賞，也不是專題，但是必須告訴學生時代承續與斷裂的來龍去脈、重點，還有就是閱讀文本。

單：那時候比較文學學會開始推動了嗎？

齊：我們是在 1970 年代初推動的。那時候對於中國文學的觀念很強，覺得
這是自己的本位文化，應該念好，而且外文系跟中文系也開始真正的
聯繫，最早是臺靜農老師為外文系開中國文學史的課，然後是葉慶
炳、林文月、柯慶明，多麼厲害的陣容！葉慶炳老師跟我們常常來
往，在比較文學學會的發起書上連鄭騫老師和林文月都簽了名，這真
是太難得了。

單：葉老師在《文學雜誌》的時代就已經跟外文系的夏濟安等人合作了。

齊：葉老師那時候就跟我們挺好的，我跟他同時當助教，他在中文系，同
時期的助教還有裴溥言、廖蔚卿。裴溥言後來教詩經，她先生糜文開
教印度文學，他翻譯的印度文學到現在在臺灣都還是最好的。我們那
時候對中國文學非常認真，因為我們都在比較文學系念過書，都知道
在國外你算什麼呢？人家都搞德國的、法國的、英國的，中國人在那
兒就好像看著人家在高空飛來飛去，自己卻進不去。其實你自己的東
西也滿好的，為什麼不能參與呢？所以要加強自己的中國文學的背
景，因為當時許多學生出去都念比較文學，而念比較文學多少要有真
正拿得出來的東西。……

只因「朱顏改」

王：剛剛聽你談了很多，特別是提到文學人才以及文學感情的培養，這部
分能不能請你再多說一點，或是有沒有比較清楚的例子？因為這跟現
在外文系重視理論與批評的教學方向不大一樣，很想知道那個時候你
是怎麼看待文學教育的。

齊：「朱顏改」以後，新批評（New Criticism）當道，我們對文學理論研究
得很厲害，也有些不錯的、有學問的學者，但是文學創作的熱情沒有
了。當然也有些文學運動，像劇場運動、各式各樣的，做得很多，但
其中最精髓的文學感覺卻稀薄了。在我工作那些年，差不多 1970 到
1990 年這段時期，我們所舉辦的比較文學年會和英美文學年會都是討

論理論，根據理論而做的東西，甚至主題都是由某一個理論來決定。大家談起理論來都很有學問，參考資料很豐富，英文都很靈光，但是後面缺少了什麼。像白先勇他們當初想去寫點東西，確實是因為一種感覺，他若是在 1970 年之後上臺大也許就不會寫了，因為他必須努力研究各種文學理論。文學理論也許真的妨礙了很多外文系有才華的年輕人去創作。文學理論太多，而且變成一種近乎科學式的論述，無數的理論、想法、辯論，卻沒有什麼鼓勵跑野馬的想像力和熱情的空間。像夏濟安那些人也不過就念了個大學，連博士學位也沒有，和我一樣，但是他真的有文學感覺。這種人就會告訴你，他曾經痛哭長夜的感覺。這種話你不能想像到了新批評那幾位口裡會怎麼嘲笑、諷刺，他們開會時也互相諷刺。我記得有一年顏元叔在臺北外面的某個學校開會時說，他最恨《高文爵士與綠騎士》（*Sir Gawain and the Green Knight*）這種封建的、無聊的、腐敗的、幼稚的東西，但這種東西不僅要我們去讀，還要去教。他認為艾略特（T. S. Eliot，顏譯為「歐立德」）才是文學。

當年白先勇之所以寫《臺北人》，是因為他跟著夏濟安那一批人才有那種啟發，文學感覺是這樣出來的，自信也是，共鳴也是。我坦白地說，從顏元叔他們回來以後，外文系被革新為「現代化的」外文系，可是像師生間的文學交流和文學感動沒有了，年紀輕的學生像寫《臺北人》那種東西的勇氣也沒有了，靈感給嚇跑了。開始尊崇新批評以後，我們很少有用感覺寫文章的學生，這也已經有三、四十年了。《巨流河》這本書寫得這麼晚也許與這也有關係，因為比較文學剛成立的時候新批評當道，你不能寫這種東西，會被說成簡直是哭哭啼啼的幹什麼，我自己也缺少自信。

我對現在的臺大外文系現在雖然知道得很少，但至少知道沒有多少臺大外文系的學生創作出比較美好的東西。1980 年以後臺灣的年輕作家多數是中文系出身的。

曲終人不散，江上數峰青

單：李東華的文章裡提到，陳儀想要插手臺大的人事，當時他屬意的文學院院長人選是朱光潛。你是朱老師的學生，這事知道一些嗎？

齊：我知道朱老師是想來的，因為他明知他的美學理論共產黨是不會接受的。我看過朱老師晚年倖存的一篇文章，說他老了以後，有人問他：你這一生自己最滿意的作品是什麼？他說：我最滿意的作品都是在解放以前寫的。那就是我念書的時候，因為我是他最後幾班的學生。他晚年有一封信給臺灣的朋友，是在臨死前不久寫的，這封信我非常想看，應該是很有意思的，雖然說他可能是奉命寫的。

朱老師沒跟我講，但我知道他是想來的。他沒來的原因主要是家庭牽掛，或者他不相信中共會迫害得那麼厲害。朱老師若是來了可以做些正經事。他那時候才四十七、八歲。我一直希望寫一篇紀念他的文章，但他後半生的事我知道的太少。在臺灣讀他書的有幾百萬人，60年來高中和大學一年級用他的書做輔助讀物、課外讀物。

單：我讀大學時還是戒嚴時期，所以《談美》、《談文學》、《文藝心理學》這些書或者不掛作者的名，或者用「朱孟實」這個名字。對我個人而言，在知識的啟蒙時期，《談美》和《談文學》這些自己的課外讀物發揮了相當大的作用。你覺得自己從朱老師那兒學到什麼？

齊：我今天幾乎所有對文學的興趣和看法都受他啟發。我確實相信我是個對文學有感覺的人，但那感覺也是在他的鼓勵之下才發現的，否則只能說你愛看書。朱老師給我肯定，說你這樣是可以的、是對的，要不然就好像他們講的多情或幼稚，多愁善感跟幼稚常是一樣的事。但我不知道除了多愁善感之外，還有沒有更好一點的說法，也許就是幼稚，我一輩子都被人說是 naïve〔天真〕。朱老師等於給我一個肯定：你這樣做是對的，你可以這麼想，而不會覺得你很幼稚，因為他也那麼幼稚嘛——講一篇東西就淚流滿面，書闔上就走了，因為他受不

了。這讓你覺得，原來這樣有名、有地位的人可以這樣，那我這樣也不能算太幼稚。

朱老師是桐城派的傳人，他是桐城派敲打出來的文人，不是隨便念念的，所以他的中文底子非常非常的深。他在歐洲、英國、德國一共十年，他是真念書，不是嚷嚷就走人。他教我們的時候只有那麼些課本，又是抗戰，缺乏資源，所以我們上課用的教科書都是自己抄的，上課前抄完，上課時念。他影響我們的是才情，也許他有意無意之間說了些什麼，或者所有他要說的都是那樣，他沒有別樣。

王：那些筆記還在嗎？

齊：在啊！〔取出當時的筆記本，置於桌上，筆記本上的字跡工工整整〕當時的筆記原是翠翠的淺藍，漂亮得不得了。當時不是用原子筆，而是一種可以沾墨水的筆在宿舍做功課，不能帶去教室。我上課前有時候用墨水筆先寫上，有時候用鉛筆寫，回去再拿墨水筆描，那顏色就會深一點，好有意思哦。我在美國的時候也是用手寫，不過不抄書了。我們小時候還帶一個小瓶子裝水，帶一塊墨，還有硯臺，有時候沒弄乾淨，就滿身都是黑的。這些東西真是寶貝啊，怎麼丟也沒丟掉它們，因為捨不得。

朱老師上課偶爾會用一點中文，有時候講幾句中文的詩，他最喜歡「曲終人不見，江上數峰青」這兩句。抗戰那個時代什麼都沒有，伙食很差，真的是常常感到餓，男生公費用完了就矇著頭在宿舍裡睡覺。朱老師是我的導師，所以有時會請我們到他家去喝點茶、吃點東西。

另外，我中學有位孟志蓀老師，對我影響非常大。他在我們高二、高三開了一年中文詩選、一年詞選，對我來說非常重要，我的文學認真研究是這樣開始的。鹿橋就是孟老師的學生，比我早六、七班，是南開中學畢業的。《未央歌》那種筆調很像是孟老師教出來的，包括後來的《人子》和《懺情書》，他一直在寫孟老師。我書裡有不少地方寫到

孟老師，在節骨眼上總會想到他。我寫東西很花時間，不是隨便用什麼觀念來寫，也不是只用感情。

王：你剛提到孟老師教你們很多詞選、詩選，這是中國文學的養分，可是你後來一生卻在西方文學方面耕耘。

齊：我覺得這是互補，非常有用。比方說，你讀華滋華斯（William Wordsworth, 1770～1850）的"The Solitary Reaper"〔〈孤獨的割麥女〉〕，自然會想到唐朝錢起的〈省試湘靈鼓瑟〉中「曲終人不見，江上數峰青」這兩句。〈孤獨的割麥女〉寫的那個地方我也去過，但那絕對不是中國的山水，蘇格蘭的山並不全怎麼青翠、可愛，可是那個歌聲跟最後你所留下的印象，也沒有什麼衝突。我去過蘇格蘭幾次，也研究這個觀念、想法，這兩首詩使我的印象更為深刻。

單：這也是一種比較文學，就是確確實實的文本的比較。

齊：因為我最近想寫朱老師，就去蒐集資料，看到魯迅罵朱光潛這一段。朱老師說，在我的感覺裡，「曲終人不見，江上數峰青」是一個可以獨立的境界，我不一定要知道前面、後面的故事，才能欣賞這境界。他最早認為它表現的是一種悽涼寂寞的情感。後來他以美學的角度作詳細的評介：「它對於我啟示了一種哲學的意蘊。『曲終人不見』所表現的是消逝，『江上數峰青』所表現的是永恆。」在〈答夏丏尊先生信〉（1935 年）中，朱先生說：「這種境界在中國詩裡不多見。屈原、阮籍、李白、杜甫都不免有些像金剛怒目，憤憤不平的樣子。陶潛渾身是『靜穆』，所以他偉大。」不料魯迅立即予以抨擊，他在〈「題未定」〉草（七）〉中說，朱先生對此詩的評論是尋章摘句，「割裂為美」，「是從衣裳上撕下來的一塊綉花」，加以「吹噓或附會」，把讀者弄得「迷離惝恍」。[1]魯迅認為論文要顧及作者全人，以及他所處的社會狀態，要不然是很容易近乎說夢的。魯迅罵了以後，沒有人敢說魯

---

[1]轉引自商金林，〈魯迅對朱光潛的抨擊〉，《朱光潛與中國現代文學》（合肥：安徽教育出版社，1995 年 12 月），頁 176～177。

迅不對，朱老師也沒有立即回罵。魯迅罵他對陶淵明的批評都是不知民間疾苦；朱先生說，我不是每件事都考慮到階級問題或社會問題。當時朱老師已經很有名，不需要靠打筆仗出名，但是後來三反、五反以及文革時，他吃苦受辱，加上魯迅說過他這些，於是罪證就更確定了。政治介入文學可以如此可怕。

文學與人生

王：談到這裡，請問你怎麼看待文學跟社會的關係？

齊：不論什麼場合，我總希望人要有一點文學情懷，無論是選舉甚至是任何事情，在平常生活中要多一點文學情懷，對人要慈悲一點，說話要厚道一點，這樣對社會是好的。文學情懷並不是歌功頌德，只說美好，「曲終人不見，江上數峰青」的清明境界引人深思。文學不是花言巧語。陳水扁選舉時有一個口號，「有夢最美，希望相隨」。很多當初投他票的人，相信了這個話，但是後來弄明白了這是文宣。我要求的是說誠懇的話：你真這麼想，就這麼說；如果不這麼想，就不要這麼說。文學對於人生是什麼？就是讓你做一個更慈悲、更深思、可以看懂真相的人。至少這是我的希望。

……

原刊於《英美文學評論》第 22 期，2013 年 6 月

——選自單德興《卻顧所來徑》

臺北：允晨文化公司，2014 年 11 月

翻譯面面觀
齊邦媛訪談錄（節錄）

◎單德興

時間：2011 年 6 月 20 日
地點：桃園龜山長庚養生文化村

與翻譯結緣

單德興（以下簡稱「單」）：你畢生與翻譯結緣，先後扮演過不同角色，從早年的純讀者與學生，到後來擔任口譯，講授翻譯，又多年扮演譯者、編者、學者的角色，現在你的回憶錄《巨流河》被譯成日、英等重要外語，所以又成為被譯者。因此，你與翻譯的關係可謂既長、又深且廣，先後扮演了多重角色，經驗豐富而且特殊。能不能請你談談最早是如何與翻譯結緣的？

齊邦媛（以下簡稱「齊」）：為了準備你的訪問，我仔細一想，其實我百分之五十以上的文學教育是從翻譯來的，因為我從十歲左右就開始讀林琴南的翻譯。林琴南的翻譯真是很特別，他的古文非常好，所選的西方材料也都是重點。

單：像是哪些翻譯？

齊：像是《巴黎茶花女遺事》，他選的許多都是很羅曼蒂克的故事。我那時年紀小，也不知道別的，就是很喜歡看他的中文——他的中文真是好，是很古典的古文，對我的中文有些幫助。從十歲到現在，已經七十多年了，我想翻譯小說對我影響最大。最早讀的還有《簡愛》、《小婦人》等，上中學以後，又迷上黎烈文翻譯的《冰島漁夫》。

《冰島漁夫》對我的影響真的很大，不單單是文字，還有許多的境界和構思。

《冰島漁夫》的故事取材自法國布列塔尼北部地區的漁村，那對我們中國人來說真的是天涯海角，小說中的境界，有關海洋的描寫，都是我們在中國大陸不可能想像的事。所以這樣的文學帶著真正活的東西進來。它裡面講的女孩和男孩的愛情，是發乎情、止乎禮，並不像現代的西方小說那樣馬上就跳入性的方面，而是用情維繫，所以當時的中國讀者都能接受。我當時年紀小，才十幾歲，一點都沒有感覺受不了。《冰島漁夫》對我影響很大，而且那個敘述的調子，在我們當年來講是非常棒的，尤其那個男生跳舞的時候，英挺得像一棵橡樹（oak tree），所以我每次看到橡樹就會想：「人長得這樣，多漂亮！」我當年的感受真的是很強烈。

……

單：這些是文學翻譯。令尊齊世英先生當時主編的《時與潮》雜誌裡也有不少其他類型的翻譯。

齊：《時與潮》中有關時事和思想的翻譯，大大拓展了我的視野。我父親後來還辦了一份《時與潮文藝》，內容很精采，主編和編者都是重慶中央大學外文系的教授，他們對全國有很強的號召力，從沙坪壩一直到全四川，還有其他地區，當然包括了西南聯大。我在《巨流河》中說到，他們的陣容實在很強，因此當時我所讀的文學層次滿高的。我父親編《時與潮文藝》的時候，家裡離辦公室只有 100 公尺，所以我常走一走就去看人家熱鬧，什麼都看。我當時年紀小，他們都對我很好，給我看一些西方文化及文學的文章。[1]

---

[1]《巨流河》中提到《時與潮》早期招募的人員有劉聖斌、鄧蓮溪，到了四川沙坪壩之後，「聘請中央大學教授賈午（立南）先生為總編輯，編譯人員大多數由中大、重慶大學的教授兼任。四、五年後又公開招聘了許多寫好手，其中最年輕的編輯如吳奚真、何欣、汪彝定等」。參閱《巨流河》（臺北：天下遠見出版公司，2009 年 7 月），頁 133。來臺後，吳奚真任教於國立臺灣師範大學英語系，何欣任教於國立政治大學西洋語文學系，汪彝定曾擔任國貿局局長及經濟部政務次長。

……

單：你的大學老師，像朱光潛、吳宓，有沒有直接在翻譯上影響到你？或者說，他們給你的訓練在這方面有沒有影響？

齊：就是整個程度的提高，你覺得需要先自我要求，估量一下自己的程度會不會叫老師生氣。一是悟，二是背誦。有個同學每次都叫朱先生生氣，有次他就氣到把書丟到地上說：「我教你做什麼？」我們就很怕叫老師說這句話。

……

任職故宮與為外賓口譯

單：你來到臺灣之後，有段時間住在臺中，兼任當時位於霧峰的故宮博物院的英文祕書，並且幫忙做些翻譯。

齊：對，那倒是專業的挑戰，因為故宮有很多的器物名稱古意很難了解，更別說翻譯了，所以要先做功課。我對那些專業名詞做了一段時間的研究，把個別的名字列個清單，其他就沒有什麼問題了。那些器物的名字有時會造成一些困擾，因為古物的分類很複雜，而我對古物的了解還差得遠。當時我最主要的工作就是和各博物館聯絡，還有就是和來訪的藝術家及貴賓聯絡。雖然是由我翻譯有關器物的文字，但權威的定稿還是仰賴藝術史的大師。當時的外交部長葉公超中英文俱佳，藝術造詣也很高，經常接待外國貴賓，但即使是他遇到特別的名詞也得問故宮的人，因為涉及專業要很小心，弄錯了是會鬧笑話的。

單：我記得《巨流河》中提到葉公超陪伊朗國王巴勒維（Mohammad Rezā Pahlavī, 1919～1980）到故宮參觀。

齊：我最有興趣的就是巴勒維，因為當時他是真正的國王，而且和中國一樣稱為「皇帝」（"Emperor"），不稱 "King"，他太太就稱 "Empress"。他長得高大、英俊，非常有禮貌，跟我說話時非常尊重女性，真是溫文儒雅的君子。我沒有想到一個皇帝會是那個樣子，和中

國人心目中的皇帝很不一樣。

單：所以口譯方面就是事先做功課⋯⋯

齊：是的，因為你應該早就對兩個語言沒有太大的困難，而做功課最要緊的就是特別的名詞。

單：諾貝爾經濟學獎得主海耶克（Friedrich A. Hayek, 1899～1992）1965 年來臺灣演講時，也是由你擔任現場翻譯。

齊：對。海耶克演講時，他提到的那些經濟學名詞我真是不懂，也沒給我稿子，所以我滿緊張的。不過他有時候會寫黑板，我就放鬆一點，可以按照他寫的來翻，大致沒有太大的錯，因為懂的人就懂，不懂的人就算了。當時沒有人用"Closed Society"和"Open Society"這些詞，大概連聽都沒聽過，所以我就按照字面上翻成「封閉的社會」和「開放的社會」，後來發現也沒什麼錯。

單：一直到現在大家還是沿用你對這兩個名詞的中譯。除了這些之外，其他還有什麼口譯經驗嗎？

齊：口譯當然隨時在幫人家做，都是義務的，尤其是遇到比較特別的外賓時。我這一輩子都是義工。

單：既是「道義」的「義」，也是「翻譯」的「譯」？

齊：對，任何時候都是義務的翻譯。夠水準的，我就義務幫忙。

單：你覺得口譯的特色何在？

齊：做口譯的人頭腦要清楚，思路必須相當能集中。我這一生最受用的就是工作時可以思想集中、頭腦清楚，到老年依然如此。

單：口譯還牽涉到記憶或速記。

齊：我的記憶力很好。我想是因為我身體先天不足，清心寡欲，所以記憶力好。我相信創造者先給我一個頭腦，再來造我的身體，所以我的頭腦是完整的。我的一生有很多困難，就是頭腦沒有困難。社會上的世故、人情我都看得懂，但問題是我身為女性的角色，以及自己的家庭教育，所以我不放言狂論，知道多少就說多少，甚至於知道多少不一

定說多少。我看別人放言狂論的時候，總覺得很難尊重。

單：你做口譯時是完全靠記憶。

齊：我能懂多少就講多少，絕不會減少或增加別人的話，其實大部分我都懂，只是不一定都能表達得很完整。一直到今天，我都還發現在兩個語言之間有很多東西是不能跨越的，是找不到對等的。

翻譯教學

單：你剛剛根據自己就讀大學的經驗，提到翻譯其實很難教，但後來你也在大學裡面教翻譯。能不能說說你是怎麼教的？

齊：我翻譯教得好，是因為我出力氣。我怎麼出力氣的呢？我班上至少 20 個學生，我每個星期叫他們做一段中翻英，一段英翻中，這 20 份作業我一定認真改，當然我並不是有個絕對的標準，但至少看得出錯誤，或者知道可以翻得更妥當。翻譯都是一年的課程，我至少要他們翻譯二、三十段，學生翻完之後，我都會批改、講解、討論。我不提個別學生的名字，只是指出有這種譯法、那種譯法，為什麼很多同學會有這種譯文。在批改學生的翻譯時我會做筆記，所以這堂課講上個星期大家翻譯的特點，下一堂課就讓他們親自翻譯，再下一個星期再講、再譯……就這麼個教法，都有仔細的交代，並不是隨便說說，所以學生們印象深刻，這對他們很有用。據我了解，他們對我的翻譯課滿有興趣的。比如說，早年東海的鍾玲，後來臺大的馮品佳、鄭秀瑕，都是我翻譯班上的學生，到現在還一直跟我有聯絡。

……

於國立編譯館推動翻譯

單：1972 年你到國立編譯館擔任編纂，而且兼任人文社會組主任。在那個職位上是可以實際推動一些翻譯計畫的，而你也確實推動了一系列英譯和中譯的計畫。就英譯來說，就是兩冊的《中國現代文學選集》，厚

達一千多頁，1975 年由美國西雅圖的華盛頓大學出版社（Washington University Press）出版。

齊：我當時年輕氣盛，看不上小東西。在中譯方面，我記得自己最安心的就是請侯健翻譯《柏拉圖的理想國》（*The Republic*）（聯經出版公司，1980 年）。他在譯序裡說，中國人翻柏拉圖的作品真的太少了。我雖然不知道原文如何，至少他的中譯是正正經經的好中文。還有張平男翻譯奧爾巴哈的《模擬：西洋文學中現實的呈現》（Erich Auerbach, *Mimesis: The Representation of Reality in Western Literature*）（幼獅文化公司，1980 年）。這些當初都是一個理想，但逐步實現。我那時候還有「現代化叢書」計畫，譯者全是中研院院士，也都是很棒、很認真的譯者，不是說說就算了，還一起正式開過會，選書的水準都很高。那時候我覺得選書很重要，而楊國樞幫忙最多。那時候有所謂的「三楊」：「老楊」是楊懋春，社會學家；「中楊」是楊國樞，心理學家；「小楊」是楊孝濚，社會學家。三人都大力幫忙。

單：你也推動馬克吐溫（Mark Twain，本名 Samuel Langhorne Clemens，1835～1910）的小說翻譯。

齊：馬克吐溫的翻譯是我最大的一個英翻中計畫，拿出去的書一共六本，交稿的有四本，也算不錯了，可是當時的國立編譯館實在不像樣，用一種很陳舊的拍賣方式，誰要價低就給誰，結果這四本書給了四家不同的出版社，也沒有人注意，其他甚至於有沒發行的，這是公家辦事最差的地方。國立編譯館是個衙門，怎麼說都不聽。我告訴他們，這四本譯書是叢書，需要放在同一家書店，而國立編譯館也不是為了營利，因此要一起招標。但他們還是不聽，說沒有什麼必要一起標。

這四本書中有蕭廉任翻譯的《古國幻遊記》（*A Connecticut Yankee in King Arthur's Court*, 1889）、丁貞婉翻譯的《密西西比河上的歲月》（*Life on the Mississippi*, 1883）、林耀福翻譯的《浪跡西陲》（*Roughing It*, 1872）、翁廷樞翻譯的《乞丐王子》（*The Prince and the Pauper*,

1881），都翻得很棒。但後來是怎麼出版的，我都不記得了，只不過一個好好的翻譯計畫變成這副模樣，讓我非常生氣。我稱那套書為「馬克吐溫孤兒」，可惜了譯者當年的工夫。[2]

單：我們談談中譯英這一部分，你原先推動中譯英計畫的動機是什麼？

齊：動機最初是教育部希望國立編譯館能為國家做一點正經的文學的推廣。臺灣在那個時代是華人地區最自由的，也就是所謂的「自由中國」。那時候我們雖然在臺灣，但覺得臺灣就是中國，有很好的文學作品，應該好好推廣，要讓外國人知道我們不是只在這裡逃難。所以國立編譯館館長王天民是用這個理由把我〔從中興大學〕邀約來的，他說，這是你一直想做的，做這個我們可以對國家有所交代與貢獻。……

單：《中國現代文學選集》由你主編，翻譯團隊的成員有外籍的李達三（John J. Deeney）……

齊：……因為他是最早加入團隊的。

單：還有何欣、吳奚真、余光中。

齊：何欣是臺灣最早翻譯西書的譯者，很可能是做得最多的人，任教於政大。吳奚真任教於師大，學生很受他的影響，他教的是小說，但最主要是做翻譯，而且做得好，他一直到退休那一年還翻譯、出版了哈代的《嘉德橋市長》（*The Mayor of Casterbridge*, 1886）（大地出版社，1989 年）。其實，吳奚真是真正一輩子做翻譯的，大學畢業就到《時與潮》做翻譯，非常認真，是《時與潮》的重要譯者。人不聲不響，什麼事都悶著頭幹，不言不笑，沉靜得不得了。這些人都是自己悶頭幹。

單：詩方面由余光中負責。

---

[2] 四本書出版資料如下：《乞丐王子》（臺北：黎明文化公司，1978 年）、《古國幻遊記》（臺北：黎明文化公司，1978 年）、《密西西比河上的歲月》（臺北：國立編譯館，1980 年）、《浪跡西陲》（臺北：國立編譯館，1989 年）。

齊：余光中那時已經出了不少東西。而且這些人都在學校裡教書，這樣就
　好辦一點。

單：我記得你在《巨流河》中提到你們是如何進行的。

齊：我們做得很認真，每個星期二下午聚會一次，先定下了詩、散文、小
　說三大領域，然後選作品、選譯者，譯稿回來之後大家討論，一個字
　一個字地磨，我們那時候可真是花時間。我一直到搬來這裡〔長庚養
　生文化村〕之前還保留著一大包當初修改的東西。
　……

單：那個翻譯計畫的內容包括詩、散文、短篇小說，入選的都是當時臺灣
　具有代表性的作家。你會譯介臺灣文學當然跟你在美國印第安納大學
　的經驗有關，因為你出國進修時，在他們的圖書館裡找不到臺灣文學
　的翻譯。等到這些作品英譯出來之後，在國際合作方面，你們是怎麼
　找到華盛頓大學出版社的？

齊：譯稿出來之後，我發信到國外各個重要的大學出版社，因為大學出版
　社最可靠。我自己不太懂商業的東西，而且那時候也沒有經紀人制
　度。最早回音的是普林斯頓大學出版社和出版教科書的麥格羅─希爾
　國際出版公司（McGraw-Hill Education），這兩家都有興趣，但是普
　林斯頓大學出版社要求我們把三冊精簡成一冊，麥格羅‧希爾也希望
　把三冊精簡成兩冊。後來我們出版時就是兩冊，可是全都塞到一冊就
　沒辦法同意了。其實，有意願的國外大學出版社很多，其中華盛頓大
　學出版社願意照原樣出版，而且它的發行量很大，通路也很廣，甚至
　發行到歐洲。我到德國時知道他們在歐洲也發行得不錯。
　我們那時找到華盛頓大學出版社，覺得很高興。難得的是，那個出版
　社很誠懇，讓人感覺不是你有求於他們，而是他們全心合作。那個負
　責人一直很誠懇，還跟我通了多年的賀年卡，直到二、三十年後，我
　向人家問起他，才得知他已經不在了。那時候因為與華盛頓大學出版
　社合作，所以在國際上就站穩了。這很重要，因為當時國外不清楚臺

灣的情況，以為只不過是個小島。其實，雖然國民黨逃難到這裡，但我們當初出版的東西有高水準，到現在都還可以拿給別人看。

單：那也和你到加州舊金山州立大學（San Francisco State University of California）教書有關？

齊：有關係，他們是看到這本書才請我的。

單：那是 1982 年。

齊：是的。1985 年德國柏林自由大學聘我擔任客座教授也是這緣故。後來國際上知道我主要是因為這本書，西方的大學把這本文選當成文學教科書，因為他們講到 20 世紀的中國時就無以為繼了。書名之所以用「中國」的原因就是，當時不可以用臺灣作為一個獨立的區域（region）來想，沒有想到本土、臺獨，因為那時候中華民國蔣總統在那兒，自認延續了中國的正統，很強烈反對臺獨。那是 1970 年代的事，我出書的官方年分是 1975 年，實際上 1974 年就出版了。

與《中華民國筆會季刊》的因緣

單：編譯和出版那本書是 1970 年代前半，跟《中華民國筆會季刊》（*The Taipei Chinese PEN*）大約同時，那兩冊英譯文選算是官方支持的，而筆會季刊則是民間的英文期刊。

齊：筆會季刊於 1972 年秋季創刊，比我們出版那本英譯文選早兩、三年，可是從第三期起，有很多都是我免費提供的資料，因為我這裡資料太多了，放不下，就給了季刊，都是已經翻譯好了的稿子。

單：所以雙方打一開始關係就很密切。

齊：彼此也談不上什麼公共關係，筆會就是殷張蘭熙（Nancy Chang Ing）一個人，對內對外都是她一手包辦。我們提供譯稿，她也很高興，所以筆會季刊很早就有本土作家的作品，像第四期就開始登鐘肇政的作品，那些幾乎都是我給她的。如果說《中華民國筆會季刊》受到我的影響，那是因為我編這套書的緣故。那時筆會會長林語堂自己還寫

稿。我和殷張蘭熙合作的熱絡情況，那真是沒話說。像 1997 年出版的
筆會季刊索引也是我自己奮鬥做出來的，我親自校對每一個字。

……

單：你後來在 1992 年擔任筆會季刊主編。

齊：對，其實在那之前已經幫他們很多年了，只不過正式負責是從 1992 年
開始，因為殷張蘭熙的健康出現狀況，我就義不容辭挑起重擔。筆會
季刊整個的存在就是靠一、兩個人，從前是靠殷張蘭熙，後來是靠
我。我之後是彭鏡禧、張惠娟、高天恩、梁欣榮，就是這麼一、兩個
人在那裡撐下去。

……

單：你作為主編，跟這些譯者互動的細節如何？能不能稍微說明一篇稿子
從開始到完成的過程？

齊：第一是選稿，由主編選。然後就看這篇作品跟哪位譯者的性格接近，
還有就是每個人的時間安排，忙碌的程度如何？那時候還有其他幾
位，陶忘機（John Balcom）從 1983 年就開始幫筆會譯詩，還有他的
太太黃瑛姿，他們兩個人幫我們翻譯了不少。最早殷張蘭熙找的還有
葛浩文（Howard Goldblatt），後來我還找過翻譯《紅樓夢》的閔福德
（John Minford），他忙了幾天，把那首詩翻得很棒，我們快樂得不得
了。

單：譯稿回來之後呢？

齊：我們一定有個審稿者（reader），我們認真地找審稿者，而審稿者也是
滿仔細的。

單：因為審稿者必須中英對照一字一句地看。審稿者如果有意見回來，你
再……

齊：我決定改或不改。

單：稿子的修訂意見會送到原譯者那邊嗎？

齊：有的會，有的原譯者還要吵——很好，很認真。

單：整個過程就是切磋琢磨。

齊：大家都非常認真。那時候的審稿者有鄭秀瑕、梁欣榮、高天恩、彭鏡禧，大家的關係就是這麼開始的。宋美璍也有，她曾經幫我做過四、五年的副總編。

……

後續的臺灣文學英譯

單：剛剛提到《中國現代文學選集》受到篇幅限制，你在那本書的序言也提到因為篇幅之限而無法納入長篇小說這個遺憾。1997 年起，你和王德威合作「臺灣現代華語文學」系列，由哥倫比亞大學出版社出版，彌補了這個多年的遺憾。

齊：對，那個時候環境也就複雜多了。我們最早做的《中國現代文學選集》沒有人質疑，到後來再用「中國」就有人不高興了。

單：這個系列總共出了 30 本？

齊：30 本之外還繼續在做，製作得很好、很用心、很精美。那個系列選書的標準就是選在臺灣確實有價值的作品，即使外國人不一定立即就能欣賞，比如說李喬的《寒夜》（Li Qiao, *Wintry Night*, 2001），甚至蕭麗紅的《千江有水千江月》（Hsiao Li-hung, *A Thousand Moons on a Thousand Rivers*, 2000），洋人都不太懂。《寒夜》是我爭取得最激烈的，因為我覺得它對臺灣很重要，呈現了基本的客家開拓史。描寫早期的臺灣客家人如何從平地到深山開墾的過程，一塊土、一塊土，一個石頭、一個石頭挖出來，呈現三代的命運及人生態度。

單：你花了很多工夫把李喬的《寒夜三部曲》濃縮成一冊。

齊：對，我花了很多的心血把它變成一冊的《大地之母》，再根據這個版本來英譯，終能出版。有些外國人覺得這本書沉悶，可是我覺得它非常有傳世價值。後來還出版了日文譯本。

單：有些外國人對於《千江有水千江月》中感情的描述覺得難以理解，但

這本書讓我聯想到你先前提到小時候讀到的文學翻譯中對於情的描述。

齊：有一點關係，就是像《葛萊齊拉》那樣。你看過《千江有水千江月》的英文本嗎？

單：我手邊有一本。

齊：我覺得那是哥倫比亞大學出版社最賣力氣的一本書，花了很多的藝術成本。他們把封面寄給我的時候，我人在美國我兒子那裡，看了以後興奮得不得了。

單：《千江有水千江月》的名字來自中國禪宗。

齊：出版社最初很難接受這個名字。書的封面是西方人想出來的，中國人很難想像西方人竟能設計出這麼有深意的封面。其實這套書最有名的是鄭清文的《三腳馬》（Cheng Ch'ing-wen, *Three-Legged Horse*, 1998），還得了著名的美國桐山環太平洋書獎（Kiriyama Pacific Rim Book Prize）。今年初引發辯論的平路（Ping Lu）的《行道天涯》，英文版改名為 *Love and Revolution: A Novel about Song Qingling and Sun Yat-Sen*（《愛與革命》，2006 年），據說賣得還不錯。還有一本是《最後的黃埔》（*The Last of the Whampoa Breed*, 2003），聽說賣得也不錯，這本書其實是先出英文本，後出中文本〔麥田出版社，2004 年〕。外國出版社最初不太懂，是我和王德威爭取很久的，等到他們了解這本書的內容之後，就很熱烈地接受。這本書是我和王德威覺得很重要的。其實我很早就留意眷村文學，而且大力推廣，1990 年我到科羅拉多參加葛浩文召開的會議時，我的論文就是〈眷村文學與最後的離散〉，[3] 我在這方面已經做了 20 年了。《最後的黃埔》封面是由美國人設計的，讓人很驚訝，在美國生長的人竟能做出這樣的封面，做得真是好，你很難想到更好的封面，我非常感動。這本書和《千江

---

[3] 後來改寫為〈眷村文學：鄉愁的繼承與捨棄〉，連載於 1991 年 10 月 25 至 27 日《聯合報‧副刊》，25 版，收入《霧漸漸散的時候》（臺北：九歌出版社，1998 年 10 月），頁 153～187。

有水千江月》的封面設計都讓我很感動,不是像一般人所想的大學叢書那麼死板。

單:除了翻譯臺灣文學作品之外,你和王德威也合編了《二十世紀後半葉的中文文學》(*Chinese Literature in the Second Half of a Modern Century*)論文集,2000 年由印第安納大學出版社出版。

齊:夏志清的《中國現代小說史》(*A History of Modern Chinese Fiction, 1917～1957, 1961*)寫的是 20 世紀前半世紀,那本書在學術上的風評頗佳,發揮了很大的影響力,所以出版社要求我們做後半世紀,因此書名加上"The Second Half of a Modern Century"。

單:還有一本比較特別的就是《中英對照讀臺灣小說》(*Taiwan Literature in Chinese and English*〔天下遠見出版公司,1999 年〕),因為你所做的都是中譯本或英譯本,但這本書是中英對照本,讀者可以兩邊對照著看。

齊:那本書也是一個啟發。先前筆會季刊到誠品擺了 20 本,賣了一年還沒賣完,後來誠品的廖美立跟我說,如果出中英對照本,可能讀者會有興趣。的確如此。《中英對照讀臺灣小說》已經賣了十幾版了,到現在還在流通。
　……

成為被譯者

單:你的回憶錄《巨流河》出版後,不僅在海峽兩岸大受歡迎,也引起其他國家的矚目。日譯本這個月就要出版了,你剛剛還拿日譯本的封面給我們看,而英譯本也在進行中。你以往都是譯者或編者,幫別人翻譯、編輯,為他人作嫁。現在自己成為被譯者,應當更能體會作者的感受,比如說,作者對譯者的期望。從被譯者的角度來看,你會如何期待你的譯者?

齊:我對日譯本沒有特別的期待,因為我完全不懂日文,所以不敢置評,

但是我會很想知道日本人對這本書的反應，因為書中有不少對於日本人的描述。至於英譯本，我希望能夠生動得讓人愛看，因為我了解英文讀者，知道他們的興趣。中文本很明顯讓人看得下去——我講的是文字。翻譯最大的問題就是會「僵化」，那是很大的困擾，如果譯者知道原作者懂得譯文，會更緊張，更容易僵化。好的翻譯是非常非常自然的，這本書的英譯者陶忘機主要是譯詩的，應該是沒有問題，他已經譯了一章，並準備了全書大綱，還給了我一份。但是後來因為不確定有沒有出版者，他就停下來等，英譯本現在卡在那裡。……

臺灣當前的翻譯

單：先前談的主要的是你的經驗，尤其是一些特定的翻譯計畫和作品，接下來我們談談一般的翻譯。我們先前談到翻譯的動機時，提到你在文章中曾明確表達了「書生報國」的抱負，這也是滿典型的知識分子的想法。

齊：對，最早我們編《中國現代文學選集》純粹是書生報國，就是覺得要做出去給臺灣爭一口氣。雖然在臺灣沒什麼人宣傳，也沒有多少人知道，可是至少那 20 年在西方這是有關臺灣文學很重要的一本書。

單：你認為臺灣當前的翻譯如何？

齊：有些書翻譯得真的很好，可是許多的翻譯並不怎麼樣。現在的問題是，出版社專找熱鬧的書翻。有時候一本書可能好看，但是這本書來自何方？背景如何？整體的脈絡都沒有交代，也不知道怎麼回事，突然就出了一本書。

單：也就是說，在你心目中，翻譯應該不只涉及文本，還涉及文化、脈絡等等的引介。有人把翻譯比喻為「來生」（afterlife），也就是原作經過翻譯之後，就像是在另一個文化脈絡裡擁有了新生命。

齊：現在的翻譯沒有文化脈絡，書商花很多錢去爭取版權，只是因為熱鬧。不說像《哈利‧波特》（*Harry Potter*）那樣的暢銷書，就是普通

街上賣的那些中文翻譯小說，很多是什麼國家、什麼地區都沒有交代。我覺得翻譯一本書需要告訴讀者這本書講的是世界上哪個地方，為什麼有這些特色，讓讀者能有更進一步的了解。因為臺灣很小，我總覺得應該有一張世界地圖攤在讀者面前，擴大他們的眼界。

比如說，最近最有名的就是胡賽尼的《追風箏的孩子》（Khaled Hosseini, *The Kite Runner*），那本書其實非常感動人，是不得了的一本書，可是我們國家的人對那本書的背景知道的很少，只曉得是中東地區、伊斯蘭世界。其實這本書背後存在著很大的問題，就是種族之間嚴重的誤解和劇烈的殺伐。若是所有的脈絡都沒有交代，比方說，這本書從哪裡來？那個地方的人有多少年的種族仇恨？當時伊斯蘭教的背景如何？……我覺得就像今天哪裡有好吃的就吃，別的都不去了解。《編譯論叢》這類期刊就應該有一個基本的專欄，介紹現在出了哪些新的譯書，來自何方，甚至應該主動研究這個譯本代表的是世界的哪一塊，然後我們就像看世界地圖一樣，在上面查這是在哪裡。讀者原先閱讀一本譯作時，可能不覺得為什麼好看，但那本書之所以重要，是因為後面有一股很強烈的文化或政治力量，這股力量你說明了，讀者也就會更有興趣。

……

單：你在翻譯這一行這麼久，心目中的好譯者或好翻譯的標準如何？

齊：我想，好譯者的譯入語一定要熟練、要好，不是普通的好，而是非常的好。翻譯文學書的譯者必須是真正愛文學的人，不只是愛語言，而且要愛文學，那個味道才對。我認為英翻中做得最好的其中一個就是李永平，他真是寶，是很好的中文譯者，凡是他譯的書都好看，選書也很厲害。他的譯入語真好，因為他本身也是創作者，所以具有非常誠懇的文學感情。我每次發現有書是他翻的，就會拿來看一下，覺得他翻的就是好。

……

單：翻譯就是透過翻譯來豐富自己的文化，這跟你先前提到翻譯的動機——
　　書生報國……

齊：是的，書生報國，最後這些文化資產就化為中文，是對中文的豐富
　　（enrichment）。我相信林文月翻譯的《源氏物語》對中文也有豐富的
　　作用。做翻譯不能只是看熱鬧，很多人光看熱鬧。我跟很多人提《格
　　理弗遊記》，有個很重要的人跟我講是「小人國」，我說不對，這部
　　書不只是小人國，後面還有很重要的。我現在還在努力宣揚這部書的
　　重要性。我覺得重要的事就要做，至少我自己不是飄飄的。

單：是的，我們需要一些穩重、踏實的，能夠沉澱、累積的東西。

齊：你知道臺灣話的「鬼」叫「阿飄」嗎？現在小孩都這樣講。我這兩天
　　在研究這個道理——我們總不能只是做一些輕飄飄的工作，對不對？

原刊於《編譯論叢》第 5 卷第 1 期，2012 年 3 月

——選自單德興《卻顧所來徑》
臺北：允晨文化公司，2014 年 11 月

「巨流河和啞口海，存在於我生命的兩端」*

◎李菁**

無處安放的鄉愁

三聯生活週刊：（以下簡稱「聯」）寫這本書的想法，是從什麼時候在你心中「生長」的？父親生前是否鼓勵你寫一本家族史？在寫作此書的過程中，你內心都經歷了什麼樣的情感體驗？

齊邦媛：（以下簡稱「齊」）我自 1947 年到臺灣後，用了 60 年的時間想念那留在大陸的 23 年青春。這漫長的 60 年間，有激盪，有平淡，也有似乎遺忘的階段，但是那歷史凍結的短短的上半生卻橫亙在我心靈深處，從未消退。

1949 年大斷裂之後，我有足夠的閱歷，讀了許多詮釋 20 世紀世界史的書。自信也可以很冷靜客觀地評估自己成長歲月中的人與事。對於當年那樣真誠獻身的人，有超越個人關係的尊敬與懷念。

聯：東北在中國近百年來的命運也令人感慨。到你這一代，鐵嶺只是「紙上的故鄉」，精神上的故鄉永遠遺失了嗎？你的鄉愁，是否成了無處安放的鄉愁？

齊：「鄉愁」二字實在說不盡我們近百年漂流的境況。我父母有生之年若回東北，面臨的只有死亡。政治力量之暴虐，無須我在此多說，讀者都

---

* 編按：本文為齊邦媛於 2011 年以書面答覆《三聯生活週刊》的訪問紀錄。
** 發表文章時為《三聯生活週刊》主編助理，現為《三聯生活週刊》副主編。

能了解。用「鄉愁」或「惆悵」來形容我們一生鋪天蓋地的鄉思，實在是太溫和了。我父親前半生堅定地相信，勉勵別人也勉勵自己，無論面臨什麼困難的局面，「有中國就有我！」中國是一直存在的，以各種方式存在著，而他們那一批人，拋完了頭顱，灑盡了熱血，連容身之地都沒有了。他的後人連故居在哪裡都不知道。我們幸運地在臺灣度過平安自由的後半生，到淡水山上給父母上墳的時候，面對太平洋，右前方是東北方，他生前說埋在這裡很好。埋在哪裡其實並不重要，生者有時會想，像他們那樣傻乎乎的理想主義者，死後若有靈魂，必也仍在往東北癡癡地眺望著吧。

《巨流河》出版之後，我收到了數百封貼了郵票的信（因為我不用電腦），有幾位已九十多歲，走過那個時代，知道我父親那樣的人，他們會老淚縱橫地讀當年事，那是多麼令人懷念的，有骨氣，有共同目標的時代！像我父親那樣的充滿正氣的人已經不再有了。因為世界不一樣了。

「寂寞身後事」

聯：《巨流河》這本書裡，最令人唏噓的就是張大飛的故事（注：1945年，張大飛自陝西安康出擊河南信陽日本空軍，與敵驅逐機遭遇，在空戰中中彈陣亡）。目前你在大陸已有很多讀者，因此書影響，他們繼續追尋張大飛的故事，這種「熱」是你期望看到的結果嗎？

齊：你這個問題也許代表了現在年輕人對感情的態度吧？你我之間這六、七十年的代溝在此似乎很深。因此我回答很慢，很難跨越這現實層面的種種距離。我曾試過一些答案，都不能令自己滿意，也無法令你們這一代完全了解，如同上世紀四○年代由四川到雲南一樣，需要多少的跋涉！

多日的思量、嘗試之後，我終於明白，《巨流河》中寫張大飛的故事，是我紀念他唯一的方式。一個 12 歲、瘦骨嶙峋的病弱女孩，遇到一位

滿心創傷的 18 歲無家男孩，他在寒風中曾由山上牽她下山脫困，在 19 歲投身戰鬥前，贈她滿載信、望、愛的《聖經》，祝福她「可愛的前途光明！」——在那個烽火遍地奔跑求生的年月，誰會夢想「可愛的前途」？我漫長的一生時時感到他的祝福，努力令他靈魂欣慰。

八年抗戰全部的歷程中，我們不停歇地寫信，兩個在戰火中摸索成長的心靈，一個找到了戰鬥救國的槍座，一個找到了文學的航路。——那些信，哪怕我只留住一封，也必能勝過我今日的千言萬語。

我在書中用他的名字並不是他的原名。1932 年他 14 歲，父親被日本人澆油漆酷刑燒死，他離家逃亡時，把父母取的吉祥名字「張迺昌」改為「張大非」。19 歲時考上空軍，改名張大飛。他的一生木訥寡言，他篤信基督教，對人生有更深一層的思考，讀者何不多追尋他為國獻身的誠心和他那個時代愛國的真摯？何不多去研究當年「飛虎隊」以少擊多的精湛戰術，救了多少黎民百姓？他 26 歲的生命如流螢，卻有難忘的價值，我很為他高興，在他為國捐軀之前享受了短暫的家庭溫暖。「寂寞身後事」又何必追尋。我們祝他安息吧！也請《巨流河》的知音留給我文學上的寧靜。少年時代的鍾情，隔了半世紀，應已潭深無波（Still water runs deep）。

文學情懷走人間

聯：書中更令人迷戀的是戰火紛飛時代的讀書歲月，文學在彼時的屢弱，卻在此時證明了它恆久的生命力，呼喚了人性的美好與純真，在那個時代，文學在你的生命裡扮演了什麼樣的角色？

齊：影響我最多中學老師孟志蓀、大學老師朱光潛，將一生一切美好的、悲切的、含蓄寧靜的文學情懷傳授給我，開啟了我年輕的雙眼，使我一生走在人間，學會觀察、了解，永不目盲。

聯：在那時的政治洪流裡，你成了「連鴕鳥埋頭的沙坑都找不到」的孤獨

的讀書人，而從後來看來，也正是你這種態度，成全了自己。你怎麼看待這種人生變遷？

齊：我就是喜歡文學。其實應該鼓勵少數書呆子，這些人絕對不多，我們同學都參加學潮去了，像我這麼堅持做書呆子的很少，每個社會都靠少數我們這種人撐著，很多基本東西都是文人傳承下來的。

後來我回到大陸與當年同學見面，我記得我看到的人說話的表情，和他們對事情的反應，跟我以前記得的不一樣了，因為他們飽經憂患。他們說羨慕我這些年可以一直讀書、教書。當初他們覺得我們多麼的落後。我並沒有一點得意，我只是覺得很傷心，那些同學當初都是很優秀的人，都不到 25 歲，對政治所知有限吧。我自己也檢討我們當年，因為我始終不是主流派，所以我可以講，我沒有個人的得失感。

最後一程

聯：我還想問你一些技術問題：書中描寫了大量細節（比如朱光潛講課的方式和內容，你與父親的交談細節等等）你是靠當年的筆記或日記還原這些細節的？

齊：我從前一些僅有的日記、信件全沒有帶到臺灣來，但記憶中難忘的人和事栩栩如生，下筆時參考一些可靠資料，只求事實無誤。我的後半生教書，在文學史研究和傳授時，深信笨拙或奇妙的「煽情」都是很危險的事，有時會對你必須虔誠追憶的人和事形成一種褻瀆。

當我真正動筆寫《巨流河》時，辰光真是晚了。我似那朝聖的人，一天走一程，一步一步攀上最後一程階梯，只求天黑前完成全程，不敢再去詳述看到朝雲和夕陽的燦爛光景時，並未忘懷的感動。或者這也是自己文采不足的原因。

聯：《巨流河》面世以來，被人稱道的原因之一，是它內斂而又深沉的敘事方式。這種風格是你在文學上一種刻意追求使然，還是與你本人的性格有關？用通俗的話講，有些部分可以寫得更「煽情」，你為什麼迴避

掉了這種可能？

齊：讀者評價《巨流河》是用內斂深沉的敘事方式，我想這原是自幼在憂患中，父母不斷地訓誡、勸告，不要遇事即「處變大驚」，那很「沒有人樣子」。長大後遇到文學，老師和作品中都處處有深沉寧靜的啟發，自己總慚愧做不到。但是 23 歲結束了上半生，在政治的大斷裂中回不去可倚靠的過去。自己須獨立為人，努力沉穩比較可以進可攻，退可守，培養出為人尊嚴。也許已深切受教朱老師的告誡。

聯：《巨流河》表面上是一部家族史，實際上它牽起的是近百年來中國的大歷史。重新回顧這段歷史，你想對現在的年輕人說些什麼？

齊：我希望中國的讀書人，無論你讀什麼，能早日養成自己的興趣，一生內心有些倚靠，日久產生沉穩的判斷力。這麼大的國家，這麼多的人，這麼複雜，環環相扣的歷史，每個人有不同的愛國方法與能力，再也不要用激情決定國家及個人的命運；我還盼望從動亂仇恨中出來的兩三代，能培養一個寬容、悲憫的胸懷。

（原刊登於 2012 年 1 月 17 日《三聯生活週刊》）

——選自齊邦媛編著《洄瀾——相逢巨流河》
臺北：遠見天下文化出版公司，2014 年 1 月

潭深無波《巨流河》

◎明鳳英*

明鳳英：（以下簡稱明）

您的大作《巨流河》讓我深深體會「先做人，再做學問」這話的含義。2010 年，您在該書發表會上說：「這本書是要紀念一個有骨氣的中國。那個中國很倒楣，但是很有骨氣。」這本書裡記載您一生淬礪和優雅，給許多讀者振奮和感動。我也為您那句「自問這一生做事，無不力盡所能」的話而動容。謝謝您以一生學養寫成此書，見證一代人的情操。但願這次訪談，可以是向您致敬的一個方式。

今年初，您在一次訪談裡談到，沒有想到《巨流河》的反響會這麼大。您也提到自己可能跟時代有些脫節。這裡我們為您帶來兩封信，是兩個美國長大的華裔學生，在加州理工學院的中國文學作品導讀課上看了您的書以後，寫給您的信。給您做個紀念，或許您會瞭解為什麼年輕人喜歡您的書吧。

齊邦媛：（以下簡稱齊）

啊，這麼長的信，有五頁。在美國長大的孩子能看懂這樣的書？他們這麼小，大概跟我的孫子差不多年紀。

我對我的書並不滿意，自己知道寫得像流水帳。有人說我的書，前半好看，後半不好看。我的書後半寫臺灣的事情，是不是寫得太多了？但是，我那些老朋友老學生們說，你要多寫一點我們臺中一中的事情，臺大，編教科書，辦筆會季刊，和臺灣文學的事情。我在臺灣六

*美國加州理工學院教授。

十多年，他們給我找了好多資料，讓我寫。這六十多年的事也都很重要啊。

一件事一件事地寫下來，似水流年，真寫得像流水帳。我知道不好，本來我想多用些文學技巧，但日落西山，實在不敢逗留，也許因此更多真情和誠懇。我想，一定有人可以寫得比我好，不用我寫。但等了這麼些年，一直很少人把這些故事好好地寫出來。我想好吧，那我就寫吧。當年，我跟《聯合報》副刊主編瘂弦一起在《聯合報》副刊上，辦過「抗戰文學徵文」。抗戰時期，很多人都有驚心動魄的故事，那些徵文作品裡也有不少切身動人的經歷，比如參加過哪場戰役，經歷過怎樣的生活等等，但是都還是比較片斷，沒有寫出那個時代大的，全面的圖景。

《巨流河》出來以後，臺灣有人在報紙上寫社論，說，這些「流亡作家」都紛紛出書了，講述他們在臺灣「流亡」的經歷。號召「臺灣作家」要加緊努力，不要讓臺灣的事都讓「流亡作家」給說掉了。我心裡想，我二十幾歲就到臺灣，現在已經八十八了，在這個島上生活了六十多年，難道現在還是個「流亡的」嗎？如果一個人在一個地方生活了六十多年，把一生的努力奉獻給這個地方，還是不能算這個地方的人，那該怎麼辦？你說那該怎麼辦？真是很難過的事。這對我寫此書的心情，影響很大。

明：讀者的來信中，您印象比較深的是哪一方面？

齊：在書出了之後，大多讀者對那時代的苦難感嘆，但是也有很多人都想知道更多跟張大飛有關的事情。也有知名的電影導演找過我，想拍這段故事。

但我不希望張大飛被拍成「熱鬧」的電影。那時我們都很年輕，我最後一次看見張大飛，是高中三年級那年。那個時代的感情，家庭的因素，大環境的因素，都和現代人的理解是不同的。你想，我的父母那麼照顧他，把他當自己的孩子。他對我的父母是有責任的。他在天上

飛了三年，我母親和我也為他懸心、擔憂了三年。他打了三年硬仗，
戰功不少，都沒被打下來，很厲害，最後是在空戰中以身殉國，我必
須替他維持軍人的尊嚴，不能讓他受到褻瀆，變成一個熱鬧的故事。
　　現在，我似乎必須寫一封長長的回信。《巨流河》出版以後，很多人來
信，寫評論，訪問我，我欠這些人很多回答。

明：您曾說自己不久將回歸天地，留下《巨流河》一書，為戰亂中的兩代
　　人做個見證。請容我冒昧請問，您希望自己怎麼被人們記憶呢？

齊：我的人生原則是，不抱怨，不訴苦。不論在什麼環境裡，我都會竭盡
　　所能，把事情做好。只要自己了解自己的選擇，無愧於心才是最重要。
　　我長大的那個時代，有很多父親以現代的標準，可能算不上是好父
　　親。他們在外面奔波的時間太多。我父親跟我們在一起的時間也很
　　少，但我很佩服父親，他的一生在家裡和在外面都是一樣的面孔，一
　　樣的人格。這是不容易的。他在戰爭中辦流亡學生的學校，辦國際政
　　論雜誌，一生不求名利，視富貴如浮雲，是我的榜樣。我一生推行文
　　學教育，僅得溫飽，但真誠地活了一生，希望也影響了一些後來人。
　　讓他們知道前人曾經是這樣努力、真誠地生活的。

臺灣經驗

明：您 1947 年到臺灣大學任助教工作時，國民黨還沒有正式遷到臺灣。那
　　時候的臺灣社會是什麼樣子呢？您曾提到臺灣大學單身宿舍裡，聽見
　　日本歌〈荒城之月〉。

齊：我剛來臺灣的時候，臺灣什麼都沒有，很簡陋的。臺灣是邊陲之地，
　　一般人不是有特別的原因或者淵源，比如有家屬在臺灣，或者有認識
　　的人引路等等，是不會來的。但也有一些年輕人考進政府機關工作，
　　分發到臺灣，做管理、技術、地政、戶政方面的工作，最多還是來臺
　　灣教書的吧。
　　外省人和本省人之間的了解，很多是經由師生，或者通婚的關係。早

年到臺灣的這些人，尤其是當中、小學老師的人，對臺灣有很大的影響。李喬的《寒夜三部曲》裡，就寫到這些。他的中文根基，是一個流落山裡的老兵教他的。

我 1947 年到臺灣不是為了逃難，而是為了工作，到臺大做助教。到臺灣來幾乎像是自我放逐，同學之間說起來，都覺得我很奇怪，有點不可思議。那時候，中國大陸這方面已經算是很進步了，也有了制度。收復臺灣以後，就有一批搞基礎建設的人過來了。也有一群有熱情的人，單純地為建設臺灣感到驕傲和自豪。我的先生是考上經濟部工程隊，1946 年由政府分發到臺灣來做鐵路、公路工程的。他們的領隊是嚴家淦先生。1946 年登陸時，似乎是嚴先生在前面拿一面小旗子，後面跟著他們五十來個年輕人，就這樣來了臺灣。誰也沒想到以後回不去。

1947 年，二二八事件那時候，在對立的情況下，聽說也死了許多外省人。很多就是這些早期在臺灣鄉鎮工作的政府人員，但為他們申冤的不多。主要的原因可能是他們隻身到臺灣，在臺灣沒有親人，也沒有人知道他們的生死。

臺灣大學也很簡陋。我 1949 年到臺灣大學英文系當助教，工作是整理書籍。英文系兩間屋子，差不多一個大客廳那麼大，地上全擺滿了書，都是日本人留下來的，走路都在書間，像走在海裡。絕對是難忘的景象。我們外文系的一個工友小妹告訴我，外文系有些日本人穿著短褲，一面罵一面哭，跑進來把書丟下就往回跑，趕著搭船回日本。他們回日本，只能帶兩個小小的行李箱，就得上遣送船了。

我進那兩間屋子，已經是日本人戰敗兩年之後了，臺灣大學裡還有兩個日本教員留下來，勉強把外文系的課程維持下去。那一、兩年的時間，我看見過他們，但是從來沒說過話，他們從不到系辦公室來，我也不認識他們。我想他們的名字在臺大的教員名冊裡應該還有的。

日本人離開臺灣的過程，並不是臺灣拍的《海角七號》那麼簡單，那

麼輕描淡寫地說走了就走了。日本人回國是很漫長的過程，也有上百萬的人吧。我們這方面也要慢慢安排，那時很多日本人都默默地留在臺北，默默地繼續待著。

臺北市當年繁華的商業區容町是今日的衡陽街邊，騎樓下面常常滿滿一排日本人跪在地上，擺出家裡的家當來賣，杯子盤子，日用物品什麼的。他們不是中國的跪法，就是日本平常那樣跪坐在地上。可是那時候我還是很恨日本人。看見他們跪在地上，我心裡有時還是很高興的。

日本人戰敗了，中國人也沒有怎麼對他們不好。日本人離開之前，無論在臺灣還是在中國大陸，很少有人給日本人難看的，也沒有怎麼羞辱他們。東北人說，「殺人不過頭點地」，不羞辱人。我覺得這是中國人的天性，很善良。

明：從大陸到臺灣的年輕知識分子，當時都怎麼過日子？年輕人能有什麼娛樂嗎？

齊：其實我每天接觸的就是那六、七個人，跟外界沒有什麼往來。年輕人沒有什麼娛樂，有的話就是打橋牌。看書學著打，各有學派哩。

我跟臺灣知識分子也沒有什麼來往。我的圈子很小的，就是工作，幾個同學，兩、三個家庭。

明：1949 年前後的臺灣，本土作家和大陸遷臺的作家，是經過一段時間的磨合的。不少遷臺人士把臺灣看作暫留之地，不願置產，一有機會就移民到國外去。

齊：我們在臺灣沒有買房子，一直住公家房子。為什麼不買房子呢？因為覺得以後一定會回去，不需要買房子。現在想來，是很遺憾。

那時候，我小妹妹早已去了美國，要幫我們申請去美國。我也想去那兒讀書工作，但是我先生說他喜歡他在臺灣建設鐵路的工作。他的工作很有技術性，挑戰性，不想放棄。要去，就是我帶著孩子去，他不去。他這樣說，我就懂了。我父親也說，他現在為百廢待舉的臺灣鐵

路做事，可以深入研究，發揮一個工程師的創意和理想。而你只想讀書和教書，到任何不錯的學校，都可以靠自己奮鬥。我自己也想，真去了美國，我所做的也有限。因此，我以後沒有再提起過。

我半生工作，全隨丈夫的工作，作去留的決定，從不抱怨。我尊重他的理想。這是傳統女性的婚姻觀。

臺灣文學

明：很多人說您是「臺灣文學的推手」。您 1972 年開始就推動臺灣文學作品的譯介工作，著力把臺灣文學引介到西方世界。您曾一手促成 1975 年，西雅圖華盛頓大學出版社的英譯《中國現代文學選集》（*An Anthology of Contemporary Chinese Literature*），選錄 1947 年至 1974 年在臺灣出版的現代詩、散文及短篇小說。您從臺灣大學退休以後，1992 年開始更不計酬勞地接任臺灣「筆會」的翻譯刊物，《當代臺灣文學英譯》（*The Taipei Chinese Pen: A Quarterly Journal of Contemporary Chinese Literature from Taiwan*）主編，將臺灣當代文學英譯推介到國際。1996 年參與美國哥倫比亞大學出版社的《臺灣現代華語文學》（*Modern Chinese Literature from Taiwan*）英譯計畫，為臺灣文學發聲。您早年跟許多文學大家念過書，熟讀世界文壇巨著、中國詩詞，和現代中國作品。當年在臺灣做這項工作，對「邊陲地區」的文學有過品質上的質疑嗎？

齊：對臺灣的文學作品，我從來沒有懷疑過。我覺得他們的品質是一流的，不輸給世界上其他國家的文學作品。我自信知道什麼是好作品。臺灣 1949 年到臺灣各省作家原已有文學寫作的能力，以錐心泣血的鄉愁為主體，內容自然深沉，起步較高。我把這些臺灣作家的作品翻譯出來，推薦給世界讀者，從來沒有感到心虛或者不足，也從來沒有懷疑過。

華盛頓大學出版社的英譯《中國現代文學選集》受到美國學界的肯

定，對這樣的翻譯品質，我一直到現在都感到驕傲、自信。可惜，這本選集其實卻是臺灣作家的作品。

1970 年代，沒有臺灣文學這樣的詞彙。如今因為兩岸這些年來，社會和政治上的變動，這本翻譯放在政治的夾縫裡，如今幾乎是一本「海上漂流」的版本，大陸不承認它是中國文學，臺灣看它標明「中國現代文學」，也不承認它是臺灣文學。

這本《中國現代文學選集》的英譯本，現在還在「海上漂流」。在 1970 年代以前，臺灣文學這個概念還不存在，用中文所寫的即是中國文學。那時，大陸封閉著，臺灣是窗口。此書捲入這麼大的政治爭端，不知將來何日可以定位。

深度文化

明：您曾經提到憂心臺灣的未來，擔心臺灣會從世界的人文地圖上消失。您說「臺灣文化一定要深度發展」，而且「需要一代傳一代，人數也需要稍微多一點」。這是您多年來對臺灣社會的媚俗文化，有感而發嗎？臺灣文化「深度化」的面向可能是怎麼樣的？文化的「深度」又是什麼？

齊：什麼是「深度」？這是個千言萬語，一輩子也說不完的境界。有時我想，深度是 Still water runs deep.

明：也有人說「靜水深流」。

齊：是的，我看了很多的翻譯，還是覺得「潭深無波」最好。

我覺得一個人如果懂得歷史、文化、世界、人生的多重面向，就是深度。知道別人努力的事情，懂得他們為什麼那樣做，對事自有思量，就是深度。

明：能舉些例子來談嗎？

齊：我是個教員，教書的時候，總先要求學生讀文學作品，要先培養「深度」。第一是觀察力。不僅是觀察 observation，更需要深入穿透的洞察

力，用英文說是 penetration 透視力，在文字和敘述的後面，看到更多
的意義。甚至有時在回家的路上，想一想它的意義。多年後，所讀所
想仍會躍上心頭，重新開啟新的思索。這就是作家和讀者雙方的深度
吧。人類文學史上的永恆作品就是這麼存在的。這種深入和穿透
penetration 的能力，有些是天生的慧根 gift，有些是後天歷練的。慧根
也不全是生而顯露，一出生就看得出來的。有些是後來才發現的，也
有些因為環境的因素沒有繼續下去，比如沒法讀書，天分埋藏在永無
止境的現實忙碌中。那也沒有辦法。

另一個深入文學作品的要素，是聯想。這種聯想，常是靠天生的豐富
的想像力，但更多是靠多讀書。對真正的讀者來說，讀書好似探險，
必須有很強的好奇心，是快樂，而非恐怖的。聯想也是件很有趣的
事，好似跑野馬，但如果記得自己的紮營之處，跑了，看了，也許明
白了，自己會回營的。

1970 年代初，我教書的時候，常把不同的文學作品相提並論，用比較
的方法跟學生討論問題。讓學生多想想。這些文學作品觸及不同的價
值層面，作品的目的、境界都大不相同。

比如，人類總在現在和過去之間，覺得迷惘，甚至覺得現在的世界糟
透了，從前的比較好。這個問題，英國詩人馬修亞諾 Matthew Arnold
（1822～1888）在〈寫於雄偉的卡爾特寺院的詩章〉（"Stanzas from the
Grande Chartreuse"）這首詩裡寫到過，捕捉到英國 19 世紀中葉，經濟
發展，社會主義興起，科學文明發達社會裡，人類面臨的處境，和背
後潛藏的焦慮暗流。認為人的安適和快樂只能往內心尋照，對外在事
物的期待，只能帶來更多的掙扎和浮動。「彷彿在兩個世界之間，一個
已經死去，另一個無力誕生。無處安置心神，且在大地孤寂等待。」

（Wandering between two worlds, one dead

The other powerless to be born,

With nowhere yet to rest my head

Like these, on earth I wait forlorn.）

英國詩人葉慈 W. B. Yeats（1865～1939）也在〈再度降臨〉（"The Second Coming"）這首詩裡寫過這個議題。人類在幻滅分崩的未來世界裡，期待上天的啟示：「最好的，信念盡失；最壞的，激情高亢。」

（The best lack all conviction, while the worst

Are full of passionate intensity.

Surely some revelation is at hand……）

另外，還有英國小說家赫胥黎 Aldous Huxley（1894～1963）在 1931年發表的《美麗新世界》（*Brave New World*），諷刺「新世界」的外表儘管「美麗」，科技雖然先進，但總體社會文化卻是膚淺，沒有靈魂的。而奧威爾 George Orwell（1903～1950）的小說《1984》講政治極權對人類社會的侵害等等。在 1970 年代初期的臺灣，我用這些教我的學生「開眼」，打開眼界，把事情看得深一點，透一點。培養他們養成對社會、文化、價值的深入思考。

就這方面來說，深度，就是聽得懂別人的話，聽得懂話語背後的深意，這人說這句話的背景，了解別人與自己的不同，得到啟發。打個比方，如果我說，以前我們做「現代中國文學」譯本，「現在成了海上漂流的一個版本」這樣的話，如果有人聽得懂，我覺得也算是深度了。

明：您曾提到「情書」也可以「潭深無波」？

齊：是的，我忍不住要說一下情書的事兒。我確實對情書有個嚮往，覺得情書更是潭深無波。

明：資訊的世代，寫情書的人大概不多了。

齊：張大飛寫給我哥哥的那個訣別信，其實就是最好的情書，對不對？我剛剛也是在你提起時，才想起這個觀念。

張大飛那封信才是真正的潭深無波。現在回想他看我的眼神、表情，還覺得他心裡頭想著什麼，很深的內涵和情懷。他是一棒子打不出半

句話的人，而我那時還很小，胡裡八塗的。而且，我也有自己對人生的雄心大志，要念大學，要這樣，要那樣，很跩的。南開的中學生，志氣很高，跩得不得了。

明：您書中寫到當年的南開精神：「中國不亡，有我。」

齊：那是那個時代強烈的自我期許，我們女學生喜歡的男同學，是那些遊行時掌大旗的，帶領喊口號抗日的，敲大鼓的，唱歌的，功課好的，有名的才子。年輕時喜歡的人，也常是隨著時局變的。

明：您有一句話，讓我印象深刻。您說：「臺灣很小，但是天很寬。在臺灣，就是要說一些真話。」您對臺灣有什麼特別的期許嗎？

齊：我提過很多次，不要看臺灣小，臺灣就算小，也有 2300 萬人。斯堪地納維亞 Scandinavia 的人口也差不多是兩千多萬。重要的是，這裡的人是怎麼樣的人。

臺灣很小，但我以為，一個人不管在什麼地方，胸襟都可以很大，也可以很小。地方多大，不要緊，就是要培養受國際尊重的能力。

明：您在臺灣住了六十多年，在您的眼中，它有什麼「特殊性」嗎？我們知道 1947 年代後期，臺灣作家，包括楊逵諸位先生，曾經一度尋找臺灣文學的「特殊性」。

齊：臺灣是一個人口密度高的社會，又是一個不同文化急劇改換的社會，內在競爭原是正常的，但是隨著政治的民主自由，社會福利的公開關懷，文學的發展也由政治意識轉向個人風格，由新出的文章看，是平靜，尋求舒適的。

我有一本文學論說集，書名叫《霧漸漸散的時候》，我想時間慢慢過去，社會氣氛慢慢改變了，時過境遷，就像霧漸漸散開，大家自然會看清一些事情，自己的位置，在哪裡，別人在哪裡。

後人和學生

明：可以談談您和臺灣朋友的交往嗎？您和黃春明、陳芳明這些臺灣作家

朋友都有交往。黃春明先生更是受到您的賞識。

齊： 其實我就是單純地覺得黃春明的文章寫得好，真誠自然，寫出一個溫暖的家鄉。這些年投入兒童文學教育，影響將很深遠。他不求什麼，能做的事就做，寫他想寫的東西，不為了寫而寫。這點是非常好的。

1990 年代，陳芳明還在黑名單裡，我開會見到他，我也知道一個中國人在美國能做的事，很有限。能做什麼呢？國外的工作也不一定找得到很合適的，只有回到自己家鄉，方能發揮自己的才能。所以我跟他說，如果有機會還是回臺灣來吧！在政治上勸人是很危險的，但他是我的學生，所以我才說了。他回臺灣後，有足夠的機會和時間做人生的抉擇，在歷史研究的基礎上，用文字建造了自己的成就。

明： 大家都知道，您對教學情有獨鍾。

齊： 我一直認為認真誠懇的教師是青年人成長時堅固的環節。讀書時即想與人分享。

我自己學英國文學史時，老師只教到 John Dryden（1631～1700）就停了，沒上完。我非常懊惱，到現在還是很懊惱。所以後來我在臺大教英國文學史，我一直教到 1960 年。我上課不聊天的，我沒時間聊天，非教到 1960 年不可。該知道的必須知道，想讀書進修的不至於到了研究所連「tempest in the teapot」都聽不懂。

我在臺大文學院開一門課叫「高級英文」，沒有學分的，但是一定要上，稱為「必選課」。這堂課也是學校的好意，讓想出國的學生英文能力強一些。我上課很嚴格的，盡量找一些學生沒學過的東西，讓他們學英文以外，多看點東西，多知道些西方的人文觀念。所以我的學生到美國留學，沒有一個需要上補習班加強英文的。

在臺大上課，我開學時總告訴學生，上課的時候不能聊天浪費時間，學期中間也不能到老師家拜訪。但是課程結束了以後，歡迎你們到我家裡來玩。後來學生到我家來玩，說：「啊！老師，原來您也結婚，也有丈夫啊。」也有人說：「啊，老師原來您也有孩子。」我就說：「我

還會很多你們不知道的事，我還會倒垃圾，會洗碗盤呢。」

明：我知道您上課，一直使用英文。您提到有一個學生在課堂外的時間聽見您說中文，很驚訝，說：「齊老師，原來您也會說中文啊！」

齊：是的。我相信用英文教學可以增加文字的厚度，深入文化的內涵。我教過的學生大概有三千多位。現在在政界、學術界都有影響力。中研院的每棟樓都有我的學生，理工科的科學家也有。有些是我在臺中第一中學教過的學生，也有些是在臺灣大學來選修的。他們也早為人師了。無論臺中一中、中興大學、靜宜大學、東海大學的學生，總還有些影響吧。

明：您曾一再鼓勵年輕人，要做有骨氣的人，在經濟快速成長的中國大陸、海島臺灣和其他地方，怎麼做有骨氣的人呢？

齊：人們都是懂得的。在現代教育普及的情況下，只要願意，大家都能懂得更深、更多，但是有些人往往選擇不這樣做。他們選擇比較輕鬆的事情做。

明：年輕人有自己的思路和品味。

齊：現在很多年輕人存了十萬塊錢，就出國旅遊。他們很能幹，拉個小箱子就出國了，到處走，路上錢用完了，就在國外打打工。工作也可能很辛苦，工作結束了就聚在一起玩。他們很能幹，能做很多事情，但眼界是不是更開？是不是變得更有深度？

　　我說的深度，是比較靜態的。有些人一輩子待在一個城市，一個州，見識卻也未必比較短淺，也可能懂得很多。有些人看起來憨厚傻氣，其實他們知道很多事情，不是那麼簡單的傻。他有自己的世界和關懷，有一種單純清澈，不俗氣的深度。傻傻的，但不是真傻。

　　很多去旅行的孩子，可能聰明精靈了，但未必更有見識（they might become cleverer, but not wiser）。他們出國回來，也不見得會多看些書。可能會跟別人說：「你如果看到計程車如何如何，千萬別上去，會被騙。」很精明能幹，但這不見得就是深度。

明：這種國民旅遊對年輕人來說，算是一種時尚的學習和生活方式吧。

齊：他們生活在優裕的時代也是命運吧。

文學教育

明：談談您終生致力的文學教育吧。您在《巨流河》提到老師是學生的引導者，也是知識的提供者。您曾為了蒐集教材，熬夜刻鋼板；努力為國立編譯館修訂中學國文教科書奔走。近年大陸和臺灣都對教科書有些討論，比如金庸是否應該被列入教科書中，魯迅是否還適合教科書等。現在臺灣的教科書也不再有統一版本了，不同出版社可以編選不同內容的教科書供學校自行選用。當今資訊爆炸，讀物垂手可得，您對文學教育有什麼期許？

齊：在這方面，我是比較悲觀的。我相信一個人喜好是什麼，選擇投入什麼領域，往往是性格裡帶著的。

當年我在臺大階梯教室的課，每年平均是 120 個學生，時常還會有一、二十位社會人士來旁聽。這許多人中間，據我多年的觀察，大概有 20 個人是全心全意來聽課學習的，還有二、三十個是半心半意的，其他都是假心假意來上課的。但這沒關係，只要其中有幾個人是真正有熱誠，真正能懂的，就夠了。

現在的年輕人是新人類，跟我們很不一樣。在聚會的場合，孩子們手上各自都有他們的電子設備，在一邊玩著。如果這些孩子願意瞧著你，跟你說話，就已經很不錯了。也是因為這樣，我多半不太喜歡參與這樣的場合。這的確是時代的不同。但是，也不用為了這種事情著急，因為在許多的人裡面，總還是會有幾個「怪怪的」人。這些人會了解你說的，會知道你想給他們的知識，會感動於你說的話。有這麼少數幾個人，也就夠了，不必強求。這種怪怪的小孩，還是有的。就有一個小記者來訪問我，三十多歲吧。他還拿墨水筆寫字。我說他是小 monster，小怪獸，特別有興趣。我想，這樣怪怪的人總是心中自有

天地。

但作為一個老師，我還是永遠把最完整的知識準備好，普及地教給我的學生。一個老師的工作是表述和闡釋（express and explain），同時也要取信與回應（convince and response）。我很希望讓我的學生聽得有興趣，覺得有意思，能接受。這還是傳授的問題。傳授的過程很重要，你能不能讓人信服，闡釋、傳授是很重要的關鍵。對我自己也是挑戰（challenge）。

明：你曾說教書的三個重要面向是：闡釋，傳授，和取信（interpretation, transmission, convincing）。

齊：我覺得說服的能力（to convince）是很重要的。要做一個好教員，首先自己要已經相信了，然後才能使別人相信，至少要讓別人能清楚看見。我當然不會說別人非看這個作品不可，不看就會活不下去，但是至少我可以告訴學生，你可以怎麼去看一本書，怎麼看就會得到其中精髓，感到興趣。

所以我教書的時候，最重要的就是提問題，問學生為什麼這樣，為什麼那樣。我一年要問他們幾百個為什麼。提問題很重要，能讓學生抓到重點。我以前教書的時候，準備上百個問題。你要問學生問題，讓學生動腦子想，他們就會產生興趣。

人人生而不同。性格會決定很多事，也算是一種命運。你的性格會讓你變成某個樣子的人。但是無論如何，這些都是要付出一點代價的。

翻譯

明：除了教書之外，您對翻譯也有特別的熱情。曾經長時間不支薪，免費為筆會主編翻譯季刊《當代臺灣文學英譯》（*The Taipei Chinese Pen: A Quarterly Journal of Contemporary Chinese Literature from Taiwan*），編譯臺灣文學作品。

從您長期的翻譯經驗來看，您認為是中文為母語 native Chinese speaker

　　的翻譯者做文學翻譯的工作合適，還是英文母語 native English speaker
　　翻譯者合適？前者的英文可能不一定最好，但嫻熟中文的含義；後者
　　英文好，但未必能完全瞭解中文的隱喻和含義。

齊：就你剛剛問我的，我覺得英文為母語的 native speaker 譯者來翻譯，做
　　為「翻譯者」Translator 比較合適，但是必須有一個以中文為母語，英
　　文也好的人來作校定編輯 Reader。最後翻譯者和校訂編輯要互相妥
　　協，我作為主編，最後也要加入意見。我有很多這方面的經驗。

明：用外文系畢業、中文是母語的人才（reader）來校正編輯，夠不夠呢？

齊：喔，那要很好的才行。我請的幾乎都是教授，研究生都沒找過。我們
　　都是不拿錢的。這個過程很棒，有時候翻譯者、校正編輯會起爭執，
　　爭得很厲害，不過很有意思。

明：應該可以互相學習到很多。

齊：這些人並不好找，但是我有一批很棒的人，作我的團隊。譬如史嘉
　　琳，一個年紀很輕的美國女孩，普林斯頓畢業的，因為嫁給中國人，
　　就在臺大教書，也幫我們工作。她做中翻英的翻譯工作，做得很好。
　　做了很多翻譯專案，很可靠。她很難跟人妥協，常常擇善固執。
　　用英文為母語做「翻譯者」比較理想，問題是你找得到找不到。我有
　　一群這樣的翻譯者。以前，有些外國人到臺灣來，會到我們筆會來拜
　　我們這個小碼頭。他們覺得我們大概會給他機會做。像康士林博士 Dr.
　　Nicholas Koss，就是這樣願意來幫我們做。後來，慢慢做出了成績，
　　有自己的局面和成就。我給哥倫比亞大學作臺灣翻譯系列的時候，他
　　們每個人都幫我做了一本。吳敏嘉 Michelle Wu 翻譯《千江有水千江
　　月》，書名是 *A Thousand Moons on a Thousand Rivers*，做得真不錯。那
　　時她才不到 30 歲。

明：您自己也是義務勞動。

齊：我是被稱為奴役者 slaver driver，他們是被奴役者 slave。但是我實際上
　　是「被奴役的奴役者」。都是自願的，翻譯就是一個付出的工作。

筆會

明：「筆會」的翻譯刊物只集中翻譯臺灣的作品，是嗎？

齊：我們的內容和封面，裡面外面都用臺灣的作品。一年出四本。香港中
文大學另一本的翻譯刊物叫《譯叢》*Renditions*，一年出兩本，品質很
高。

還有，我們每一期都大大地介紹一個本土的畫家，我們是很本土化
的，只出臺灣的作品。這是我們基本的風格。我們沒有門戶之見，什
麼作品都用，有點不太專業，但是時間久了，累積起來，就有相當的
全面性。

明：畫家、藝術家們也不介意你們用他們的作品嗎？

齊：他們很願意，很喜歡。我們出力，出時間，他只要出畫。我們找人寫
評論，再翻譯成英文。這樣對他們的畫，也是好的宣傳。1999 年，我
離開那年，用的是朱銘的雕刻，我把這期留在身邊，做個紀念。是我
的「再見」。

從前我們都是小本子，現在改成大本子。因為我們做的本錢小，再說
我們人也少，資源有限。我們只做臺灣文學這一塊。

明：在文學作品翻譯的領域裡，一般來說，西方讀者對日本文學的接受
度，比中國文學作品的接受度高。您覺得這是文學作品的關係，還是
跟翻譯也有關聯？

齊：這是讀者的問題。中國文學的讀者一般是比較少的。哥倫比亞大學給
我們出那些英文翻譯，臺灣作品裡最受歡迎的應該是《亞細亞的孤
兒》，但是臺灣自己沒有反應。我們沒有讀者。香港的《譯叢》有基本
的一批人，我們沒有，就是靠自己弄起來。在臺灣每年 12 本，都賣不
掉。不在其位，不謀其政，我退休後不太知道詳情。原來的那些譯
者，現在大概都教書去了。

就現代文學來說，日本文學一直比較穩定的發展，質量上一直不錯。

所以在西方，大家對日本小說有一定持續、穩定的了解和認識。中國文學作品，恐怕從五四以來，一直沒有什麼特別的普世吸引力。1937年對日抗戰以後，也沒有什麼好的文學作品。所謂的有名的、代表性小說多半傾向政治性，很難把它當作真正的文學。

外國讀者可能一開始有點興趣，也會好奇地看看，但是很難把它當文學。到了臺灣呢，人家對臺灣政治上又沒有什麼信心。我們儘管自己覺得不錯，但它的「年紀」太輕，不知算不算得上世界文學 World Literature 的一分子。再說寫作的總體數量也不夠，翻譯的量更不夠，沒有足夠的持續力。「量」是很重要的。筆會季刊翻譯的作品沒有長篇的小說。

所以，日本文學一直持續地，沒斷地，在世界文學舞臺上有一個角色。中國當代文學現在可以說很難哦。也許仍在起步。

張愛玲的翻譯

明：有些翻譯者選擇用比較特別的英文，來保留中國作品的特色。比如，張愛玲自己翻譯的《金鎖記》特意用了比較異國情調的，特殊的英語詞彙。有人說她的用意，是凸顯中文句型，要保留中國的某些特殊氛圍。您覺得她的翻譯成功嗎？翻譯應該越自然越好，還是應該保留原文的風格？

齊：《金鎖記》是當年 1930 到 1940 年代的事兒。過了那個階段以後，上海變了，上海的事兒也變了，整個中國的一切都變了。保存一大堆老東西也有好的。現在，張愛玲三個字已經跟《紅樓夢》、魯迅變成差不多的東西，幾乎成了一個學派，一個典範。真有那麼偉大嗎？我欣賞她的《秧歌》，我也寫過《秧歌》的評論，覺得《秧歌》很精彩。所以，我並不是反對張愛玲，但我不覺得中國文學史需要這樣把張愛玲偶像化。

明：也曾經有人用另外的角度看張愛玲。比方，把她還原為一個「討厭的

上海老太太」。

齊： 她沒有那麼討厭，也不是上海老太太，上海小姐倒是沒錯。我的意思是說，我沒覺得張愛玲有那麼偉大。把張愛玲當成經典，典範化、標準化、體制化，我覺得這是很奇怪的事。我從不跟人打筆仗，但是我個人覺得有一點閱讀上的貧乏，有點說不明白。

明： 您怎麼看張愛玲對臺灣、香港文壇的影響？

齊： 臺灣有一批年輕作家受過張愛玲影響，他們後來對臺灣文學的影響也不小。但是他們說胡蘭成，我覺得不能同意。昨天晚上我看妳前一陣子在《上海文學》上給朱天心做的那個訪談。裡面說，胡蘭成不是漢奸，只是他對中、日之間的看法不同而已。我看了，我想他是不是漢奸，實在是不必辯論的事。日本人占領哪個村子，就在那個村子裡插一個旗桿，上面掛一個日本軍帽。每個中國人走過來，就得朝這個帽子鞠躬。這就是日本人，就是胡蘭成他們的那個占領區的樣子。那還談什麼民族，談什麼人的尊嚴？不要說中國和日本，你去找個老美，叫他跟竹竿上的帽子鞠躬，你看他肯不肯？不要講風涼話嘛，對不對？

明： 有關文學作品的評價和接受，以及後來文學史如何記載，真是很複雜的問題。

齊： 就是幾個人造成一個流派，一個流行 fashion。所有的流行 fashion 都是這樣。我這樣講是很勇敢的。但是也沒關係，因為反正沒有什麼恩怨問題。

明： 除了張愛玲，夏志清在《中國現代小說史》也推崇錢鍾書。

齊： 很多人那麼佩服錢鍾書，但他寫作中對有些典型的人是非常苛刻的。他是個很有品位、有深度的人，但是缺少寬厚和同情。

楊絳比較好，比較人性。她寫年紀大了，看見葉子在不同的季節，有不同的顏色。我覺得受到鼓舞。

明： 楊絳是一流的散文家。

齊：是的，她是一流的。她的文章很有深度，也處處流露出她很愛她的丈夫，很保護他。這就是上一代的女性。她那個愛情是生活的，還有藝術上的愛。她翻譯柏拉圖（Plato）的《斐多》*Phaedo*，真是譯得好。我買了許多本送人。不僅文字好，就是整個兒有完整性。

明：回到剛才未完的翻譯話題，您覺得文學作品的翻譯還是應該以流暢性、口語性和可讀性為主？

齊：我覺得在某個程度上，還是要流暢的。我們後來翻譯了一本書，叫做 *Wintry Night*，碰到了流暢的問題。

明：李喬的《寒夜》？

齊：是的，這本書真好。我們讀牛津大學的一個女教授劉陶陶翻譯的。她翻得真是仔細，前後一共翻了三年。我始終覺得很棒。可是美國的編輯覺得不夠口語化，不夠讓美國讀者喜歡。後來請陶忘機（Dr. John Balcom）來幫忙，修改得口語化一點，或是流暢些。

明：還有哪些臺灣的文學作品，是在您的團隊裡做的呢？

齊：筆會的翻譯作品裡，我出力最多的是鄭清文的 *Three-legged House*《三腳馬》、*Wintry Night*《寒夜》。還有吳濁流的 *Orphan of Asia*《亞細亞的孤兒》。另外就是蕭麗紅的 *A Thousand Moons on a Thousand Rivers*《千江有水千江月》。

明：再接著跟您請教。中西方世界的交流，歷史不算短，但隔閡還是不小。尤其中國現在重返世界舞臺，跟中西文化還有潛在性的衝突和危險。您認為文學作品的翻譯，對消解中西之間隔閡，真能有幫助嗎？

齊：我想選擇什麼書是很重要的。你選對了書，這些書就能幫你說話。問題是這種書有多少，就難說了。比如說，夏志清寫的那本《中國現代小說史》，就那麼大影響，對不對？這很重要，選書是很重要的。引起興趣最重要。

明：我在國外教中國現代文學，學生一般的反應是覺得現代文學作品比較黑暗壓抑一些。

齊：老實說，有些作品不只是黑暗，而且是不合理（unreasonable）的殘
　　忍，讓人不能理解的黑暗。

　　我認為 1980 年代的有些中國小說中的故事和人物簡直魔幻到了極點。
　　文學雖然並不一定是為了取悅 entertain 讀者，但太過分惡行惡言的誇
　　大，也不必要嘛。弄到後來，變成好像是誇大比賽，看誰最噁心最大
　　膽。最近我還收到一本書，這本書的敘述者從頭到尾都在罵，罵完了
　　還跟母親亂倫。文革把人心搞壞，竟然如此不堪。

　　我讀大陸的作品不夠多，不該作評語。我也了解每個作家都想建立自
　　己的寫作風格，但是經歷了那麼長久的鬥爭破壞之後，文學有很大的
　　修補滋潤的責任，許多讀者是年輕人，常被文學潛移默化。如何使上
　　代仇恨、摧毀的心理在太陽中走出黑暗，文學用任何形式都該有責
　　任，我希望看到一個人心善良的中國。

對上海的一份情

明：您在前面提到剛到臺灣之前，感情上比較失落。到臺灣之前，您住在
　　上海嗎？

齊：是的，到臺灣之前，我曾短期住在上海。其實，我答應接受上海媒體
　　的訪問，也是因為我對上海有一份情。

明：對上海有一份情？

齊：我的一生，不常流連鏡中的我，但是在我書中，我寫了兩面我照的鏡
　　子：一面是穿了南開中學的制服布長衫，在重慶沙坪壩田埂上，在稻
　　田的水裡看到了自己，正伸著雙手保持平衡，滿臉的快樂與專注。頭
　　上的天那麼高，那麼藍，變化不已的白雲飛馳過去。16 歲的我，第一
　　次在天地之間照見那麼大的鏡子。第二面是在上海，我照的另一面鏡
　　子。剛從半焦黑的戰地來到繁華的世界，被迫換上時髦衣服，以免男
　　友家庭難堪。我在那面時裝店裡的鏡中看到的，是一個我所不知道的
　　自己。可以說是一個純粹的偶然機緣，在抗戰勝利的第二年（1946

年）暑假，我大學三年級讀完，等待乘江輪「復員」時，在美軍顧問團服務的俞姐姐，邀我搭乘美軍飛機，直回上海。在上海時裝店裡的鏡子裡，我不僅看到了一個茫然無知的自己，也似乎看到了數日前離開的三江匯流的最後的樂山，河岸的春草，林間的鳥鳴……。那年春天曾經相知、相惜、相依的男友，回到了他的生長家鄉上海，漸漸回到他的原來生活，我回到苦難開始的北方，漸漸地就沒有共同的語言和關懷了。原不強韌的鍊子，在我投入火爐似的武漢，讀完大學之前就已斷了。在我記憶中他是那美好的，乘著歌聲的翅膀來的人。現實中我們沒有可以共駐之地。來到臺灣，我自己的生命似是大斷裂，所有的生命都是後半生。生命中再也沒有匯流的江河，沒有了當年的歌聲。

1993 年我回到上海與至友魯巧珍病榻訣別，俞君一年前已逝，上海那面鏡子我倒有時憶起，映照著萬花筒似的這些年月。

明：你書裡寫到那時候的穿著，沒有上海人那麼洋氣。

齊：喔，為了那段上海的記憶，我還找了張照片給妳看。那時候剛從上海回去，穿了件摩登的衣服，還被朋友罵了一頓。不過，我四年來同班的同學對我是很好的，他們看到我讀書的態度，也大約知道我有些理想。

　　我的書在大陸出版之後有位同班同學寄了一些當年的合照給我，我兒子看了，覺得我們當年滿不錯的，滿有精神的，說中國的未來應該是這樣子。

明：很是漂亮的一代人。

齊：對，精神不錯。對未來很有信心的。其實那時很餓啊，吃得不好。

明：作為一個女性知識分子，您對家庭、愛情、婚姻的看法如何？您在《巨流河》裡談到自己在家庭、學習、事業間的努力。

齊：受了教育的女性，並不是那麼能馴服的。我再愛一個人，也不能失去自我。以前那個時代，女人結婚了，別人就說某某人找到了長期飯

票。我們班上的女同學就說：「我們是帶便當的。」因為我們有能力工作。但是婚姻中，女性的所謂事業，是沒有人鼓勵的。人不能什麼都有，總要犧牲一些。比如，結婚生小孩。現在離婚離得很厲害，不行就離，像吃辦桌一樣。但幾乎所有離婚的家庭，小孩都不快樂。結了婚就要負責任，顧念一下離婚家庭的小孩。我覺得我們沒有權利把小孩生出來，然後不管他們。我總覺得人跟人之間，有些話說到一個程度，就不用再說了，誰也吵不過誰。

我想我可以說得更高明一點，客觀一點。我覺得人不能只講自由，總要妥協一些，犧牲一點，盡量努力為自己的選擇負責任。

明：這次給您派了這麼些工作，五度造訪，希望沒把您累壞。

齊：人活著很累的，你如果扮演很多角色，就更累。

我的時間有限，我跟人開玩笑，說我也有癌症。他們嚇一跳，說什麼癌？我說「高齡癌」。我這個人已經就剩這麼多了，但我還是一直做很多事情。我覺得，我還真是很不錯的。

明：您這精神力量是哪兒來的呢？

齊：我是用戰爭觀念來看這事兒。我想：我要活著必須「夠本」！我從來就不貪生怕死，現在對死沒有畏懼，對生沒有留戀。身邊的東西，我愛了一輩子的東西，就統統給了人家，誰愛誰拿去。現在吃東西啊，每樣吃一點，給每樣東西一點尊重。我從來不想我身體狀況的問題，沒工夫多想，而且也無奈歲月何。

每天早上起來，我就想我今天該做什麼。如果我自己感覺到身體不行了，應該會走得很快樂吧。可以休息了。

——選自齊邦媛編著《洄瀾——相逢巨流河》
臺北：遠見天下文化出版公司，2014 年 1 月

千年之淚不輕彈
由齊邦媛教授的《千年之淚》談起

◎王德威[*]

千年之淚是什麼樣的眼淚？淚因何而下？如何流起？可有盡時？

任何閱罷齊邦媛教授《千年之淚》的讀者，不能不有此一問。這本研究現代中國小說的評論集寄託深遠，筆觸蒼涼；所流露的感性風格，在近年以冷硬是尚的批評圈中，難得一見。本書以《千年之淚》為名，已然寓有深意。我們的文學文化，其實不缺眼淚。多年以前，劉紹銘教授就曾以「涕淚飄零」四字，為現代中國文學作註。但千年之淚，何可輕彈！一味耽溺小悲小喜，眼下恩仇的作者，無法寫出真正令人動容的作品；而未曾看盡繁華起落、世事徵逐的讀者和評者，也無從自筆墨間見證人生的大驚慟、大悲憫。《千年之淚》典出《杜詩鏡銓》所引王嗣奭評〈無家別〉語：「目擊成詩，遂下千年之淚。」詩史的悲愴，聞之戚戚，果能力撼千年，而齊書對家國與文學歷史間的關懷，亦因此不言可喻。

本書主要範疇是 1949 年以來的臺灣文學。由 1950 年代的反共到 1980年代的女性文學，由留學生到鄉土小說，均有專文觸及。如前所述，作者用心最深處，是「詩」與「史」間的互動關係。面對數十年來擾攘動盪的中國政治社會，任何有心創作的作家，不能、也不忍無動於衷。發為文章，或激憤、或沉鬱、或感傷，往往情溢乎辭，辭勝於理。識者或謂之粗陋，但作家所自膺生命不可承受之「重」擔，實有其道德邏輯之必然。前此夏志清教授曾以「感時憂國」一詞，來描述五四文人的歷史負擔。夏文

發表文章時為美國哥倫比亞大學東亞語言文化系副教授，現為美國哈佛大學東亞語言及文明系暨比較文學系 Edward C. Henderson 講座教授、中央研究院院士。

發表於 1960 年代初期，對 1949 年後的文學現象，僅點到為止。40 年倏爾已過，而國事紊亂，似仍未有盡時；齊書於此時此地引導我們回顧 1949 年後的臺灣文學、歷史因緣，除了呼應夏的「感時憂國」傳統外，更多了份獨立蒼茫的感慨。

熟悉當代文學理論的讀者，或要對本書的方法學有所質疑。的確，《千年之淚》立論毫無花俏之處，既乏解構的機巧，亦缺後現代的玩忽。但如果我們承認這是一個眾聲喧嘩的時代，本書所發的聲音，自然有其立場。齊先生出身外文系，她對文學功能的體認，固然反映了傳統國學視詩如史的信念，也顯示 19 世紀西方自阿諾德（Arnold）、泰恩（Taine）以降人文訓練的影響。

當歷史秩序崩頹，政教機構解體的時候，文學被視為重組回憶，救贖理性的重要手段。歷史與虛構間的轇轕，文字與意義間的遊戲，都暫時存而不論。由托爾斯泰等寫實主義大家所示範的史詩式小說，隱隱在《千年之淚》的背後，樹立了言談敘事的典範。從鹿橋的《未央歌》到李喬的《寒夜三部曲》，齊書所論的作品，也必得置於這一典範下，才凸顯其意義。

在分辨《千年之淚》的理論背景之餘，更有思辨價值的工作也許是勾勒該書所引發的一些問題。細心的讀者不難發現，齊先生對 1950 年代的作家與作品，著墨甚多；她對以懷鄉為主的題材，也頗為重視。從文類來看，長篇敘事小說則顯然在書中佔了上風。這樣的傾向不禁使我們要問：在海峽兩岸熱烈交流的今天，重彈反共文學的老調，豈非裡外皆不討好？在「城市」文學方興未艾的時分，「鄉土」尋根是否已嫌過時？而對照快速閃動的 MTV 式映象文化，誰能再有工夫閒磕一本動輒十萬字的小說？但《千年之淚》所標明的立場果真是如此保守落後嗎？

只有當我們放棄僵硬的開明／保守，新潮／過時等二分成見，才能為《千年之淚》這樣的書作適當定位。齊的反共姿態誠然令人「發思古之幽情」，但比對 1980 年代初期的大陸傷痕文學，能不令人慨嘆歷史的嘲弄，

何其之快。作為一種意識形態，「反共」可以文學轉為宣傳工具，但也同樣能激發出驚心動魄的政治作品，解嚴後各種政治小說紛紛出籠，反共文學當年所有的憤激與喧囂，洞見與不見，居然重現許多「進步」作品中，怎不令人莞爾？依照省籍的背景，齊教授追懷彼岸河山，原是順理成章的事。但她對臺灣這塊土地的感情，其實更甚於前者，也超越了城鄉之別。除了認同鍾肇政、李喬筆下斯人斯土，她早已肯定陳千武、田雅各、林雙不等「前衛」作家的成就。硬要以省籍、政治信仰來為《千年之淚》貼上標籤，容易錯過了書內蘊積的自省與抗議意識。近年臺灣文學頗以輕薄短小是尚，齊書推薦長篇作品，不僅著眼於形式的包容性，尤重其所代表的一種寫作信念與史觀。一本評論文集不能挽狂瀾於既倒，但齊書為文學史紀錄一式微的文類，重估其價值，自有不肯隨俗的執著──「保守」也可成為一激進姿態。

在此我願就上述政治與鄉土二類文字，續作討論。1950 年代的文學素為文學史家所忽視。理由不外教條意味太濃，而文字、敘述形式粗糙，這樣的評價，即便屬實，也已不能滿足今天文學作為一象徵性社會活動的需要。我們毋寧更希望探討，「反共」、「抗戰」等敘事言談格式如何凝聚而成？作家與讀者如何就一政治理念與事件，詮釋、辯證文學與「時代」的關係？在「抗戰」、「反共」的大纛下，還有那些文學、文化活動曾遭壓抑或曲解，甚或「應運而生」？《千年之淚》所列舉的作家與作品，如姜貴的《旋風》、陳紀瀅的《荻村傳》、張愛玲的《秧歌》等，如今讀來，仍充滿了形式與理念的糾結。而在目前意識形態狂飆的時空裡，作家如何取捨題材、衡量尺度、抒放感情，也依舊是「當今」的話題。重估 1950 年代文學，此其時也。

特別值得注意的是有關《未央歌》與《蓮漪表妹》的兩篇專論。《未央歌》寫抗戰期間，一群西南聯大學生的愛情悲歡。書成於抗戰末期，卻於民國 50 年間，走紅臺灣。《蓮漪表妹》則是反共文學的代表作，寫共黨的邪惡，戰亂的悲慘，確是不遺餘力。齊書並列此二作，已饒富對話趣味。

二者皆描述「烽火邊緣的青春」。但卻出落得如此不同：《未央歌》中的俊男美女，成長於烽火而不食人間煙火；《蓮漪表妹》中的純潔學生則一朝失足，卻遭無限劫難。兩作何者更真切地「反映時代」呢？齊教授謂《未央歌》與時代「若即若離」，一語道破她的困惑。《蓮漪表妹》呢？何以讀者寧取《未央歌》的虛構，而與血淚凝成的《蓮》書保持「若即若離」的態度？無論逃避或批判政治，是否兩書竟反映了「一」種意識形態的兩端？排除非此即彼的批評，這類的問題或能使我們再思政治小說的複雜性。

　　《千年之淚》的另一重點是對鄉土小說的討論。鄉土小說的傳統，早自魯迅、許欽文的作品開始，歷經沈從文、蕭紅、艾蕪、沙汀等作家的增益，可謂代有傳人。1950 年代渡海來臺的作家，緬懷故土種種，落筆成文，乃掀起又一波鄉土熱潮。朱西甯、段彩華、司馬中原等，均是其中佼佼者，而以司馬視野之龐大、想像之豐富，最可稱道。《千年之淚》中有兩篇文章論司馬的早期傑作《狂風沙》與《荒原》，對其中史詩般的悲愴格調與華麗曲折的象徵體系，各有獨到的分析。我們今天在稱道大陸作家如莫言的風格時，不妨回顧司馬中原早期作品的成就，也不妨思考何以他筆下的鄉土曾經充滿有血有肉的人，而今卻落得非狐即鬼？莫非鄉愁漸縹，鄉情已遠，活生生的回憶只餘鬼影幢幢？

　　相對於司馬中原，齊書另專文討論了兩位臺籍作家，林海音與李喬，因此為「鄉土文學」的論式，更添新義。林海音原籍臺灣，卻成長於北平。對她而言，這第二故鄉的魅力，可能更較前者為強。《城南舊事》以抒情的筆調，追述「異」鄉（？）風物，兼記童年哀樂。遙遠的北京城，縹緲的兒時情，相互烘托出極動人的鄉愁情懷。也使我們驀然省悟，「回憶」中的故鄉，的確是「另一個」地方，一個我們既熟悉又陌生的「他」鄉。《城南舊事》以地理的位移，生動地點出我們鄉愁想像的置換與昇華，有心者大可繼續研究。

　　具有強烈本土意識的評者或要指出齊書對土地的關懷，不脫中原心態。但循著司馬中原與林海音的作品，《千年之淚》最後一篇論述的，是李

喬的《寒夜三部曲》。這部長達九十萬言的巨著寫早期移民的艱辛，農家開
墾的困蹇，乃至日軍侵臺及拉伕的痛苦；浩浩蕩蕩，跨越了近一世紀的臺
灣史。我們今天常談對土地的關懷；能細細「讀」完《寒夜三部曲》這樣
的作品，已經是一種具體行動的表示。而齊書開宗明義的文章〈時代的聲
音〉，根本以連雅堂、吳濁流等人所形成的傳統為依歸。超脫中原／海隅的
地域劃分，齊書看到天地不仁的事實與人性尊嚴的堅韌。曾經多少烽火離
亂，權力遞嬗，又有什麼樣的黨派標記口號，能羈絆一位作者和一位評者
間共同的人生感慨？齊先生讀李喬的《寒夜》因此不只限於作品的評估，
兼亦對一己的歷史信念，有所表白。

　　《千年之淚》不輕彈。本書醞釀了二十多年才有成，已呼應了書名的
沉重感。這 20 年來，我們由戒嚴到解嚴，三不到交流；由開發中到開發，
現代到後現代，可謂波濤起伏，變化多端。然而回首千載煙塵，我們可曾
想過這短短的 20 年將會留下什麼？在喧囂殘暴的兵災政爭間，作家默默記
載著蒼生的點滴血淚。這些作品見證了什麼？改變了什麼？歷史能給予我
們什麼樣的回應？《千年之淚》的淚，是悲憫的，也是寂寞的。

──選自王德威《閱讀當代小說──臺灣‧大陸‧香港‧海外》
臺北：遠流出版事業公司，1991 年 9 月

五〇年代臺灣文學的鄉愁

讀齊邦媛的《千年之淚》

◎李有成*

　　《千年之淚》收集了齊邦媛教授研究臺灣小說的論著十篇。其中絕大多數在發表時皆已拜讀，如今輯印成書，整體重讀，不僅得見諸文間層層的相互指涉關係，更得以全面地管窺齊教授的主要關懷與信念。

　　《千年之淚》有一個副書名：「當代臺灣小說論集」。既是論集，這顯然不是一本依計畫撰寫的專書；但如果將這些論著略加分類，卻也不難理出若干脈絡，看出這些論著的性質。大抵而言，本書諸文可以粗分為兩大類。一類屬導論式的論文，包括〈時代的聲音〉、〈千年之淚〉、〈閨怨之外〉、〈留學「生」文學〉諸篇。這些論文以近乎編年的方式，分別回顧、檢討、評論了光復以來的臺灣小說、1950 年代的反共懷鄉小說、過去 40 年的女性作家，以及遷臺後 30 年間的留學生文學。這些貌似小說斷代史的敘論，追溯了 40 年來臺灣小說不同面貌的演變軌跡，在齊教授所提供的鳥瞰圖裡，我們清楚看到文學生產與政治、社會、經驗活動之間的複雜關係，也看到意識形態環境如何影響文學的生產活動與文學系統的變遷。

　　本書的另一類論文則是作家的個人作品研究，討論的小說依序包括了鹿橋的《未央歌》、潘人木的《蓮漪表妹》、司馬中原的《荒原》和《狂風沙》、林海音的《城南舊事》，以及李喬的《寒夜三部曲》等。這些小說泰半都是齊教授所說的「民族集體的回憶記錄」（頁 30），是中國式史詩境界的演出。選擇這些小說，自然不是巧合，因為這樣的選擇與齊教授本人的

*發表文章時為中央研究院美國文化研究所（現歐美研究所）副研究員，現為中央研究院歐美研究所特聘研究員。

文學信念密切相關。齊教授在《千年之淚》一書中不只一次提到,有人在比較大陸和臺灣的文學時,總是輕率地貶抑臺灣文學徒有技巧,缺乏大陸文學中所謂的「大時代」。《千年之淚》諸篇的研究對象多的是呈現所謂「大時代」的作品,可見這種貶抑在實證上是未加檢驗的;而在理論上,這種說法也禁不起考驗,因為其背後的理論假設是問題重重的形式與內容的二分法。其實,正如齊教授所說,「社會情勢變好之後,正常社會的其他題材自然應取代苦難的回憶與申訴。如以空間的大小推論時代,是沒有說服力的」(頁 48)。世人多勢利,這樣持平明白的話,究竟多少人能聽得進去?

《千年之淚》中有若干洞見,值得我們注意。譬如,在〈千年之淚〉一文中,齊教授提醒我們,大陸文革後湧現的傷痕文學,其實與 1950 年代臺灣的懷鄉文學有極多相似之處。「這強烈的似曾相識的感覺,使我們必須回頭去肯定當年懷鄉文學的預言性。那些歌哭追懷故鄉廢墟的塵封之作,竟是全然契合成為傷痕文學的序曲,中國現代苦難的序曲」(頁 31)。擺在這樣的指涉關係中,1950 年代某些懷鄉文學啟示錄式的視境顯然另有新義,有心治這一段文學史的人不能不察。作者又藉 1950 年代一個永恆復現的文學母題:飢餓,勾勒出現代中國小說一個頗具普遍性的關懷。從《荻村傳》到《秧歌》,從《寒夜三部曲》到《殺夫》,從《棋王》到《綠化樹》,飢餓像「一張遮天蓋地的符咒」(頁 42),是現代中國小說中許多角色的共同經驗。這個經驗不僅注定了這些小說之間的相互指涉關係,其隱含的控訴與抗議,也使得這些小說的政治潛意識昭然若揭。

此外,在討論臺灣女作家的作品時,齊教授認為,「由最早出版的女作家作品看來,在臺灣創作的中國現代文學是個閨怨以外的文學,自始即有它積極創新的意義」(頁 110)。〈閨怨之外〉一文原就有意規避性政治,作者避用「女性文學」或「女性主義文學」之類的符號標籤,原因即在於此。這幾年女作家被商品化的傾向似乎相當嚴重,在出版商、大眾媒體(包括報紙副刊企劃性的設計)、連鎖書店等的推波助瀾,層層操作之下,

商品化發揮了驚人的宰制力量。商品崇拜不免導致物化，女性意識之遭到異化，誠非偶然。齊教授以為「臺灣文壇尚無以『女性主義』為基礎的小說創作」（頁 143），寧非可信。

　　作者顯然相信泰恩（Hippolyte Taine）的文學三要素：時代、民族、環境，除了在自序中表明這一點外，《千年之淚》諸篇暢論個別小說的文字都可視為這一信念的註腳。齊教授在論《蓮漪表妹》時，看出這是一本關於人與時代的書；論司馬中原前 20 年的創作時，認為他所寫的是「一首激情洶湧的民族苦難而不屈服的史詩」（頁 78）；論《寒夜三部曲》時，發現土地和居民的關係才是李喬的關懷所在。基於這種信念，也就難怪作者對《未央歌》所構築的桃花源式的逃避世界，始終無法釋懷。《千年之淚》除了有專章討論《未央歌》外，在析論《蓮漪表妹》時，處處仍不忘以《未央歌》作為對比。這是全書最富批判性的兩篇文章，另有一篇論《狂風沙》中的轎子文化，批判的對象則是臺灣當前的政治文化。作者提出了一個頗具普遍性的質疑：在今天臺灣的政治賽會中，轎子裡「是否端坐著有德、有識的現代英雄呢」（頁 97）？

　　《千年之淚》是一本誠摯的書，處處可見作者感同身受的真情與誠意。作者在自序中自承，這不是一本全然客觀冷靜的評論集。這本書動人之處，恐怕也在於此。所謂客觀冷靜，原只是程度的問題，其實並無其事。齊老師，您說是嗎？

——選自李有成《文學的多元文化軌跡》

臺北：書林出版公司，2005 年 5 月

洞見清明

◎王德威

　　你到底愛不愛臺灣？愛得有多深？怎麼愛法？有「資格」愛嗎？在年底選戰的殺伐聲中，這類地老天荒式的話題又被拋上檯面。我們的時代其實離烽火已遠，常看到的倒是政客的口水與淚水。濕茫茫一片霧迷津渡；下個世紀的臺灣何去何從，還真讓人摸不清頭緒。齊邦媛教授的評論集《霧漸漸散的時候》選在此時出版，視野宏闊，感懷深遠，反能為臺灣文化、歷史脈絡，提供清新的思考向度。而她對文學臺灣一往情深之處，尤其令人動容。

　　這本評論集分為兩卷。卷一蒐有專題論文及大型編譯計畫導言 12 篇，卷二則藉 18 篇散文及小說創作評介，勾勒現代臺灣文學的不同面貌。合為一書，臺灣文學 1940 年代到 1990 年代的流變，於焉浮現，齊教授半生為臺灣文學所付出的心血，也可得見一斑。初閱《霧》書的讀者不妨先從附錄的引用書目表看起。我約略數過一遍，全書提及至少 107 位作家，363 部作品，書外齊教授實際過目的數量，想來當數倍於此。臺灣文學從當年的無人聞問到今天的顯赫一時，歷經多少曲折？而齊是少數堅守寂寞、擇善固執的前輩學者之一，雖無草根背景，近半世紀的文學之路，走來卻一步一印：這也正是她愛臺灣的方法。

　　本書以「霧」破題，當然饒有深意。光復以來的臺灣文學，可謂風雲變幻。政治的干擾、語言的隔閡、文化風土的差異，在在考驗作家的韌性與創造力。不論是本土的或是避亂而來的作者，都必面對自己的創傷血淚，勇於痛定思痛。發為文章，無不撼人心魄。曾幾何時，吳濁流的「亞

細亞孤兒」已成了張大春的野孩子「大頭春」，李喬式的「寒夜」與「孤燈」竟散發而為朱天文式的「世紀末的華麗」。誠如本書的第一篇論文所示，〈從灰濛凝重到恣肆揮灑〉，籠罩臺灣文學政治的迷霧，似乎終於漸漸散了。當代作家創作的空間，較前此任何一個時期都更為寬廣；而不論背景族群，他（她）們所凝鑄的文字世界，都將奉「臺灣」之名長存。

　　而「霧」也可能指的是一位文學史家心中的辯難與憂思。以外文系的訓練兼治中文文學，以外省人的背景衛護本土文學，再以中華／臺北學者的身分向世界推廣臺灣文學，齊教授的事業，套句今天的行話，真像是不斷在「邊緣游走」，其中的艱辛應不足為外人道也。她能欣賞東方白（《浪淘沙》）、李喬（《寒夜》）、鄭清文這些作家的原鄉情懷，對羅蘭的懷鄉寫作（《歲月沉沙》），還有外省第二代子弟如張大春、張啟疆、朱天心的眷村文學，也一樣心有戚戚焉。她嚮往吳魯芹、琦君灑脫典麗的散文境界，也探討林燿德、平路等人的後現代實驗，甚至加入「顛覆」或「被顛覆」的陣中。折衝在種種典律、理論及史觀間，她必定也曾上下求索，中夜徘徊吧？藉著長短篇章，齊教授切切要釐清方向、找尋定位。對她而言，如今大霧漸散，回首來時之路，但覺雲淡風輕，乍現清明。文學之道無他：誠中形外而已矣。

　　但這霧畢竟是「漸漸」在散著。昨天的陰霾，何嘗遠離？這裡有幾許躊躇，卻也有更多樂觀的期盼。懷抱這樣的情懷，書中的幾篇文字，像〈二度漂流的文學〉、〈新莊、舊鎮、大水河〉等，寫來才尤其引人深思。「漂流」指的是光復後來臺的一輩作家如姜貴。司馬中原等，曾以如椽之筆，寫下他們背井離鄉的創痕。然而時移事往，當年的漂流紀事竟成為蛻變環境下的禁忌。齊指出臺灣的文學歷史原就是飄泊經驗的集合。但可以在稍事安定數十年後，某一群特定時空中渡海而來的漂流者，又迫得有了「二度漂流」的憂慮？另一方面，像鄭清文這樣虔敬誠懇的創作者，為臺灣原鄉造像 40 年而不輟，成績有目共睹。但在性、暴力、政治的喧囂中，在輕薄言情、短小勵志的文風中，鄭清文式的堅持，豈竟真要成為「渡船

頭上」最後的「孤燈」？霧是漸漸的散著，但並沒有散盡。

　　在談翻譯的一篇論文中，齊教授表達了對新文學前驅梁啟超的敬意，尤其心儀其「筆鋒常帶感情」。比較起來，齊教授的筆鋒盡處，何嘗不也是常帶感情。這「感情」不再是五四論述的激情，也不是當代批評「話語」的矯情甚或煽情。近半世紀的文壇政壇起伏，齊教授看得多了，筆下千言，反而成就了少見的從容。因為從容，論文議事才顧得情辭端正，氣派雍容。她在序言寫道，她「看到的臺灣文學是在民族史上少有的從容氣氛中產生的」。但這少有的歷史氛圍是否能造就更有胸襟與氣派的文學作品呢？霧正漸漸散著，齊教授對臺灣文學「氣象」的憧憬，總應該為我們急功近利的文化社會，帶來些許希望吧。

——選自《聯合報》，1998 年 11 月 16 日，48 版

霧未散盡

◎王鼎鈞[*]

　　對臺灣當代文學分外關心的齊邦媛教授，繼《千年之淚》，又出版了《霧漸漸散的時候》。這本新書收集她給許多文集文選寫的長序，和若干散文小說的書評。她藉著作序寫評，對 1960 年代以後的臺灣文學，提出一系列的見證，委婉的包含著建議和批評。

　　這些書序和書評，都是在社會的期許下應時而作的文章，其中卻包含她對文學永久長存的見解。古今比擬，毛詩序提出「詩言志」，蘇軾梅聖俞詩集序提出「窮而後工」，前後彷彿。藉生活中的事件起興，透露學說主張，原是古人立言的一種方式。齊教授熱心入世，自謂有近乎愚忠的文學使命（〈霧漸漸散的時候·自序〉），她一再採用這一方式，親近作家，鼓勵成長，不惜拆開自己的文學理論，化整為零，隨緣度人。

　　她以最經濟的筆墨，最大的熱忱，留下霧散後的文學風景。她分析、引證、涉獵了 393 本書。她對作品的風格流派沒有偏見，對主題意識沒有成見，對創作技巧沒有定見。你沉實宏偉也罷，靈巧精細也罷，心憂天下也罷，自得其樂也罷，姿意揮灑也罷，嚴謹鄭重也罷，議論風生也罷，無跡可尋也罷，只要寫得好。

　　「只要寫得好」，這一態度深深的影響了我，因此我成為一個更好的讀者，毋意、毋必、毋固、毋我，從別人的作品中得到更多的樂趣和心得。譬如吃館子，管你京滬平津川湘，只要菜做得好。到這一步，才夠得上享受美食。

　　對批評家，我深知玉尺量才，然而有才無類，不管你金尺、玉尺、鑲

---

[*]資深作家。

滿鑽石的尺、貼上聖旨的尺、畫上符咒的尺，都是太矮太短的堤防，擋不住奔騰澎湃的文學大潮。

*

《霧漸漸散的時候》內容豐富，我不能提綱挈領，若論印象感受，第一要數她特別提出「逃離的、漂流的、落地生根的文學」，許為「相當有精神深度，收放恰當好處。」

她所謂逃離、漂流、落地生根，並非專指 1949 以後的「外省人」，她透過鄭清文、鐘肇政、東方白、吳錦發、李喬諸家作品指出，在漫長的歷史中，住在臺灣島上的人，不論先來後到，都有同樣的經歷或背景。憑藉藝術上的通感，她把洪澤湖的荒原和高雄美濃的田野，詮釋為人間的一切鄉土。

她特別由吳錦發的書中，引來山地青年作家拓拔斯的話：「寫作最終的目的，乃是想藉文字，使不同血流、不同文化的社會彼此認識，以便達到融洽相處的地步。」

善哉斯言，見地像阿里山一樣高。我想還可以加上幾個字：同一文化同一社會中，各人也有不同的生活經驗，不同的宗教信仰，不同的政治理念，文學盡可越過藩籬，消除敵視。而非黨同伐異，製造隔閡。

齊教授在《千年之淚》一書之中，透露過同樣的期許，到《霧漸漸散的時候》，又在好幾個地方反覆申說。可惜臺灣至今尚未出現一部大作，能將兩種「逃離、漂流、落地生根」加以溝通，產生同體大悲的情懷。我猜，這也許就是她充分讚許寫作技巧之後，又在「精神深度」上面附加了「相當」兩個字的緣故吧。

*

正因為「只要寫得好」，齊教授率先從文學的角度評估 1950 年代的反共文學，（文見《千年之淚》）給文學評論開出新的議題。她當年發此議論時，還冒著幾分風險。當年，一部不夠格的作品，不該因為它反共就許為傑作。而今，一部夠格的作品，也不因為它反共就該打壓貶抑，我猜作品有親共或臺獨的色彩時，也是一樣。

　　《霧漸漸散的時候》對反共文學也略有涉及，彷彿《千年之淚》的餘音。但這時，也就是臺灣解嚴鬆綁以後，出現諷嘲反共的作品，齊教授也擇優肯定。我知道，把反共人物寫成丑角，很多讀者無法接受。但齊教授預料這樣的作品還會陸續出現。難道冥冥中真有某種法則？古今多少事，盡付笑談中，那些事件本來是很嚴肅的。白頭宮女在，閒坐說玄宗，著一「閒」字，就知道談安史之亂的時候不再痛哭流涕。有人更進一步說，歷史在當時是悲劇，到後來是喜劇。今天許多人看國民政府 1950 年代的反共事業，莫非如是？

　　本書在論及 1990 年代文學的時候說，「作為苦難的民族，當一切政治型態的大霧逐漸散去的時候，當有大敘述的作品在醞釀中。」善哉斯言！我想文學對反共時代的呈現，還有甚大的未竟之業，1950 年代的文學，也並未把反共寫透，有待江山代有才人。

　　紐約一位觀察家說，反共的人共有五類：有仇的、有病的、有理想的、有野心的，和莫名其妙的。這是真知灼見。反共是這五種人的組合互動，可能一個有病的排斥一個有理想的，可能一個有仇的指揮一個有病的，也有可能一個有野心的出賣一個莫名其妙的。高居他們之上，有一位總指揮，他可能有仇、有病、有理想、也有野心。

　　這些人不斷犯錯，造成損害，可是也把中共拒之於臺灣門外，使臺灣人民免於學習反右、文革等革命功課。是非功罪都有，加減乘除難算，無奈都是事有必至，任你哭之笑之。我們猶在等待「空故納萬境」的文豪，寫出如此這般觀照全局的大著，目前反共文學還不能說是壽終正寢。

　　　　　　　＊

　　齊教授在《千年之淚》的序文中說，她關懷那一時期的文學，是因為關懷那一時代的中國人。她很謙和的表示，也許她的評論因此不能完全客觀。細讀《千年之淚》，我覺得論點是理智的，表達則是往往不禁抒情。這個特點，《霧漸漸散的時候》更為明顯。

　　她論及臺灣文學的外譯時，恕我襲用她形容朱天心的句子，有時，她

的意見「在她深情款款的文字中永存」。她評介東方白的《浪淘沙》文筆富有詩意，作家的遠適異國，困頓病榻，堅持創作，艱難出版，都引起她的詠歎。個中原因，由於《浪淘沙》是一部小說形式的臺灣史。對作品的愛可以嫁接對土地人民的愛，對土地人民的愛可以旁及對作品的愛。《浪淘沙》共三大冊、兩千多頁，我們文友們沒有人能讀完，（我得趕緊聲明，我是讀完了的。）遑論寫出誠懇的長文加以評介。書長苦夜短，司馬光自己說過，《資治通鑑》出版後，他只知道有三個人從頭到尾讀了一遍。我對朋友說，只要愛臺灣，讀完《浪淘沙》並不難。現在此書已售出七版。

＊

當今文學式微，市場規律的淘洗，媒體競爭的擠壓，除此之外，作家本身的習氣也是一個因素。佛教界有一句話：「若要佛法興，須要僧讚僧。」中國文壇 1930、1940 年代文人相輕，有黨派門戶；1950、1960 年代文人相害，偵察告密成風；1970、1980 年代文人相忘，各自忙著賺錢；1990 年代文人相抄襲，贏家通吃。當然不能席捲全體，請恕我沒有數據。

《千年之淚》和《霧漸漸散的時候》兩書接踵出現，可說百年難得一見。兩本書稱人之長，絕長補短，寓貶於褒，循循善誘。靠這兩本書幫助，關心臺灣文學的人有個方便的窗口，看見「中國文學的主流更為波瀾壯闊」，也使每一位勇猛精進的作家增加能源動力。她陪著作家成長，不是愚忠，這是大愛。在這兩本書的影響之下，我深信「只要寫得好」，作家要互相珍惜，互相稱道，互相勸勉。

就文體而論，齊教授這兩本書都是優美的散文，論斷之外，時有出色的敘述和描寫，恐非我們寫散文的人所能企及。或者她也可以換個頻道，（我不說跑道，她與人無爭。）再以一兩本散文集名世，《千年之淚》等等實在太累了。

—— 選自王鼎鈞《滄海幾顆珠》
臺北：爾雅出版社，2000 年 4 月

壯麗天象
《一生中的一天》

◎趙衛民*

　　一生中的一天，總也是令人回憶的一天。去世的好友張德模（戲劇家）曾說：「把（一生的）時間壓縮，便是戲劇。」那麼這令人回憶的一天，總也是戲劇化的一天了。就因為事件的變化，在一天內不容易看清，拉長了時間，才看出戲劇性的起伏；故而令人回憶的一天，也就是一生的故事。

　　齊邦媛在〈自序〉中說：「對於我最有吸引力的是時間與文字。」如果跳出其語脈，應該是「時間與文學」，在其中結合的是抒情的感性。時間沉澱了人與事的變化，文學沉澱了「人心的歷史」。故而她在「積水上映出漸漸擴大的藍天和飛馳的白雲」這樣的「壯麗天象」得出啟示：「黑髮與白髮是多麼渺小的瞬間萬變的現象，你既無能為力，且歡唱前行吧！」壯麗天象，映在時間的積水中。

　　在時間的這部份有縱有橫。〈故鄉〉中弔祭父親齊世英而從他留學歸來開始追憶。〈初見臺大〉從民國 36 年在文學院當助教開始當主軸，追憶時有縱切面有橫切面，時間和空間的密度在此疊合、伸展，從朱光潛到臺大外文系、中文系，由《現代文學》、《文學評論》到《中外文學》這些文學浪潮，多少文人學者的身影閃爍其間。她記殷張蘭熙，那是「樹葉裂芽出來的聲音」，為中華民國筆會季刊奉獻 20 年，記自己的參與和兩人的情誼。她記林海音家的客廳，像是「一半的臺灣文壇」，與殷張蘭熙、林海

*作家，淡江大學中國文學系教授。

音、林文月的四人聚會持續十多年。何凡則與洪炎秋、何容、林良等合辦
《國語日報》，翻譯「包可華專欄」與「淘氣的阿丹」、撰寫聯合報「玻璃
墊上」專欄。她也曾到霧峰北溝的故宮博物院擔任英文祕書，「仍記得手抱
幼兒，猛背著名的窯名與特色的情景」。層層疊疊，是時間在記憶中的密
度。

　　輯二是文學論。談史詩，可以從《伊里亞德》寫到李陵和關公，論小
說則由佛斯特的《通往印度之路》到姜貴的《旋風》、李喬的《寒夜》、東
方白的《真與美》到李永平的《雨雪霏霏》。小說的主題也從眷村老兵的離
散，到馬華文學的雨林回憶。齊邦媛認為「好的評論是將作品閱讀與理論
認知融為一爐」，而不是「把西方的文學理論套用在中文文學上」，這是以
生命印證文學的姿態。至少她認為這是一種壯麗天象。

──選自《聯合報》，2004 年 6 月 20 日，B5 版

一出手，山河震動

◎簡媜[*]

師徒簿

彼時，自新店溪河濱吹來的野風仍有淡淡的青草味，蟾蜍山酣臥於這所大學西側，長年打著綠鼾。1970 年代最後一個夏天將盡，天空仍然湛藍閃亮，任何一個剛脫掉高中制服的十八歲青年站在椰林大道中央，舉目環顧尚未被臺電大樓、新總圖切割的寬闊天地，即使生性羞怯，也忍不住要追隨野風吶喊一回。吶喊後，夢想著床，年輕生命鍍上第一層金身。

上完哲學系的課，我在數棵高大琉球松護守的六號館看到「第一屆臺大文學獎」徵文海報，心臟砰砰鼓動，回宿舍偷偷寫了一篇散文參賽，之後每天編一個理由勸自己提前接受「必敗」的事實。

竟然，在第一名從缺的情況下得了第二名，散文組評審之一是中文系柯慶明老師，另一位是外文系老師。頒獎那一天，我去活動中心領獎。一位五十多歲、穿著端莊優雅且頗有活力的外文系女老師頒一張薄薄的獎狀給我們這些「隨便穿」、很害羞的得獎者。掌聲應該是有的，紅幔金字、音樂、鮮花、觀眾、大家長蒞臨致詞、鎂光燈，好像沒有。末了，這位唯一很正式看待這件事的老師說了一句讓我永誌不忘的話，她說，對我們這些得獎者而言，今天的頒獎典禮顯得「不夠榮華富貴」。

那張薄薄的獎狀發揮了作用，它幫我在成績不理想的窘況下轉到夢寐以求的中文系；接著，那句「不夠榮華富貴」的話也發揮魔力，我又偷偷

[*]本名簡敏媜。作家。

去參加「第一屆全國學生文學獎」拿下散文首獎，這次的頒獎典禮「榮華富貴」多了。

　　如果我繼續讀研究所，一定要進她的教室上「高級英文」，當然就是登記有案的學生。大學畢業後，我自去野外叢林求生赴死，路繞來繞去總沒碰上她。然而，想必另有一本看不見的「師徒簿」早就做了記號等著點名——於今知道，簿上的第一筆，應是她任職國立編譯館時冒著坐牢危險改革國文教科書，於 1973 年印出全新版本給當年的國一新生讀，而我這個窮鄉下孩子正好是新版第一代，捧讀這本清新可喜的國文課本被啟蒙了。27年前，我又從她手上得到生平第一張文學獎狀，吃下一顆定心丸從此踏上圓夢之路。27 年後，那本蒙著塵埃的「師徒簿」被不知名的力量打開，換我繞到她面前，看到白髮皤皤的她懷抱著一個未圓的夢正在山村孤燈下奮戰。

　　她是齊邦媛老師。

攀懸崖的人

　　2006 年初，李惠綿教授家的春宴之後，一大疊口述錄音整理稿及齊老師重寫的首章初稿寄到我手上，連續數日看得我心驚膽跳。其一，完全顛覆齊老師在我心中「學者與評論家」的單一印象，我窺見有一個龐大複雜的故事在她心裡鎖得太久，此時開了鎖。其二，我意識到以她一向秉持的高標規格，絕不肯讓這些故事以凌亂的口述記錄方式面世；從重寫的首章可看出，她採用足以做歷史大敘述的高難度架構，如此下手，只有開疆闢地、成就霸業一途，不能偏安於小局面了。其三，我希望忽略但不能迴避，此時齊老師已跨過八十門檻且多次進出醫院。這好比是孤高峰頂摘一株還魂草、懸崖上築一個青春夢的舉動；一個太沉重的故事，落在一副太弱的身體，在天色太暗的時候。可我也看出，每一個被端正地寫下的字無不貫串她的鋼鐵意志，每一頁整齊的文稿無不展現威盛的軍容，「老師」宣戰了，執戟刺向時間，欲展開一場置死生於度外的文學逆襲。

就體力而言，猶如折過腿的銀髮選手第一次攀岩就是挑戰刀削懸崖，做學生的我們——惠綿與我，怎能不站在崖下當她的專屬啦啦隊。月黑風高，天地皆冷眼旁觀，老選手上路了。啦啦隊有點擔心，朝上喊：「老師，您爬到哪裡了？」空谷送來虛弱的回音：「爬到第二章在逃離了，心臟痛得睡不著，寫到天亮，前胸貼後背的累，我父母都是心臟突然……」啦啦隊驚慌地說：「老師，您不要嚇我們，別寫了別寫了快去休息！」屈指一算，至少還有十多章要爬，怎麼爬？啦啦隊覺得這樣「壓榨老師」會下地獄，提議：「老師，您乾脆下來算了！別爬了！」沒聲音，好長時間沒吭聲，忽然踢下一撮沙，有動靜了，夾著一陣劇烈咳嗽傳來雀躍的語句：「太快樂了，我開始爬第四章了……！」

有一章一寫就超過半年，底下的啦啦隊把蟲子都捉完了蒼蠅也打光了，不得不催她：「老師，您的『進度』到哪裡？說好這章寫完要喝春酒，都成秋酒了！」抖來一串理由：最近來參觀的人較多，兒子來了要「育兒」，舊居有些事要理，牙痛看幾趟醫生，心臟不大行……「我現在的樣子就像屈原投江前吶！」聲音有點沮喪。換啦啦隊沉默了，半晌，說：「老師，您還是別投，投了也會被撈起來。」立刻傳來一陣呵呵呵笑聲，自我解嘲道：「是啊，撈起來曬乾了，還得去幹活！」

做為第一手讀者，我們完整地見識齊老師的超人意志與鋼鐵精神，兼以學者之嚴謹態度。原近二十萬字的口述整理稿幾乎全被推翻，大綱至少大修三次，書名想了近百個——每次電話裡講得火熱油燙的書名，沒多久就丟到陰溝裡去。每一章動用的文獻、資料、專書，甚至信件往返、訪談求證，不可計數。因此，打字稿上標記三修四修至七八修，已是常態。這般嘔心瀝血寫書的人已經不多了，盛年壯軀有助理伺候的人都做不到，齊老師一個人做到了。四年伏案，25 萬字長征，老選手終於爬上懸崖，完成「生命之書」。

巨流驚濤

對我這種土生土長於亞熱帶多雨農村的臺灣子弟而言，冰天雪地「東北」像遙遠的星球；即使仍會背誦課本上「東北有三寶，人參貂皮烏拉草」，即使小學教唱的愛國歌曲〈長城謠〉仍琅琅上口，即使「九一八事變」，偽滿洲國曾是歷史必考題，我這一代學生對東北的印象仍是白茫茫一片。烏拉草不是我們稻田邊的草，長城外面不是我們天黑了要回去的家；從沒聽過家鄉在長城外的人以渾厚嗓音唱「苦難當，奔他方，骨肉離散父母喪」的遭遇，沒人告訴我們冰天雪地上實實在在活著怎樣的一群人、發生什麼樣的事、懷哪一種恨、流哪一種眼淚？沒有故事，哪來感動？沒有感動，不可能喚起理解與同情。

遲來的《巨流河》，彌補了這個缺口。

齊老師筆鋒如刀，指揮兩翼進軍：一翼自父親齊世英留學德國回來，參與 1925 年郭松齡反張作霖之兵變行動寫起；郭軍與奉軍於「巨流河」決戰，此關鍵一役，郭軍功敗垂成，郭松齡被槍決曝屍，27 歲熱血青年齊世英南奔，加入國民黨建設國家行列，肩負東北黨務、地下抗日重任，身繫內外決策，歷抗日鏖戰之艱險、國共內戰東北淪陷之悲憤、國府遷臺之恥痛，直至被開除黨籍，終於埋骨臺灣。

此翼藉齊世英經歷串聯一代錚錚鐵漢們在侵略者砲火下頭可拋、血可灑之氣概與尊嚴——多少孩子看到爸爸的頭被掛在城門上，他們一生沒有個人恩怨，只有不共戴天的國仇。歷史派給他們的任務是，流血至死的一代，也是漂流而亡的一代。

另一翼以己身為軸心，自誕生、童年寫起，戰火中隨逃難隊伍遷至重慶，八年間受南開中學與武漢大學教育，受業於名師，得文學啟蒙。大學畢業後落腳臺灣，結婚，展開學術事業，成為臺灣文學推手。看似一條柔軟的女性人生線，卻也掛滿同代人共同經驗的砲彈碎片與長夜歌哭。長於戰爭的一代，經戰火錘鍊而具備鋼筋鐵骨，受畢大學教育擁有高度智識，

這批已被訓練完成的二十多歲年輕人與上一代懷抱流離之苦不同，他們的腳一踏上臺灣土地，就能埋頭苦幹，樂觀工作。是以，此翼大敘述裡最動人處不在於私情部分，而是保留同代人參與 1950 年代起建設臺灣的彎腰身影——摸索做鐵路電氣化的，在榻榻米房間孵小雞的。廣義地說，從「巨流河」來的年輕一代，他們的事業在臺灣，歷史交到他們手上的任務是，流汗耕耘的一代，也是扎根重生的一代。

雙翼書寫，匯聚「巨流河」兩代、橫跨中國大陸到臺灣近百年的奮鬥史。恢宏巨構，以現代史為骨幹，鋪設可歌可泣的故事，敘述中夾藏議論；前半部是國破家亡的戰爭悲歌，後半部為來臺後的墾拓腳印；既保留上一代慷慨就義的骨氣，且記錄這一代敬業獻身的面貌。上一代渡不過一條「巨流河」，這一代卻渡過了瀚海。漂流有起點，漂流也有終點，那終點就是扎根之始。兩代命運不同，書中人物皆沾不上「榮華富貴」的邊，卻個個活得漂亮、清白、高貴，近乎神格。

齊老師的家鄉遼寧省鐵嶺附近盛產石材，堅硬如鐵。童年常在祖墳邊採野地遍生的芍藥花，晶瑩瑰麗，視之為故鄉花。鐵石般的堅硬冷光，芍藥似的柔情暖淚，也共構成為本書獨特的風格。這或許是女性寫史異於男性之處，在沉重的歷史轍痕之外，更多賺人熱淚的深情篇章，如此純粹，何等聖潔，捧之不禁以淚句讀、低迴不已。那些人，你若為他們的命運流過淚，就不能說不認識；那些事，你若為他們的遭遇嘆息過，也不能說不知道。

百年故事，以河為名。這部澎湃巨著對我這樣的讀者而言是一次很重要的彌補與「鏈結」——一代一環相扣，故能完整。

地理上的「巨流河」位於何處我仍然不知，這不重要，重要的是，從「巨流河」來的前輩們，把他們一生的故事，全部留給臺灣。

（原刊登於 2009 年 7 月 4 日《聯合報》）

——選自齊邦媛編著《洄瀾——相逢巨流河》
臺北：遠見天下文化出版公司，2014 年 1 月

不廢江河萬古流

◎李惠綿*

「佛曰：愛如一炬之火，萬火引之，其火如故。」

這是齊老師 21 歲在武漢大學外文系，指導教授吳宓先生題贈的文句，他說，「愛」不是一兩個人的事，要有一種超越塵俗和悲憫同情的愛。齊老師終身熱愛根生的家國原鄉、鍾愛耕耘的臺灣土地、深愛傳播的臺灣文學，晚年以波瀾壯闊的氣魄胸懷完成《巨流河》，用一甲子以上的歲月，實踐一炬之火的大愛。

2006 年農曆年後，邀請齊老師到我們家喝春酒，席中還有幾位師友，賓主盡歡。各自交談時，我悄悄問老師：「修改口述歷史，進行得如何？」

齊老師接受中研院歐美所單德興教授「口述歷史」計畫，自 2002 年 10 月至 2003 年 12 月，整理出 17 章。我知道這件事是在 2005 年春天，老師急診住院。彼時她尚未住進養生文化村，我到醫院探望時，她從皮包拿出第一章十幾頁打字稿，告訴我正在潤稿口述歷史，修改字跡密密麻麻，增補刪改的線條穿梭其中，難以辨讀。我想：「好大的工程啊！」而老師病中繼續修稿。

沒想到這一天前來歡聚仍然隨身攜帶。我驚訝不已，事隔一年，還是第一章，心想：「完稿之日欲待何時？」第二天我打電話鄭重請託簡媜，一起協助老師。簡媜一諾千金，重於泰山。我不相信人間存在永恆的世情，但是姐妹情深將近三十年，攜手留下這一段珍貴的記憶，或許是生命至交另一種永恆吧！

---

*臺灣大學中國文學系教授。

2006 年 4 月，我先著手口述歷史電子檔案的重整工作，初擬全書章節標題。整理過程中，許多夜晚帶著老師的過往，那氣魄恢弘的格局，那堅持理想主義的精神，一起入夢。逐漸發現，這件事變成生活一個重大目標，它來自老師沛然莫之能禦的意志，來自老師可歌可泣的生命故事。

後來，老師深感口述文稿凌亂無章，文學情韻不足，決定重寫，章節標題及內容也重新鋪排，三、四個月後，她時時感到力不從心，紙箋寫下這段祈求：

> 主啊！求你再給我一點時間，讓我說完他們的故事，那烈火燒遍的土地，爺爺、奶奶、爸爸、媽媽、大飛，和烽火裡的軍人，風雪中的學生，和他們後面追趕的我，請你讓他們在我筆下活著。

每次與老師通電話時，總是請她務必善自珍重，寫完最艱難的前三章，然後將息一番，繼續攀登，老師要挺著，我們一定要共同看到這本書誕生。2009 年 3 月底，齊老師終於完成，書名《巨流河》隨之拍板敲定。寄來最後一章時，附上藍色紙箋：

> 第 11 章初（粗）稿寄上，交在你和簡媜手中，心上，腦裡，請磨它，剪它，重整它，一切拜託……。我能繳稿至 The end，也不負你們對我的愛與信心。

這位自幼痴心文學、學貫中西的文壇耆宿，總是用這樣謙懷懇切的語言文字，我油然而生的是無限崇敬之心與萬分不忍之情。這位對理想生死不渝，經常用最響亮的聲音將臺灣與文學帶到世界各地的大師，終於將「他們的故事」寫完了。

《巨流河》出版日期刻意挑選 7 月 7 日，誌念史稱的「七七事變」，對日抗戰紀念日意味中國近代苦難的開端。齊老師以漂流的生命為圓心，擴

及歷史傷痕、家族遷徙、風雨臺灣，完成一部氣勢磅礡的敘事文學，以汪洋閎肆兼具深情綿密之筆，見證血淚苦難的 20 世紀。當我們閱讀書序第一行：「巨流河是清代稱呼遼河的名字，她是中國七大江河之一，遼寧百姓的母親河……。」霎時，腦海中立刻出現一幅縱貫古今的巨河，眼淚奪眶而出，繼而隨《巨流河》故事而哭，哭家國世變，哭政權崩離，哭文化浩劫，哭菁英凋零，哭同窗死別，哭殉國英靈……。

　　齊老師以八十餘歲高齡，竭盡心力燃燒生命熱火，那熊熊火焰將永恆照亮歷史文學的巨流；縱使「浪淘盡，千古風流人物」，但此書不廢江河萬古流。

（原刊登於 2009 年 8 月 16 日《國語日報》「星期天書房」）

——選自齊邦媛編著《洄瀾——相逢巨流河》
臺北：遠見天下文化出版公司，2014 年 1 月

齊家父女的臺灣經驗

◎林博文*

　　曾任教中興大學和臺大的齊邦媛教授，最近出版長篇回憶錄《巨流河》，敘述她從東北到臺灣的經歷，是一部極有價值、可讀性亦高的傳記。齊教授的父親是曾被蔣介石開除國民黨籍、又和雷震等人籌組「中國民主黨」的前立法委員齊世英。

　　齊世英為臺灣民主運動的開路先鋒之一，他曾經以「老雞帶小雞」的方式傳授康寧祥如何認識立法院的問政程序，如何熟悉立法院文化以及如何對付國民黨，齊世英已於 1987 年辭世。齊邦媛生於 1924 年，在大陸住了 23 年，在臺灣從事教學、編譯和傳揚文化逾一甲子。齊家父女在不同領域對臺灣作了不朽貢獻，比臺灣人還愛臺灣。東北和臺灣都曾是日本帝國主義的殖民地，齊家父女常懷念東北的白山黑水，但更熱愛寶島的蕉風椰雨。

　　閱讀齊教授的《巨流河》之前，最好能先看中研院近史所 1990 年出版的《齊世英先生訪問紀錄》，以資進一步了解遼寧鐵嶺出生的齊世英，怎樣變成一個與日本人鬥，與張作霖和張學良父子鬥，與國民黨最高當局鬥的鐵漢子。1960 年 9 月，《自由中國》半月刊發行人雷震以言論獲罪，被蔣介石下令逮捕之後，胡適不敢去探監，不敢公開抨擊蔣，許多知識分子暗中罵胡適「沒有肩膀」，和胡適相反的是齊世英。在雷震入獄、《自由中國》被封後，齊世英成了臺灣民主運動的幕後主導力量，充當黨外人士的「保母」。安排東北老鄉梁肅戎為雷震辯護；郭雨新、余登發和美麗島受害

*文史工作者、專欄作家，發表文章時為《中國時報》主筆。

者都去找他幫忙；康寧祥認為齊世英是臺灣民主運動的開拓者。

　　齊世英口述歷史的最大缺點是只做到 1949 年，幸好在出版時加上了康寧祥的訪談和梁肅戎、傅正、于衡、田雨時等人的回憶文章以補全齊鐵老推動臺灣民主運動的史實。素有「美男子」之稱的齊世英，1954 年底因在立院反對電力加價而遭蔣介石開除黨籍。筆者前幾天和同住紐約而又與齊家頗熟的老報人龔選舞通電話，我告訴他正在讀齊邦媛的回憶錄，龔老說，齊世英被開除黨籍的真正原因並不是反對電力加價，而是蔣害怕當時在立院擁有極大勢力的齊世英出馬競選立院院長。龔老又說，蔣在國民黨中常會開會時痛批齊說：「把他空投到大陸去，看他怎麼樣！」蔣又說：「聽說有人去齊家慰問齊世英？」講完眼睛一掃，張道藩、谷正綱乖乖站起來「認罪」。

　　齊世英敢衝敢撞，齊邦媛說：「以這種方式離開了國民黨，在我父親來說，那時可以說是一種解脫。」齊教授說她父親曾批評她「膽子小，經常『處變大驚』。」然而，這位「膽小」的學者卻在臺灣教育界、學術界和藝文界辛勤耕耘六十多年，培育無數人才。謙虛的齊教授說：「60 年來，我沉迷於讀書、教書，寫評論文章為他人作品鼓掌打氣，卻幾乎無一字一句寫我心中念念不忘的當年事……，直到幾乎已經太遲的時候，我驚覺，不能不說出故事就離開。」我們慶幸齊教授在「離開」前完成了她的「四十年來家國，三千里地山河」的人生紀錄，為她所走過的時代留下最真實的見證。

　　齊邦媛回憶說：「升上高中後，脫下童子軍制服，換上長旗袍；春夏淺藍，秋冬則是陰丹士林布。心理上似乎也頗受影響，連走路都不一樣，自知是個女子，16 歲了。」這個「女子」後來考進武漢大學哲學系，因英文好，受到朱光潛教授的鼓勵，上大二時轉入外文系，從此注定了齊邦媛浸潤外文的一生。1965 年，芝加哥大學經濟學大師、殷海光最崇拜的海耶克訪問臺中，齊邦媛擔任翻譯，在她的口譯下，「封閉社會」（Closed Society）和「開放社會」（Open Society）這兩個詞從此流行臺灣讀書界。

　　抗戰勝利後，蔣介石派江西人熊式輝擔任東北行營（後改稱東北行轅）主任。熊氏是個具有爭議性的人物，齊世英的口述歷史和齊邦媛的回憶錄都對熊氏有所批評。去年年底，《海桑集——熊式輝回憶錄，1907～1949》在海外出版，史學家余英時在序文中盛讚這部回憶錄「是一部歷史價值最高的回憶錄，比一般老人晚年自傳或口述歷史更為翔實可信。」余英時年輕時曾隨其父余協中待過東北，對熊式輝本人和熊氏回憶錄皆頗為肯定，齊鐵老泉下有知，大概不會同意余氏的看法。

　　齊邦媛 1949 年大學畢業時在上海收到臺大外文系助教聘書，她的父親怕她不習慣，為她買來回機票。兩年後，齊鐵老帶著一臉的「挫敗、憔悴」，搭重慶最後一班飛機到臺北。齊家父女從此為這塊土地打拚，燃燒自己，使臺灣變得更進步、更光明。

（原刊登於 2009 年 9 月 2 日《中國時報》）

——選自齊邦媛編著《洄瀾——相逢巨流河》
臺北：遠見天下文化出版公司，2014 年 1 月

巨流河到啞口海的水勢

◎林文月[*]

　　「齊先生」三個字，是我對齊邦媛教授的稱呼。從初識時無論當面或打電話，書信留言都如此。我讀大學的時代，對於大學裡的師長和同事，無論男女都要尊稱「先生」，認為稱「老師」是中學以前的事情。

　　齊先生和我是臺大同事，他在外文系，我在中文系。外文系辦公室在文學院左翼樓下，中文系辦公室在右翼樓上，平日大家教書，多數從研究室直赴教室，下了課回研究室，甚少到系務及教學範圍外的領域走動，因此同任教於文學院，不同系的人並不見得互相認識交往。齊先生和我熟稔起來是在 1973 年時，臺大外文系與中文系創立「中華民國比較文學學會」。齊先生代表外文系，我代表中文系，兩人同時擔任了二系 12 位的發起人，各為中、外文系的女教授。我們開會時往往毗鄰而坐，多了寒喧交談的機會。

　　不過，我們真正有較深的認識和情誼，是緣起於 1978 年 11 月獲得行政院推薦為中華民國教授訪問團團員。訪問團除齊先生和我，餘皆是男教授。在為期一週的旅程中，我們被安排住在旅館同一房間裡，日夜相處，更增添相互關懷照料的機會。猶記得兩人穿著合身的旗袍和高跟鞋正式服裝參加各種會議及餐宴，多了一層有別於其他男性團員的拘束與謹戒，時時刻刻懷著他們所不能體會的危機意識。拜訪國會議堂，走下頗具規模的寬廣大理石階，眾人互讓，要我們兩個女教授走伸手不及兩側扶手的中央地帶。齊先生和我不約而同的緊緊依偎攙扶起來。穿著高跟鞋底下的石階

[*]臺灣大學中國文學系名譽教授。

光可鑑人，似乎刻意打過蠟，稍一不慎跌跤，眾目睽睽下可不得了。「慢慢走。」「要小心啊。」我們輕聲互勉，安全步下了那不敢數清究竟有多少級的大理石階梯。當時心境感受，宜用齊先生的詞語：「革命情懷」。

正因那幾天日夜共處的「革命情感」，培養出了我們日後的情誼。訪問的日子裡，我們白天接受韓國教育界及媒體的各種安排，也意外地會見了自己教過的老學生，有時又遊覽參觀秋洋紅葉下的名勝古蹟。寒夜襲人的旅邸夜晚同處一室，話題則又於文藝評論、學術研究之外，多了一些家庭身世等人性溫馨的範圍，是學院迴廊上或會議場合中不可能觸及的內容。

韓國之旅後，我們偶爾會在課餘選一個地方喝咖啡小聚。和平東路溫州街口的「法哥里昂」，位於齊先生家麗水街和我辛亥路家的中間，步行約十分鐘可至，是到如今都令我們懷念的地方。

其實，我們聚敘談說最多的仍是圍繞著文學的話題。尤其在接續張蘭熙女士主編「中華民國筆會」季刊 *THE CHINESE PEN* 後，他常約我在「法哥里昂」商量封面設計，主題定調或圖片安排等細節。1997 年夏季值季刊 100 期，自是意義非凡。齊先生早已用心編排內容，又鄭重令我設計封面，選取主題。在商量多次後，終於採用紅色與金色配合綠色的桂冠及文字，題為"THE ONE HUNDERED STEPS"，中文為「回首迢遞」，意味著季刊一步一足印走過 100 期，代表 25 年沒有間斷虛擲的光陰與努力，一點一滴，似遙遠實可把握。我清楚記得，印刷廠甫送新印製的兩本季刊，齊先生當晚就雇車到我家送一本給我。燈下匆匆翻看前前後後，我們興奮不已。

多年來，我經常與齊先生分享她出版新書的快樂，譬如《千年之淚》、《霧漸漸散的時候》、《一生中的一天》、《中國現代文學「臺灣」選集》……。印象最深的是 2003 年夏天，她到拉斯維加斯探望三子思平一家。我和章瑱自加州南飛去相聚。除了敘舊，也遊覽壯觀的胡佛水壩，但她沿途卻間歇地談說著和王德威合編的《最後的黃埔》（*THE LAST OF WHAMPOA BREED*）。回到家，那本書的封面樣本剛剛郵遞寄達。齊先生

一面摩挲著那墨跡猶熱的封面，不斷說著：「好快樂，好高興！」

如今，一本 600 頁的《巨流河》，由羅思平千里迢迢攜來快遞寄到我面前。睹書如見其人，我彷彿又看到那表情欣喜神采飛揚的模樣了。認識她三十餘年，雖然多次訴說過個人和家族的一些故事點滴細節，也透過那些點滴細節故事似已經「認識」了友人；但捧讀厚厚的《巨流河》，追逐一字一句，則又發現經由文字整理出來的世界裡，畢竟仍有許多以前未能完整認識的齊先生。

600 頁的書十分沉重。我日夜讀著，無論案前床頭都感覺到此書的沉重，不單只是紙張厚多的重，更因為內容豐裕的重。從家鄉東北的巨流河開端，停筆於南臺灣的啞口海，自 1924 年作者誕生起，止於 2009 年此書之出版，齊先生把自己過去的生活做一個回顧。《巨流河》以 1947 年為分界，前半段寫大陸時期，後半段寫臺灣經驗。文字間流過的是時間之巨流，卻因遭遇離亂的時局，國事家事身不由己的多方遷徙，因而也是地理的巨流。大陸、臺灣兩個生活經驗，其實也是許多大陸來臺的「外省人」共同的記憶，但由於特殊的家世背景與個人素質，這本《巨流河》遂不只是個人的「記憶文學」，而時時處處與時代的脈搏緊密扣合著，於追述過往之際，多一層資料、探析、深思和反省期許。

《巨流河》的大陸時期，記家鄉東北，因逢抗戰，一家人艱辛跋涉，輾轉入大後方，作者正當求學年齡。這前半部雖然是記述 23 歲以前的生活，時間上約只四分之一，但在全書的分量卻幾占一半的比例。因為無論家族系譜、鄉里故實人物以及歷史事件，都有可信參考資料為依據，遂令這些記述體自一個少女的眼睛看出，身心體驗，卻有不受制限的廣大視野與厚實意義。

「我的幼年是無父的世界。」齊先生以如此驚人之句起筆，寫自己的成長遇難。誕生於當時多難的東北，她的父親一生懷抱愛國愛鄉的理想，公而忘私，與家人離多聚少，多賴母親辛勞持家。對於母親，她有很深的同情，對父親則始終敬佩崇拜著。這個印象，從訪韓旅邸寒夜的初識對談

時，我就感受到。在我們交往的 30 年裡，斷續或重覆的話題中，關於齊世英先生從事東北的地下抗日工作、創辦主張民主自由的雜誌《時與潮》，以及政治生涯種種，每一次的談話裡，我都聽出她由衷的崇仰之情。而這一份崇仰之情落實為文學記述，遂由敘載之詳實呈現出來。於成長、逃難、求學的青春歲月，父親的影像無時不在，籠罩著整個前半段；甚至更及括後段渡海來臺以後。父親的公正無私、堅毅勇敢，及明理智慧的人格特質，對她影響至深，是作者一生追隨的典範。

在大陸的年輕歲月裡，另一位對作者影響深刻的人是武漢大學外文系的朱光潛教授。朱先生當時已是名滿天下的學者。平時表情嚴肅，講雪萊的〈西風頌〉（ "ODE TO THE WEST WIND" ），「用手大力地揮拂、橫掃……口中念著詩句，教我們用 "THE MIND'S EYE" 想像西風怒吼的意象（IMAGERY）。」這種對於文學的熱情和專注，啟發了青春學子的心靈。「這是我第一次真正地看到了西方詩中的意象，一生受用不盡。」作者這樣寫著。從離亂戰爭的學生時代，直到戰後來臺教書，甚至退休後的今日，對於文學的靈敏度和熱情始終燃燒未熄止。一位良師對於學生的啟迪是多麼深遠可貴啊。只是，又有幾個學生會這樣細膩精緻地拈出良師的特質呢？前此，我也曾經聽她幾度談及衷心敬佩的「朱老師」，然而這短短幾行字卻重新帶給我生動感人的印象，則文字的力量又是多麼深刻巨大啊。

如果以砲火下輾轉逃難，個人家族和整個國家都與多事多難的時局攪拌不可分割，而概括 23 歲以前為大陸經驗的話；由於偶然機緣漂泊來臺的「外省人」，在此成家立業，踏踏實實生活了 60 年，見證臺灣的發展，並且從文學的角度參考、推動文化發展，渡海後的作者已然成為不可自外於「本省人」的外省人了。

和羅裕昌先生相識於臺北，徵得雙親同意，回上海結婚。新婚十天離開「人心惶惶」的上海，兩人再來到「海外」的臺北，組成了小家庭。成為羅太太的作者，從此住在羅先生任職的鐵路局宿舍，隨夫婿調任，由臺北而臺中而再回臺北，20 年間，南北遷移。

　　羅先生是體格高大的四川人，話不多而聲音洪亮沉穩。大學時主修電氣的他，予人誠懇明智的印象。1950 年代的臺灣，局勢漸趨穩定，政府開始改善人民生活，各種大型建設在那個時代施行。日治時期的鐵路運輸系統已不敷現代需求，羅先生率先想到把美國中央控制車制系統的新觀念介紹來臺灣。他們夫婦兩人於下班忙完家事，哄睡孩子後，燈下將美國鐵路協會出版的《美國鐵路號誌之理論與應用》譯成中文，成為工程人員必讀之書。調職任鐵路局臺中段長的羅裕昌先生，是策畫者，也是施工主持者。

　　「灑在臺灣土地上的汗與淚」記述了有關此重要工程進行前前後後的事情，在書中占著相當大的比重。今日臺灣的居民理所當然的享受著鐵路全自動控制的便捷與安全，多數人不知在建設時經歷幾許辛勤緊張的代價。放假日不分晝夜的工程，在戶外施工無法抵擋風雨，遭遇八七大水災，更造成未完工先摧毀的嚴重打擊。工作人員邊建設邊搶修，日夜不休，吹風泡水。身為主其事的羅先生率先眾工人「打拼」，為時長達數年。整個始末過程，書中沒有誇張形容，羅列一件件可驗證的事實，可謂臺鐵全自動控制化的歷史；然而作者身處期間，於事實的冰冷陳述之外，更多了一份側寫臺鐵員工上下人員，及其家屬的身心感受，則又豈是臺鐵官方歷史所能盡書的？其後，鐵路局調羅先生北上，參加國家十大建設鐵路電氣化計畫工作。1975 年電氣化現代工程輝煌完成，他獲領五等景星勳章，聘為國家建設研究會研究員，但他的耳朵卻因長期過勞睡眠不足而嚴重受傷害，退休時聽力只剩十分之一、二。

　　隨著夫婿南遷復北上的作者，始終從事她熱愛的文學教育與推展工作。我和她得以相識乃至深交，也是因對文學的共同喜愛與關心的緣故。我在臺大中文研究所開「六朝文學專題研究」課；而她的「高級英文」是中文研究所和歷史研究所的共同必修課，所以選修我課程的學生，當然也是她的學生。我常常從學生口中聽到齊老師嚴格而熱心的教學風格。1985 年，她從麗水街的家出門，在師大人行道等計程車，突然被橫衝來的摩托

車撞倒受重傷，左腿骨折，住進三軍總醫院手術治療。學生們去探病，事後她告訴我：「那些學生們是參加喜宴後來看我的，個個衣履整齊漂亮，讓我覺得很光彩！」而出院後的我去麗水街，竟看到她坐輪椅中，把膝蓋下植入鋼釘、上了石膏的腿平舉，手邊猶校改著筆會季刊的文稿。「現在你是『鐵娘子』了啊。」一時心疼且感動，不知說什麼好，我只得說笑。「『鐵娘子』還背英詩療傷哩。」她也回以說笑。我想，文學已經不是一個抽象的名詞了，而是血是肉了。

是血是肉，與身心不可分隔的文學。就是這樣的狀況促使她背詩、教英詩，關懷臺灣的文學。多少年來齊先生所寫的評論，從個別的作家，到整個的文壇，總是受重視。她的文章是品評，也是指引。獨創的「眷村文學」、「老兵文學」、「二度漂泊的文學」等詞彙，已成為臺灣現代文學史上的特定指稱，被普遍引用著。

對於臺灣文學，她不僅止於賞析評論，經由筆會季刊、蔣經國基金會的臺灣文學英譯計畫、稍早與張蘭熙女士合作、目前和王德威共同策畫，持續有方向地譯出許多當代具有特色的文學作品。2003 年，「國家臺灣文學館」在臺南的馬兵營故址開幕，是她提議、鼓吹多年的成果。館長與副館長都是臺大出身，眼看著「我們臺灣的文學」教育與保存發展都有了晚輩穩健接續，齊先生很高興地笑了。「很快樂。」這是她滿意的時候慣說的口頭禪。曾任副館長的陳昌明是我們兩個人的學生，他曾在一篇文章裡寫過：「放眼臺灣現代文學的研究，處處都有她不可抹滅的影響。」

「我的快樂是自備的。」這也是她常說的一句話。齊先生的快樂是自備的，因為許多年來她熱情而堅毅地耕耘著文學的土地，遂有了豐滿的開花與結果。如此，那源自巨流河的水勢，到啞口海沒有音滅聲消，看似平靜、實則洶湧未已。

——選自《中國時報》，2009 年 9 月 7 日，E4 版

如此悲傷，如此愉悅，如此獨特[*]
齊邦媛先生與《巨流河》

◎王德威

　　齊邦媛教授是臺灣文學和教育界最受敬重的一位前輩，弟子門生多恭稱為「齊先生」。邦媛先生的自傳《巨流河》今夏出版，既叫好又叫座，成為臺灣文壇一椿盛事。在這本 25 萬字傳記裡，齊先生回顧她波折重重的大半生，從東北流亡到關內、到西南，又從大陸流亡到臺灣。她個人的成長和家國的喪亂如影隨形，而她六十多年的臺灣經驗則見證了一代「大陸人」如何從漂流到落地生根的歷程。

　　類似《巨流河》的回憶錄近年在海峽兩岸並不少見，比齊先生的經歷更傳奇者也大有人在，但何以這本書如此受到矚目？我以為《巨流河》之所以可讀，是因為齊先生不僅寫下一本自傳而已。透過個人遭遇，她更觸及了現代中國種種不得已的轉折：東北與臺灣——齊先生的兩個故鄉——劇烈的嬗變；知識分子的顛沛流離和他們無時或已的憂患意識；還有女性獻身學術的挫折和勇氣。更重要的，作為一位文學播種者，齊先生不斷叩問：在如此充滿缺憾的歷史裡，為什麼文學才是必要的堅持？

　　而《巨流河》本身不也可以是一本文學作品？不少讀者深為書中的篇章所動容。齊先生筆下的人和事當然有其感人因素，但她的描述風格可能也是關鍵所在。《巨流河》涵蓋的那個時代，實在說來，真是「歡樂苦短，憂愁實多」，齊先生也不諱言她是在哭泣中長大的孩子。然而多少年後，她

---

[*]作者按：本文題目採自齊邦媛先生援引覃子豪詩歌〈金色面具〉。齊書引覃詩的情境，覃詩的原文是：「活得如此愉悅，如此苦惱，如此奇特」，齊邦媛，《巨流河》（臺北：天下文化，2009 年），頁 131。以下引文出自同書，皆作標楷體。

竟是以最內斂的方式處理那些原該催淚的材料。這裡所蘊藏的深情和所顯現的節制，不是過來人不能如此。《巨流河》從東北的巨流河寫起，以臺灣的啞口海結束。從波瀾壯闊到波瀾不驚，我們的前輩是以她大半生的歷練體現了她的文學情懷。

東北與臺灣

《巨流河》是一本惆悵的書。惆悵，與其說齊先生個人的感懷，更不如說她和她那個世代總體情緒的投射。以家世教育和成就而言，齊先生其實可以說是幸運的。然而表象之下，她寫出一代人的追求與遺憾，希望與悵惘。齊先生出身遼寧鐵嶺，六歲離開家鄉，以後 17 年輾轉大江南北。1947 年在極偶然的機會下，齊先生到臺灣擔任臺大外文系助教，未料就此定居超過 60 年。從東北到臺灣，從 6 年到 60 年，這兩個地方一個是她魂牽夢縈的原籍，一個是她安身立命的所在，都是她的故鄉。而這兩個地方所產生的微妙互動，和所蘊藉的巨大歷史憂傷，我以為是《巨流河》全書力量的來源。

東北與臺灣距離遙遠，幅員地理大不相同，卻在近現代中國史上經歷類似命運，甚至形成互為倒影的關係。東北原為滿清龍興之地，地廣人稀，直到 1870 年代才開放漢人屯墾定居。臺灣孤懸海外，也遲至 19 世紀才有大宗閩南移民入駐。這兩個地方在 20 世紀之交都成為東西帝國主義勢力覬覦的目標。1895 年甲午戰後，中日簽訂馬關條約，臺灣與遼東半島同時被割讓給日本。之後遼東半島的歸屬引起帝俄、法國和德國的干涉，幾經轉圜，方才由中國以「贖遼費」換回。列強勢力一旦介入，兩地從此多事。以後 50 年臺灣成為日本殖民地，而東北歷經日俄戰爭（1905 年）、九一八事變（1931 年），終於由日本一手導演建立滿洲國（1932～1945 年）。

不論在文化或政治上，東北和臺灣歷來與「關內」或「內地」有著緊張關係。兩地都是移民之鄉，草莽桀驚的氣息一向讓中央人士見外。兩地也都曾經是不同形式的殖民地，面對宗主國的漠視和殖民者的壓迫，從來

隱忍著一種悲情和不平。《巨流河》對東北和臺灣的歷史著墨不多，但讀者如果不能領會作者對這兩個地方的複雜情感，就難以理解字裡行間的心聲。而書中串聯東北和臺灣歷史、政治的重要線索，是邦媛先生的父親齊世英先生（1899～1987）。

　　齊世英是民初東北的菁英分子。早年受到張作霖的提拔，曾經先後赴日本、德國留學。在東北當時閉塞的情況下，這是何等的資歷。然而青年齊世英另有抱負。1925 年他自德國回到瀋陽，結識張大帥的部將、新軍領袖郭松齡（1883～1925）。郭憤於日俄侵犯東北而軍閥猶自內戰不已，策動倒戈反張，齊世英以一介文人身分慨然加入。但郭松齡沒有天時地利人和，未幾兵敗巨流河，並以身殉。齊世英從此流亡。

　　「渡不過的巨流河」成為《巨流河》回顧憂患重重的東北和中國歷史最重要的意象。假使郭松齡渡過巨流河，倒張成功，是否東北就能夠及早現代化，也就避免九一八、西安事變的發生？假使東北能夠得到中央重視，是否滿洲國就無法建立，也就沒日後的抗戰甚至國共內戰？但歷史不是假設，更無從改寫，齊世英的挑戰才剛剛開始。他進入關內，加入國民黨，負責東北黨務，與此同時又創立中山中學，收容東北流亡學生。抗戰結束，齊世英奉命整合東北人事，重建家鄉，卻發現國民黨的接收大員貪腐無能，聽任俄國人蹂躪東三省。中共崛起，東北是首先淪陷的地區，國民黨從這裡一敗塗地，齊世英再度流亡。

　　齊世英晚年有口述歷史問世，說明他與國民黨中央的半生齟齬，但是語多含蓄，而他的回憶基本止於 1949 年（林忠勝，林泉，沈雲龍，《齊世英先生訪問記錄》，臺北：中央研究院近代史研究所，1990 年）。《巨流河》的不同之處在於這是出於一個女兒對父親的追憶，視角自然不同，下文另議。更值得注意的是《巨流河》描述了齊世英來到臺灣以後的遭遇。1954 年齊世英因為反對增加電費以籌措軍餉的政策觸怒蔣介石，竟被開除黨籍；1960 年更因與雷震及臺籍人士吳三連、許世賢、郭雨新等人籌組新黨，幾乎繫獄。齊為臺灣的民生和民主付出了他後半生的代價，但骨子裡

他的反蔣也出於東北人的慨恨。東北還是臺灣，不過都是蔣政權的棋子罷了。

渡不過的巨流河──多少壯懷激烈都已付諸流水。晚年的齊世英在充滿孤憤的日子裡鬱鬱以終。但正如唐君毅先生論中國人文精神所謂，從「驚天動地」到「寂天寞地」，求仁得仁，又何憾之有（唐君毅，〈中國文化之精神價值〉，《唐君毅全集》卷 4，臺北：學生書局，1991 年，頁366）？而這位東北「漢子」與臺灣的因緣是要由他的女兒來承續。

齊邦媛應是臺灣光復後最早來臺的大陸知識分子之一。彼時的臺灣仍受日本戰敗影響，二二八事件剛過去不久，國共內戰方殷，充滿各種不確定的因素。就在這樣的情況下，一位年輕的東北女子在臺灣開始了人生的另一頁。

齊先生對臺灣的一往情深，不必等到 1990 年代政治正確的風潮。她是最早重視臺灣文學的學者，也是譯介臺灣文學的推手。她所交往的作家文人有不少站在國民黨甚至「大陸人」的對立面，但不論政治風雲如何變換，他們的友情始終不渝。齊先生這樣的包容彷彿來自於一種奇妙的，同仇敵愾的義氣：她「懂得」一輩臺灣人的心中，何嘗不也有一道過不去的巨流河？現代中國史上，臺灣錯過了太多，也被辜負了太多。像《亞細亞的孤兒》和《寒夜三部曲》這類作品寫的是臺灣之命運，卻有了一位東北人作知音。

巨流河那場戰役早就灰飛煙滅，照片裡當年那目光熠熠的熱血青年歷盡顛仆，已經安息。而他那六歲背井離鄉的女兒因緣際會，成為白先勇口中守護臺灣「文學的天使」。驀然回首，邦媛先生感嘆擁抱臺灣之餘，「**她又何曾為自己生身的故鄉和為她而戰的人寫過一篇血淚紀錄？**」《巨流河》因此是本遲來的書。它是一場女兒與父親跨越生命巨流的對話，也是邦媛先生為不能回歸的東北，不再離開的臺灣所作的告白。

四種「潔淨」典型

　　《巨流河》見證了大半個世紀的中國和臺灣史，有十足可歌可泣的素材，但齊邦媛先生卻選擇了不同的回憶形式。她的描述平白和緩，即使處理至痛時刻，也顯示極大的謙抑和低迴。不少讀者指出這是此書的魅力所在，但我們更不妨思考這樣的風格之下，蘊含了怎樣一種看待歷史的方法？又是什麼樣人和事促成了這樣的風格？

　　在《巨流河》所述及的眾多人物裡，我以為有四位最足以決定邦媛先生的態度：齊世英、張大飛、朱光潛、錢穆。如上所述，齊世英先生的一生是此書的「潛文本」。政治上齊從巨流河一役到國民黨撤離大陸，不折不扣的是個臺面上的人物，來臺之後卻因為見罪領袖，過早結束事業。齊邦媛眼中的父親一身傲骨，從來不能躋身權力核心。但她認為父親的特色不在於他的擇善固執；更重要的，他是個「溫和潔淨」的性情中人。

　　正因如此，南京大屠殺後的齊世英在武漢與家人重逢，他「那一條潔白的手帕上都是灰黃的塵土……被眼淚濕得透透地。他說：『我們真是國破家亡了』。」重慶大轟炸後一夜大雨滂沱，「媽媽又在生病……全家擠在還有一半屋頂的屋內……他坐在床頭，一手撐著一把大雨傘遮著他和媽媽的頭，就這樣的等著天亮……。」晚年的齊世英鬱鬱寡歡，每提東北淪陷始末，即淚流不能自已。這是失落愧疚的眼淚，也是潔身自愛的眼淚。

　　齊世英的一生大起大落，齊邦媛卻謂從父親學到「溫和」與「潔淨」，很是耐人尋味。亂世出英雄，但成敗之外，又有幾人終其一生能保有「溫和」與「潔淨」？這是《巨流河》反思歷史與生命的基調。

　　懷抱著這樣的標準，齊邦媛寫下她和張大飛（1918～1945）的因緣。張大飛是東北子弟，父親在滿洲國成立時任瀋陽縣警察局長，因為協助抗日，被日本人公開澆油漆燒死。張大飛逃入關內，進入中山中學而與齊家相識；七七事變他加入空軍，勝利前夕在河南一場空戰中殉國。張大飛的故事悲慘壯烈，他對少年齊邦媛的呵護成為兩人最深刻的默契，當他宿命

式的迎向死亡，他為生者留下永遠的遺憾。

齊邦媛筆下的張大飛英姿颯颯，親愛精誠，應該是《巨流河》裡最令人難忘的人物。他雨中佇立在齊邦媛校園裡的身影，他虔誠的宗教信仰，他幽幽的訣別信，無不充滿青春加死亡的浪漫色彩。但這正是邦媛先生所要釐清的：他們之間的關係不容如此輕易歸類，因為那是一種至誠的信托，最潔淨的情操。我們今天的抗戰想像早已被《色・戒》這類故事所壟斷。當學者文人口沫橫飛的分析又分析張愛玲式的複雜情事，張大飛這樣的生，這樣的死，反而要讓人無言以對。面對逝者，這豈不是一種更艱難的紀念？

上個世紀末，75 歲的邦媛先生訪問南京陣亡將士紀念碑，在千百犧牲者中找到張大飛的名字。55 年的謎底揭開，塵歸塵，土歸土，歷史在這裡的啟示非關英雄，更無關男女。俱往矣——誠如邦媛先生所說，張大飛的一生短暫如曇花，「在最黑暗的夜裡綻放，迅速闔上，落地」，如此而已，卻是「那般無以言說的高貴」，「那般燦爛潔淨」。

朱光潛先生（1897～1986）是中國現代最知名的美學家，抗戰時期在樂山武漢大學任教，因為賞識齊邦媛的才華，親自促請她從哲學系轉到外文系。一般對於朱光潛的認識止於他的《給青年的十二封信》或是《悲劇心理學》，事實上朱也是 1930 年代「京派」文學的關鍵人物，和沈從文等共同標舉出一種敬謹真誠的寫作觀。但這成為朱日後在大陸學界爭議性的起源。1935 年魯迅為文攻擊朱對文學「靜穆」的觀點，一時沸沸揚揚。的確，在充滿「吶喊」和「徬徨」的時代談美、談靜穆，寧非不識時務？

齊邦媛對朱光潛抗戰教學的描述揭露了朱較少被提及的一面。朱在戰火中一字一句吟哦、教導雪萊、濟慈的詩歌，與其說是與時代脫節，不如說開啟了另一種回應現實的境界——正所謂「言不及己，若不堪憂」。某日朱在講華滋華斯的長詩之際，突有所感而哽咽不能止，他「快步走出教室，留下滿室愕然。」就此令人注意的不是朱光潛的眼淚，而是他的快步走出教室。這是種矜持的態度了。朱的美學其實有憂患為底色，他談「靜

穆」哪裡是無感於現實？那正是痛定思痛後的豁然與自尊，中國式的「悲劇」精神。然而狂飆的時代裡，朱光潛注定要被誤解。1950 年代當他的女弟子在臺灣回味浪漫主義詩歌課時，他正一步一步走向美學大辯論的風暴裡。

錢穆先生（1895～1990）與齊邦媛的忘年交是《巨流河》的另一高潮。兩人初識時齊任職國立編譯館，錢已隱居臺北外雙溪素書樓，為了一本新編《中國通史》是否褻瀆武聖岳飛，一同捲入一場是非；國學大師竟被指為為「動搖國本」的學術著作背書。極端年代的歷史被極端政治化，此又一例。但錢穆不為所動。此無他，經過多少風浪，他對傳承文化的信念唯「誠明」而已。

此時的錢穆已經漸漸失去視力，心境反而益發澄澈。然而大陸經過文革摧殘殆盡，臺灣的本土運動山雨欲來，「一生為故國招魂」的老人恐怕也有了時不我予的憂愁。有 16 年，齊邦媛定時往訪錢穆，談人生、談文人在亂世的生存之道。深秋時節的臺灣四顧蕭瑟，唯有先生居處階前積滿紅葉，依然那樣祥和燦爛。然後 1990 年在立法委員陳水扁的鼓噪、總統李登輝的坐視下，錢被迫遷出素書樓，兩個月之後去世。

錢穆的《國史大綱》開宗明義，謂「對其本國歷史略有所知者，尤必附隨一種對其本國以往歷史之溫情與敬意。」但國家機器所操作的歷史何嘗顧及於此？是在個人的記錄裡，出於對典型在宿昔的溫情與敬意，歷史的意義才浮現出來。20 世紀的風暴吹得中國滿目瘡痍，但無論如何，「**世上仍有忘不了的人和事**」，過去如此，未來也應如此。這正是邦媛先生受教於錢先生最深之處。

知識的天梯

由 1930 年代到 1990 年代，齊邦媛廁身學校一甲子，或讀書求學，或為人師表，在在見證知識和知識以外因素的複雜互動。她嘗謂一生彷彿「**一直在一本一本的書疊起的石梯上，一字一句的往上攀登。**」但到頭來

她發現這石梯其實是個天梯,而且在她「初登階段,天梯就撤掉了。」這知識的天梯之所以過早撤掉不僅和半個多世紀的歷史動盪有關,尤其凸現了性別身分的局限。

九一八事變後,大批東北青年流亡關內。齊世英有感於他們的失學,多方奔走,在 1934 年成立國立中山中學,首批學生即達兩千人。這是齊邦媛第一次目睹教育和國家命運的密切關連。中山中學的學生泰半無家可歸,學校是他們唯一的托命所在,師生之間自然有了如親人般的關係。「楚雖三戶,亡秦必楚」成為他們共勉的目標。抗戰爆發,這群半大的孩子由老師率領從南京的武漢、經湖南、廣西、再到四川。一路砲火威脅不斷,死傷隨時發生,但中山的學生猶能絃歌不輟,堪稱抗戰教育史的一頁傳奇。

中山中學因為戰爭而建立,齊邦媛所就讀的南開中學、武漢大學則因戰爭而遷移。南開由張伯苓先生於 1904 年創立,是中國現代教育的先驅,校友包括周恩來、溫家寶兩位國家總理,錢思亮、吳大猷兩位中央研究院院長,和無數文化名人如曹禺、穆旦、端木蕻良等。武漢大學是華中學術重鎮,前身是張之洞創辦的自強學堂,1928 年成為中國第一批國立大學。抗戰爆發,南開遷到重慶沙坪壩,武大遷到樂山。

邦媛先生何其有幸,在戰時仍然能夠按部就班接受教育。即使在最不利的條件下,南開依然保持了一貫對教學品質的堅持。南開六年賦予齊邦媛深切的自我期許,一如其校歌所謂,智勇純真、文質彬彬。到了樂山武漢大學階段,她更在名師指導下專心文學。戰爭中的物質生活是艱苦的,但不論是南開「激情孟夫子」孟志蓀的中文課還是武大朱光潛的英美文學、吳宓(1894～1978)的文學與人生、袁昌英(1894～1973)的莎士比亞,都讓學生如沐春風,一生受用不盡。在千百萬人流離失所,中國文化基礎傷痕累累的年月裡,齊邦媛以親身經驗見證知識之重要,教育之重要。

然而戰時的教育畢竟不能與歷史和政治因素脫鉤。齊邦媛記得在樂山

如何興沖沖的參加「讀書會」，首次接觸進步文學歌曲；她也曾目睹抗戰勝利後的學潮，以及聞一多、張莘夫被暗殺後的大規模抗議活動。武漢大學復校之後，校園政治愈演愈烈；在「反內戰、反飢餓」的口號中，國民黨終於軍隊開進校園，逮捕左派師生，釀成「六一慘案」。

　　半個世紀後回顧當日校園紅潮，齊邦媛毋寧是抱著哀矜勿喜的心情。她曾經因為不夠積極而被當眾羞辱，但她明白理想和激進、天真和狂熱的距離每每只有一線之隔，歷史的後見之明難以作判斷。她更感慨的是，許多進步同學 1950 年代即成為被整肅的對象，他們為革命理想所作的奉獻和他們日後所付出的代價，往往成為反比。這就不能不令人深思知識分子和國家機器之間艱難的抗爭了。

　　反諷的是，類似的教育與意識形態的拉鋸也曾出現在臺灣，而邦媛先生竟然身與其役。時間到了 1970 年代，反攻復國大業已是強弩之末，但保守的國家棟樑們仍然夙夜匪懈。彼時齊先生任職國立編譯館，有心重新修訂中學國文教科書，未料引來排山倒海的攻擊。齊所堅持的是編訂六冊不以政治掛帥，而能引起閱讀興趣、增進語文知識的教科書，但她的提議卻被扣上「動搖國本」的大帽子。齊如何與反對者周旋可想而知，要緊的是她克服重重難關，完成了理想。

　　我們今天對照新舊兩版教科書的內容，不能不驚訝當時驚天動地的爭議焦點早已成為明日黃花。「政治正確」和「政治不正確」原來不過如此這般。倒是齊先生能夠全身而退，還是說明當時臺灣政治社會環境與大陸的巨大差距。日後臺灣中學師生使用一本文學性和親和力均強的國文教材時，可曾想像幕後的推手之所以如此熱情，或許正因為自己的南開經驗：一位好老師，一本好教材，即使在最晦暗的時刻也能啟迪一顆顆敏感的心靈。

　　齊先生記錄她求學或教學經驗的底線是她作為女性的自覺。1930、1940 年代女性接受教育已經相當普遍，但畢業之後追求事業仍然談何容易。拿到武漢大學外文系學位後的齊邦媛就曾著實徬徨過。她曾經考慮繼

續深造，但國共內戰的威脅將她送到了臺灣，以後為人妻，為人母，從此開始另一種生涯。

　　但齊先生從來沒有放棄她追求學問的夢想。她回憶初到臺大外文系擔任助教，如何一進門就為辦公室堆得老高的書籍所吸引；或在臺中一中教書時，如何從「菜場、煤爐、奶瓶、尿布中偷得……幾個小時，重談自己珍愛的知識」的那種「幸福」的感覺。

　　直到大學畢業 20 年後，她才有了重拾書本的機會，其時她已近四十五歲。1968 年，齊邦媛入美國印第安納大學研究所，把握每一分鐘「偷來的」時間苦讀，自認是一生「最勞累也最充實的一年」。然而就在碩士學位唾手可得之際，她必須為了家庭因素放棄一切，而勸她如此決定的包括她的父親。

　　這，對於邦媛先生而言，是她生命中渡不過的「巨流河」吧？齊先生是惆悵的，因為知道自己有能力、也有機會渡到河的那一岸，卻如何可望也不可及。值得我們思考的是，如果在齊世英先生那裡巨流河有著史詩般的波濤洶湧，邦媛先生的「巨流河」可全不是那回事。她的「河」裡淨是賢妻良母的守則，是日復一日的家庭責任。但這樣「家常」的生命考驗，如此瑣碎，如此漫長，艱難處未必亞於一次戰役，一場政爭。在知識的殿堂裡，齊先生那一輩女性有太多事倍功半的無奈。直到多年以後，她才能坦然面對。

千年之淚

　　《巨流河》回顧現代中國史洪流和浮沉其中的人與事，感慨不在話下；以最近流行的話語來說，這似乎也是本向「失敗者」致敬的書。邦媛先生對此也許有不同看法。齊世英、張大飛、朱光潛、錢穆等人所受到的傷害和困蹇只是世紀中期千萬中國人中的抽樣；如果向他們致敬的理由出自他們是「失敗者」，似乎忽略了命運交錯下個人意志升華的力量，和發自其中的「潛德之幽光」。《聖經》《提摩太後書》的箴言值得思考：「那美好

的仗我已經打過了，當跑的路我已經跑盡了，所信的道我已經守住了。」

　　而邦媛先生本人是在文學裡找到了回應歷史暴虐和無常的方法。一般回憶錄裡我們很難看到像《巨流河》的許多篇章那樣，將歷史和文學作出如此綿密誠懇的交匯。齊邦媛以書寫自己的生命來見證文學無所不在的力量。她的文學啟蒙始自南開；孟志蓀老師的中國詩詞課讓她「如醉如痴地背誦，欣賞所有作品，至今仍清晰地留在心中。」武漢大學朱光潛教授的英詩課則讓她進入浪漫主義以來那撼動英美文化的偉大詩魂。華茲華斯清幽的「露西」組詩，雪萊〈雲雀之歌〉輕快不羈的意象，還有濟慈〈夜鶯頌〉對生死神祕遞換的抒情，在在讓一個二十歲不到的中國女學生不能自己。

　　環顧戰爭中的混亂和死亡，詩以鏗鏘有致的聲音召喚齊邦媛維持生命的秩序和尊嚴。少年「多識」愁滋味，雪萊的〈哀歌〉"I die! I faint! I fail!"引起她無限共鳴。但「我所惦念的不僅是一個人的生死，而是感覺他的生死與世界、人生、日夜運轉的時間都息息相關。我們這麼年輕，卻被捲入這麼廣大且似乎沒有止境的戰爭裡。」在張大飛殉國的噩耗傳來時刻、在戰後晦暗的政局裡，惠特曼的〈啊，船長！我的船長！〉沉澱她的痛苦和困惑。"O the bleeding drops of red.／Where on the deck my Capitan lies.／Fallen cold and dead."「那強而有力的詩句，隔著太平洋呼應對所有人的悲悼。」悲傷由此提升為悲憫。

　　多年以後，齊先生出版中文文學評論集《千年之淚》（1990 年）。書名源自《杜詩鏡銓》引王嗣奭評杜甫〈無家別〉：「目擊成詩，遂下千年之淚。」生命、死亡、思念，愛、親情交織成人生共同的主題，唯有詩人能以他們的素心慧眼，「目擊」、銘刻這些經驗，並使之成為回蕩千百年的聲音。齊先生有淚，不只是呼應千年以前杜甫的淚，也是從杜甫那裡理解了她的孟志蓀、朱光潛老師的淚，還有她父親的淚。文學的魅力不在於大江大海般的情緒宣洩而已，更在於所蘊積的豐富思辨想像能量，永遠伺機噴薄而出，令不同時空的讀者也蕩氣迴腸；而文學批評者恰恰是最專志敏銳

的讀者，觸動作品字裡行間的玄機，開拓出無限閱讀詮釋的可能。

　　杜甫、辛棄疾的詩歌誠然帶給齊邦媛深刻的感懷，西方文學希臘、羅馬史詩到浪漫時代，維多利亞時代，甚至艾略特等現代派同樣讓她心有戚戚焉。齊先生曾提到西方遠古文學裡，她獨鍾羅馬史詩《伊尼亞德》（The Aeneid）。《伊尼亞德》描述特洛伊戰後，伊尼亞斯（Aeneas）帶著一群「遺民」渡海尋找新天地的始末。他們歷盡考驗，終在意大利建立了羅馬帝國。但是伊尼亞斯自己並無緣看到他的努力帶來任何結果；他將英年早逝，留下未竟的事業。這樣的史詩由齊先生道來顯然此中有人，呼之欲出，由是我們對她的心事又有了更多體會。成功不必在我，歷史勝敗的定義如何能夠局限在某一時地的定點？

　　1995 年，抗戰勝利 50 年，齊邦媛赴山東威海參加會議。站在渤海灣畔北望應是遼東半島，再往北就通往她的故鄉鐵嶺。然而齊是以臺灣學者身分參加會議，不久就要回臺。她不禁感嘆：「50 年在臺灣，仍是個『外省人』，像那永遠回不了家的船（"The Flying Dutchman"）」——「悵惘千秋一灑淚」，杜甫的淚化作齊邦媛的淚。與此同時，她又想到福斯特（Foster）的《印度之旅》的結尾：「全忘記創傷，『還不是此時，還不是此地。』」（"not now. not here."）」這裡中西文學的重重交涉，足以讓我們理解當歷史的發展來到眼前無路的時刻，是文學陡然開拓了另一種境界，從而興發出生命又一層次的感喟。

　　也正是懷抱這樣的文學眼界，齊邦媛先生在過去 40 年致力臺灣文學的推動。臺灣很小，但歷史的機緣使這座小島和大陸有了分庭抗禮的機會。甲午戰後，臺灣是在被割裂的創傷下被擲入現代性體驗；1949 年大陸變色，將近兩百萬軍民湧入島上，更加深臺灣文學的憂患色彩。齊邦媛閱讀臺灣文學時，她看到大陸來臺作家如司馬中原、姜貴筆下那「震撼山野的哀痛」，也指出本土作家吳濁流、鄭清文、李喬的文字一樣能激起千年之淚。

　　海峽兩岸劍拔弩張的情況如今已經不復見，再過多少年，1895、

1947、1949 這些年分都可能成為微不足道的歷史泡沫。但或許只有臺灣的文學還能夠倖存，見證一個世紀海峽兩岸的創傷？齊先生是抱持這樣的悲願的。她也應該相信，如果雪萊和濟慈能夠感動一個抗戰期間的中國女學生，那麼吳濁流、司馬中原也未必不能感動另一個時空和語境裡的西方讀者。她花了 40 年推動臺灣文學翻譯，與其說是為了臺灣文學在國際文壇找身分，不如說是更誠懇的相信文學可以有戰勝歷史混沌和國家霸權的潛力。

　　《巨流河》最終是一位文學人對歷史的見證。隨著往事追憶，齊邦媛先生在她的書中一頁一頁的成長，終而有了風霜。但她娓娓敘述卻又讓我們覺得時間流淌，人事升沉，卻有一個聲音不曾老去。那是一個「潔淨」的聲音，一個跨越歷史、從千年之淚裡淬煉出來的清明而有情的聲音。

　　是在這個聲音引導下，我們乃能與齊先生一起回顧她的似水年華：那英挺有大志的父親，牧草中哭泣的母親，公而忘私的先生；那唱著「松花江上」的東北流亡子弟，初識文學滋味的南開少女，含淚朗誦雪萊和濟慈的朱光潛；那盛開鐵石芍藥的故鄉，那波濤滾滾的巨流河，那深邃無盡的啞口海，那暮色山風裡、隘口邊回頭探望的少年張大飛……。如此悲傷，如此愉悅，如此獨特。

——選自《中國時報》，2009 年 11 月 23～27 日，E4 版

1949 三稜鏡

◎王鼎鈞

《巨流河》，這本書可以說是齊邦媛教授的自傳，雖然書名並無明白標示，封底介紹告訴我們這是「家族記憶史」、「女性奮鬥史」，因此要了解這本書的特色，就得了解齊教授的經驗、閱歷。她是遼寧省鐵嶺縣人，鐵嶺在瀋陽的外圍，巨流河從中間流過，這條大河今名遼河，在著作者心目中，它是東北的「母親河」，以河名為書名，可見懷鄉的心情。當然這個名詞的意義延伸了，暗指洶湧的時潮，遙遠的跋涉，也許還有一往直前、惟精惟一的學術生涯。

齊教授先由她的故鄉和家世寫起，對她的父親齊世英先生著墨較多。齊公早年留學日本、德國，思想新穎，回國後想改革東北三省的軍政，參加了東北將領郭松齡領導的兵變，打算推翻當時東北的軍閥領袖張作霖。巨流河一役兵敗，郭將軍被殺，齊老先生帶領家人流亡，多次改名換姓逃避追捕。齊教授的文筆銳敏、深沉、細膩、簡練兼而有之，我們開始看見全書的風格。齊老先生痛惜兵變失敗，否則中國東北以後的變局、亂局、危局也許不會發生，表達了東北人獨特的史觀。

以後她歷經九一八事變、西安事變、七七事變、勝利後的國共衝突和全面內戰，書中甚少正面表述。到了臺灣以後，對高壓統治，省籍觀念、改革運動（儘管她的老太爺參加了此一運動），乃至於政權輪替，也都表現得淡然甚或漠然。「曾經巨流難為水」，她的敘寫貼近這條主線，也就是她家無休止的漂泊，她說：「我的故鄉只在歌聲裡。」這首歌就是「流亡三部曲」第一首，〈我的家在東北松花江上〉。由於齊老太爺是重要的政治人

物，齊家每一次流亡都是政局變化造成，「在我生長的家庭，革命與愛情是出生入死的！」國運家運，密切相連，一部中國現代史也就在她個人遭遇中隱隱現現，揮之不去。但是她把這本書寫成濁水中的青蓮，不垢不染。

《巨流河》中的父親，可能是中國現代文學作品中最成功的形象，齊老一生率領志同道合的人出生入死，國而忘家，最後都被大浪淘盡，書中說：「那些在我的婚筵上舉杯為我祝賀的人，也是我父親晚年舉起酒杯就落淚的人。」這句話我拭淚重讀，暗想今世何處再找這樣重道義而有性情的領導人。現代作家寫母親寫得很多，也寫得很好，寫父親就寫得很少，也很難寫好。雖然齊府這位老太爺散見於本書六百頁之中，並非集中獨立成篇，但讀者自行「拼貼」，如在其上，如在左右。

齊教授到了臺灣，以全書一半的篇幅寫她的教學和研究生活，在此以前，她像「文人」，自此以後，她是「學者」，後來成了國際知名的學人，國之大師，農工商學兵皆稱「齊老師」而不名。看她才情功力，專注有恆，轉型直上，得來匪易，寫自傳逢到這樣的大轉折，難度尤高。我讀過許多學者教授的傳記，幾乎都是一寫到他有了學問，成了權威，文章就平板枯澀，只能供專業人士做參考書了。《巨流河》流到哪裡都是一條奔騰的河，沒有斷裂，沒有淤塞，沒有乾涸，她寫教學、研究、出國開會、學校的行政工作，都仍然是優美的散文，她的修辭考究，氣度高貴，有人說源自英國散文的傳統。娓娓道來之後，她善用「曲終人不見，江上數峰青」的手法，把敘事拔高到抒情詩的境地，悠然作結，令人神馳。

數十年如一日，齊老師教出許多優秀的學生，其中有人現在執臺灣文壇的「牛耳」。她教學之餘又寫了許多書評、書序，稱道作家的成就，字裡行間並以巧妙的方式啟示作家如何精進，作家受惠多半不曾自覺，這就是春雨潤物無聲，然後她再透過英譯，把這些佼佼者介紹到西方去，有人說她是「臺灣現代文學的知音」，在我看來，她更是文學的保母、律師和教師。一九四九以後文學在大陸為絕學，在臺灣為顯學，臺灣有善可陳，齊教授有功可居，臺灣是「小國」，只有文化能使小國變大。她推動臺灣現代

文學的發展，影響深遠，她得到的感謝比她應該得到的要少。陳水扁和馬英九前後兩任總統都曾授勳給她，算是社會有自動彌補的功能，不過她在書中隻字未提。

與《巨流河》同時段出版，且與「一九四九」有關，被相提並論的，還有龍應台女是寫的《大江大海　1949》，以及我的《文學江湖》。作家的大忌是對賓客談論自己寫的書，作家的癖好也是對賓客談論自己剛出版的書，箭在弦上，姑且少談幾句，知我罪我，其維讀者。

面對一九四九，不揣冒昧，我覺得我也是一個有資格的敘述者，我也有敘述的責任。1949 年，「解放戰爭三大戰役」中的兩個我躬逢其盛，這年五月，上海撤退，我也是滾滾人流中的泡沫。一九四九之前，種種前因，一九四九之後，種種後果，其中也有我的言語造作。

《文學江湖》開卷第一章我在基隆碼頭登上陸地，從此以寫作維生，我親歷廣播、民營報紙、電視三大媒體在臺灣的成長，得見當時創業者的胸襟才略，略知背後的時代潮流和政治因素，我寫出來了，這些內容，寫新聞史的人無暇顧及。我因「歷史問題」被治安機關長期關切，熟悉「他們」的想法和做法，我寫出來了，有異於泛泛皮相之談。那些年，高壓手段、自由思想、民主運動，各有運用之妙，我寫下我的思考與體會。反共文學、現代文學、鄉土文學，我一一經心過眼，事後的論者先有成見、後選證據，許多事實湮沒了，後來的論者以前人的著述為依據，難增難減。我的文章有其「獨到」之處，補偏救弊則吾豈敢？聊備一格分所當為。

不幸或者有幸，那一段歲月無論在朝在野都想以文學為工具，我雖未捲入漩渦，畢竟弄溼了鞋子，因此得到許多「自傳」的材料。有人引用兩句詩給我看：「網中無意成蝦蟹，治世何妨作爪牙。」我啼笑皆非。用我自己的比喻，就好像看戲一樣，我的位子在最後一排，舞臺的燈光也不甚明亮，我沒能看得十分清楚，可是到底也看過了。我是退潮以後沙灘上露出來的螺，好歹也是在海水裡泡過的，錐形殼內深處殘存濤聲。我並非最有資格發言的人，也並非全無資格發言的人。

　　我寫文章要滿足三種要求：文學的要求，媒體的要求，讀者大眾的要求。以我今日的境況，三者缺一，文章休想見人。寫了一輩子文章，《文學江湖》實在是我最難處理的題材，我接受這個考驗。在爭名奪利、互相傾軋的人事困擾中，我能寫出：「天下事都是在恩怨糾纏、是非渾沌中做成，只要做成了就好。」我在特務工作者的觀察分析下生活，我能寫出：「他們是我的知音，世上再無別人這樣關心我的作品。」困頓 30 年，我能寫出：「我是中國大陸的殘魂剩魄，來到國民黨的殘山剩水，吃資本家的殘茶剩飯。」如此修辭來取得平衡。絕交無惡聲，去臣無怨詞，骨鯁在喉，我能寫出「魚不可以餌為食，花不可以瓶為家」。百難千劫，剩些斷簡殘編，常常想起賈島的詩：「二句三年得，一吟雙淚流。」

　　一本作品就是那個作者的世界，我的世界是江湖，江湖的對面是臺閣，是袍笏冠帶，我見過；江湖的對面是園林，是姹紫嫣紅，我遊過；江湖的對面是學院，是博學鴻詞，我夢過。這些經歷並未改變江湖的性質，只是增添了它的風波。1950 年代我們曾說：「只有殺頭的文學，沒有磕頭的文學；只有坐牢的文學，沒有作官的文學；只有發瘋的文學，沒有發財的文學。」錯了，文學也磕頭，也發財，也作官，只是在江湖中只有殺頭、坐牢、發瘋。今日反思，我在 1979 年離開臺灣的時候已經是個犯人或病人。

　　我想，這三本書最好合讀，如看三稜鏡，相互折射出滿地彩霞。我嘗試將這三本書作一比較，大處著眼，先說三書的結構：《巨流河》材料集中，時序清晰，因果明顯，不蔓不枝，是線形結構。《大江大海》頭緒紛紜，參差並進，費了一些編織的工夫，是網狀結構。《文學江湖》沿著一條主線發展，但步步向四周擴充，放出去又收回來，收回來再放出去，形成袋形結構。

　　齊老師慨乎言之，東北發源的巨流河，注入臺灣南部的啞口海。他的巧思真不可及！陳芳明教授說過，大戰結束，版圖重劃，臺灣人「失語失憶」。在齊教授看來，一九四九以後外省人也漸漸失語失憶了。世事無常，你看「啞」字有口，「你們如果閉口不說，這些石頭也要呼叫起來！」無巧

不成書，《文學江湖》有一隻口，《巨流河》有兩隻口，《大江大海》你也可以把「海」字半邊看成兩隻連接的口，可以看見口中的三寸不爛之舌。《巨流河》欲說還休，《文學江湖》欲休還說，《大江大海》語不驚人死不休！《巨流河》是無意中讓人聽見了，《文學江湖》故意讓人聽見，《大江大海》就是面對群眾演說了。

溫庭筠的〈望江南〉：「梳洗罷，獨倚望江樓。過盡千帆皆不是，斜暉脈脈水悠悠，腸斷白蘋洲。」有人說，如果寫到「過盡千帆皆不是」就停止，那有多好！有人說「斜暉脈脈水悠悠」是名句，最後一句多餘。有人說「腸斷白蘋洲」這一句把前面各句蘊積的情感完全釋放出來，這才搖盪心靈。也許齊老師寫到「過盡千帆皆不是」就翻過一頁，也許我寫到「斜暉脈脈水悠悠」才另起一章，也許龍應台連「腸斷白蘋洲」也一吐為快，三書風格大抵如此。

王德威教授以長文評介《巨流河》，他稱這本書「如此悲傷，如此愉悅，如此獨特」。容我照樣仿製，《巨流河》如此精緻，如此雅正，如此高貴。《大江大海》如此奔放，如此豐富，如此變化。我的那一本呢，我也只好湊上三句：如此周密，如此老辣，如此「江湖」！

──選自齊邦媛編著《洄瀾──相逢巨流河》

臺北：遠見天下文化出版公司，2014 年 1 月

林太乙、齊邦媛和她們的父親們

◎黃怡[*]

　　讀齊邦媛大作《巨流河》，讓人不禁懷念起林太乙的《林語堂傳》加上《林家次女》，然而假使當年林太乙將兩書綜合寫作，倒也絕不會像是《巨流河》這般壯闊的、史詩般的生命自傳，林太乙一貫雲淡風清，真正擅長的是生命側寫。

　　《林語堂傳》是一本非常正式的傳記，雖然林太乙以第一人稱表述，行文輕鬆，甚至偶爾插科打諢，但考據可並不馬虎，連林語堂幼年被懲罰不得進屋子時的反抗行為，她祖父林至誠哪個節骨眼說了什麼話，她母親廖翠鳳的嫁妝做了什麼用途，她父親哪本書拿了多少版稅，何時寫了什麼、何時讀了什麼等，思想如何轉折，都記錄得清清楚楚。《林家次女》則是寫她和父親的切磋琢磨；因為以寫作為業，林語堂經常在家，這個標準的居家男人，身為林太乙成長過程中最重要的生活伴侶之一，可寫的材料當然俯拾皆是。

　　齊世英之於齊邦媛，至少從《巨流河》看來，已經不止於人生的導師，像是林語堂之於林太乙，甚至不止於是個「溫和潔淨的真君子」，一如齊邦媛母親裴毓貞所形容，而是中國近代史上犧牲小我的知識分子典型。隨著政治局勢的奇崛萬變，齊家的遭遇，自是中國這類知識分子家庭的縮影。雖則全書中作者不時穿插自我消遣的神來之筆，《巨流河》的主調仍是嚴肅的。她以自身的成長故事為軸幹，父親的出現常似驚鴻一瞥，但此時

[*]作家、編輯，曾任《臺灣新文化》、《日本文摘》、《人本教育札記》等月刊及《重現臺灣史分冊百科》總編輯等，現已退休，專事寫作。著作包括《終生的反對者》、《綠色先行者：生態運動關鍵十二人》、《蘇建和案 21 年生死簿》等 12 種。

亦多是家族甚至國族遷變的轉捩點，周邊的風聲鶴唳迤邐而至，書中最波瀾壯闊的篇章，便順勢寫下。對作者而言，父親就是「時代」的表徵，父親所成全的大我，亦鑄造為作者的「超自我」，是一生無法踰越的做人、做事規枿。作者痀瘝在抱，談到即使在中年的意識裡，戰鼓仍依稀在耳邊響著。因為渴望給世人做交代，她有 80 歲的超古稀之年，才勉力起始撰述回憶錄，為公，其實也多於為私。

女兒眼中的時代表徵

如果光是想知道齊世英的行跡，閱讀《齊世英先生訪問紀錄》大概儘夠了，這本中央研究院近代史研究所製作的口述史，厚達四百多頁，訪問結束了 20 年（齊先生逝世後三年）才出版。訪問中，齊先生知無不言，讓我們深深感受到一個耿介不阿的書生，如何在詭譎的政黨乃至黨內的權力惡鬥中，為保護關內的東北同胞以及延展東北人與主政者的關係，委曲求全的過日子。齊先生在郭松齡與張作霖的政爭軍變（即「巨流河」之役）後流亡關內，備受世人注目，亦自此不得不走向與國民黨的合作之路，無論屢次興學或東北協會或《時與潮》雜誌，國民黨掖助他，目的在於透過他收攏東北人的民心，圖他日之大用。畢竟，東北遍地沃野，礦藏亦富甲中國，是當時東亞地區的工業重鎮，無論對於國民黨抗制殖民主義國家或是勦討共產黨，都是不可或缺的軍事要地。

齊世英在 1930、1940 年代，對於中國國民黨而言，有點類似臺灣共產黨的謝雪紅之於中國共產黨，在 1947 年的二二八民變中，中共中央通知謝撤走香港，後成立「臺灣民主自治同盟」（簡稱臺盟）。唯一不同的是，國民黨與割據地方的軍閥、日本侵略者、共產黨數十年處於交戰狀態，以致齊世英具有不變的利用價值，而國民黨退居臺灣後，與共產黨黨分立於臺灣海峽兩岸，並得到美國撐腰，使謝雪紅等臺共人士在紅色中國的身價只跌不漲。在《齊世英先生訪問紀錄》附錄的康寧祥訪談中，齊邦媛也曾說她父親認為：「臺灣和東北一樣，生存與榮辱似乎都由別人決定。」

　　《巨流河》不多談政爭，而齊世英在《齊世英先生訪問紀錄》中，亦只願談他在國民黨的黨務工作，連對於與他公誼甚篤的陳立夫，也光贊說陳的個人修養，無一詞論及陳與蔣中正建立其法西斯政權的牽牽絆絆內幕。齊世英自謂：「自從我任職國民黨中央黨部以迄國民黨改造（1950～1952 年）以前的這一段期間，如果說黨部像祠堂，我都有在旁邊掃地畫畫的中央委員的分兒，改造以後就沒有了。政治得失我本不縈懷，富貴於我確如浮雲。唯見奮鬥半生之拯鄉救國努力，斷送於少數人錯誤決策之中，既怨終生志業之湮沒，更悲故鄉重陷苦難，此心鬱悶，無言可伸。」

家庭與父親的影響

　　但同樣是知識分子家庭，我們可以從林、齊兩人乃至兩位女兒，看到更多因為個人意志所創造出來的不同人生樣態。

　　林太乙（1926～2003）是生在北京的福建廈門人後裔（父親福建龍溪人，母親福建鼓浪嶼人），當時林語堂在北京大學任教，早一年的五月發生了著名的「五卅慘案」，七月國民政府成立。齊邦媛早林太乙兩年（1924年）生在東北遼寧鐵嶺東的農村，身上有滿、蒙、漢的血淚。齊世英先是去日本讀書，接著到德國留學研究歷史哲學後歸國，據齊邦媛的回憶，「十年間，我父親曾在暑假回去過四、五次，最多住兩三個月。」所以她和哥哥振一，都是春天出生的。

　　同樣是進步的知識分子，林語堂（1895～1976）在聖約翰大學畢業後，短暫任教於清華大學，後於哈佛大學拿碩士，又在德國萊比錫大學獲語言學博士（1924 年），類似這樣的學歷背景，在當時的中國可謂做官、教書兩相宜，他卻在短暫的教學生涯（1923～1927 年，北京大學、廈門大學）後，看清了從政是悲劇、學術是鬧劇，決意大量寫作。齊世英（1899～1987）留日、德回鄉後，任同澤中學校長不到一年，即應郭松齡將軍之邀，一起向張作霖要求張家軍現代化，力陳東北中立化（1925 年），兵變後入關，在上海加入國民黨陣營（1926 年），抗日時期成為東北志士與國

民黨的主要聯絡人，來臺灣後在第一屆立委任內病歿（1948～1987 年）。

　　林語堂、齊世英兩人的志業大不相同。閩南人之於「中原」，本來就是邊陲的邊陲，由於被傳統的忠孝節義濡染的淺些，心理上的距離，更使林語堂覺醒得早些：「我不做夢，希望中國有第一流政治人物出現，只希望有一位英國第十流的政客生於中國，並希望此領袖出現時，不會被槍斃。……我不做夢，希望中國政治人才輩出，只希望有一位差強人意，說話靠得住的官僚。」（〈新年之夢──中國之夢〉，上海《東方雜誌》，1933 年）而齊世英呢？1931 年九一八事變後到 1936 年西安事件之間，只為了蔣介石堅持勦共軍、張學良堅持東北軍要抗日，齊世英光是與淪落關內的東北政客周旋，已忙得不可開交，還必須安排救濟、疏散蜂擁而至的難民與學生，「我看到解決東北問題的希望越來越渺茫」（〈九一八事變後的我〉，《齊世英先生訪問紀錄》，1990 年），爾後又必須對付東北自己人（如張學良）在蔣介石面前扯他後腿，心力上的左支右絀可想而知。

人生樣態大不同

　　1938 年，林語堂編寫的《開明英文讀本》已出版十年，成為中國最暢銷的中學英文教科書，再版連連，被譽為「版稅大王」。這十年之間，他創辦過《論語》（1932 年）、《人間世》（1934 年）、《宇宙風》（1935 年）三個半月刊，都獲得相當程度的肯定，他所提倡的「幽默」風行中國，而他也得以「閒適」的過他的小日子。第一本英文著作《吾國與吾民》（*My Country And My People*，1935 年）出版後，他在歐美文壇開始站立腳跟，於是 1936 年舉家遷美，在紐約居住。1937 年，《生活的藝術》（*The Importance of Living*）出版後暢銷，更高踞《紐約時報》排行榜長達 25 週。1938 年初，林太乙正在讀小學六年級，應學校裡英文老師之請，在班上的屏風寫上歪歪扭扭的一副對聯：「禮樂傳家久，詩書繼世長。」但父親決意全家搬到巴黎，準備著手寫作他此生最重要的一部小說──《京華煙雲》，以致林太乙和父親得以在塞納河畔的舊書攤區，逍遙過許多時光。

齊家這邊呢？1937 年 7 月 7 日盧溝橋事變，戰火快速燒至南京，「到了九月，整個南京市已半成空城，我們住的寧海路到了十月只剩下我們一家。鄰居匆忙搬走，沒有關好的門窗在秋風中劈劈啪啪地響著；滿街飛揚著碎紙和衣物……早上，我到門口看爸爸上班去，然後騎一下自行車，但是滑行半條街就被懾人的寂靜趕回家門。」到了初冬，「那時的長江運兵船是首都保衛戰的命脈之一，從上游漢口最遠只能到蕪湖。上海已在十天前全面淪陷，最後的守軍撤出後，日本軍機集中火力轟炸長江的船隻，南京下關碼頭外的江上航道幾乎塞滿了沉船。」

齊家搭的是最後一批運兵船，「然而，我的家人卻面臨更大的生死挑戰。從南京火車站到蕪湖軍用碼頭，母親雖有人背扶，卻已受到大折騰，在船上即開始大出血。船行第三天，所有帶來的止血藥都止不了血崩，全家的內衣都繼床褥用光之後墊在她身下，船到漢口，她已昏迷。」再抬到醫院，母親只剩一口氣。這時 18 個月大還沒完全斷奶的靜媛也嚴重吐瀉，齊邦媛寫道：「第五天，我扶在妹妹床邊睡了一下，突然被姑媽的哭聲驚醒；那已經變成皮包骨的小身軀上，小小甜美的臉已全然雪白，妹妹死了。」

那一年的 12 月 12 日，日軍進行南京大屠殺。

中文世界兩大女傑

因為林語堂的幾部介紹中國的暢銷書，西方知識大眾此時已認識到中國是個文化古國，而中日戰爭後，他更曾多次為文，在《紐約時報》上為中國宣傳打氣，是最早宣稱「日本處於絕境」的少數知識分子之一，對於美國積極援華有相當程度的影響。此外，他一生在濁世中「有所不為」的境界，也不是那些說他是小資產階級作家的攻擊所能輕易抹煞的。至於齊世英來到臺灣後，不像其他萬年國會的立委尸位素餐，《自由中國》半月刊發行人雷震籌組新黨，他始終公開支持，並多次針對國民黨的政策提出勸諫，私下也極力幫助黨外立委適應國會生態等，終至被國民黨開除黨籍。

齊邦媛說得好：「他後半生在臺經歷，亦是一種人格的完成。」

　　林太乙雖自小一無匱乏，也從未遭逢戰火洗禮，長大後依然平易近人，通曉世故，能夠寫出像《遍地丁香》（即後來再增改過的《春雷春雨》）、《金盤街》這樣刻畫階級矛盾卻和暖人心的長篇小說，以及持續 23 年，把《讀者文摘》中文版辦成全球最暢銷也最老少咸宜的雜誌，讓戰後的華人能夠分享西方世界的文明和快樂。齊邦媛自小禍難重重、危機不斷，長大後卻仍寧靜致遠、眼光如炬，數十年堅持教育崗位，桃李滿天下，並戮力於將臺灣有代表性的文學，譯介紹歐美讀者，讓「臺灣」不再僅是地球上一個陌生的地名。這一切的努力成果，恐怕多少來自兩位父親身教的影響。

　　姑不論林語堂的文章如何傳世，齊世英承載了多少東北鄉親的感念，他們各自的女兒，兩位女士對中文世界的文化貢獻，就已經是任何父親可能有的最大驕傲了。

（原刊登於 2010 年 7 月 15 日《中國時報》）

──選自齊邦媛編著《洄瀾──相逢巨流河》
臺北：遠見天下文化出版公司，2014 年 1 月

《巨流河》：大時代的表情、呼吸與體溫

◎李建立[*]

　　起意寫這篇小文前，猶豫過是否討論《巨流河》裡的社會歷史判斷。最終決定不在此處用力，除了自知能力有限，和其他無需言明的原因外，就是讀《巨流河》時發現原本還算熟悉的現代史突然然「陌生」起來。書中對一些大事件（抗日）、大人物（蔣介石與張學良）和大的歷史走向（巨流河之役與國共內戰）的看法，會讓讀慣了教科書式歷史敘述的人有些詫異。這本書能較快地引起反響（出版三個月即加印至兩萬冊），然後又在遠比實體店碼洋大得多的網上書店迅速地「缺貨」，恐怕都與此有關。我的「陌生」感不全來自書中多處醒目的評斷，更多的是為齊邦媛筆下的歷史細部動容，特別是那些漂浮在大時代裡的面影、話語和溫情，讓我從熱情的論辯轉向了安靜的比對與傾聽。

　　重述現代史並不是什麼新鮮事，但臺上走馬燈一樣變換的常常只是不同的扮相，角色和戲路幾無變更。即便是近幾年各方都討好的「有血有肉」的影視作品，也不過是原來的正面英雄開始「罵娘」，早先的反派人物偶爾多了些好心腸。如《巨流河》中齊邦媛的父親齊世英那樣的形象，實在難得一見。單從經歷說，齊世英本人就處於原有對立敘述模式之外。他在東北老家原有田地四千餘畝，可謂家道殷實；早年留學日本、德國，修習歷史哲學，見識廣遠，思想新派；歸國後懷抱澤被鄉里的理想，參與郭松齡兵變，功虧一簣；後投身國民革命，潛回東北聯絡抗日武裝，出生入

*河南大學傳媒研究所研究員。

死;抗戰中在重慶辦學編刊,維繫文化命脈,培植青年的國家觀念;隨蔣介石退守臺灣後,又因反對黨部提案被開除黨籍;之後又參與臺灣的民主政治運動,頗有功績。無論這些經歷的哪一段,都不大容易納入現有的敘述框架。更何況時光荏苒,現在的讀者聽「革命」故事不免隔膜。作者齊邦媛在書中就提到有讀者曾問:「您父親是讀書人,為什麼會跑去搞革命?」[1]答案或許很簡單,但顯然並非一句「時代使然」所能了得,因為並不是所有在大時代的人都有機會、有能力和有勇氣如此這般。

書中對齊世英「溫和潔淨」的評價可謂平正,無論是他與妻子的相濡以沫,還是在抗戰大局中為國家為民族盡心盡力,都與所謂「黨國」官員的印象頗為不同。這也是以記憶方式存在的私人性質的敘述最有力量的地方:它們並不直接參與對歷史結論的修正,而是專注於個人在大時代中的沉浮。當時代這種抽象的概念具體到個人、家庭、地域,甚至階層的層面,就沒有辦法用蓋棺定論的斷言加以解釋。一個時代的存活乃是立體的、全景式的,因其太複雜而難以定義,但它在時間(記憶)和空間(建築)的維度都留有印記。剛性的歷史事件之下還有許多柔性的歡樂、苦難、血淚、激情、信仰和迷茫,而人的記憶更側重的往往是敏銳的感覺而非剛性的判斷。

《巨流河》中有關蓋家小兄弟對爸爸蓋文華頭顱的記憶就是這樣一種讓人心顫的歷史「感覺」。齊邦媛在書中提到過一張全頁照片上的頭顱:「古城樓上,清晰的一排血淋淋的壯漢頭顱,怒目齜牙,血淋淋的國恨家仇,全未放下……」但在書中寫到親眼見到這幅慘景的蓋文華家人的反應時,齊邦媛並未詳細記錄蓋家伯母的悲痛,而是將筆觸停頓在蓋家小兄弟的一個疑問上:「不知為什麼我爸爸的頭掛在城門樓上?」在《巨流河》裡,「頭顱」出現多次,對蓋家小兄弟疑問的回答卻只是一連串同樣悲苦的記憶:「想起 1936 年冬天。在寧海路我家爐火前聽他艱困地敘述他父親被

---

[1]齊邦媛,《巨流河》(北京:生活・讀書・新知三聯書店,2010 年 10 月),頁 4。下文有關《巨流河》的引文,不再一一注出。

日本人酷刑燒死的悲慟。那是我第一次明白我的爸爸為什麼常常不在家，自從九一八事變以後，他回北方，在死亡邊緣所做的工作，也明白了為什麼在北平和天津，媽媽帶著我不斷地隨著他改姓王，姓徐，姓張……我也才真正地明白了蓋家小兄弟爸爸的頭顱為什麼掛在城門上！」但這些又如何呈示給童蒙無知的孩子？在歌德《少年維特的煩惱》中，女主人公綠蒂去世後，她的孩子曾問維特：「那些穿黑衣服的人為什麼要把媽媽抬走？」而在這裡，齊邦媛同樣給讀者了一個童稚的提問。與歌德要表達的死亡驟然降臨時的人世無常不同，蓋家小兄弟的簡單的話語帶出的是他們所尚不能理解的人類爭鬥，以及講述者無以言表的家國之悲。

　　還有就是齊邦媛的母親。她原名裴毓貞，後來被留學日本的新婚丈夫改名純一。改名並非全因關愛，而是認為原名太俗氣，但沒有人對她婚後十年「俗氣」的生活提出過任何改變的想法：她從沒有離開過夫家莊院「有形和無形的門」，丈夫因為讀書和工作，和她團聚的機會不過四、五次；「沒有朋友，沒有所謂社交，每年能會兩次 20 里外的娘家已感天恩浩蕩了。在我的記憶中，在家鄉的母親，不是垂手站在桌邊伺候父母吃飯，就是在牧草中哭著」。在牧草裡哭是因為幼子死亡，但不能公開宣泄，否則會被認為「不吉祥」；最後一直抑鬱到了做飯時把手伸到柴灶裡都渾然不覺時，婆家才同意娘家將她們母子送到遠在南京的丈夫身邊。當時兩家的共識是：送到南京，如果丈夫不收留，就由她父親將其接回娘家。齊邦媛說她從小就懂得憂愁，「睡覺總不安穩。夜裡有時醒來，聽見隔壁爸爸輕聲細語地和媽媽說話。他的聲音溫和安穩，我就安穩入睡」。不唯這些，她督促孩子的辦法竟然是：「你們若是不好好讀書，你爸爸就不要我們了。」前面說過，《巨流河》中的齊世英在妻女眼裡是個和善盡責的人，但誰說這個命運從來難以自主的母親，說出這樣的話僅僅是為了嚇唬孩子？在有關《巨流河》的評論中，齊邦媛的媽媽並沒有被算入重要人物之列，因為這無法左右自己命運的女性，似乎和大時代沒有直接關係。她除了在一生中不斷隨夫飄零外，似乎留給讀者的印象就是給流亡中的人們做出了一餐餐溫熱

的飯菜。這是這位柔弱的女性參與大時代唯一可能的方式。既不能影響大事件的走向，也不可能出現在歷史的宏大敘述中。套用《巨流河》討論齊世英的一句話，裴毓貞何嘗不是處在大時代的「啞口海」中，儘管她晚年曾將《聖經》誦讀萬遍，但誰知道她生命中是否出現過自己的「巨流河」！好在有齊邦媛的如椽妙筆，裴毓貞的故事讀來字字溫情，齊邦媛還說她一生對文學的觀念和熱愛，正是來自於她母親那些似乎不重要也不為外人察覺的故事，並「漸漸由文學的閱讀擴及全人類悲憫的起點」。在書中，齊邦媛說她曾以「疼痛與文學」為題作過講演，書中沒有寫她講演的內容是什麼，但她對「疼痛」的敏感和與文學的天然關聯的認識，大概也是從她母親那裡開始的吧。

　　然後是遊行中的那些學生。齊邦媛也有過遊行經歷。在長沙參加抗日遊行時她年僅 13 歲。因為抗日的感受很強烈，非要用大鼓才能表現出來。但三十幾公斤的她根本就背不動大鼓，老師就讓壯一點的同學背著鼓，她在旁邊敲著走在隊伍前面。和這裡對遊行愛國自強氣勢的描述相比，她對後來內戰中學生遊行的觀感大為不同。她詳細描述了第二次全國性學潮的情形：「同學中政治立場鮮明的，積極組織活動，口號充滿強烈的對立。遊行的隊伍擠塞在 1939 年大轟炸後仍未修建的殘破道路上，路窄得各種旗幟都飄不起來，只聽見喊至嘶啞的各種口號，『打倒……打倒！！！萬歲……！！！』自此以後，隔不了多久就有遊行。只是換了打倒的對象，除了經常有的『中華民國萬歲』之外，還有別的萬歲，每次換換即是。」說實在話，我對齊邦媛對這些遊行中的學生大加抱怨卻對鎮壓者的行為不作評說不滿，但卻不能不佩服她將這裡的口號對立、行為激進以及「激昂慷慨的喊叫的號召，遊行，不上課，不許自由思想，幾乎完全荒廢學業，大多數淪入各種仇恨運動」和後來的「文化大革命」聯繫在一起思考的歷史見識。

　　《巨流河》曾記錄了內戰時期一個抓丁拉夫的場景：近百名年輕男子，即所謂的「新兵」，被粗麻繩連環綁在沿著全船的欄杆上，從武漢運往

上海。這些人被盛夏的大太陽曝曬，臉和嘴焦黑乾裂，求水不得。有人就
縱身跳入正在漲水期的長江，「滾滾濁流中，一個小小的軀體哪有生路？」
餘下的人卻連哭泣都不被允准，「再有人哭就開槍！」對此，齊邦媛寫道：
「在我有生之年，忘不了他們枯乾的顏面，忘不了他們眼中的渴。有時在
電影看到西洋古戰場上，威武戰將後面舉著盾牌奔跑的兵，我都流淚。」
與此類似的是她在書中引述的一個國民黨將領的描領與檢討：「我們（抗戰
初起時）實行焦土抗戰，鼓勵撤退疏散，然而對忠義的同胞沒有作妥善的
安置，對流離失所的難民沒有稍加援手，任其亂跑亂竄，自生自滅，這也
許是我們在大陸失卻民心的開始吧……滿山遍野都是難民大軍鐵路公路員
工及其眷屬，流亡學生與教師，工礦職工和家眷，近百萬的軍眷，潰散的
散兵游勇及不願作奴隸的熱血青年，男女老幼匯成一股洶湧人流，隨著淪
陷區的擴大，愈裹愈多。他們對敵軍並無殺傷力，對自己的軍隊卻礙手礙
腳……入夜天寒，人們燒火取暖，一堆堆野火中夾雜著老弱病人的痛苦呻
吟與兒童啼飢號寒的悲聲，沿途到處是倒斃的腫脹屍體，極目遠望不見一
幢完整的房屋……」如果僵化地理解齊邦媛的歷史觀，會覺得《巨流河》
中對流離失所的難民、國民政府東北接受大員的貪腐、對齊世英赴臺後卻
不能見容於權力的描述似乎構成了書中矛盾之處，但《巨流河》並沒有主
動消化這些矛盾，比如用某種歷史框架將其解釋消融，而是裸呈在書中，
授給任何一個不同意《巨流河》政治歷史判斷的人以反面的證據。或許，
相對於鮮明的現代史結論，齊邦媛更尊重的還是自己真實的個人記憶和身
體感覺。也只有這樣，才能真正實現「以文學書寫超越政治成敗的人和
事」。

　　齊邦媛在書中曾這樣質問：「半世紀以來猶太人的悲痛成書近千，而中
國人在八年抗戰中的悲痛幾乎無人詳記。」紀錄怎會沒有？只不過大多是
英雄的壯烈史和發跡史，是告別舊時代走進新時代之前的光榮和功績。這
些只需要聽聽每次「抗戰」電影或電視劇上演時，觀眾面對的日本劊子手
的「愚蠢」和中國軍民的「勇敢機智」發出的陣陣快意的大笑就可以知

道。日本和德國都曾認為自己在二戰中「災難最大」，德國曾被蘇俄坑殺降卒 20 萬，而日本投降前曾遭遇原爆，齊邦媛借此追問：難道最大的災難「不是死了數百萬的猶太人嗎」？對此，她又寬容地回應說：「其實，災難是無法比較的，對每個受苦的人，他的災難都是最大的」。話雖如此，但面對猶太人的苦難書寫幾乎被看成了人類原罪，而中國人除了那些沒有來由的豪情，可以引起人們悲憤和銘記的地方，只剩下一些作為鋪墊的鏡頭。其餘的，就是一些乾枯的數字了。數字的確巨大，而且驚人，但沒有記憶和故事的數字終歸是抽象的。我寫作這篇小文的地方，距 1938 年國民政府為阻擊日軍扒開的花園口不足百里。當年的黃河一瀉千里，最終奪淮入海，取得斃敵千餘人的「戰績」時，足足有 89 萬國人被活活淹死餓死。這算「戰績」、「犧牲」、「代價」、「失誤」，還是「兩害取其輕」？除了這些「說法」和這個並沒有多少人記得的數字，最終能進入我們民族共同記憶的哭號又有幾聲？因這次大水而流離失所的千萬民眾，到底都經歷了什麼？

即便如《巨流河》裡張大飛那樣的「飛虎隊」英雄，也只有公墓裡「張大飛上尉　遼寧營口人　1918 年生　1945 年殉職」寥寥幾字，「一個立志『但使龍城飛將在，不教胡馬度陰山』的男子，以血肉之身殉國，26 歲的生命就濃縮到碑上這一行字裡了。是不是這一塊碑、這一行字，能成為一種靈魂的皈依？」若是沒有齊邦媛，誰又能告訴如今的國人，這個從東北逃難出來孩子如何地孤苦無依，差一點倒斃街頭，又如何悲痛地講述自己的父親被日本人澆油漆燒死；也是這個人，竟然在槍林彈雨中還抱著要做軍中牧師的理想，以及克制著自己對一個少女的純潔的愛情。張大飛幸甚，因為他有齊邦媛的溫情和妙筆，同樣刻寫在 M 號墓碑的其餘 19 人呢，M 號墓碑之外的那些人們呢？整個墓碑之外連名字也沒有的人們呢？作為後人，誰「何曾為自己生身的故鄉和為她而戰的人寫過一篇血淚紀錄」？通過張大飛的故事，《巨流河》如同一枚敏感的體溫計，被齊邦媛夾帶進了歷史深處的暗啞部分。雅斯貝斯曾說：「悲劇就像是燒盡一個時代後

冒起的火焰。」《巨流河》不是這樣的悲劇，它呈示的是歷史的灰燼，其中
不唯有悲憫，還有蒼涼、感傷和溫情。「一篇讀罷頭飛雪」，《巨流河》可堪
斯言！

　　再者是朱光潛。齊邦媛第一次見到的朱光潛，是一位「坐在巨大木椅
裡並不壯碩的穿灰長袍的『老頭兒』，也沒有什麼慈祥的笑容」。但接下來
的一番勸慰卻是發自肺腑。朱光潛認為學校哲學系並沒有好的師資，而齊
邦媛也無鑽研哲學的慧根，應該轉入外文系，並主動提出可以當她的導
師。在大學者之外，朱光潛當時的另一身分是武大的教務長。書中並未交
待為什麼如此垂青這樣一個大一的學生，即使齊邦媛本人也想不明白，「一
位大學者怎會召見我這個一年級學生呢？」原因只是書中交待的朱光潛從
國文老師處看到齊邦媛的作文吧。這種師生緣分恐怕是會讓如今的很多大
學生豔羨。但接下來她在朱光潛課上受教的情形更會讓今天的讀者心嚮往
之：在講解《瑪格麗特的悲苦》時，朱光潛情有所動，「取下了眼鏡，眼淚
流下雙頰，突然把書合上，快步走出教室，留下滿室愕然，卻無人開口說
話」。齊邦媛將自己記得的這次課堂上的「意外」，歸結成是尚在崇拜偶像
的學生「能看到文學名師至情的眼淚」而感榮幸。其實遠不止於此。在外
敵入侵的大背景下，學生能得遇這樣的名師，在課堂上又有這樣至情至性
的言傳身教，體會到人性的柔弱和生命的尊嚴，說得上直抵文學教育的本
質。特別是，當齊邦媛說她在朱光潛課上感悟到詩意是她「60 年來療傷止
痛最好的良藥之一」時，以及讀到她後半生為文學和教育的奔波，爭取和
成績時，誰還會願意逼迫每個人必須在「弦歌不輟」的課堂和須與生死的
戰場之間分出高下？

　　我曾在本文開頭提到，《巨流河》有一些會讓一部分人看來有些「刺
眼」的說法（三聯版已經是「刪節版」），而且那些說法也不是沒有展開會
商的空間，甚至我妄加揣測，齊邦媛在寫這本書時的期待讀者就是大陸
人。不過，提出些「正確」的批評似乎有些太過輕易，此時多容納一種講
故事的方式恐怕更重要。要講出一個時代，就必須允許出現不同的故事，

以及同一個故事的不同講法。無論人們有《巨流河》歷史觀作何評價，但
這些經由它呈示出的具體可感的大時代的表情、呼吸和體溫，會讓那些究
竟是「剿匪」還是「解放」的論爭黯然失色。歷史敘述不能在不同的標籤
之間做二元選擇。比如 1950 至 1970 年代階級論中的「地主」，今天看已經
大有問題，但有人轉而將他們改名為維繫鄉村斯文的「鄉紳」，似乎整個鄉
土中國的秩序都動搖不得，恐怕也屬整體之論。在一篇《巨流河》的評論
中，老作家王鼎鈞曾引用一句很好的格言提醒國人：「只讀一本書是可怕
的」。[2]或可稍稍引申一下：只聽一個故事是可怕的；同樣，只讓人們聽一
個故事的時代也同樣是可怕的。對於經歷大時代的人們來說，他們的眼光
可能有大不同，或是革新者、或以遺民自居、或是大事件的旁觀者，他們
能記住的可能都只是時代的局部。用心理學中「閃光燈現象」來解釋，即
境遇不同的人們對同一時代「記憶的閃亮程度、清晰度和深刻度」有差
異，「即使他們的閃光燈並不全然可靠，但只要敘述出來，記錄下來，流通
到公共信息的交流中去，就都會成為有用的歷史證據」。[3]

——選自《當代作家評論》2012 年第 1 期

---

[2]王鼎鈞，〈1949 三稜鏡〉，張曼娟主編，《九十八年散文選》（臺北，九歌出版社，2010 年 3 月）。
[3]徐賁，《人以什麼理由來記憶》（長春：吉林出版公司，2008 年 10 月），頁 10～11。

時間之上:「非虛構」的歷史與人生

齊邦媛的《巨流河》與「非虛構」寫作

◎張學昕[*]

梁海[**]

一

　　從開始閱讀這部長卷的時候,我就猜想,一個 80 歲的耄耋老人,為何在如此高齡,如此深情地寫下這三十餘萬字的回憶文字。當這部著作,在中國大陸、在臺灣、在海內外被廣泛傳播和閱讀的時候,我想,齊邦媛老人為什麼會在這個時候寫出這部《巨流河》?這究竟是一部單純的個人生活史,還是家族史,家國史?這是一部「傳記」還是一部「傳記文學」?這部書,對於像齊邦媛這樣一位老人,在將近一個世紀,尤其是埋藏著巨大悲傷的 20 世紀的風風雨雨中,她的記憶,以及對歷史、自身的回望,體現出一種怎樣的文化姿態和生命體悟?她筆下的歷史、時代和個人,是怎樣的一種糾結、起伏的關係?我還進一步思忖,這位老人的敘述,從孩提時代到耄耋之年,她呈現給我們的是集體記憶,還是個人經驗的內省?她的敘述,究竟是想告訴我們什麼呢?這是一個「說真話」的年齡,想必她幾十萬言的文字,一定是「費思量,自難忘」的,她的敘事動力何在?也就是說,這個文本的意義何在?在這裡,我嘗試跳出文本話語的政治、文

---

[*]遼寧師範大學中國現當代文學系教授、博士生導師。
[**]大連理工大學人文學院教授、博士生導師。

化意義層面，來思考和討論這部著作的寫作路徑、敘述姿態和獨特的美學理想，期待能夠把握這部回憶性文本的結構力量和價值。

　　我在書末，看到齊邦媛老人和她的小兒子羅思平，坐在啞口海畔的礁石上那張照片，人與波濤相對，與激情相對，我還猜想，當他們面對或湍急或寧靜的大海時，或是眺望無際的大海另一端，她的內心定然是平靜的，這種平靜，取決於齊邦媛先生精神世界的源頭，取決於她多年的積澱，包括她所具有的撼人心魄的情感結構和力量。從空間間距上講，從清代被稱為巨流河的遼河，到臺灣南端鵝鑾鼻燈塔下的一泓灣流──啞口海，在心理和心靈方面，作者是如何丈量的？從時間的流程上說，儘管齊邦媛先生沒有對蒼茫歷史煙雲中的人與往事，做出任何有意識形態和政治傾向的判斷，但對人性、道德的陟罰臧否，都通過文字，充分地讓時間的容器漸漸過濾。這時，我更加意識到，這部敘述風格平實、內斂的《巨流河》，顯然不是一部普通的個人生活史志，儼然已經不僅僅是一種個人記憶，而是對於生命和歷史，個人與時代的一次具有終極意義的對話，這種對話，絕不僅僅是關於歷史的重大主題的主觀性呈現，也不是「演義」不同年代和時代的風雲際會，而是一次漫長的記憶長旅，是一次心靈的呼喚，是一次等待也是一次期待，是半個多世紀的生命體驗所積蓄的力量，是一種人性深處的自我精神救贖。而這其中，無論是她寫作的出發地，還是心靈的回返地，她以濃郁的個人性重返歷史，是對一個個時代的歷史超越，也是對自己內心超越之後的沉澱。可以說，這些文字，飽含生命內在的聲音，從精神和思想的制高點來講，都在時間之上，也可以說，人的意義和價值，應該永遠在時間之上。這樣，我嘗試以文本敘述所呈現的力量裡，爬梳、體悟和理解齊邦媛先生內心流動的方法，尤其是，這部《巨流河》，它以一種「非虛構」的方式，重返歷史和個人生活現場，以自己的目光和體溫，清晰地閃回出歷史和個人的那些真實的細部。沒有任何解構歷史的欲望和衝動，只有小心翼翼地踏實的敘述。我一直堅信，生活本身的傳奇性，在很多時候就已經具有或超越了故事的傳奇性，無需虛構，就會

產生敘述的動人的、觸動心靈的力量，經歷或體驗本身會再自性發酵，就可能產生敘述的內爆力，進而，引申出無限的可闡釋性。

在雷蒙‧威廉斯看來，「情感結構埋藏在生活內部，無法依靠幾個理論術語提煉或者概括，只能在活躍的、枝蔓叢生同時又渾然一體的日常經驗之中顯現。」[1]我想在這部《巨流河》中尋找和感受的，就是齊邦媛在一個歷史結構中所掙脫出或者說是浮現出的「情感結構」，而且當這兩個結構交會和彼此衝撞的時候，個人情感體驗是如何在瞬間轉化成歷史、時代的燎原之勢，並重獲生機與活力的。我相信，在這裡，我們肯定會觸摸到歷史的原生態和切實的糙面，並且，會在我們的內心建立起一種新的精神秩序。也正是由於作者「情感結構」的真實性和穩定性，才使「非虛構」的敘述成為一種真實的存在，敘事，也就成為在自然狀態下的一種「還原」。我們以往對「虛構」和「非虛構」的理解時，有一個最關鍵的分歧，就是所謂「合理想像」和「合理虛構」對於「非虛構」類文本是否合理的問題。那麼，這部《巨流河》有否「合理虛構」？我認為，這部作品是一本傳記，而絕非傳記文學。在文本的諸多的細部，我們沒有看到「想當然」式的敘事態度，沒有拔高或者昇華故事的欲望，也沒有任何懸揣，即那種根據彼時的情景、事件的結果和人物的性格、命運、行為，進行所謂合理想像，或進行可能性的推測，展開合理想像。倘若這樣，也許完全符合人物性格，能合理解釋結果，彷彿異常真實，也有歷史感，且有文學的味道。但是，這畢竟是虛構，而非傳記。齊邦媛先生雖是文學教授，她卻放棄了文學虛構，而以「非虛構」的個人情景進入歷史和記憶。儘管齊邦媛先生是一位真正的「文學人」，但她沒有添筆，沒有編造，沒有我們常說的那種主觀傾向性。正因為這一點，作者寫起來就顯得格外輕鬆、自然，無拘無束，更是入情入理。她憑借的是一種源自家族、源自父輩、源自天性的樸素的信念，讓自己的生活通過文字流淌出來。

---

[1]劉進，《文學與「文化革命」：雷蒙‧威廉斯的文學批評研究》（四川：巴蜀書社，2007 年 12 月），頁 385～401。

二

　　郭沫若寫自傳的動機是：「通過自己看出一個時代。」[2]齊邦媛先生的
敘事初衷，應該非常接近這個願望。童年、少年直至青春歲月，是一切有
記憶生命的起點。誰都清楚，留在記憶裡的童年或者少年，常常地，並不
是那個實際上真正發生過的童年和少年。這在心理學意義上早已被指證
過。所以，敘述中的童年基調或者底色，一定是後天才會有的某種浪漫和
延伸。也就是說，記憶和回憶，是有巨大差異的。這在許多類似文本的寫
作中，已經被作為「集體記憶和個體記憶」、「回憶的真實性」、「回憶的隱
喻」等很文化的視角來揣摩了。人們喜歡求證童年的某些真實，實際上，
童年的軌跡，早已在此後幾十年的歲月滄桑中日漸變得蒼老起來。即使在
印象層面很鮮活，但大量的生動卻被過濾掉了，抽象成 「被概括、被本質
化」的事物或者很吸引人的故事。艾薩克・辛格在初學寫作時，他的哥哥
曾教導他，「事實是從來不會陳舊過時，而看法卻總是會陳舊過時。」「看
法」的改變，取決於對既有經驗和往事記憶的顛覆、重構，也許有更多事
物會被重新啟動，經驗的程序會被一種神祕不可知的密碼重新編排。當
然，當一個人在寫作的時候，她的目的，不可能只是舊夢重溫，或者給自
己留下一個可以求證自身的讀本，更不是為了避免造成某種記憶的分裂。
而懷疑經驗的真偽，背離事實本身的堅固，並不能說明「看法」的新鮮和
富有質量。問題是，事實在被賦予某種意義或者意緒的時候，能夠留給我
們的「看法」，就會破繭而出。但是，齊邦媛在整部《巨流河》中的「看
法」似乎並不很多，更多的卻是有關生命、生存等實況的復現和細膩的追
索，最多，是許許多多切身感受的率性流露。我們還能感覺得到，在這
裡，支撐她執著進行敘述的，是她的堅韌和執拗。齊邦媛在回憶的道路
上，還不斷地停下來，面對「此刻」的自己，以及「此刻」對歷史和現實

---

[2]郭沫若，〈序言〉，《少年時代》（北京：人民文學出版社，1979 年 3 月），頁 1。

的思索和判斷，恪守著一腔對待民族和國家的誠摯情懷，審視自己，回望那條漫長的來時的道路。

　　而這其中，由於從有記憶的時間開始，將近半個世紀，齊邦媛先生就處於一種罕見的「漂泊」的生命狀態，在她 20 歲之前，她竟然從遼河到長江，岷江再到大渡河，經歷戰爭的動亂，家族的顛沛流離，求學道路上的艱辛和困境，不折不撓，堅忍不拔。因此，雖時過境遷，但往事並不如煙，許多事情、事件、人和情感，都刻骨銘心地成為回憶中的清晰記憶。不同的是，儘管《巨流河》的敘述方式，與其他普通傳記沒什麼大相徑庭的區別，但齊邦媛的記憶更接近一種純粹的個人記憶，它與那些已經成形的權威歷史完全屬於不同的路徑。她的文字，既不想給「史家做材料，給文學開生路」[3]，不追求史的特性，也不追求文學的個性。實質上，文學和歷史本不需要相互「負責」，它們各自有自己的使命，混淆了「虛構」和「非虛構」的邊界，就是將歷史「花腔」化，將文學意識形態化。歷史和現實，都不應因為時間和空間的位移，因為某種外在的「需要」被肆意塗抹。前面提到，齊邦媛沒有絲毫解構歷史以及對之進行社會判斷的衝動，因此，對於現代史，在她的敘述中更多的是映襯人與歷史沉浮的宏闊背景。所以，我們在讀《巨流河》的時候，可能會對我們曾經耳熟能詳的現代史變得「陌生化」起來，我們感受到的是一種極富於個性氣質的「重述」。於是，文本所呈現出來的人和事物，卻更加「生活化」。這主要是，情感經驗不再被某種意識形態所規約，也不會因為感官的有限性而遮蔽其應有的品質。在文中，有幾位人物的形象描述，就超越了以往種種意識形態的評判尺度，而進入氣節、人格和正義的層面，進行「大道德」和美的認定。書中了不起的父親齊世英，平凡英雄張大飛，以及著名美學家朱光潛，都像是從神壇走下來的普通人，又像歷史長河中可以推波助瀾的雪浪花，在大江東去的豪邁裡，平凡的步伐，更能顯示英雄的本色。而這裡，

---

[3]胡適，〈自序〉，《四十自述》（臺北：遠流出版公司，1986 年），頁 6。

一個人的敘述,卻讓我們看到的一個時代的風貌。

　　整個文本,彷彿一條滌蕩著波瀾、綿長的巨流河,就像是一個龐大的載體,歷史和記憶,在這個無形的容器裡,承載著更大的推砌和蘊蓄。有時,生活和歷史本身比虛構更生動,蘊藏著更多的信息、內涵和可能性,也會留下很多「旁白」和「潛臺詞」,但是,對於文本所秉承的價值取向,我們會在深入的閱讀和思考中,判斷其敘述的倫理和道德誠信。因為,《巨流河》對過去的事物遠非只是原樣的拍攝式封存,它畢竟還進行了形象性的去偽存真式的梳理、整飭,並以文學的形式再現,或者說,做最接近事實的描述,文本客觀地保留了曾經存在的人和事物的真實細部,這樣,更深邃的事物和底蘊,都被留在文字的背後,為我們在今天去閱讀和判斷那個年代,提供了種種契機和可能。面對數十年不同尋常的經歷,作者並沒有規定我們閱讀需要接受的路徑和方向,而是在近乎不假思索的語言敘述中,給我們一個重新審度和判斷的機會,讓歷史永遠保持新鮮,「過去」,對於我們,既不是齊邦媛自己的,也不是我們可以肆意想像和重新虛構的,如果說,這裡面有一位隱含作者的話,那麼,這個具有角色功能意味的事物或人物,那就是時間。時間,這個永恆的元素或維度,包容著一切的真實和可能。

三

　　我始終認為,寫作是在構建一種個體與外部世界的關係,或者說是一種存在與闡釋之間的關係。「文學的表述言詞與世界有一種特殊的關係——我們稱這種關係為『虛構』。文學作品是一個語言活動過程,這個過程設計出一個虛構的世界,其中包括陳述人、角色、事件和不言而喻的觀眾。」[4]可以說,虛構是文學的特質,這應該是毋庸置疑的。然而,近年來,有一種強調「非虛構」敘事策略的文學作品卻漸成文壇的熱點。「非虛構」的說

---

[4]〔美〕喬納森・卡勒,《文學理論》(瀋陽:遼寧教育出版社、香港:牛津大學出版社,1998年),頁32。

法最早由美國小說家杜魯門‧卡波特在 20 世紀 60 年代提出，主張「事實
與虛構混淆不清」。「事實不斷超越了我們的天賦，文化幾乎每天都拋出一
些使任何作家感到羨慕的人物形象。」[5]不難看出，「非虛構」的理論依據
是，紛繁多變的社會現實比文學虛構更具有想象力，因此，記錄真實的社
會現實和社會事件同樣能夠帶給我們一種文學體驗，這種體驗在一定程度
上並不遜色於「虛構」。

　　顯然，「非虛構」強調是一種真實。然而，這種真實又與以往我們所熟
悉的所謂「紀實文學」有著本質的不同。紀實文學中那種強烈的意識形態
色彩恰恰是「非虛構文學」所極力規避的。「非虛構」帶有更多創作者的情
感色彩，在個體經驗之上，以內在的視角審視世界，對存在與真實作出自
己絕不武斷的判斷和絕不曲解的理解。

　　我認為，作為一個傳記，《巨流河》之所以能夠引起海內外那麼多讀者
的關注，一個重要的原因，就在於齊邦媛以「非虛構」的視角，引領我們
漫步於她那蜿蜒曲折的人生、生命回廊。她正是通過她一個人的歷史講述
一代人的歷史，用一個人的命運透視了一個民族的命運。因此，真實感和
現場感成為齊邦媛首要的敘事策略。她似乎在不斷地回放和「倒帶」中，
讓我們與她一起「穿越」，返回歷史現場，共同回味她人生的波瀾起伏，見
證一個時代的滄海桑田。具體地說，《巨流河》中，誇張、象徵、隱喻、反
諷這些常見的虛構修辭手法，難得一見。文本以平實的敘事性的話語為
主，似乎在沿著時光隧道，一步一步回顧生活的軌跡，投影般地呈現時代
的真實。為了增強這種現場感，齊邦媛在敘事中非常注重場景的設置，做
一次次逼真的現場還原，讓我們與她一道，去參與、進入、在場和發現：

　　那時已秋深了，走進他的小院子，地上積著厚厚的落葉，走上去颯颯地
　　響。有一位男同學拿起門旁小屋內一把掃帚說：「我幫老師掃枯葉。」朱

---

[5]Philip Roth, *Reading Myself and Others* (New York: Bantam books, 1977), p. 110.

> 老師立刻制止他說：「我等了好久才存了這麼多層落葉，晚上在書房看
> 書，可以聽見雨落下來，風捲起的聲音。這個記憶，比讀許多秋天境界
> 的詩更為生動。」

這段描繪美學家朱光潛的文字，用完整的對話，生動的細節刻錄了一
段美好的記憶。我們彷彿聽到了一代美學大師沉靜中略帶蒼涼的聲音，卓
爾不群、潔身自好的形象宛若親見。文本的敘事節奏相當舒緩，看不到任
何刻意雕琢的驚濤駭浪和精心策劃的故事懸念。一個八十多歲的老人在講
述她一生的見聞，在時間之上拼接記憶的碎片，讓日常經驗的豐富性成為
故事的原材料，繼而在其上搭建小說的認識性和道德的嚴肅性。因此，文
本的敘事不斷被打斷，穿插進了新聞報導、歷史文獻、資料數據等，試圖
以一種更直接的方式重建世界與文學的關係。《民國大事日誌》中有關日軍
轟炸重慶的具體記載、臺灣國民中學新舊課本目錄的對照表、《齊世英先生
訪問記錄》，有關東北接收大局的記錄乃至行文中隨處插入的時空背景，政
界、軍界、學界名人們的生平考述，文學史知識，作者對名家文本的評
價、解讀、對文學的理解，等等，可謂信手拈來。然而，這些歷史性的、
知識性的、資料性的零錦碎綉般地插入，並未割裂敘事的完整與流暢。相
反，通過嚴絲合縫的縫製，歷史或事實被最大限度地還原。可以說，齊邦
媛在業已模糊的文體界限中營造了一種特殊的敘事策略。「情景敘事」，成
為一部傳記「最」文學化的策略和手段，並且，這個想像主體，不僅是作
者本人，還是每一個試圖進入歷史現場的讀者。

《巨流河》在出版發行僅僅幾個月後，就加印至兩萬冊，這在當下的
圖書市場和閱讀環境裡不能不讓人刮目相看，也足以見出讀者對它的喜
愛。我想，《巨流河》真正打動我們的到底是什麼？難道僅僅是「真實」與
「事實」嗎？真實是什麼？真情實感又是怎麼樣的狀態？一個普通的老故
事僅僅依靠「講法」，就可以令我們驚異其「陌生化」的效果嗎？如果僅限
於此，那麼文學與歷史、與新聞報導又有什麼區別？王德威曾用「如此悲

傷，如此愉悅，如此獨特」來評價《巨流河》，指出「她寫出一代人的追求與遺憾，希望與惆悵」[6]。的確，貌似平靜的「巨流河」其實暗流湧動，齊邦媛將她對人生的理解、對國家、民族的熱愛和眷戀、對生命中美好的渴望，都化作一股生生不息的暗流，永不停息地流淌。沒有政治圖解，沒有語言遊戲，在偉大而平庸的塵世中，展現日常生活的動人和美麗，展現歷史洪流的波瀾壯闊，真實之中真切地湧動著一股詩學的力量。我認為，在任何敘述中，只有情感才能保證詩的世界的純度。對生活和生命的感覺、熱忱而內在的衝動蘊藉出齊邦媛敘述語言巨大的張力，文字詩意的抒情性與對家國、故園、歷史、文化的深度理解交織為一體。平實之中難掩深情：

> 十多年後，抗戰已經勝利了，她曾經回到家鄉祭拜姥爺和姥娘的墓，回過她枯守了十年的齊家小西山故居，接著卻又被迫逃離北方，奔往更遙遠的臺灣。在臺中，我兒子的搖籃旁，已經 20 年後了，她又輕聲唱起《蘇武牧羊》，那蘇武仍在北海邊牧羊，窮愁 19 年。……直到她埋葬於臺北淡水之前的 38 年間，她未再看到心中的北海。

這段敘述她母親的文字，樸實無華。然而，內斂之中所蓄積的力量令人蕩氣迴腸。《蘇武牧羊》成為飄蕩在時間之上永遠的鄉愁，永遠的惆悵。這些文字沒有詩歌的靈動、散文的飄逸、戲劇的衝突、小說的巧合，卻依然扣人心弦。齊邦媛將自我蘊藉的深情，融化在每一個文字裡，浸潤在每一段敘述中。尤其是文本中人物的塑造，作者更是將自己的情感不露聲色地傾瀉而出，用真實的歷史邏輯演繹出合乎情理的虛構，虛構中貫穿著事實，充盈著詩意。朱光潛在「英詩」課上「取下了眼鏡，眼淚流下雙頰，突然把書闔上，快步走出教室，留下滿室愕然，卻無人開口說話」的生動

---

[6]王德威，〈如此悲傷，如此愉悅，如此獨特——齊邦媛與《巨流河》〉，《當代作家評論》2012 年第 1 期。

細節；看到丈夫「高瘦的身影從黑暗中走到第一盞路燈下」，作者喜極而泣，抱著飢餓的孩子迎上前去的場景；還有與張大飛最後一次相見，看到「他由梅林走過來，穿著一件很大的軍雨衣。他走了一半突然站住，說『邦媛，你怎麼一年就長這麼大，這麼好看了呢。』」……齊邦媛沒有將我們引入某種浪漫和虛幻，而是以真實的現實場景揭示了命運、精神和靈魂的真實信息。這些複雜的情感變化，僅這些詞語就唯妙唯肖，躍然紙上。她將對人的期待、對人的感覺，樸素地延伸到人性的極限，展示他們的有限和無限，偶然與必然，宿命與抗爭，希望與困境，絕望與幻覺。這樣，她的敘述中總是潛隱著內在的憂傷和隱忍的力量，顯示出人的存在與社會現實之間的無奈、齟齬，以及由此造成的悲劇性結局。

可見，真，該是什麼就是什麼，不虛飾，不遮蔽，不刪減，不發酵。走過歷史的蒼茫，化解無數相互纏繞的機鋒，才能使敘述氣定神閒，清晰而自然。

作家張愛玲曾說「生活比文學更傳奇」。作家王安憶則認為：「我們再也沒有一樁完整的事情可供饒舌的我們講述，我們看不見一樁完整的故事在我們平淡的生活中戲劇性演出。只有我們自己內心尚保留著一個過程，這過程與我們是完整的和了解的。有時候，我們去採訪，想獵取別人的內心過程，到頭來，我們了解的還是只有我們自己。於是，我們便只有一條出路：走向我們自己。」[7]在我的理解中，這句話並非僅僅是指現實生活能夠為作家提供豐富多樣的創作素材。它更多強調的是，作家的創作視角，強調作家自身經驗的重要和可依賴性。作家只有以自身的人生體驗，以內在的視角，帶著人們賦予自身的多種意義去看待事物，才能使生命本身的豐富性，得到更加細緻和細節化的文學性呈現。文本應該是現實的藝術翻版。我想，這也正是《巨流河》具有「如此悲傷，如此愉悅，如此獨特」的藝術感染力所在。無論怎樣的真實，都不能脫離文學的「詩意棲居」，只

---

[7]王安憶，《故事和講故事》（上海：復旦大學出版社，2011 年 3 月），頁 33。

有這樣，才能使藝術世界高於現實世界，比現實世界更真實，比現實世界更具有讓想像奔馳的空間。文學性是虛構的生命，也是「非虛構」的生命，或者說，是一切有生命力的敘述文字的生命，因為它是美學的，有空間張力和時間韌性的，是原生態的，有機的。

我認為，如《巨流河》這樣的「非虛構文學」在一定程度上拓寬了文學的視閾，讓我們以「非虛構」（真實）的方式重新認識世界，重新認識文學，以文體變革的形式呼喚一種文學思想和文學觀念的革命。誠然，虛構是文學的特質，但這並不意味著只有虛構才是文學。在我們這個信息膨脹的時代，現實遠遠超過了作家的虛構能力。以「非虛構」的方式還原現實，不僅可以打開我們認識世界的窗口，豐富我們對世界的理解，甚至可以觸動我們作為社會個體的深思。在另一方面，時下的許多「虛構」文學卻囿於個人情感的圈子裡，對時代的巨變視而不見，把小說寫成讀者難以破譯的密碼或乾脆演繹為文字遊戲。從這個角度來看，「非虛構」不僅是對文學的反思，同時也表現出文學試圖再一次進入世界的勇氣。「《巨流河》最終是一位文學人對歷史的見證。隨著往事追憶，齊邦媛先生在她的書中一頁一頁地成長，終而有了風霜。但她的娓娓敘述卻又讓我們覺得時間流淌，人事升沉，卻有一個聲音不曾老去。」[8]我想，虛構也好，非虛構也好，文學都是努力在用各自的方式來刻錄這種聲音，讓它在時間之上，迴蕩，並充滿了時間的力量。

　　　　　　　　　　　　　　——選自《南方文壇》2013 年第 2 期，2013 年 3 月

---

[8]王德威，〈如此悲傷，如此愉悅，如此獨特——齊邦媛與《巨流河》〉，《當代作家評論》2012 年第 1 期。

她為什麼對「土共」有免疫力？
齊邦媛《巨流河》

◎余杰[*]

> 這些人是一群心靈的洗劫者。心靈洗劫是「內戰」；奴役或毀滅人身是「外戰」。
>
> ──殷海光，《中國文化的展望》

　　齊邦媛的回憶錄《巨流河》被譽為「一部反映中國近代苦難的家族記憶史，一部過渡新舊時代衝突的女性奮鬥史，一部臺灣文學走入西方世界的大事記，一部用生命書寫壯闊幽微的天籟詩篇」。從 1920 年代至今，中國的硝煙與烽火、奮起與沉淪，中國人的掙扎與流亡、希望與彷徨，如同流淌在黑土地之間的巨流河，有時波濤洶湧，有時寧靜如海，有時冰封凝固。讀齊邦媛的《巨流河》，讓我想起同樣剛毅卓絕的東北女子蕭紅的《呼蘭河傳》，她們不約而同地以河流來命名嘔心瀝血之作，她們真正抒寫的不是河流與土地，乃是寫不盡的人的心靈世界。

　　《巨流河》中最讓我感動的部分，是寫 1930、1940 年代在抗戰的生離死別中仍然弦歌不斷的學生生活，齊邦媛獲得了那個時代中國最好的教育──可能也是迄今為止中國最好的教育，今天中國的大學，有大樓而無大師。齊邦媛先後就讀於南開中學和武漢大學，儘管校園由北而南、由東而西遷徙數千里，從校舍到圖書，無不因陋就簡，但學生有幸遇到一群學貫中西、忘我教學的老師──張伯苓、朱光潛、吳宓、錢穆……這個藍衫白

裙的女孩,得到了若群星燦爛般的大師們的指點,由此奠定其學術道路上的第一塊基石。

那個時代,是知識界、輿論界和學生普遍左傾親共的時代。齊邦媛卻神奇地擁有了對「土共」的免疫力。我原以為「土共」一詞是香港的發明,這才發現齊邦媛早在 1940 年代便以此輕蔑地稱呼共產黨。《世界日報》專欄作家東方珠在〈「土共」之爭〉一文中談及港人關於這一稱呼的爭論;《信報》健筆林行止就「土共」二字,與曾受溫家寶單獨接見的吳康民筆戰。林行止為文批評「土共」回歸後有大翻身的想法,引來吳康民強烈反駁,指「土共」帶有貶意,林行止其心可誅。林回應說「大地養育之功有賴土壤,土有生機厚德之寓意,讓港共冠上土字,應是過譽!」如果不是幽默之語,林的這一說法顯然是強辯,因為沒有人會認為這是一個褒義詞。東方珠貌似公允地說,既然「土共」一說讓當事人不舒服,他就絕對拒用。但在我看來,「土共」就是「土共」,就是對這個禍國殃民的邪惡集團的蔑稱,他們的滔天罪行使之只配得到此種蔑稱,即便優雅如齊邦媛,也頻頻使用「土共」一詞,何須大驚小怪!

與愛書人為敵的「讀書會」

齊邦媛在書中寫道:「我記得常聽父親說,一個知識分子,20 歲以前從未迷上共產主義是缺少熱情,20 歲以後去做共產黨員是幼稚。」這句話出自物理學家愛因斯坦,愛因斯坦長期左傾,說這句話不足為奇。但這句話絕非真理,因為共產主義在本質上是邪惡的,即便年輕時代也不應當受其誘惑。

齊邦媛從未對共產黨及其虛假的主義有好感。讓她認清是非的一段重要經歷是參加「進步學生」組織的「讀書會」。武大的一名侯姓學姐帶她去參加讀書會,讀高爾基的《母親》、蕭洛霍夫的《靜靜的頓河》,唱很多俄國民謠和〈東方紅〉。這時,父親給她寫信說:「現在各大學都有『讀書會』,是共產黨吸收知識分子的周邊組織……吾兒生性單純,既對現在功課

有很大興趣，應盡量利用武大有名的圖書館多讀相關書籍，不必參加任何政治活動。」

於是，齊邦媛埋首學業，不再參加此類「讀書會」。結果，侯姐姐立即翻臉，大聲罵她是「貪官汙吏的女兒」。齊邦媛深受傷害：「這是我獨立為人第一次見識到政治的可怕與謊言。在我生長的家庭，革命與愛國是出生入死的，有情有義的，最忌諱翻臉無情，出賣朋友。」而共產黨革命首先要求的就是「翻臉無情，出賣朋友」。

差不多三十年後，齊邦媛訪學美國，偶遇從大陸出來的留學生、《革命知子》的作者梁恆。梁恆向她講述了「文革」的背叛與殘暴。齊邦媛追問道：「是什麼樣的政治魅力驅使數代的青年，從學潮到文革，相信只有推翻和摧毀才能建立新中國？這些人的心，若非變成麻木無情，必也是傷痕累累，如何得以平復回到正常的人生呢？當他們長大，統治中國，那將是怎樣的國家呢？」今天中國的統治者，正是人性殘缺的紅衛兵和知青一代，習近平如何回答齊邦媛的追問？齊邦媛回想起當年侯姐姐罵她「沒有靈魂」的場景，回想起共產黨煽動的學潮隊伍中仇恨的口號和扭曲的面孔，如果 1947 年她沒有應聘臺大而留在大陸，等待她的將是怎樣的命運呢？

又過了二十多年，臺灣已完成民主化，曾在臺灣被禁的蘇俄小說《鋼鐵是怎樣煉成的》在臺北書市中露面。齊邦媛感嘆說：「看到這本書，如遇舊友，捧回再讀。60 年前我所不懂的共產黨政治狂熱將我們趕出大陸，而他們自己也在各種大同小異的狂熱中自相殘殺多年，大躍進、文化大革命……回首前塵，真感百年世事不勝悲。我基本反共之心大約已有理性根源，那一類的書確實成為我判斷的基礎。」她對「土共」的厭惡，是理性、情感和審美交織而成的結論。重視親情和友情的她，怎麼會為了主義而六親不認呢？長期浸淫在濟慈和雪萊詩歌中的她，怎麼會喜歡粗俗煽情的共產黨文藝呢？

那個「讀書會」是仇視讀書人的組織，當然仇視齊邦媛堅持的自由思想和獨立人格。不過，在國民黨統治時代，青年學生畢竟有組織讀書會的

權利。而在共產黨統治時代，組織「讀書會」成了「顛覆國家政權」的重罪，北大學子楊子立等人因組織「新青年學會」入獄十年至八年不等。可見，「共和國」比「民國」不知退步到哪裡去了。

聞一多為何以「愚不可及」自嘲？

《巨流河》中寫到很多 1930、1940 年代的左傾教授，著墨最多的是聞一多。在學術傳承上，我算是聞一多的第四代弟子：聞一多在西南聯大時期帶的研究生季鎮淮，後來當過北大中文系主任；而我的研究生導師夏曉虹教授，正是季鎮淮的學生。因此，我對 1940 年代聞一多為何急劇左轉懷有強烈的興趣。

不可否認，聞一多控訴黑暗和專制的道德勇氣彪炳千秋。聞一多之死是一個悲劇，據史料分析，暗殺聞一多並非蔣介石下令，而是出於雲南地方當局的意思，但蔣仍負有不可推卸的責任。不過，聞一多死在中共奪取之前，也算求仁得仁。否則，以他自由奔放、攪動死水的個性，如果活到「反右」和「文革」，只能像傅雷、老舍等人那樣屈辱地自盡。

當時，聞一多以激進左傾的立場風靡大學校園，影響力讓胡適、傅斯年等溫和的「右派」甘拜下風。齊邦媛雖然崇敬站在講臺上講授《楚辭》的聞一多，卻對站在政治舞臺中央翩翩起舞的聞一多有所質疑：「我們那一代青年，在苦難八年後彈痕未修的各個城市受他激昂慷慨的喊叫的號召，遊行，不上課，不許自由思想，幾乎完全荒廢學業，大多數人淪入各種仇恨運動，終至文革……身為青年偶像的他，曾經想到過衝動激情的後果嗎？」激情的詩人天性，但介入政治更需要理性。聞一多是優秀的詩人，作為公共知識分子，他的自我反省意識卻較為欠缺。

聞一多是篆刻高手，在授課之餘幫人刻圖章補貼家用。在聞一多的遺物中，有一枚沒有完成的石質印章，印面寫著「其愚不可及」！這個印章讓人想起瞿秋白臨刑前寫的《多餘的話》。瞿秋白和聞一多都是被誤捲進革命洪流的書生，最終無法融入毛澤東的「痞子運動」。齊邦媛感嘆說，讀者

很難不由此想到聞一多的悔懊與自譴。「到底他曾經寫了許多情深意明的好詩，深研過文字的精髓，正要刻上石章的五個字，應是先在內心琢磨過它的意義的。雖然，在那狂熱的兩年中，他未必預見到自己的死亡，並未能給他深愛的國和家帶來幸福。」

　　對於共產黨的邪惡本質，飽經滄桑的聞一多反倒沒有單純質樸的殷海光看得清楚。研究中國現代思想史的學者謝泳說過：「對社會現狀的深入了解，生活的貧困化以及統治者的專制腐敗，這些都是 20 世紀 40 年代中國自由主義知識分子對國民政府產生離心傾向和普遍左傾的客觀原因。」《巨流河》提供了對聞一多等學者人生軌跡和政治立場變遷的近距離觀察，再度印證了這一結論。而西南聯大梅貽琦校長對聞一多的評論極為中肯：「（聞一多）實一理想革命家，其見解、言論可以煽動，未必切實際，難免為陰謀者利用耳。」

從巨流河到鵝鑾鼻：自由高於故鄉

　　當《巨流河》在港臺炙手可熱之際，中國也想出簡體版。囿於綿密的出版審查制度，齊邦媛不得不同意刪減為「潔本」。人流亡了，文字也隨之流亡，書猶如此，情何以堪！諾貝爾和平獎得主劉曉波宣稱「我沒有敵人」，他不以中共為敵人；但是，比秦始皇焚書坑儒更厲害千百倍的中共，何嘗不是文化的敵人！當年，文學大師吳宓以「愛如一炬之火，萬火引之，其火如故」的期勉，支撐齊邦媛一甲子以上的歲月。吳宓慘死於「文革」，令柔和溫婉的齊邦媛罕有地發出一聲獅子吼：「這些老師所受之苦，是中國文人百年來受政治播弄之苦的極致，即使傾三江之水，也洗不去心中的憤慨憾恨！」

　　書的命運與作者的命運緊緊聯繫在一起。德國作家阿圖爾‧霍利切爾的回憶錄被列入納粹焚書的目錄。他在流亡路上向同胞呼籲說：「不要讓我的書消失，消失得好像我從來沒有寫過似的。由於來自外界的麻煩，有的書面臨著這種命運的威脅。在我的書中，那些用劣質紙張印刷的，你們要

想辦法用好紙重新印刷。那些已經絕版的書要再版。不要讓我的那些能使你們和你們的後代更富有、更自由、更快樂的書消失。讓那些白付了愛和痛苦而產生的書不至於是徒勞的！」在最後一頁，他寫道：「你們，讀過了這本回憶錄的你們，要記住一個人的苦難，別讓他的吶喊成為那些裝聾作啞的耳邊風。拯救這本書吧，不要讓它消失，好好保護火星！」1941 年，他在日內瓦一個慈善組織的營地死去，念念不忘他被焚燒的書。他所愛的，是文化德國，或如思想家哈伯瑪斯所言，是憲政德國，絕非希特勒的納粹德國。同理，中國的文化人，所愛的是文化中國、自由中國和憲政中國，絕非共產黨獨裁的中國。

阿圖爾・霍利切爾關於他的回憶錄的這段話，好似一篇為《巨流河》而寫的書評。齊邦媛是幸運的，她如傳燈者一般，後半在臺灣這個美麗島上守護著文化與學術的薪火。而在彼岸，「1949 年中共進駐時，大多數學者留在大陸，距抗戰流亡不久，家人生計，顧慮實多，留下者沒有不說話的自由，由批鬥侮辱中倖存已屬不易，中國學術研究至此幾乎形成斷層。」半個世紀以後，她訪問大陸，重逢病榻之上的老同學魯巧珍，魯巧珍斷斷續續地喘息著對她說：「你到臺灣這些年，可以好好讀書，好好教書，真令我羨慕。」這句話讓人黯然神傷，「好好讀書，好好教書」本是知識分子最低的需求，在共產黨統治下卻成了遙不可及的夢想。還有當年不辭而別、奔赴延安的同學，青春折翼，革命夢碎，歷盡浩劫，所餘者唯軀殼而已。

自由高於故鄉，看不透這一點的人，必定遭遇滅頂之災。初到臺灣的齊邦媛，剛開始只是將這裡當作暫居之地，隨著時間的流逝，才對臺灣有了強烈的歸屬感。流亡者以流亡之地為家，才能重建尊嚴與自信。此書以巨流河開篇，以啞口海收尾，如一生顛沛流離的蘇東坡所云「此心安處是吾鄉」，至此境界，何須「落葉歸根」？如果用受希特勒逼迫而不得不流亡異鄉的德國文豪湯瑪斯・曼（Tomas Mann）的話來說，就是：「自由在哪裡，祖國就在哪裡」。如果用共產黨統治洞若觀火的歷史學家余英時的話來

說，就是：「我在哪裡，中國文化就在哪裡。」這是對自我何等豪邁與自信，這也是對文學和文化的信賴與期盼。《巨流河》所揭示的，亦是同樣的道理。

　　齊邦媛《巨流河》，臺灣天下文化，2009 年。（中國版為北京三聯書店出版，有若干刪節，2011 年。）

——選自余杰《流亡者的書架——認識中國的五十本書》
臺北：水牛文化公司，2013 年 8 月

痛心的記事
從齊邦媛教授童年時的一篇作文說起

◎高大威[*]

　　2009 年，齊邦媛教授的《巨流河》出版不久，我寫了一篇〈昨日夢已遠，往事不如煙〉發表在《文訊》雜誌 287 期。後因執行國科會專題研究計畫而移地研究，竟然在上海圖書館找到齊教授童年時的一篇作文，刊在中華書局發行的《小朋友》雜誌第 631 期，題為〈我的故鄉〉，其後並以括孤寫著「痛心的記事」，唯不知出自作者本人還是出自編輯；題下、作者姓名前並印著住址：「南京鼓樓傅原崗 20 號」，出刊的時間是民國 23 年 11 月 29 日，全篇約三百字，未分段，抄錄於後：

> 我的家在遼寧省鐵嶺縣南的一個小村，村中有一條小溪，溪的東岸有一座小山，山上有狐兔之類；山中林深樹密，加上野花的點綴和溪流相映，這是多麼神往的所在啊！夏天到了，村童們便三三兩兩的，走到溪邊去捉魚，或是泅水；我也常常和許多小朋友，走到溪邊揀些光滑的小石子，或在山麓的大樹下的花叢內吃野果，冬天，小河結冰了，我們便去溜冰，我也曾被他們用冰車推往各處，去欣賞那銀白的世界，自從九一八事變後，我便開始流浪了，那山明水秀的故鄉，也就成了幻影啦！朋友們，當你們在閱讀書報的時候，你們大概總會看見敵人虐待我們同胞的事件吧？這是多麼可以憤慨的事！希望我們大家一致團結起來，打倒日本帝國主義，那麼，你們大家便有機會去游覽我的故鄉了。

---

*暨南國際大學中國語文學系教授。

民國 26 年，蘆溝橋事變揭開了對日抗戰的序幕，但早在民國 17 年，日本關東軍就暗殺了張作霖——史稱皇姑屯事件，民國 20 年，日本侵略東北的九一八事變爆發，再三年，這篇〈我的故鄉〉發表了；作者當時十歲，烽煙已起，小女生已隨家人展開「路漫漫其修遠兮」的流浪。70 年後，作者用八百多倍的篇幅撰成《巨流河》一書，唯其基調，早已萌現。

流浪，齊邦媛教授認為：對許多臺灣新一代的作家而言，「流浪是詩意，但跑幾天就寫好幾篇，當流浪成為預作書寫的題目，流浪就失去意義」。她書寫的流浪，迥異於浪漫、詩意的旅遊，甚至，她說：「用『鄉愁』或『惆悵』來形容我們一生鋪天蓋地的鄉思，實在是太溫和了。」流浪之於她，乃是扛著國仇家恨顛沛流離的同義詞。

寫《巨流河》時，齊教授帶著「很大的悲憤」，每每邊寫邊哭。劉鶚在《老殘遊記》的〈序〉裡說：人因靈性而生感情而生哭泣，又說人有「身世之感情」、「家國之感情」、「社會之感情」、「宗教之感情」，而感情愈深，哭泣愈痛，緣此而有《老殘遊記》之作。細味《巨流河》，文字飲泣，正自彷彿；劉鶚說的「不以哭泣為哭泣者，其力甚勁，其行乃彌遠也」，轉用於《巨流河》，毫不牽強。

齊教授不諱言「前半輩子恨日本人」、「憤怒其實一直在我心裡」、「而且是很大的憤怒」，在《洄瀾——相逢巨流河》一書，她多次套用荷馬史詩《伊利亞特》第一句「歌唱憤怒」（sing the rage of a man）的說法。原因再清楚不過——「因為我真的在場」。

蘆溝橋事變後，她目睹一幕幕人間的真實悲劇，日本侵略導致不計其數的家破人亡，她說：「我非常討厭暴力。小時候被人欺負，不能反擊，只會一旁哭。」銘刻的往事歷歷而驚心怵目，一字字記敘見證時，仍得強抑眼淚，用「詩的真理」（the poetic justice）去寫。

《巨流河》問世不久，日譯本誕生，齊教授為日譯本寫序時，說道：「這篇序卻是難寫。我的國族，家庭命運深深陷在中日關係的歷史中，整整百年，千絲萬縷的愛、恨、情、仇，當從何處說起？」「一世紀的傷逝憾

恨怎麼說得明白？」讓她終生不解的是「人與人之間，國與國之間，怎麼會有那麼持久的，不停歇的傷害？」一串串疑惑，織成了她的〈天問〉。

八年抗戰結束，她固然欣喜，卻也想像有些日本女子「把在中國戰場戰死的情人或丈夫的骨灰綁在和服的背袋裡，火海裡，這些骨灰將被二度焚燒……」1947 年，初到臺灣大學工作，漫漫長夜，第一次睡在宿舍榻榻米上，收音機播放〈荒城之月〉，她忘了那是首日本歌，腦海再現的是在崇山峻嶺逃難的情景，她又想像：「那數百萬死在侵略中國戰場上的日本兵，雖是我們痛恨的敵人，家中也有人在寒夜等他們回家吧。」在臺北繁華街邊的騎樓下，看見戰敗而等待回國的日本人，跪坐在地上變賣家當，她坦承：「我還是很恨日本人」、「心裡有時還是很高興的」。

十歲寫〈我的故鄉〉，她「痛心」、「憤慨」；同樣的心緒，在年過八旬撰寫《巨流河》時，依然沒有消失。日譯本問世之際，她說：「中日戰爭那八年，有數百萬日本兵死在深不可測的中國大陸。而中國人，前十年被追殺奔跑，後 60 年大離散，數千萬人數代湮沒。」不論生離或死別，對侵略和受侮雙方的生靈都是悲劇。她年幼時的憤慨延續到青春，延續至年邁，其中交雜著悲憫。

《巨流河》，作者說是自己的還願之作：「我知道的，在我之後的人都不知道，在我之前的人都死了，所以我要說的是別人不知道的事。」她想留下自己親證的歷史，歷史中的苦痛、歷史中的尊嚴。然而，人類總是健忘，大江健三郎反省日本：「作為曾踐踏了亞洲的侵略者，他們染上了歷史的汙垢。」而今其憂心的是：「現在的大部分日本人已經不再具有對那場戰爭的記憶。」《巨流河》日譯本的〈序〉裡說：「願此書日文版之問世，可增加我兩國民間的認識，尤其是知識分子對災難的態度，增加人類的悲憫心，促進世界的和平與和諧。」誠如她的體認：文學，可以教人「更客觀、深層認識人間悲苦與活著的意義。」

齊邦媛教授曾在受訪時，一次次追問對方：「你懂嗎？你懂我的痛嗎？」從她年幼時寫的〈我的故鄉〉，到年邁時著的《巨流河》，一短章、

一長篇，皆是「痛心的記事」。

——選自《文訊》第 341 期，2014 年 3 月

輯五◎
研究評論資料目錄

作家生平、作品評論專書與學位論文

專書

1. 齊邦媛編著　　洄瀾——相逢巨流河　臺北　遠見天下文化出版公司　2014 年
　　1 月　391 頁

本書為《巨流河》出版之後引起迴響文章之集結。全書分 3 部分：1.「評論」：收錄
簡媜〈一出手，山河震動〉、李惠綿〈不廢江河萬古流〉、單德興〈臺灣文學的推
手〉、陳文茜〈齊邦媛的歷史巨河〉、周慧珠〈文學不了情〉、張作錦〈齊邦媛的
書・孫運璿的車〉、陳芳明〈巨河回流〉、林博文〈齊家父女的臺灣經驗〉、林文
月〈巨流河到啞口海的水勢〉、邵玉銘〈「我當另有天地」〉、王德威〈如此悲
傷，如此愉悅，如此獨特〉、王鼎鈞〈1949 三稜鏡〉、封翁〈郵車真好！〉、胡宗
駒〈巨流河畔的回憶〉、黃怡〈林太乙、齊邦媛和她們的父親們〉、殷穎〈由巨流
河到生命河〉、張德明〈芍藥與雪萊〉、李喬〈撒播文學種子〉、鐘麗慧〈晚開的
芍藥花〉、石家興〈心靈的後裔〉、黃艾禾〈她的歷史，我們的歷史〉、盧躍剛
〈紙上的鄉愁且聽她這樣訴說——讀齊邦媛《巨流河》的通信〉、昆布〈憂患夜
鶯〉，共 23 篇；2.「訪談」：收錄鄒欣寧〈痛苦是不能「經驗」的〉、何榮幸，郭
石城〈齊世英齊邦媛・東北心臺灣情〉、何榮幸，郭石城〈外銷臺灣文學・「譯」
馬當先推動〉、董成瑜〈從容不迫〉、張殿文〈巨流河滾滾沖刷家國悲情〉、簡媜
〈書房裡的星空〉、吳筱羽〈以書還鄉，亦喜亦悲〉、鐘瑜婷〈「你懂我的痛
嗎？」〉、姜妍〈「我無大怒也無大樂」〉、楊時暘〈「我已無家可回」〉、劉芳
〈「我用詩的真理寫他們」〉、韓福東〈「我現在還有一個精神在」〉、田志凌
〈「歷史可以一筆帶過，文學不能」〉、陳書娣〈八十歲仍心靈未老〉、李菁
〈「巨流河和啞口海，存在於我生命的兩端」〉、明鳳英〈潭深無波《巨流
河》〉，共 16 篇；3.「來函」，收錄趙金鏞、陳鴻銓、潘恭孝等 51 封書信。正文前
有齊邦媛的〈序〉，正文後附錄〈一九三七年南京・齊邦媛發自空城的信〉、〈樂
芭軍女士的畫〉、〈寫《巨流河》前兩封重要的信〉、〈席慕蓉的詩〉。

學位論文

2. 楊君寧　　民國顯影・臺灣軌跡：跨海知識人的歷史記憶與文化實踐——以齊
　　　　　　邦媛為中心　中國社會科學院研究生院　博士論文　黎湘萍教授指
　　　　　　導　2015 年　103 頁

本論文考察齊邦媛在其回憶文學《巨流河》中從個人角度對民國史的見證，以及知

識分子殷殷文化再造的努力紀程。全文分 5 章：1.從東北到臺灣；2.姊妹星團與《筆會季刊》；3.文學評論與散文創作；4.文化重建與文學復興；5.《巨流河》的成書緣起與後續效應。

3. **謝孟琚　女性生命的離散──齊邦媛、聶華苓、陳若曦的自傳書寫研究　臺中教育大學語文教育學系　博士論文　彭雅玲教授指導　2015 年 252 頁**

本論文以齊邦媛、聶華苓、陳若曦三位離散女作家的自傳為研究對象，了解作家離散的境遇與歷史時代的關係，並觀照比較三人離散的時空和交會之處。全文共 7 章：1.緒論；2.蘊育：抗戰～六○年代文學的啟蒙與發展；3.被迫：生命地圖的彰顯；4.追尋：烏托邦的召喚；5.補史：庶民歷史的建構；6.定位：女性言說的位置；7.結論。

作家生平資料篇目

自述

4. 齊邦媛　前言──寫在爾雅版之前　中國現代文學選集（詩）　臺北　爾雅出版社　1983 年 4 月　頁 1—10

5. 齊邦媛　前言──寫在爾雅版之前　中國現代文學選集（小說）　臺北　爾雅出版社　1983 年 7 月　頁 1—10

6. 齊邦媛　前言──寫在爾雅版之前　中國現代文學選集（散文）　臺北　爾雅出版社　1984 年 1 月　頁 1—10

7. 齊邦媛　自序　千年之淚　臺北　爾雅出版社　1990 年 7 月　頁 1—4

8. 齊邦媛　自序　千年之淚──當代臺灣小說論集　臺北　爾雅出版社　2015 年 7 月　頁 5—9

9. 齊邦媛　從翻譯的動機談起　翻譯學術會議──外文中譯研究與探討　1998 年 3 月　頁 28—39

10. 齊邦媛　從翻譯的動機談起　霧漸漸散的時候　1998 年 10 月　頁 129—148

11. 齊邦媛　逃離的、漂流的、落地生根的──《霧漸漸散的時候》看臺灣文學五十年　九歌雜誌　第 211 期　1998 年 10 月　4 版

12. 齊邦媛　　自序　霧漸漸散的時候　臺北　九歌出版社　1998 年 10 月　頁 1
　　　　　　　—4

13. 齊邦媛等[1]　　翻譯語言的魅力與啟發　翻譯學研究集刊　第 3 期　1998 年 12
　　　　　　　月　頁 3—11

14. 齊邦媛　　中英對照讀臺灣小說[2]　聯合報　1999 年 6 月 29 日　37 版

15. 齊邦媛　　中英對照讀臺灣小說　一生中的一天　臺北　爾雅出版社　2004 年
　　　　　　　5 月　頁 171—179

16. 齊邦媛　　自序　一生中的一天　臺北　爾雅出版社　2004 年 5 月　頁 1—3

17. 齊邦媛　　《一生中的一天》序　人間福報　2006 年 8 月 20 日　A14 版

18. 齊邦媛　　老芋仔，我為你寫下　聯合報　2004 年 2 月 25 日　E7 版

19. 齊邦媛　　「老芋仔，我為你寫下」　最後的黃埔：老兵與離散的故事　2004
　　　　　　　年 3 月　頁 3—8

20. 齊邦媛　　老芋仔，我為你寫下　一生中的一天　臺北　爾雅出版社　2004 年
　　　　　　　5 月　頁 181—190

21. 齊邦媛　　眾緣匯聚《巨流河》　人間福報　2009 年 7 月 12 日　B4—5 版

22. 齊邦媛　　臺灣・文學・我們　中國時報　2009 年 7 月 16 日　E4 版

23. 齊邦媛　　臺灣、文學、我們　印刻文學生活誌　第 71 期　2009 年 7 月　頁
　　　　　　　107—117

24. 齊邦媛　　一篇難寫的序——日文版《巨流河》出版　聯合報　2011 年 7 月
　　　　　　　16 日　D3 版

25. 齊邦媛　　臺大文學院的迴廊　中國時報　2009 年 7 月 17 日　E4 版

26. 齊邦媛　　序　巨流河　臺北　天下遠見出版公司　2009 年 7 月　頁 8—15

27. 齊邦媛　　《巨流河》自序（摘錄）　源流　2011 年第 3 期　2011 年 2 月
　　　　　　　頁 57—59

28. 齊邦媛講　　我對臺灣文學與臺灣文學研究的看法　臺灣大學新百家學堂文學

---

[1]齊邦媛講；紀錄整理：洪菁蓮、蘇正隆、余伯泉。
[2]本文為翻譯、編輯《中英對照讀臺灣小說》過程甘苦談。

　　　　　　　講座 1：臺灣文學在臺大　臺北　臺灣大學出版中心　2012 年 5 月
　　　　　　　頁 10—35

29. 齊邦媛　　《洄瀾——相逢巨流河》　聯合報　2014 年 1 月 24 日　D3 版

30. 齊邦媛　　序　洄瀾——相逢巨流河　臺北　遠見天下文化出版公司　2014 年
　　　　　　　1 月　頁 2—5

31. 齊邦媛　　〈書房裡的星空〉邦媛注　洄瀾——相逢巨流河　臺北　遠見天下
　　　　　　　文化出版公司　2014 年 1 月　頁 177

32. 齊邦媛　　華語文學傳媒大獎——齊邦媛獲獎感言　洄瀾——相逢巨流河　臺北
　　　　　　　遠見天下文化出版公司　2014 年 1 月　頁 235—236

33. 齊邦媛　　〈一九三七年南京・齊邦媛發自空城的信〉邦媛注　洄瀾——相逢
　　　　　　　巨流河　臺北　遠見天下文化出版公司　2014 年 1 月　頁 379

34. 齊邦媛　　〈樂茝軍女士（薇薇夫人）的畫〉邦媛注　洄瀾——相逢巨流河
　　　　　　　臺北　遠見天下文化出版公司　2014 年 1 月　頁 380

他述

35. 〔純文學〕　　作家動態：齊邦媛——把中國近廿五年來的文學作品譯介給外
　　　　　　　國人讀，是很值得的　純文學　第 1 期　1981 年 4 月　頁 20

36. 林海音　　說不盡（之三）〔齊邦媛部分〕　聯合報　1983 年 12 月 23 日　8
　　　　　　　版

37. 林海音　　說不盡〔齊邦媛部分〕　剪影話文壇　臺北　純文學出版社　1984
　　　　　　　年 8 月　頁 232—233

38. 林海音　　說不盡〔齊邦媛部分〕　林海音作品集・剪影話文壇　臺北　遊目
　　　　　　　族文化公司　2000 年 5 月　頁 224—226

39. 〔九歌雜誌〕　　書緣・書香〔齊邦媛部分〕　九歌雜誌　第 96 期　1989 年
　　　　　　　2 月　4 版

40. 〔九歌雜誌〕　　書緣・書香〔齊邦媛部分〕　九歌雜誌　第 116 期　1990 年
　　　　　　　10 月　4 版

41. 陳素芳　　《中華現代文學大系》小說卷掌門人齊邦媛　九歌雜誌　第 110 期

1990 年 4 月　1 版

42. 賴素鈴　　文學大道，無私共容──老作家語重心長〔齊邦媛部分〕　民生報
1997 年 12 月 25 日　19 版

43. 江中明　　臺灣現代小說史，學者多元探討〔齊邦媛部分〕　聯合報　1997 年
12 月 25 日　18 版

44. 黃鳳鈴　　作家熱線──永不倦怠的齊邦媛教授　明道文藝　第 268 期　1998
年 7 月　頁 136—141

45. 〔九歌雜誌〕　　書緣・書香〔齊邦媛部分〕　九歌雜誌　第 211 期　1998 年
10 月　4 版

46. 〔九歌雜誌〕　　書緣・書香〔齊邦媛部分〕　九歌雜誌　第 213 期　1998 年
12 月　4 版

47. 柯慶明　　一篇序文，廿年歲月──齊邦媛老師在編譯館的日子　昔往的輝光
臺北　爾雅出版社　1999 年 2 月　頁 151—161

48. 林馨琴　　齊邦媛為文學交流播種　中時晚報　1999 年 5 月 3 日　13 版

49. 曾意芳　　齊邦媛將臺灣文學推向世界　中央日報　1999 年 7 月 8 日　9 版

50. 陳文芬　　獻給殷張蘭熙，左看右看都好看[3]　中國時報　1999 年 7 月 8 日
11 版

51. 汪淑珍　　溫婉、犀利集一生的齊邦媛　全國新書資訊月刊　第 7 期　1999 年
7 月　頁 8—9

52. 〔講義〕　　講義人物：齊邦媛　講義　第 152 期　1999 年 11 月　頁 166

53. 林文月　　贊詞──齊邦媛教授　翻譯教學研討會論文集　香港　香港翻譯學
會　2000 年 6 月　頁 562—563

54. 陳國偉　　齊邦媛：呈現臺灣文學英譯成果　1999 臺灣文學年鑑　臺北　行政
院文建會　2000 年 10 月　頁 226—227

55. 丁文玲　　文壇耆宿齊邦援，散文集學生相挺　中國時報　2004 年 6 月 10 日
C8 版

---

[3]本文報導齊邦媛將新書《中英對照讀臺灣小說》獻給殷張蘭熙，並述及兩人之間的往來交情。

56. 〔陳萬益選編〕　　齊邦媛　國民文選・散文卷 2　臺北　玉山社出版公司　2004 年 8 月　頁 58

57. 陳姿羽　　依世代排列，微觀最佳書獎隊伍——前行代得獎作家〔齊邦媛部分〕　聯合報　2004 年 12 月 19 日　C4 版

58. 陳姿羽　齊邦媛：盼臺灣文學寬宏大量・永遠善良　聯合報　2004 年 12 月 21 日　A5 版

59. 郭強生　　情懷　文學公民　臺北　三民書局　2005 年 5 月　頁 51—53

60. 隱　地　　妊紫嫣紅・文學大觀（上）〔齊邦媛部分〕　聯合報　2005 年 7 月 19 日　E7 版

61. 陳芳明　　多少年前的鐘聲　印刻文學生活誌　第 35 期　2006 年 7 月　頁 78—82

62. 陳芳明　　多少年前的鐘聲　昨夜雪深幾許　臺北　印刻文學生活雜誌出版公司　2008 年 9 月　頁 10—18

63. 陳昌明　　麗水街　聯合報　2006 年 12 月 12 日　E7 版

64. 王盛弘，賴素鈴　　側記・自比傻蜂戀秋花・讀英詩止痛〔齊邦媛部分〕　聯合報　2007 年 8 月 7 日　A10 版

65. 〔封德屏主編〕　　齊邦媛　2007 臺灣作家作品目錄　臺南　國立臺灣文學館　2008 年 7 月　頁 1209—1210

66. 曾敏雄　　咱們臺灣人——文學教授齊邦媛　中國時報　2009 年 2 月 9 日　E4 版

67. 單德興　　臺灣文學的國際推手——齊邦媛（上、下）　自由時報　2009 年 7 月 7—8 日　D11 版

68. 單德興　　臺灣文學的國際推手（節選）　洄瀾——相逢巨流河　臺北　遠見天下文化出版公司　2014 年 1 月　頁 26—29

69. 郭士榛　　歷時 4 年・85 歲齊邦媛《巨流河》發表　人間福報　2009 年 7 月 18 日　A6 版

70. 陳宛茜　　齊邦媛從遼河漂到臺灣・匯成巨流河　聯合報　2009 年 7 月 18 日

A14 版

71. 林欣誼　　齊邦媛《巨流河》‧縱寫時代史詩　中國時報　2009 年 7 月 18 日　A20 版

72. 林欣誼　　獨居養生村 4 年‧她逐字逐句寫書　中國時報　2009 年 7 月 18 日　A20 版

73. 林欣誼　　白先勇：她是臺灣文學守護天使　中國時報　2009 年 7 月 18 日　A20 版

74. 陳文茜　　齊邦媛的歷史巨河　蘋果日報　2009 年 7 月 18 日　A26 版

75. 陳文茜　　齊邦媛的歷史巨河　洄瀾——相逢巨流河　臺北　遠見天下文化出版公司　2014 年 1 月　頁 30—33

76. 周慧珠　　齊邦媛的文學不了情　人間福報　2009 年 7 月 19 日　B4—5 版

77. 周慧珠　　文學不了情（節選）　洄瀾——相逢巨流河　臺北　遠見天下文化出版公司　2014 年 1 月　頁 34—36

78. 陳怡蓁　　《巨流河》的初戀情人　人間福報　2009 年 8 月 4 日　15 版

79. 李惠綿　　不廢江河萬古流——側寫齊邦媛《巨流河》之誕生　國語日報　2009 年 8 月 16 日　5 版

80. 李惠綿　　不廢江河萬古流　洄瀾——相逢巨流河　臺北　遠見天下文化出版公司　2014 年 1 月　頁 23—25

81. 陳芳明　　匯入臺灣歷史大河〔齊邦媛部分〕　聯合報　2009 年 8 月 2 日　A4 版

82. 林欣誼　　齊邦媛‧百萬獎金要給後代讀書用　中國時報　2009 年 9 月 15 日　A10 版

83. 覃子君，廖雅君記錄整理；趙慶華編輯校訂　　齊邦媛：「臺灣文學」是「我們的」；他們：齊老師不僅是「我們的」，更是「臺灣的」！——齊邦媛教授生命史鉅作《巨流河》新書茶會紀實　臺灣文學館通訊第 24 期　2009 年 9 月　頁 65—75

84. 吳宏一　　齊邦媛教授與國文教科書　蘋果日報　2009 年 10 月 20 日　A16 版

85. 吳垠慧　金石堂風雲人物・齊邦媛掌聲不歇　中國時報　2009 年 12 月 30 日　A16 版

86. 楊德宜　齊邦媛的《巨流河》・寫出一生大願　聯合報　2010 年 5 月 20 日　A7 版

87. 黃　怡　林太乙、齊邦媛和她們的父親們！　中國時報　2010 年 7 月 15 日　E4 版

88. 黃　怡　林太乙、齊邦媛和她們的父親們　泗瀾──相逢巨流河　臺北　遠見天下文化出版公司　2014 年 1 月　頁 85─91

89. 陳宛茜　《巨流河》登陸・齊邦媛堅持正體簽名　聯合報　2010 年 11 月 4 日　A5 版

90. 張　嬪　回家──從巨流河到蓮池潭到北京　東西南北　2010 年第 4 期　2010 年　頁 70─71

91. 徐柏棻　齊邦媛：活著，就是最好的報復──回憶錄《巨流河》記述中華兒女掙扎求生的近代史・學者作家朗誦・向大師和大時代致敬　聯合報　2011 年 5 月 8 日　A14 版

92. 向　陽　園丁的叮嚀──齊邦媛與國家文學館　文訊雜誌　第 308 期　2011 年 6 月　頁 24─26

93. 向　陽　園丁的叮嚀──齊邦媛與國家文學館　寫字年代──臺灣作家手稿故事　臺北　九歌出版社　2013 年 7 月　頁 14─19

94. 謝蕙蓮　《巨流河》發行日文版・齊邦媛：盼增兩國理解　聯合晚報　2011 年 7 月 18 日　A10 版

95. 林欣誼　寫抗戰時顛沛・《巨流河》推日譯本　中國時報　2011 年 7 月 19 日　A16 版

96. 陳宛茜　《巨流河》出日文版・齊邦媛的里程碑　聯合報　2011 年 7 月 19 日　A16 版

97. 張作錦　我們和齊邦媛一起為難　聯合報　2011 年 8 月 4 日　D3 版

98. 沈育如　獲頒臺大名譽博士・齊邦媛：人性記憶是永恆價值　聯合報　2011

年 11 月 16 日　A10 版

99. 江家華　書寫百年河山・齊邦媛、林文月對談　中國時報　2011 年 12 月 25 日　A12 版

100. 江家華　兩人好交情・翻譯臺灣文學著力深　中國時報　2011 年 12 月 25 日　A12 版

101. 陳宛茜　80 歲寫《巨流河》，齊邦媛：我只寫好人　聯合報　2011 年 12 月 25 日　A14 版

102. 陳宛茜　籲研究熟年文化——「老，也可以美麗優雅有用」　聯合報 2011 年 12 月 25 日　A14 版

103. 李　誠　臺灣學者齊邦媛的亂世兒女情　愛情婚姻家庭　2011 年第 6 期 2011 年　頁 49—52

104. 吳宏一　「魚」的鮮明度——齊邦媛教授與國文教科書　鹽分地帶文學 第 39 期　2012 年 4 月　頁 20—24

105. 簡　媜　書房裡的星空——齊老師、簡媜，漫談、隨想語對話　聯合文學 第 339 期　2013 年 1 月　頁 102—110

106. 簡　媜　書房裡的星空　洄瀾——相逢巨流河　臺北　遠見天下文化出版 公司　2014 年 1 月　頁 160—177

107. 陳宛茜　齊邦媛・捐出吳魯芹行草　聯合報　2013 年 12 月 6 日　A6 版

108. 石家興　心靈的後裔　洄瀾——相逢巨流河　臺北　遠見天下文化出版公 司　2014 年 1 月　頁 108—110

109. 林博文　齊家父女的臺灣經驗　洄瀾——相逢巨流河　臺北　遠見天下文 化出版公司　2014 年 1 月　頁 44—46

110. 姜　妍　抹不掉的只有鄉音　洄瀾——相逢巨流河　臺北　遠見天下文化 出版公司　2014 年 1 月　頁 199

111. 張作錦　齊邦媛的書・孫運璿的車　洄瀾——相逢巨流河　臺北　遠見天 下文化出版公司　2014 年 1 月　頁 37—39

112. 陳宛茜　齊邦媛和讀者・激盪出相逢巨流河　聯合報　2014 年 2 月 15 日

A10 版

113. 林欣誼　9 旬齊邦媛・能抱一個算一個——《洄瀾》新書發表・親友喜相逢　中國時報　2014 年 2 月 15 日　A18 版

114. 林欣誼　永遠的齊老師・消弭省籍隔閡　中國時報　2014 年 2 月 15 日　A18 版

115. 〔中華日報〕　齊邦媛 90 歲・《洄瀾》問世　中華日報　2014 年 2 月 15 日　B8 版

116. 陳怡靜　齊邦媛《巨流河》手稿贈母校臺大　自由時報　2014 年 2 月 27 日　A16 日

117. 陳宛茜　齊邦媛：臺灣非小島・可創大歷史　聯合報　2014 年 2 月 27 日　A22 版

118. 林妏霜　齊邦媛《洄瀾——相逢巨流河》新書相逢會　文訊雜誌　第 341 期　2014 年 3 月　頁 195

119. 高大威　痛心的記事——從齊邦媛教授童年時的一篇作文說起　文訊雜誌　第 341 期　2014 年 3 月　頁 155—157

120. 盛浩偉　在洄瀾的沖激裡相逢——記「齊邦媛教授《洄瀾》新書相逢會」　文訊雜誌　第 341 期　2014 年 3 月　頁 153—154

121. 郭石城　時代史詩：《巨流河》　中國時報　2014 年 7 月 17 日　A15 版

122. 陳宛茜　政院文化獎：漢寶德、齊邦媛、余光中——齊邦媛：時代苦難・帶來文化深度　聯合報　2014 年 11 月 15 日　A5 版

123. 廖振富，楊翠　臺中的文學地景與在地書寫——當代臺中作家的在地書寫——前世代的臺中書寫〔齊邦媛部分〕　臺中文學史（下）　臺中　臺中市文化局　2015 年 6 月　頁 160—164

124. 廖振富，楊翠　臺中的文學地景與在地書寫——當代臺中作家的在地書寫——前世代的臺中書寫〔齊邦媛部分〕　臺中文學史　臺中　臺中市文化局　2015 年 9 月　頁 549—462

125. 〔編輯部〕　關於作者　千年之淚——當代臺灣小說論集　臺北　爾雅出

版社　2015 年 7 月　頁 253—254

126. 衣若芬　　齊邦媛老師的紅鞋子　北緯一度新加坡　臺北　爾雅出版社
2015 年 11 月　頁 159—163

127. 隱地　　二十九個名字——齊邦媛　深夜的人　臺北　爾雅出版社　2015 年
12 月　頁 185—187

訪談、對談

128. 伊　尹　　她的工作、計畫及教育生涯——齊邦媛女士訪問記　幼獅月刊
第 252 期　1973 年 12 月　頁 14—16

129. 桂文亞　　瞻前顧後話散文——訪問齊邦媛教授　聯合報　1975 年 9 月 6 日
12 版

130. 桂文亞　　瞻前顧後話散文——訪問齊邦媛教授　心靈的菜園　臺北　皇冠
出版社　1976 年 10 月　頁 47—56

131. 〔編輯部〕　　訪齊邦媛教授　桂冠　第 19 期　1979 年 5 月　頁 18—19

132. 張大春，陳雨航，陳奕琦記錄[4]　　向千萬卷文學作品質疑：女子豈難養哉？
——從中西古典文學作品中看婦女地位的種種　中國時報　1980
年 3 月 8—10 日　8 版

133. 齊邦媛等[5]　　座談——散文類型的再探討　文訊雜誌　第 14 期　1984 年 10
月　頁 30—54

134. 何聖芬　　打不醒的堅決——訪齊邦媛教授談《源流》出版的意義　自立晚
報　1986 年 11 月 29 日　10 版

135. 朱孝慈　　齊邦媛——愛翻譯也喜評論　中華日報　1986 年 12 月 10 日　8
版

136. 王軼凡　　如實呈現的齊邦媛先生　婦女雜誌　第 222 期　1987 年 3 月　頁
22—25

137. 〔九歌雜誌〕　　人生啼笑，循環不已——訪齊邦媛教授談《貓臉的歲月》

---

[4]主持人：高上秦，與會者：夏志清、張曉風、裴普賢、張敬、曾永義、王保珍、齊邦媛。
[5]與會者：張法鶴、吳宏一、顏崑陽、楊牧、沈謙、公孫嬿、齊邦媛、張曉風、林錫嘉、鳳兮；紀錄：何聖芬。

九歌雜誌　第 84 期　1988 年 2 月　2 版

138. 陳素芳　齊邦媛是臺灣作家的知者　中華日報　1989 年 8 月 26 日　15 版

139. 黃美惠　《千年之淚》，塵封往事，歷久彌新　民生報　1990 年 7 月 28 日　26 版

140. 詹美涓　臺灣當代文學的知音　聯合報　1992 年 10 月 1 日　26 版

141. 小　方　齊邦媛教授促成國內發行英文本筆會季刊　中國時報　1993 年 2 月 15 日　27 版

142. 朱恩伶，張娟芬　齊邦媛勞心勞力為筆會季刊　中國時報　1993 年 2 月 19 日　31 版

143. 馮季眉　飽嘗遊子還鄉式的喜悅——齊邦媛教授的臺灣文學情壞　文訊雜誌　第 106 期　1994 年 8 月　頁 94—97

144. 余光中，齊邦媛講；阮本美整理　翻譯的筆下功夫——余光中 VS.齊邦媛　精湛　第 24 期　1995 年 2 月　頁 27—30

145. 朱美珍採訪；范伯余採訪整理　談國中英語暨選修英語科新課程——專訪教科用書編審委員會主任委員齊邦媛教授　國立編譯館通訊　第 32 期　1996 年 7 月　頁 42—45

146. 林慧藍　齊邦媛讓讀書不只是一種消遣　中央日報　1996 年 11 月 20 日　21 版

147. 蔡素芬　尋找內心的聲音——齊邦媛的讀書歷程　聯合報　1997 年 4 月 7 日　41 版

148. 蔡素芬　尋找內心的聲音——齊邦媛的讀書歷程　閱讀之旅（上）　臺北　聯經出版公司　1998 年 5 月　頁 198—208

149. 蔡素芬　尋找內心的聲音——齊邦媛的讀書歷程　一生中的一天　臺北　爾雅出版社　2004 年 5 月　頁 235—246

150. 蔣慧仙　越界削筆——三位學者談中書外譯的甘苦與心得[6]　聯合報　1998 年 7 月 14 日　37 版

---

[6] 三位學者分別是：齊邦媛、閔福德（John Minford）、陶忘機（John Balcom）。

151. 黃鳳鈴　　生命中所能承受的重量——永不倦怠的齊邦媛教授　明道文藝
　　　　　第 268 期　1998 年 7 月　頁 136—141

152. 陳希林　　齊邦媛再為國家文學館吶喊　中國時報　1998 年 10 月 21 日　11
　　　　　版

153. 王蘭芬　　白頭齊邦媛疾呼尊重文學史別亂搞　民生報　1998 年 10 月 21 日
　　　　　19 版

154. 〔遠見雜誌〕　　齊邦媛：跳出多元價值的泥淖　遠見雜誌　第 152 期
　　　　　1999 年 2 月　頁 124—125

155. 賴佳琦　　第二屆五四獎得獎人特輯——於霧漸散之時，欣見陽光照亮土地
　　　　　——文學交流獎：齊邦媛[7]　中央日報　1999 年 5 月 3 日　18 版

156. 賴佳琦　　於霧漸散之時欣見陽光照亮土地——齊邦媛教授的文學事業　文
　　　　　訊雜誌　第 163 期　1999 年 5 月　頁 73—76

157. 賴素鈴　　文學館呼之欲出，齊邦媛有更深刻的期許　民生報　1999 年 7 月
　　　　　24 日　6 版

158. 羅秀華　　臺灣文學知音：齊邦媛　講義　第 152 期　1999 年 11 月　頁 161
　　　　　—162

159. 林素芬　　清溪水慢慢流——齊邦媛教授的人生三玩　臺灣新生報　2000 年
　　　　　5 月 9 日　12 版

160. 李令儀　　齊邦媛籲成立全球華文文學獎　聯合報　2000 年 12 月 26 日　14
　　　　　版

161. 潘弘輝記錄整理[8]　　文學的創作與翻譯自由時報　2001 年 2 月 7 日　39 版

162. 鄭毓瑜，林維紅，蔡祝青　　永遠超越的眼光——齊邦媛教授專訪　婦研縱
　　　　　橫　第 69 期　2004 年 1 月　頁 68—80

163. 陳宛茜　　幽居靜巷齊邦媛把書當 BABY——七〇年代喝茶賞花閒話，如今
　　　　　女作家多散去，他以書為伴，曲終不孤寂　聯合報　2004 年 5 月

---

[7] 本文後改篇名為〈於霧漸散之時欣見陽光照亮土地——齊邦媛教授的文學事業〉。
[8] 主持人：李喬，與會者：林水福、鄭清文、齊邦媛、游淑靜。

10 日　A12 版

164. 陳宛茜專訪　　幽居靜巷・齊邦媛把書當 BABY　聯合報　2004 年 5 月 10 日　A12 版

165. 王盛弘，賴素鈴，梁玉芳　　相對論知己篇・知交 35 年・白先勇、齊邦媛・文學不了情　聯合報　2007 年 8 月 7 日　A10 版

166. 何榮幸，郭石城專訪　　齊世英齊邦媛・東北心臺灣情　中國時報　2009 年 7 月 12 日　A8 版

167. 何榮幸，郭石城專訪　　齊世英齊邦媛・東北心臺灣情　洄瀾——相逢巨流河　臺北　遠見天下文化出版公司　2014 年 1 月　頁 140—144

168. 湯舒雯整理　　多少年前的鐘聲——陳芳明 VS.齊邦媛　印刻文學生活誌　第 71 期　2009 年 7 月　頁 116—123

169. 鐘麗慧　　永恆的芍藥花——讀齊邦媛先生與《巨流河》　文訊雜誌　第 301 期　2010 年 11 月　頁 28—36

170. 楊時暘　　齊邦媛：我已無家可回　中國新聞周刊　2011 年第 9 期　2011 年　頁 69—70

171. 楊時暘　　「我已無家可回」　洄瀾——相逢巨流河　臺北　遠見天下文化出版公司　2014 年 1 月　頁 200—203

172. 韓福東　　齊邦媛：我現在還有一個精神在　看歷史　2011 年第 3 期　2011 年　頁 27—35

173. 韓福東　　「我現在還有一個精神在」　洄瀾——相逢巨流河　臺北　遠見天下文化出版公司　2014 年 1 月　頁 216—223

174. 單德興　　齊邦媛教授訪談：翻譯面面觀　編譯論叢　第 5 卷第 1 期　2012 年 3 月　頁 247—272

175. 單德興　　齊邦媛教授訪談：翻譯面面觀　華文文學　2013 年第 3 期　2013 年　頁 40—50

176. 單德興　　翻譯面面觀：齊邦媛訪談錄　卻顧所來徑　臺北　允晨文化公司　2014 年 11 月　頁 231—267

177. 明鳳英訪談；趙家璧記錄整理　　潭深無波《巨流河》──齊邦媛教授訪談記（上、下）　文訊雜誌　第 328─329 期　2013 年 2─3 月　頁 27─33，34─41

178. 明鳳英　　潭深無波《巨流河》　洄瀾──相逢巨流河　臺北　遠見天下文化出版公司　2014 年 1 月　頁 248─277

179. 單德興，王智明　　「曲終人不散，江上數峰青」：齊邦媛教授訪談錄　英美文學評論　第 22 期　2013 年 6 月　頁 207─226

180. 單德興，王智明　　曲終人不散，江上數峰青：齊邦媛訪談錄　卻顧所來徑　臺北　允晨文化公司　2014 年 11 月　頁 309─340

181. 林欣誼專訪　　《巨流河》出版《洄瀾》集‧走過戰亂年代與太平盛世──齊邦媛：現代人生活太疏離　中國時報　2014 年 1 月 24 日　A18 版

182. 林欣誼專訪　　她的老哲學：活得有自覺‧90 歲又怎樣　中國時報　2014 年 1 月 24 日　A18 版

183. 田志凌　　「歷史可以一筆帶過，文學不能」　洄瀾──相逢巨流河　臺北　遠見天下文化出版公司　2014 年 1 月　頁 224─234

184. 何榮幸，郭石城專訪　　外銷臺灣文學‧「譯」馬當先推動　洄瀾──相逢巨流河　臺北　遠見天下文化出版公司　2014 年 1 月　頁 146─147

185. 吳筱羽　　以書還鄉，亦喜亦悲　洄瀾──相逢巨流河　臺北　遠見天下文化出版公司　2014 年 1 月　頁 179─183

186. 李　菁　　「巨流河和啞口海，存在於我生命的兩端」　洄瀾──相逢巨流河　臺北　遠見天下文化出版公司　2014 年 1 月　頁 241─247

187. 姜　妍　　「我無大怒也無大樂」　洄瀾──相逢巨流河　臺北　遠見天下文化出版公司　2014 年 1 月　頁 192─198

188. 張殿文　　巨流河滾滾沖刷家國悲情　洄瀾──相逢巨流河　臺北　遠見天下文化出版公司　2014 年 1 月　頁 154─159

189. 陳書娣　八十歲仍心靈未老　洄瀾——相逢巨流河　臺北　遠見天下文化出版公司　2014 年 1 月　頁 237—240

190. 董成瑜　從容不迫　洄瀾——相逢巨流河　臺北　遠見天下文化出版公司　2014 年 1 月　頁 148—153

191. 鄒欣寧　痛苦是不能「經驗」的　洄瀾——相逢巨流河　臺北　遠見天下文化出版公司　2014 年 1 月　頁 137—139

192. 劉　芳　「我用詩的真理寫他們」　洄瀾——相逢巨流河　臺北　遠見天下文化出版公司　2014 年 1 月　頁 207—215

193. 鐘瑜婷　「你懂得我的痛嗎？」　洄瀾——相逢巨流河　臺北　遠見天下文化出版公司　2014 年 1 月　頁 184—191

194. 單德興　愛讀翻譯小說・齊邦媛結書緣　工商時報　2015 年 1 月 31 日　D9 版

年表

195. 〔編輯部〕　齊邦媛紀事　千年之淚——當代臺灣小說論集　臺北　爾雅出版社　2015 年 7 月　頁 255—261

其他

196. 曾意芳　第二屆五四獎名單揭曉——齊邦媛、林海音、李冰、陳昭瑛、陳素芳、王家祥等六人獲殊榮　中央日報　1999 年 4 月 23 日　10 版

197. 陳文芬　五四獎出爐：林海音、齊邦媛獲文學貢獻獎、文學交流獎　中國時報　1999 年 4 月 23 日　11 版

198. 江中明　齊邦媛等六人，獲五四獎　聯合報　1999 年 4 月 23 日　14 版

199. 陳文芬　文藝獎章今天頒發，余光中等五人獲榮譽文藝獎章　中國時報　1999 年 5 月 4 日　11 版

200. 陳文芬　林海音齊邦媛同獲五四獎　中國時報　1999 年 5 月 5 日　11 版

201. 江中明　五四獎頒獎得獎人：集體的努力——「五四文藝雅集」昨舉行齊邦媛、李冰、陳素芳、王家祥及林海音為文學的耕耘及貢獻獲得

　　　　　　肯定　聯合報　1999 年 5 月 5 日　14 版

202.〔中華日報〕　扁贈勳五資深作家　中華日報　2004 年 10 月 16 日　2 版

203. 林弋凱　扁表揚五資深作家卓越貢獻[9]　臺灣時報　2004 年 10 月 16 日　5 版

204. 謝忠杰　陳總統授勳表彰五作家——致力藝文創作柏楊、鍾肇政、葉石濤、琦君、齊邦媛獲頒「二等卿雲勳章」　青年日報　2004 年 10 月 16 日　49 版

205. 范正祥　陳總統授勳柏楊、鍾肇政、葉石濤、琦君、齊邦媛　自由時報　2004 年 10 月 16 日　49 版

206. 陳姿羽　聯合報文學獎、讀書人 2004 年度最佳書獎、故鄉的文學記憶散文獎、吳魯芹散文獎聯合贈獎[10]　聯合報　2004 年 12 月 21 日　A5 版

207. 周美惠　單國璽齊邦媛‧榮獲總統文化獎　聯合報　2009 年 9 月 4 日　A4 版

208. 林采韻　總統文化獎‧和平獎：單國璽‧文藝獎：齊邦媛　中國時報　2009 年 9 月 15 日　A10 版

209. 郭士榛　總統文化獎揭曉‧齊邦媛獲文藝獎‧單國璽為和平獎得主　人間福報　2009 年 9 月 15 日　7 版

210. 洪敬浤　「永遠的齊老師」‧興大頒文學博士　聯合報　2009 年 11 月 1 日　AA4 版

211. 黃俊昇　單國璽等五人獲頒總統文化獎‧昨在霧峰林家花園舉行‧其他得獎者：齊邦媛、善牧、紙風車、余紀忠基金會　中華日報　2009 年 11 月 2 日　A2 版

212. 李承宇　《巨流河》獲亞洲出版獎最佳著作　聯合報　2010 年 7 月 19 日　A9 版

---

[9]獲獎者為柏楊、鍾肇政、葉石濤、琦君、齊邦媛。

[10]齊邦媛以《一生中的一天》獲得聯合報讀書人 2004 年最佳讀書獎。

213. 王燕華　　齊邦媛・佛光榮譽博士　聯合報　2010 年 11 月 13 日　A9 版

214. 左美雲，陳慕真　　《巨流河》日譯本新書發表會側記　臺灣文學館通訊　第 32 期　2011 年 9 月　頁 52—53

215. 葉芷妘　　齊邦媛獲頒臺大名譽博士　中國時報　2011 年 11 月 16 日　A12 版

216. 〔中華日報〕　　齊邦媛・獲頒臺大名譽博士　中華日報　2011 年 11 月 16 日　A3 版

217. 朱雙一　　齊邦媛獲「在場主義散文獎」　文訊雜誌　第 313 期　2011 年 11 月　頁 140

218. 丹　墀　　齊邦媛、林文月「百年河山」對談講座　聯合報　2011 年 12 月 23 日　D3 版

219. 林奴霜　　齊邦媛教授手稿資料展　文訊雜誌　第 342 期　2014 年 4 月　頁 192

220. 許時嘉　　齊邦媛《巨流河》日文版　文訊雜誌　第 314 期　2011 年 12 月　頁 160

221. 游文宓　　齊邦媛《巨流河》日譯本發表會　文訊雜誌　第 310 期　2011 年 8 月　頁 151

222. 游文宓　　齊邦媛獲頒臺灣大學名譽博士學位　文訊雜誌　第 314 期　2011 年 12 月　頁 166—167

223. 楊明怡　　漢寶德、齊邦媛、余光中獲文化獎　自由時報　2014 年 11 月 15 日　B3 版

224. 趙靜瑜　　漢寶德、齊邦媛、余光中獲行政院文化獎　中國時報　2014 年 11 月 25 日　A11 版

225. 中央社　　獲頒文化獎・齊邦媛：羨慕師鐸獎　中華日報　2015 年 2 月 13 日　B8 版

226. 周美惠　　生日前夕・齊邦媛獲行政院文化獎　聯合報　2015 年 2 月 13 日　AA4 版

作品評論篇目

綜論

227. 徐　學　　王德威、齊邦媛等的小說批評〔齊邦媛部分〕　臺灣文學史（下）　福州　海峽文藝出版社　1993 年 1 月　頁 864—868

228. 李瑞騰　當代臺灣女性的文學論述〔齊邦媛部分〕　當代臺灣女性文學論　臺北　時報文化出版公司　1993 年 5 月　頁 345—346

229. 李瑞騰　臺灣當代女性的現代文學論述〔齊邦媛部分〕　文學的出路　臺北　九歌出版社　1994 年 9 月　頁 97—98

230. 古遠清　臺灣當代女評論家論──傳統型評論家齊邦媛　當代臺灣女性文學論　臺北　時報文化出版公司　1993 年 5 月　頁 369—374

231. 古繼堂　臺灣女性小說理論批評家〔齊邦媛部分〕　臺灣新文學理論批評史　瀋陽　春風文藝出版社　1993 年 6 月　頁 282—288

232. 古繼堂　臺灣女性小說理論批評家（上）──將女性意識融入小說評論的齊邦媛　臺灣新文學理論批評史　臺北　秀威資訊科技公司　2009 年 3 月　頁 292—297

233. 張超主編　齊邦媛　臺港澳及海外華人作家辭典　江蘇　南京大學出版社　1994 年 12 月　頁 383

234. 計璧端，宋剛　齊邦媛　中國文學通典・小說通典　北京　解放軍文藝出版社　1999 年 1 月　頁 1012

235. 陳芳明　以擦亮每一顆文字刷新歷史〔齊邦媛部分〕　聯合報　2005 年 3 月 4 日　E7 版

236. 陳芳明　下一輪臺灣文學的盛世備忘錄──齊邦媛與王德威的文學工程　文訊雜誌　第 313 期　2011 年 11 月　頁 18—21

237. 陳涵書　尋求定位：論齊邦媛臺灣文學英譯工作之選文取向的變化　華人研究國際論壇　馬來西亞　馬來西亞大學華人研究中心，馬來西亞大學中文系，臺灣大學臺灣文學研究所主辦　2013 年 6 月 29 日

238. 馬　森　　臺灣的文學理論與批評〔齊邦媛部分〕　世界華文新文學史——中國現代文學的兩度西潮（下編）・分流後的再生：第二度西潮與現代／後現代主義　臺北　印刻文學生活雜誌出版公司　2015年2月　頁1255—1256

239. 吳天舟　　另一條巨流河——論齊邦媛的文學世界　現代中文學刊　2015年第1期　2015年　頁56—63

分論
◆單行本作品
論述
《千年之淚》

240. 王德威　　千年之淚不輕彈——由齊邦媛教授的《千年之淚》談起　聯合報　1990年8月8日　29版

241. 王德威　　千年之淚不輕彈——由齊邦媛教授的《千年之淚》談起　閱讀當代小說：臺灣・大陸・香港・海外　臺北　遠流出版公司　1991年9月　頁284—291

242. 鄭清文　　讀齊邦媛《千年之淚》　文訊雜誌　第59期　1990年9月　頁73—75

243. 鄭清文　　讀《千年之淚》　臺灣文學的基點　高雄　派色文化出版社　1992年7月　頁91—97

244. 王鼎鈞　　悵望千秋一灑淚　中央日報　1992年2月20日　16版

245. 王鼎鈞　　悵望千秋一灑淚　滄海幾顆珠　臺北　爾雅出版社　2000年4月　頁91—98

246. 古遠清　　齊邦媛所揮灑的悲憫而寂寞的《千年之淚》　臺灣當代文學理論批評史　武漢　武漢出版社　1994年8月　頁732—737

247. 計璧端　　作品解析——《千年之淚》　中國文學通典・小說通典　北京　解放軍文藝出版社　1999年1月　頁1012—1013

《霧漸漸散的時候》

248. 王德威　　洞見清明　聯合報　1998 年 11 月 16 日　48 版

249. 董成瑜　　齊邦媛——霧散之時出書之日　中國時報　1998 年 11 月 19 日　43 版

250. 彭惠仙　　《霧漸漸散的時候》　中時晚報　1998 年 11 月 29 日　12 版

251. 王鼎鈞　　霧未散盡　聯合報　2000 年 1 月 16 日　37 版

252. 王鼎鈞　　霧未散盡　滄海幾顆珠　臺北　爾雅出版社　2000 年 4 月　頁 99 —105

散文

《一生中的一天》

253. 周美惠　　「文學要尊嚴」——齊邦媛吶喊為臺灣　聯合報　2004 年 6 月 10 日　B6 版

254. 徐開塵　　惜墨如金齊邦媛創造美意，新書發表會，滿室真性情　民生報 2004 年 6 月 10 日　A13 版

255. 趙衛民　　壯麗天象——《一生中的一天》　聯合報　2004 年 6 月 20 日　B5 版

256. 郭強生　　高貴的哀傷——《一生中的一天》樹立人文典範　文訊雜誌　第 226 期　2004 年 8 月　頁 20—21

257. 郭強生　　高貴的哀傷——《一生中的一天》樹立人文典範　文學公民　臺北　三民書局　2005 年 5 月　頁 162—164

258. 鄭嘉良　　對於《一生中的一天》[11]　明道文藝　第 360 期　2006 年 3 月　頁 122—125

259. 鄭嘉良　　留住流逝的每一天——評齊邦媛《一生中的一天》　照辭如鏡——第二屆中大書評獎作品集　桃園　中央大學圖書館　2006 年 4 月　頁 63—67

《巨流河》

260. 簡　媜　　一出手，山河震動——拜讀《巨流河》有感，敬呈齊邦媛老師

---

[11]本文後改篇名為〈留住流逝的每一天——評齊邦媛《一生中的一天》〉。

聯合報　2009 年 7 月 4 日　D3 版

261. 陳芳明　　巨河回流　聯合報　2009 年 8 月 3 日　D3 版

262. 陳芳明　　巨河回流　洄瀾——相逢巨流河　臺北　遠見天下文化出版公司　2014 年 1 月　頁 40—43

263. 林文月　　巨流河到啞口海的水勢（上、下）　中國時報　2009 年 9 月 7—8 日　E4 版

264. 林文月　　巨流河到啞口海的水勢（節選）　洄瀾——相逢巨流河　臺北　遠見天下文化出版公司　2014 年 1 月　頁 47—52

265. 蘇惠昭　　必須說出來的故事，《巨流河》　中華日報　2009 年 9 月 15 日　B7 版

266. 高大威　　昨日夢已遠，往事不如煙——我讀齊邦媛教授的《巨流河》　文訊雜誌　第 287 期　2009 年 9 月　頁 124—126

267. 張瑞芬　　大河盡頭——齊邦媛《巨流河》　明道文藝　第 403 期　2009 年 10 月　頁 46—49

268. 張瑞芬　　大河盡頭——評齊邦媛《巨流河》　春風夢田：臺灣當代文學評論集　臺北　爾雅出版社　2011 年 2 月　頁 67—73

269. 王德威　　如此悲傷，如此愉悅，如此獨特——齊邦媛先生與《巨流河》（1—5）　中國時報　2009 年 11 月 23—27 日　E4 版

270. 王德威　　如此悲傷，如此愉悅，如此獨特——齊邦媛與《巨流河》　當代作家評論　2012 年第 1 期　2012 年　頁 159—166

271. 王德威　　如此悲傷，如此愉悅，如此獨特　洄瀾——相逢巨流河　臺北　遠見天下文化出版公司　2014 年 1 月　頁 58—72

272. 邵玉銘　　我當另有天地——引讀齊老師邦媛之《巨流河》　印刻文學生活誌　第 75 期　2009 年 11 月　頁 174—181

273. 邵玉銘　　「我當另有天地」（節選）　洄瀾——相逢巨流河　臺北　遠見天下文化出版公司　2014 年 1 月　頁 53—57

274. 吳繼文　　愛書人推薦年度好書：齊邦媛《巨流河》　聯合報　2009 年 12 月

22 日　D3 版

275. 王鼎鈞　1949 三稜鏡〔《巨流河》部分〕　聯合報　2009 年 12 月 27—28
日　D3 版

276. 王鼎鈞　「一九四九」三稜鏡〔《巨流河》部分〕　桃花流水杳然去　臺
北　爾雅出版社　2012 年 2 月　頁 275—289

277. 王鼎鈞　1949 三稜鏡（節選）　洄瀾——相逢巨流河　臺北　遠見天下文
化出版公司　2014 年 1 月　頁 73—78

278. 王鼎鈞　「一九四九」三稜鏡〔《巨流河》部分〕　王鼎鈞書話　臺北　爾
雅出版社　2014 年 7 月　頁 109—112

279. 劉依潔　細水漫流的大河　幼獅文藝　第 627 期　2009 年 12 月　頁 125

280. 林宜蓉　無以言說的高貴——論齊邦媛《巨流河》的敘事策略　「華人文
化與文學」國際學術研討會　日本　日本立教大學交流文化學
系，臺北大學中國文學系主辦　2010 年 3 月 6 日

281. 常　堯　家與國的離散與回歸——讀齊邦媛《巨流河》　全國新書資訊月
刊　第 135 期　2010 年 3 月　頁 35—39

282. 劉　俊　在人生的長河中映現歷史變遷和民族命運——讀齊邦媛《巨流
河》　全國新書資訊月刊　第 135 期　2010 年 3 月　頁 40—42

283. 歐宗智　臺灣文學的知音與推手——讀齊邦媛自傳《巨流河》　國文天地
第 301 期　2010 年 6 月　頁 48—52

284. 朱嘉雯　悲傷世紀——《巨流河》的滔滔文字　唯有書寫——關於文學的
小故事　臺北　秀威資訊科技公司　2010 年 12 月　頁 193—194

285. 李厘　如此悲傷，如此遼闊，如此獨特　南方人物周刊　2010 年第 44 期
2010 年　頁 109

286. 熊景明　詩與歌的人生　書城　2010 年第 5 期　2010 年　頁 71—72

287. 蘇　楓　從東北「巨流河」到臺灣「啞口海」‧飄零臺灣兩代人的命運與
悲歌　小康　2010 年第 12 期　2010 年　頁 120—123

288. 錢婉約　從《巨流河》到啞口海　聯合報　2011 年 2 月 26 日　D3 版

289. 武云溥　　兩代人的家國情懷　源流　2011 年第 3 期　2011 年 2 月　頁 56—57

290. 李　喬　　文學之母、撒愛的種子　自由時報　2011 年 7 月 13 日　D7 版

291. 李　喬　　撒播文學種子　洄瀾——相逢巨流河　臺北　遠見天下文化出版公司　2014 年 1 月　頁 97—99

292. 掌　門　　生命的巨流　更生日報　2011 年 7 月 17 日　9 版

293. 洪朝枝　　致齊邦媛教授的公開信　臺灣文學評論　第 11 卷第 3 期　2011 年 7 月　頁 149—150

294. 陳祖彥　　《巨流河》裡映照風骨才情——齊邦媛　誰領風騷一百年——女作家　臺北　天下遠見出版公司　2011 年 9 月　頁 118—121

295. 周立民　　歷史從心上流過——齊邦媛《巨流河》閱讀札記　2011 年兩岸青年文學會議　北京　中國作家協會主辦　2011 年 10 月 21—22 日

296. 周立民　　歷史從心上流過——齊邦媛《巨流河》閱讀札記　兩岸青年文學會議論文集——創作者與評論者的對話　臺北，臺南　文訊雜誌社，國立臺灣文學館　2011 年 12 月　頁 189—205

297. 柳彩萍　　莊重，優美，亦生動——讀《巨流河》有感　湖南教育　2011 年第 10 期　2011 年 10 月　頁 38—39

298. 廖　斌　　家國史詩·人生悲歌——評齊邦媛文學回憶錄《巨流河》　沈陽大學學報　第 23 卷第 6 期　2011 年 12 月　頁 66—69

299. Xuanita　齊邦媛《巨流河》·大時代的知識分子　普洱　2011 年第 3 期　2011 年　頁 106

300. 千里光　　聖者，齊先生——我看《巨流河》　上海采風　2011 年第 6 期　2011 年　頁 92，91

301. 初國卿　　齊邦媛：從啞口海回到巨流河　今日遼寧　2011 年第 1 期　2011 年　頁 80—85

302. 張俊華　　家國情懷與道統革新——《巨流河》　杭州　2011 年第 3 期　2011 年　頁 59—60

303. 張耀杰　波瀾不驚的心靈史詩——讀《巨流河》　民主與科學　2011 年第 1 期　2011 年　頁 51—54

304. 劉　奎　《巨流河》：20 世紀知識分子的心靈史　中國圖書評論　2011 年第 10 期　2011 年　頁 117—118

305. 楊時暘　一段溫婉回憶的政治想像——《巨流河》大陸出版記　中國新聞周刊　2011 年第 9 期　2011 年　頁 68—69

306. 楊時暘　巨流河：一段溫婉回憶的政治想像　洄瀾——相逢巨流河　臺北　遠見天下文化出版公司　2014 年 1 月　頁 204—206

307. 朱航滿　或遠或近的鼓聲　創作評譚　2011 年第 6 期　2011 年　頁 20—21

308. 朱航滿　家國如夢・人生如詩——對兩位女性知識分子的人生讀札〔《巨流河》部分〕　藝術廣角　2011 年第 2 期　2011 年　頁 75—78

309. 張書群　顛沛流離，情何以堪？——論齊邦媛《巨流河》中的漂泊意識與家國之痛　綏化學院學報　第 32 卷第 2 期　2012 年 4 月　頁 89—92

310. 王靜慧　從《巨流河》到啞口海——齊邦媛的生命逆旅　觀・臺灣　第 15 期　2012 年 10 月　頁 34—36

311. 神谷まり子　《巨流河》：歷史・自傳・女性　「戰爭與女性」國際學術研討會　日本　日本神戶大學「漂泊與敘事」科研計畫，臺灣自由思想學術基金會主辦　2012 年 11 月 10—11 日

312. 張學昕　時間之上：「非虛構」的歷史與人生——齊邦媛的《巨流河》與「非虛構」寫作　「戰爭與女性」國際學術研討會　日本　日本神戶大學「漂泊與敘事」科研計畫，臺灣自由思想學術基金會主辦　2012 年 11 月 10—11 日

313. 張學昕，梁海　時間之上：「非虛構」的歷史與人生——齊邦媛的《巨流河》與「非虛構」寫作　南方文壇　2013 年第 2 期　2013 年 3 月　頁 24—29

314. 陳　遼　一部愛國的但被偏見引入誤區的回憶錄——評齊邦媛的《巨流

河》　世界華文文學論壇　2012 年第 4 期　2012 年 12 月　頁 9—14

315. 李建立　《巨流河》：大時代的表情、呼吸與體溫　當代作家評論　2012 年第 1 期　2012 年　頁 166—170

316. 李建軍　如此感傷，如此溫良，如此聖潔——論《巨流河》　小說評論　2012 年第 1 期　2012 年　頁 30—40

317. 吳　當　生命的巨流——齊邦媛《巨流河》　芬芳書香　臺東　長虹文化　2013 年 3 月　頁 97—102

318. 胡忠信，楊佳嫻對談；楊富閔整理　共同體的想像——眷村文學〔《巨流河》部分〕　無邊的航道：現當代六種類型寫作　臺南　國立臺灣文學館　2013 年 7 月　頁 117—118

319. 余　杰　她為什麼對「土共」有免疫力？——齊邦媛《巨流河》　流亡者的書架：認識中國的五十本書　臺北　水牛文化公司　2013 年 8 月　頁 216—223

320. 簡靜惠　用生命書寫的天籟詩篇——《巨流河》與《一生中的一天》　一本真情——我在讀書會等你　臺北　遠流出版公司　2013 年 12 月　頁 239—242

321. 楊君寧　薪傳渡海：齊邦媛《巨流河》中的歷史書寫與文化想象　華文文學　2013 年第 3 期　2013 年　頁 51—57

322. 彭　麗　《巨流河》的崢嶸歲月——評齊邦媛先生著《巨流河》　新青年　2013 年第 10 期　2013 年　頁 38—39

323. 張祖群　平淡的漂泊——《巨流河》書寫的時空境界　電影評介　2013 年第 18 期　2013 年　頁 94—99

324. 左丹丹　《巨流河》：兩代知識分子的文化情懷　學理論　2013 年第 9 期　2013 年　頁 167—170

325. 古遠清　《巨流河》：見證兩岸歷史的巨構　名作欣賞　2013 年第 13 期　2013 年　頁 30—31

326. 留　白　　逝者如斯巨流河——讀齊邦媛《巨流河》　社會科學論壇　2013
　　　年第 1 期　2013 年　頁 251—256

327. 邱靜芳　　《巨流河》所滲透的教育教學理念　名作欣賞　2013 年第 34 期
　　　2013 年　頁 63—65

328.〔南方都市報〕　　華語文學傳媒大獎——傳媒大獎授講辭　洄瀾——相逢
　　　巨流河　臺北　遠見天下文化出版公司　2014 年 1 月　頁 235

329. 昆　布　　憂患夜鶯　洄瀾——相逢巨流河　臺北　遠見天下文化出版公司
　　　2014 年 1 月　頁 128—132

330. 封　翁　　郵車真好！　洄瀾——相逢巨流河　臺北　遠見天下文化出版公
　　　司　2014 年 1 月　頁 79—81

331. 殷　穎　　由巨流河到生命河　洄瀾——相逢巨流河　臺北　遠見天下文化
　　　出版公司　2014 年 1 月　頁 92—94

332. 張德明　　芍藥與雪萊　洄瀾——相逢巨流河　臺北　遠見天下文化出版公
　　　司　2014 年 1 月　頁 95—96

333. 許玉慶　　現代中國鄉愁的開拓與建構——論《巨流河》對中國文學鄉愁母
　　　題的創新　石家莊學院學報　第 16 卷第 1 期　2014 年 1 月　頁
　　　76—81

334. 黃艾禾　　她的歷史，我們的歷史　洄瀾——相逢巨流河　臺北　遠見天下
　　　文化出版公司　2014 年 1 月　頁 113—116

335. 盧躍剛　　紙上的鄉愁且聽她這樣訴說——讀齊邦媛《巨流河》的通信　洄
　　　瀾——相逢巨流河　臺北　遠見天下文化出版公司　2014 年 1 月
　　　頁 117—127

336. 簡　媜　　一出手，山河震動　洄瀾——相逢巨流河　臺北　遠見天下文化
　　　出版公司　2014 年 1 月　頁 17—22

337. 鐘麗慧　　晚開的芍藥花　洄瀾——相逢巨流河　臺北　遠見天下文化出版
　　　公司　2014 年 1 月　頁 100—107

338. 沈珮君　　迴瀾無盡，往事並不如煙　聯合報　2014 年 2 月 17 日　A14 版

339. 謝振邦　黃春明與齊邦媛的文學韻味　聯合報　2014 年 3 月 10 日　A14 版

340. 倪金艷　學術價值與藝術價值的雙璧——《巨流河》價值探究　牡丹江大學學報　第 23 卷第 6 期　2014 年 6 月　頁 51—53

341. 凌性傑　六十年來家國——從王鼎鈞《文學江湖》談起——往事的重量——齊邦媛《巨流河》　王鼎鈞書話　臺北　爾雅出版社　2014 年 7 月　頁 248—249

342. 李雍，徐放鳴　海峽兩岸女性自傳性小說中的「中國形象」之比較——以《巨流河》與《東藏記》為例　世界華文文學論壇　2014 年第 3 期　2014 年 9 月　頁 73—77

343. 劉　俊　齊邦媛：在人生的長河中映現歷史變遷和民族命運——評《巨流河》　越界與交融：跨區域跨文化的世界華文文學　北京　人民文學出版社　2014 年 9 月　頁 159—162

344. 古遠清　新世紀臺灣的回憶錄寫作潮——《巨流河》：反映中國近代苦難的家族巨史　學術研究　2014 年第 5 期　2014 年　頁 124—126

345. 李小娜　探析《巨流河》在傳媒娛樂化下的接受與展望　名作欣賞　2014 年第 17 期　2014 年　頁 95—96

346. 侯茗予　沿著《巨流河》回望——揭開一段「疼痛」的歷史記憶　遼寧教育行政學院學報　2014 年第 2 期　2014 年　頁 100—103

347. 楊邦俊　從《巨流河》看中國現代教育的兩個範本　新課程研究　2014 年第 8 期　2014 年　頁 108—110

348. 許　正　主體建構？家國想象？身份認同——略論齊邦媛的文學回憶錄《巨流河》　嘉興學院學報　第 27 卷第 2 期　2015 年 3 月　頁 82—86

349. 凌性傑　六十年來家國——隱地、王鼎鈞、齊邦媛的時光書寫——往事的重量——齊邦媛《巨流河》　陪你讀的書——從經典到生活的 42 則私房書單　臺北　城邦文化公司　2015 年 11 月　頁 160—161

350. 凌性傑　六十年來家國——隱地、王鼎鈞、齊邦媛的時光書寫——往事的

重量——齊邦媛《巨流河》　深夜的人　臺北　爾雅出版社
2015 年 12 月　頁 232—233

單篇作品

351. 陳幸蕙　〈閨怨之外——以實力論臺灣女作者〉編者按語　七十四年文學
批評選　臺北　爾雅出版社　1986 年 4 月 5 日　頁 205—206

352. 陳幸蕙　〈留學「生」文學——由非常心到平常心〉編者按語　七十五年
文學批評選　臺北　爾雅出版社　1987 年 3 月　頁 260—261

353. 陳幸蕙　〈烽火邊緣的青春——重讀《蓮漪表妹》、《未央歌》〉編者按
語　七十七年文學批評選　臺北　爾雅出版社　1989 年 3 月　頁
216—218

354. 簡　媜　〈一生中的一天〉編者註　八十一年散文選　臺北　九歌出版社
1993 年 3 月　頁 88

355. 〔陳萬益選編〕　〈一生中的一天〉賞析　國民文選・散文卷 2　臺北　玉
山社出版公司　2004 年 8 月　頁 62

356. 席慕蓉　玫瑰的灰燼〔〈蘭熙〉部分〕　人間煙火　臺北　九歌出版社
2004 年 9 月　頁 221—224

357. 蔡孟樺　〈文學與情操〉編者的話　在字句裡呼吸　臺北　香海文化公司
2006 年 9 月　頁 154—155

作品評論目錄、索引

358. 汪淑珍　溫婉、犀利集一生的齊邦媛[12]　全國新書資訊月刊　第 7 期　1999
年 7 月　頁 9

359. 〔封德屏主編〕　齊邦媛　臺灣現當代作家評論資料目錄（六）　臺南
國立臺灣文學館　2010 年 11 月　頁 4130—4136

其他

360. Yvonne L. Walls　Book reviews —— Briefly Noted —— *An Anthology of
Contemporary Chinese Literature*, vols. I and II　Pacific Affairs　第

---

[12]正文後附錄齊邦媛作品書目、齊邦媛評論文獻選目、齊邦媛生平傳記文獻選目。

49 卷第 4 期　1977 年冬　頁 753

361. Lorraine　Dong，Marlon　Kau　Hom　Book　reviews——*An Anthology of Contemporary Chinese Literature*　The Journal of Asian Studies　第 36 卷第 4 期　1977 年 8 月　頁 738—740

362. 彭歌　可喜的選集〔《中國現代文學選集》〕　孤憤　臺北　聯合報社 1978 年 5 月　頁 142—144

363. James M. Hargett　Brief Reviews of Books——*An Anthology of Contemporary Chinese Literature: Taiwan, 1949—1974*　Journal of the American Oriental Society　第 98 卷第 3 期　1978 年 7—9 月　頁 338—339

364. Constantine Tung　Book Reviews——*An Anthology of Contemporary Chinese Literature, Taiwan: 1949—1974*　Journal of the American Oriental Society　第 103 卷第 2 期　1983 年 4—6 月　頁 463

365. 林燿德　《中國現代文學選集》　錦囊開卷　臺北　國家文藝基金管理委員會　1993 年 6 月　頁 106—108

366. 陳信元　夏日炎炎書解悶——好書推薦——現代散文書單——齊邦媛《吳魯芹散文選》　國文天地　第 39 期　1988 年 8 月　頁 27

367. 徐麗真　《吳魯芹散文選》　書評　第 6 期　1993 年 10 月　頁 50

368. 羅任玲　齊邦媛養孤兒——《筆會》季刊一百期　中央日報　1997 年 7 月 24 日　18 版

369. 江中明　《中英對照讀臺灣小說》，左看右看都精采——齊邦媛開啟臺灣文學邁向國際新里程　聯合報　1999 年 7 月 8 日　14 版

370. 賴素鈴　翻譯讓臺灣躋身世界文學版圖〔《中英對照讀臺灣小說》部分〕 民生報　1999 年 7 月 8 日　6 版

371. 黃盈雰　齊邦媛主編《中英對照讀臺灣小說》　文訊雜誌　第 166 期 1999 年 8 月　頁 82

372. 陳姿羽　憑弔渡海心——黃埔眷村故事選前發聲〔《最後的黃埔：老兵與離散的故事》部分〕　聯合報　2004 年 2 月 19 日　B5 版

373. 陳希林　　眷村文學老兵滄桑選前議題發酵〔《最後的黃埔：老兵與離散的故事》部分〕　中國時報　2004 年 2 月 26 日　C8 版

374. 徐開塵　　《最後的黃埔：老兵與離散的故事》凝結老兵血淚形象　民生報　2004 年 2 月 29 日　A7 版

375. 丁文玲　　齊邦媛、王德威編選《最後的黃埔：老兵與離散的故事》　中國時報　2004 年 2 月 29 日　B1 版

376. 陳姿羽　　憑弔渡海心，黃埔眷村故事選前發聲〔《最後的黃埔：老兵與離散的故事》部分〕　聯合報　2004 年 2 月 29 日　B5 版

377. 黃宗慧　　創傷書寫的驚嘆號──《最後的黃埔》　中國時報　2004 年 4 月 29 日　E2 版

378. 高大威　　集體解構的「想當年」──我讀《最後的黃埔：老兵與離散的故事》　文訊雜誌　第 223 期　2004 年 5 月　頁 24—25

379. 鄭則之　　《最後的黃埔：老兵與離散的故事》　中央日報　2004 年 6 月 14 日　17 版

380. 應鳳凰　　臺灣文學研究在美國──七○年代末迄今──第三階段：九○年代迄今──王德威、齊邦媛與哥倫比亞大學英譯叢書〔*Modern Chinese Literature From Taiwan* 部分〕　臺灣文學評論　第 4 卷第 2 期　2004 年 4 月　頁 158—160

381. 高大威　　巨浪濤不盡的深情──我讀齊邦媛教授編著的《洄瀾──相逢巨流河》　文訊雜誌　第 341 期　2014 年 3 月　頁 150—152

國家圖書館出版品預行編目資料

臺灣現當代作家研究資料彙編. 68, 齊邦媛 / 單德興編
選. -- 初版. -- 臺南市：臺灣文學館, 2015.12
　面；　公分
ISBN 978-986-04-6391-0 (平裝)

1.齊邦媛 2.傳記 3.文學評論

863.4　　　　　　　　　　　　104022630

【臺灣現當代作家研究資料彙編】68

齊邦媛

發 行 人　陳益源
指導單位　文化部
出版單位　國立臺灣文學館
　　　　　地　　址／70041 臺南市中西區中正路 1 號
　　　　　電　　話／06-2217201　　　　傳　　真／06-2218952
　　　　　網　　址／www.nmtl.gov.tw　　電子信箱／pba@nmtl.gov.tw

總 策 畫　封德屏
顧　　問　林淇瀁　張恆豪　許俊雅　陳信元　陳義芝　須文蔚　應鳳凰
工作小組　白心瀞　呂欣茹　郭汶伶　陳欣怡　陳映潔　陳鈺翔　張傳欣　莊淑婉
編　　選　單德興
責任編輯　陳鈺翔
校　　對　白心瀞　呂欣茹　陳欣怡　陳映潔　陳鈺翔　莊淑婉　張傳欣
計畫團隊　財團法人台灣文學發展基金會
美術設計　翁國鈞・不倒翁視覺創意
印　　刷　松霖彩色印刷事業有限公司

著作財產權人　國立臺灣文學館
　　　　本書保留所有權利。欲利用本書全部或部分內容者，須徵求著作財產權人
　　　　同意或書面授權。請洽國立臺灣文學館研究典藏組（電話：06-2217201）

經銷展售　國家書店松江門市（02-25180207）
　　　　　國立臺灣文學館—雪芙瑞文學咖啡坊（全面 85 折優惠，06-2214632）
　　　　　國立臺灣文學館藝文商店（全面 85 折優惠，06-2216206）
　　　　　三民書局（02-23617511、02-2500-6600）
　　　　　台灣的店（02-23625799）　　　　府城舊冊店（06-2763093）
　　　　　南天書局（02-23620190）　　　　唐山出版社（02-23633072）
　　　　　草祭二手書店（06-2216872）　　五南文化廣場（04-22260330）

初版一刷　2016 年 3 月
定　　價　新臺幣 400 元整
　　　　　第一階段 15 冊新臺幣 5500 元整　第二階段 12 冊新臺幣 4500 元整
　　　　　第三階段 23 冊新臺幣 8500 元整　第四階段 14 冊新臺幣 5000 元整
　　　　　第五階段 16 冊新臺幣 6000 元整
　　　　　全套 80 冊新臺幣 24000 元整

GPN　1010500056（單本）　ISBN　978-986-04-6391-0（單本）
　　　1010000407（套）　　　　　　978-986-02-7266-6（套）

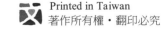